O QUE FAZEMOS NAS SOMBRAS

JENNIFER HILLIER

O QUE FAZEMOS NAS SOMBRAS

Tradução de
Maria José Silveira e Felipe Lindoso

THINGS WE DO IN THE DARK
TEXT COPYRIGHT © 2022 BY JENNIFER HILLIER
PUBLISHED BY ARRANGEMENT WITH ST. MARTIN'S PUBLISHING GROUP.
ALL RIGHTS RESERVED.
COPYRIGHT © FARO EDITORIAL, 2024

Todos os direitos reservados.
Nenhuma parte deste livro pode ser reproduzida sob quaisquer meios existentes sem autorização por escrito do editor.

Diretor editorial **PEDRO ALMEIDA**
Coordenação editorial **CARLA SACRATO**
Assistente editorial **LETÍCIA CANEVER**
Preparação **ARIADNE MARTINS**
Revisão **THAIS ENTRIEL**
Capa e diagramação **OSMANE GARCIA FILHO**
Imagem de capa **MAGDALENA RUSSOCKA | TREVILLION IMAGES**

Dados Internacionais de Catalogação na Publicação (CIP)
Jéssica de Oliveira Molinari CRB-8/9852

Hillier, Jennifer
    O que fazemos nas sombras / Jennifer Hillier ; tradução de Maria José Silveira, Felipe Lindoso. — São Paulo : Faro Editorial, 2024.
    288 p.

    ISBN 978-65-5957-468-1
    Título original: Things we do in the dark

    1. Ficção norte-americana I. Título II. Silveira, Maria José III. Lindoso, Felipe

23-6547   CDD-813

Índice para catálogo sistemático:
1. Ficção norte-americana

1ª edição brasileira: 2024
Direitos de edição em língua portuguesa, para o Brasil, adquiridos por **FARO EDITORIAL**

Avenida Andrômeda, 885 — Sala 310
Alphaville — Barueri — SP — Brasil
CEP: 06473-000
www.faroeditorial.com.br

Para Mox

*você é a minha luz do sol
e o ar que respiro
a razão de tudo*

9 PARTE UM

61 PARTE DOIS

147 PARTE TRÊS

203 PARTE QUATRO

237 PARTE CINCO

267 PARTE SEIS

283 AGRADECIMENTOS

PARTE UM

*Ela pode matar com um sorriso,
e pode ferir com os olhos.*

— Billy Joel

1

EXISTE HORA E LUGAR PARA OS FARÓIS ACESOS ficarem marcados sob a blusa, mas o banco de trás de um carro da polícia de Seattle não é um deles.

Paris Peralta nem pensou em pegar um casaco antes de ser presa, de modo que só está vestindo uma regata manchada de sangue. Afinal, é verão. Mas o ar-condicionado está no máximo, e ela se sente gelada e exposta. Com os punhos algemados, só consegue apertar as mãos e levantar os antebraços para cobrir os seios. Parece que está rezando.

Ela não está rezando. É tarde demais para isso.

Sua cabeça lateja por baixo do curativo que alguém da equipe de emergência fez nela antes que a enfiassem na viatura. Ela deve ter batido a cabeça na beira da banheira em algum momento da noite passada, mas ela não se lembra de ter tropeçado ou caído. Só consegue se lembrar de seu marido deitado em uma banheira cheia de sangue, e o grito que a acordou cedo de manhã.

A detetive de cabelos loiros presos em um rabo de cavalo que dirige a viatura mais uma vez olha Paris de relance pelo espelho retrovisor. Desde que Jimmy assinou o contrato de *streaming* com a Quan, nova concorrente da Netflix, seis meses antes, as pessoas a encaravam muito. Paris odeia isso. Quando ela e Jimmy se casaram, ela contava com uma vida calma com o ator comediante aposentado. Era o acordo que os dois tinham feito; era o casamento com o qual havia se comprometido. Mas então Jimmy mudou de ideia e se desaposentou, e isso foi a pior coisa que ele poderia fazer com ela.

E agora ele está morto.

A detetive fica o tempo todo alerta, a cada poucos minutos de olho ora na estrada, ora no banco traseiro. Paris já percebeu que a mulher pensa que foi ela quem fez aquilo. Tudo bem, a situação é mesmo muito ruim. Havia muito sangue, e quando a detetive chegou à cena, já havia três policiais no quarto com as armas apontadas direto para Paris pela porta do banheiro. Logo, quatro pares de olhos a encaravam como se ela tivesse feito algo terrível. Parecia que ninguém piscava nem respirava, incluindo ela.

— Sra. Peralta, por favor jogue a arma no chão — a detetive havia dito. Sua voz estava calma e firme enquanto sacava a pistola. — Depois saia do banheiro devagar e com as mãos para cima.

Mas eu não tenho nenhuma arma, pensou Paris. Era a segunda vez que lhe diziam para fazer aquilo e, assim como antes, não fazia sentido. *Que arma?*

Então os olhos da detetive se voltaram para baixo. Paris acompanhou o olhar e ficou chocada ao descobrir que ainda estava segurando a navalha de Jimmy. E não apenas segurando, mas agarrando-a com a mão direita, seus dedos apertados em volta do cabo, as articulações brancas. Ela levantou a navalha, fitando-a espantada enquanto a girava em sua mão. Os policiais não gostaram daquilo, e a detetive repetiu a ordem, com um tom mais alto e mais firme que antes.

Aquilo tudo era tão absurdo. Todos estavam exagerando. Paris não estava segurando arma nenhuma. Era simplesmente um barbeador, uma das várias navalhas que Jimmy tinha, porque seu marido era um tipo antiquado, que gostava da barba raspada, e fitas cassete, e telefones fixos. Ele não estava nem mais usando suas navalhas. O tremor em sua mão as tornara perigosas.

Então por que diabos Paris ainda estava segurando a navalha de cabo de ébano que ele comprou na Alemanha havia décadas?

Tudo aconteceu em câmera lenta. Enquanto a detetive continuava falando, Paris viu mais uma vez o sangue espalhado sobre o piso de mármore, um tom rosado diluído, misturado com a água do banho. Era o sangue de Jimmy, e ela sabia que se virasse para trás veria seu marido, submerso na banheira funda na qual seu sangue se esvaiu na noite anterior.

Paris não se virou. Mas conseguiu ter um vislumbre de si mesma no espelho acima da pia, no qual viu uma mulher que se parecia com ela usando uma regata manchada de sangue. Seus cabelos estavam emaranhados e seu olhar era selvagem, um lado do rosto coberto de sangue que escorrera de um corte acima de seu olho direito. Em suas mãos, a velha navalha de Jimmy realmente parecia uma arma.

A arma de um *assassinato*.

— Sra. Peralta, solte a navalha — ordenou novamente a detetive.

Paris finalmente a deixou cair. A lâmina de aço aterrissou no ladrilho com um baque seco, e os policiais uniformizados foram para cima dela como um enxame. Um deles colocou as algemas nela, e a detetive a informou sobre seus direitos. Enquanto a tiravam do quarto e desciam as escadas, Paris se perguntou como poderia explicar isso.

Anos atrás, a última vez que isso aconteceu, ela não teve que explicar nada.

— Desculpa, mas você poderia diminuir o ar-condicionado? — Seus mamilos estão pressionando seus braços, como se fossem bolinhas de aço. Apesar de ela morar há vinte anos em Seattle, seu lado canadense não conseguia perder o hábito de se desculpar antes de pedir alguma coisa. — Desculpa, mas realmente aqui atrás está muito frio.

O policial no assento de passageiro aperta um botão no painel várias vezes até o ar frio diminuir.

— Muito obrigada — ela diz.

O policial se vira:

— Podemos fazer mais alguma coisa pra você? — pergunta. — Quer uma balinha? Quer parar pra tomar um café?

Ele não está realmente perguntando, e então ela não responde.

Paris compreende, em algum nível, que está em choque e que ainda não teve compreensão total de sua situação. Pelo menos seus instintos de autopreservação já despertaram — ela sabe que foi presa, sabe que vai ser fichada e sabe também que tem de manter a boca fechada e chamar um advogado na primeira oportunidade. Ainda assim, sente-se como se estivesse em um filme em que alguém que se parece com ela está prestes a ser indiciada como assassina.

O sentimento de *dissociação* — uma palavra que aprendeu ainda criança — é algo que acontece com ela sempre que se encontra em uma situação de extremo estresse. Dissociação era a maneira a maneira que sua mente tinha de se proteger dos traumas que afligiam seu corpo. Mesmo que não seja esse o caso no momento, o distanciamento entre seu cérebro e sua estrutura física tende a acontecer sempre que ela se sente vulnerável e insegura.

Nesse instante, a vida que ela conhece — a vida que ela construiu — está sendo ameaçada.

Mas Paris não pode sair flutuando. Ela precisa estar focada para conseguir passar por isso, então se concentra em sua respiração. Como sempre diz a seus alunos de ioga, não importa o que esteja acontecendo, você sempre pode se concentrar na sua respiração. Contraindo um pouco da garganta, ela inspira vagarosa e profundamente, segura um pouco e depois expira. Isso provoca um som levemente sibilante, como se estivesse embaçando a janela do carro, e o olhar da detetive mais uma vez se fixa nela pelo retrovisor.

Depois de algumas respirações oceânicas de ioga — respirações *ujjayi* —, Paris sente que suas ideias estão mais claras, mais presentes, e ela tenta processar como diabos acabou no banco de trás de um carro de polícia, a caminho da cadeia. Ela já viu TV o suficiente para saber que a polícia sempre presume ter sido o marido ou a esposa. É claro que não ajudou nem um pouco que Zoe, a assistente de Jimmy, tenha apontado o dedo para ela e gritado até ficar rouca. *Ela assassinou ele, ela assassinou ele. Meus deus, ela é uma assassina!*

Eles acham que ela matou Jimmy.

Agora o resto do mundo vai acreditar nisso também, porque é isso que parece quando você é retirada de sua casa algemada e com sangue em suas roupas, quando as notícias sobre a morte do seu marido famoso ecoam na multidão, que bate fotos e grava vídeos de sua prisão. A ironia é, a multidão já estava convenientemente posicionada do lado de fora de sua casa bem antes que Zoe chamasse os tiras. Paris e Jimmy moram na Queen Anne Hill, em frente à rua que sai de Kerry Park, que ostenta a melhor vista de Seattle. É um lugar popular para moradores e turistas tirarem fotos do perfil da cidade e do Mount Ranier. E a multidão de hoje era como a de qualquer dia, só que as câmeras estavam apontadas para a sua casa em vez da paisagem. E assim como não houve tempo para vestir outra blusa, também não houve oportunidade de calçar outros sapatos. Paris ouviu alguém gritando "Belos chinelos!" logo que ela saiu, mas não parecia um elogio.

Os vizinhos estavam todos do lado de fora também. Bob e Elaine, da casa ao lado, estavam na saída da garagem, uma expressão de choque e horror estampada no rosto de ambos quando a viram. Já que não haviam chamado ou oferecido qualquer tipo de ajuda, já deviam ter ouvido o que tinha acontecido. Já deviam pensar que Paris é culpada.

E supostamente eram seus amigos.

Ela já pode imaginar as manchetes. JIMMY PERALTA, O PRÍNCIPE DE POUGH-KEEPSIE, ENCONTRADO MORTO AOS 68. Ainda que a popular série de Jimmy, que esteve no ar por dez anos, já tenha sido encerrada há duas décadas, ele seria para sempre lembrado por seu papel principal como o filho do dono de uma padaria em The Prince of Poughkeepsie, que ganhou mais de uma dúzia de Emmys e impulsionou sua carreira ao topo, até ele se aposentar sete anos atrás. Paris nem precisava ser publicitária para prever que a notícia da morte de seu marido teria ainda mais repercussão que o negócio multimilionário que Jimmy assinara com o Quan quando decidiu voltar às telas. Até Paris consideraria isso como notícia quente se não estivesse acontecendo com ela.

Ela continua focando em sua respiração, mas sua mente recusa a se acalmar. Nada disso parece estar certo. Mesmo que não tivesse ilusões de que ela e Jimmy envelheceriam juntos, ela pensava que teriam mais tempo. Durante os dois anos que passaram casados, haviam estabelecido uma rotina simples. Paris trabalhava em seu estúdio de ioga seis dias por semana, e Jimmy sempre tinha algo para fazer. Mas os domingos eram os dias que passavam juntos. Tinham um almoço relaxado e preguiçoso em um restaurante próximo, no qual o proprietário sempre reservava para eles uma mesa perto da janela. Panquecas e bacon para Jimmy, waffles com morangos para Paris. Depois disso podiam ir ao mercado de produtores em Fremont ou até Snohomish para procurar alguma antiguidade. Na maioria das vezes, entretanto, voltariam para casa, onde Jimmy praticaria um pouco de golfe no jardim enquanto ela ficaria lendo algum livro ao lado da piscina.

Mas esse não é um domingo normal. É a porra de um pesadelo. Paris deveria saber que terminaria assim, porque não existe isso de ser feliz para sempre quando se foge de uma vida para começar outra completamente nova.

O carma dela havia começado.

Uma pluma do chinelo ridículo coça seu pé. Quando ela os ganhou de presente de aniversário um mês antes — não seu aniversário de verdade, e sim o que aparecia em seu documento de identidade —, eram engraçados e bonitinhos. Todos os instrutores do estúdio tinham se juntado para comprar para ela um chinelo de design italiano realmente caro, feito com penas rosadas de avestruz. Supostamente deveriam ficar no estúdio para que ela tivesse o que calçar entre as aulas, mas ela não pôde resistir a levá-los para casa para mostrá-los a Jimmy. Ela sabia que ele iria rir, o que de fato aconteceu.

Mas agora esses chinelos não têm a menor graça. Apenas reforçam a narrativa que a imprensa sempre tentava criar, a de que Paris era uma idiota rica e presunçosa. Ela havia conseguido permanecer longe dos holofotes por dezenove anos, desde que escapara de Toronto, só para ver tudo se desfazer quando Zoe, a fiel assistente de Jimmy, incluiu uma foto do casamento deles no comunicado de imprensa sobre o contrato de *streaming*. Zoe não conseguiu entender a razão de Paris ficar tão transtornada, mas até aquele dia a maioria das pessoas nem sabia que Jimmy Peralta havia se casado novamente. Paris vivia um feliz anonimato com seu marido aposentado, e então tudo virou um inferno.

Como diria Zoe, a perspectiva é terrível. Paris era a quinta esposa de Jimmy e quase trinta anos mais nova que ele. A questão da idade nunca foi problema para Jimmy — e por que seria? —, mas fazia Paris parecer uma oportunista vagabunda que só estava esperando que o marido morresse.

E agora ele está morto.

2

O GUARDA NA CADEIA DE KING COUNTY pede que ela entregue seu celular, mas Paris não está com ele. Pelo que se lembra, ele ainda está na mesa de cabeceira de seu quarto, na casa que agora é a cena de um crime.

— Todos seus objetos pessoais devem ser ensacados e colocados no depósito — informa. Como a detetive que a levara até ali, ele não parou de encará-la desde que ela entrou. — Isso inclui suas joias.

Tudo o que Paris tem consigo é sua aliança. Jimmy havia oferecido a ela também um anel de noivado, mas ela recusou, insistindo que jamais o usaria quando estivesse dando aula de ioga. Por fim, ele a convenceu a aceitar um anel de amor eterno incrustado com quinze sofisticados diamantes cor-de-rosa ovais. O preço era de surpreendentes duzentos e cinquenta mil dólares, mas o joalheiro ofereceu a Jimmy um desconto caso os dois se dispusessem a ter o anel fotografado para publicidade. Paris recusou isso também.

— Não quero essa publicidade — ela disse a Jimmy. — Fico perfeitamente satisfeita com um simples anel de ouro.

— Nem pensar numa porra dessas.

Jimmy teve uma rápida conversa com o joalheiro e colocou na mesa seu cartão Black. Como se tratava de Jimmy Peralta, ele acabou recebendo o mesmo desconto, de qualquer forma.

— Paris Peralta. — O guarda pronuncia seu nome com um sorrisinho pretensioso enquanto digita no teclado, estendendo-se nas sílabas. *Paaarrrissss Peraaaalta.* — Minha mulher mal vai acreditar quando eu contar quem registrei hoje. Ela era uma grande fã de *The Prince of Poughkeepsie*. Eu mesmo jamais gostei do programa. Sempre achei Jimmy Peralta um idiota.

— Tenha um pouco de respeito, policial. — A detetive está de pé ao lado dela, como se achasse que havia a possibilidade de Paris fugir. Ela balança a cabeça, e a ponta de seu rabo de cavalo toca no braço despido de Paris. — O sujeito está morto.

Paris tira a aliança do dedo e a passa pela abertura do guichê. A seu lado, escuta a detetive murmurar para si mesma "Nossa, é cor-de-rosa". O atendente examina o anel de perto antes de fechá-lo em um pequeno saco plástico. Depois, joga-o dentro do recipiente de plástico, onde ele cai com uma batida audível.

Ela se retrai internamente. *O valor desse anel*, pensa Paris, *é provavelmente o triplo do que você ganhou ano passado.* Por fora, ela mantém a compostura. Não vai dar a ninguém uma história que possa ser vendida para os tabloides. Em vez disso, ela o encara através do guichê de plástico manchado. Como previu, ele não passa de um covarde, e seu olhar volta para o computador.

— Assine aqui. — Ele empurra o recibo do conteúdo pela abertura. Há apenas um item. *Anel, diamantes, cor-de-rosa.* Paris rabisca sua assinatura.

Outro policial sai de trás da mesa e espera ansioso. A detetive se volta para Paris. Ela provavelmente se apresentou no momento da prisão, mas Paris agora não se lembra de seu nome, se é que escutou antes.

— Vamos precisar de suas roupas — diz a detetive. — Chinelos também. Eles vão te entregar alguma coisa para vestir. Então eu volto e falo com você, o.k.?

— Gostaria de ligar para meu advogado — retruca Paris.

A detetive não se surpreende, mas parece ficar desapontada.

— Você poderá fazer isso depois do procedimento de entrada.

Uma campainha toca, e Paris é levada por um conjunto de portas até uma salinha bem iluminada. É avisada de que deve tirar suas roupas no canto, atrás de uma cortina azul. Ela rapidamente se despe, removendo tudo, salvo a roupa de baixo, e veste o moletom, as calças, meias e o chinelo de borracha que lhe deram. É um alívio livrar-se das roupas ensanguentadas e pisar em um calçado que não parece um brinquedo de gato. Tudo está marcado com as letras DOC.

Depois colhem suas digitais, e ela é fotografada. Seus cabelos estão emaranhados, mas é improvável que consiga uma escova. Olha de frente para a câmera e levanta o queixo. Jimmy uma vez disse que era praticamente impossível não parecer criminoso na foto tirada para a ficha criminal. Ele sabia disso. Foi preso duas vezes por dirigir depois de beber e uma terceira vez por empurrar uma pessoa que o vaiou depois de uma apresentação em Las Vegas. Nas três fotografias ele realmente parecia um criminoso.

Terminado o registro, ela é conduzida para um elevador que desce rapidamente um andar. O policial jovem que a escolta lança olhares furtivos na sua direção, mas não diz uma palavra até chegarem à cela de detenção. Com uma voz chiada (seguida por uma rápida tentativa de limpar a garganta), ele indica que ela entre. Logo que ela pisa ali dentro, as grades são fechadas e trancadas.

E assim, Paris está na prisão.

É ao mesmo tempo melhor e pior do que ela imaginava, e ela imaginou isso muitas vezes. É maior do que esperava, e há apenas mais uma pessoa ali dentro, uma mulher que parece desmaiada no lado oposto da cela. Uma perna despida está pendurada de um dos cantos do banco, e a sola desse pé descalço está suja. O vestido apertado da cor de um amarelo-neon está coberto de manchas de alguma substância indeterminada, mas pelo menos ela não fora obrigada a trocar de roupa. Seja lá a razão de ela estar detida, não é por assassinato.

Ainda que a cela aparente estar limpa, a luz crua de lâmpadas fluorescentes mostra manchas do que recentemente foi limpo com pano úmido. Baseado no cheiro que ainda está impregnado ali, era uma mistura de urina com vômito. As paredes parecem pegajosas e estão cobertas com uma tinta da cor suja de chá fraco, e há uma câmera posicionada em um canto do teto.

No fundo da cela, bem ao lado do telefone pregado na parede, há um papel plastificado listando os telefones de três diferentes empresas de fiança. Com um pouco de sorte, Paris não irá precisar delas. Ela pega o telefone e digita um dos poucos números de telefone que havia memorizado. Atenda, atenda, atenda.

Correio de voz. *Merda*. Ela escuta sua própria voz encorajando-a a deixar uma mensagem.

— Henry, é Paris — ela diz em voz baixa. — Vou tentar ligar no seu celular. Estou com problemas.

Ela desliga, espera o som de linha e liga para o segundo número que sabe de cor. Esse também cai na caixa postal. Ali perto, sua colega de cela se senta, os cabelos engordurados caindo pelo rosto oleoso. Ela olha Paris com os olhos de guaxinim, turvos e manchados de rímel.

— Conheço você. — A voz dela é grossa e arrastada. Mesmo de longe, Paris pode sentir seu cheiro, um aroma como o de comida apodrecida em uma destilaria de uísque. — Já vi você antes. Você é tipo uma pessoa famosa.

Paris finge não escutar.

— Você é aquela garota que se casou com aquele velhote. — A mulher pisca, tentando focar a visão. Quando Paris não responde, ela diz: — Ah, então tá, saquei, você é a porra de uma princesa, boa demais pra falar comigo. Bem, foda-se, princesa. — E volta a se deitar. Dez segundos depois seu rosto relaxa e a boca se abre.

Um relógio está pendurado na parede na frente da cela, e Paris espera exatamente quatro minutos e meio antes de pegar novamente o telefone. Desta vez, alguém imediatamente atende o telefone.

— Ocean Breath Yoga.

— Henry. — O alívio inunda Paris quando escuta a voz de seu sócio. — Graças a deus.

— Puta merda, P., você está bem? — A voz de Henry está cheia de preocupação. — Acabei de saber da morte do Jimmy. Ah, querida, sinto tanto. Não consigo acreditar que...

— Henry, eles me prenderam. — Ela nem consegue acreditar que disse isso. — Estou em uma cela da cadeia de King County.

— Eu assisti à prisão. É um absurdo tão grande...

— Você viu? Está no noticiário?

— No *noticiário*? Querida, está no TikTok. — Ela escuta algum ruído no fundo e depois o barulho de uma porta se fechando, o que significa que Henry levou o telefone sem fio para o escritório. — Um dos turistas no parque filmou sua prisão e postou. Já é o número um dos vídeos em alta.

É claro que não é surpresa, mas ouvir Henry dizer isso torna a coisa ainda mais real. Paris engole o pânico e se força a lembrar que terá muito tempo depois para desmoronar.

— Henry, escute. Preciso que você ligue para Elsie Dixon por mim.

— A amiga de Jimmy? A advogada que vive cantando sucessos nas suas festas?

— Essa mesma. Não estou com meu celular, não lembro o número dela.

— Vou pesquisar o número do escritório.

— Ela não está lá, é domingo. Mas se você procurar na escrivaninha, pode ser que ache um cartão de visitas com o celular. Peça que ela venha imediatamente até a cadeia, está bem?

— Não estou vendo nenhum cartão. — Paris escuta Henry revirando as gavetas. — Não se preocupe, vou encontrar uma maneira. Pensei que ela cuidasse de litígios...

— Ela começou a carreira como defensora pública — diz Paris. — E é a única advogada que conheço.

— Meu deus, P.! — exclamaHenry, soando realmente espantado. — Não acredito que você esteja presa. É como nos filmes?

Ela olha ao redor.

— Mais ou menos. Mais deprimente.

— Posso levar alguma coisa pra você? Um travesseiro? Um livro? Uma chave de fenda afiada?

Ele tenta fazê-la rir, mas o melhor que ela consegue fazer é suspirar.

— Adoro você. Só encontre Elsie pra mim, tá bem? E talvez você possa avisar os instrutores do que está acontecendo.

— P., estão dizendo... — uma pausa. — Estão dizendo que você matou Jimmy. Sei que isso não é possível. Conheço você. Você não é uma assassina.

— Obrigada — diz Paris, e depois de se despedirem eles desligam.

Henry sempre foi um amigo compreensivo, e é leal até o último fio de cabelo. Mas não a conhece realmente.

Ninguém conhece.

3

GRAÇAS ÀS MARAVILHAS DA ADAPTAÇÃO SENSORIAL, Paris não sentia mais os vários odores que a assaltaram logo que entrou na cela. Infelizmente, não pode dizer o mesmo quanto aos ruídos.

Ela se senta no banco com as mãos no colo, fazendo o melhor que pode para ignorar os roncos de sua companheira de cela misturados com os sons variados que barulhos variados que vêm das das outras celas. Tudo vai terminar bem. Elsie logo estará ali, e vai saber exatamente o que fazer, porque Elsie Dixon é advogada, e é isso que os advogados fazem.

Só que Elsie não era simplesmente uma advogada. Era também a melhor amiga de Jimmy. Os dois haviam se conhecido no colegial cinquenta anos atrás, o que torna a amizade entre eles onze anos mais velha do que Paris. Não há dúvidas sobre a lealdade de Elsie ser a ele, e se ela acredita que existe a menor chance de Paris ter assassinado seu querido amigo, não vai aparecer hoje, nem jamais.

Ela tem esperança de que Elsie apareça.

Enquanto isso, não há nada a fazer a não ser esperar. E sem telefone ou um livro para se distrair, tudo o que lhe resta é pensar. E quanto mais ela pensa, mais a dor pela morte de Jimmy tenta abrir caminho dentro dela. Paris não quer sentir isso. Nem ali, nem agora, porque não sabe como sentir a profundidade de sua dor e também se salvar da confusão em que está metida. Ela fecha os olhos. Mesmo que não tenha assassinado seu marido, definitivamente é o que parece.

O que ninguém parecia acreditar é que Paris na verdade amava muito Jimmy. Não era necessariamente amor *romântico*, e é isso que incomoda as pessoas. Aparentemente, casamento é só para quem está perdidamente apaixonado por uma pessoa de quem nunca se cansa e sem a qual não consiga viver. Por essa definição, o que ela e Jimmy sentiam não seria realmente considerado amor. Os dois sempre estiveram com os pés bem plantados no chão. Provavelmente, eles passavam mais tempo separados do que juntos. E evidentemente poderiam viver um sem o outro. Fala sério. Jimmy viveu muito bem por sessenta e cinco anos antes de conhecer Paris, alcançando um nível de sucesso que a maior parte dos comediantes jamais conseguiria. Paris tinha trinta e seis anos quando conheceu Jimmy, e estava vivendo bem por conta própria. Ela tinha uma alma antiga, ele era jovem de coração. O relacionamento dos dois funcionava.

No entanto, o que todos podiam ver — a imprensa, os amigos de Jimmy e especialmente Elsie — era a diferença de vinte e nove anos entre os dois.

— Formamos um bom par, não acha? — Jimmy comentou com ela em uma quarta-feira qualquer. Eles já vinham se encontrando havia cerca de nove meses. — Você já pensou em se casar?

— Com quem?

— Comigo, sua boba.

Ela quase se engasgou com o sanduíche de pastrame que os dois almoçavam. Jimmy não conseguia comer um sanduíche que não tivesse carne de charcutaria.

— Você está me pedindo em casamento?

— Acho que sim.

Não era romântico. Jimmy não levava jeito para isso, nem ela. Eram dois adultos tomando uma decisão de passar a vida juntos. E isso era o suficiente para os dois. Eles se casaram em Kauai três meses depois, ao pôr do sol, em uma cerimônia íntima na praia. Um bom amigo de Jimmy, um dos grandes diretores de Hollywood cuja esposa era mais jovem que Paris, levou o pequeno grupo em seu jato Gulfstream. Elsie também estava lá — ela compareceu sozinha, já que nunca encontrou alguém especial depois que seu segundo casamento terminou havia uma década —, também estavam Henry e seu parceiro de muitos anos, Brent. Bob e Elaine Cavanaugh, os vizinhos do lado, também foram convidados. E, é claro, Zoe.

Só pensar na assistente de cabelos crespos de Jimmy faz com que Paris queira esfaquear alguma coisa.

— Peralta, sua advogada está aqui.

Ela abre os olhos e vê o mesmo guarda jovem destrancando e abrindo a cela. De alguma maneira, já tinham se passado três horas. Considerando que a amiga mais antiga de Jimmy mora a apenas vinte minutos do tribunal, Elsie realmente não havia se apressado para chegar.

Mas pelo menos está ali. E o guarda disse *sua advogada*, dando-lhe esperanças de que Elsie esteja lá para ajudá-la.

— Garza — o guarda quase grita. Ao ouvir seu nome, a colega de cela de Paris desperta de novo. — Pagaram sua fiança. Vamos.

Bocejando, a mulher se levanta e acena para Paris. Suas unhas estão pintadas de amarelo, tal como seus tênis e vestido. Ainda parece bêbada e quase colide com Elsie, que se afasta bem a tempo. Elsie franze o nariz com o cheiro da mulher.

— Tchauzinho, princesa — ela diz por cima do ombro antes de desaparecer pelo corredor.

Finalmente permitem que a advogada entre. Elsie Dixon mede apenas um metro e meio, mas tem a personalidade de alguém com um metro e oitenta. Seus cabelos grisalhos são cortados em estilo Chanel, até a altura do queixo, e ela está vestida como se estivesse a caminho de um brunch de senhoras — se o brunch fosse em um cruzeiro tropical. Seus escarpins cor-de-rosa combinam com a blusa drapeada e saia floral, e um grosso colar de turquesas complementa seus olhos azuis. É o seu estilo normal de se vestir.

Os olhos de Elsie estão inchados e vermelhos. Ela não cumprimenta nem pergunta a Paris como ela está. Apenas dá um piparote numa sujeira antes de se sentar no banco.

— Pedi uma sala de reuniões, mas estão todas ocupadas. — A mulher mais velha fala com rapidez. — Então temos que conversar aqui. Mesmo estando a sós, mantenha a voz baixa e a cabeça baixa o tempo todo. Nunca se sabe quem está ouvindo.

— Obrigada por ter vindo — diz Paris em voz baixa.

Elsie não responde. Abre a bolsa e tira de lá um bloco pautado, seus óculos de leitura, uma caneta elegante com o nome de sua firma gravado com letras douradas em um dos lados. Elsie é sócia na Strathroy, Oakwood, and Strauss, e ainda que não esteja mais atuando na área de defesa criminal, já trabalhou nisso. O início de sua carreira foi como defensora pública por alguns anos antes de passar para a advocacia privada. Agora, trabalha em litígios, e Jimmy sempre disse que ela é feroz no tribunal.

Paris não tem muita certeza de como Elsie pode ajudá-la nessa situação, mas está agradecida à advogada por pelo menos ter vindo. Ela sempre foi superprotetora com Jimmy e suspeitara de Paris no início. Na noite em que as duas se conheceram, Elsie perguntou de cara se a nova e muito mais jovem namorada de Jimmy estava nisso apenas para conseguir um *green card*. A mulher já estava na sua terceira taça de espumante na ocasião, mas mesmo assim.

— É como se nem ocorresse a ela que eu já sou cidadã dos Estados Unidos — Paris se queixou mais tarde a Jimmy.

— Elsie te perguntou porque está com ciúmes. — Jimmy tirou uma mecha de cabelos do rosto dela. — Para confessar tudo, ela e eu namoramos na época do ensino médio. Eu era o palhaço da classe e ela, a oradora da turma, e eu parti seu coração quando me mudei para Los Angeles depois da graduação. Ela nunca é simpática com qualquer namorada minha, no começo. Mas depois supera. Sempre.

Com o passar do tempo, Paris e Elsie aprenderam a se tolerar, especialmente quando descobriram que concordavam sobre duas coisas importantes: ambas se preocupavam com o retorno de Jimmy ao trabalho aos sessenta e oito anos de idade (ainda que por razões diferentes), e ambas culpavam Zoe inteiramente por isso acontecer. Se Paris conseguir que Elsie acredite que ela não matou Jimmy, ela poderá ter uma chance de todos os demais também acreditarem.

— Não matei Jimmy — por fim ela deixa escapar, incapaz de suportar por mais tempo o silêncio.

— Se eu achasse o contrário — responde Elsie calmamente —, não estaria aqui.

Paris solta a respiração, encostando na parede, aliviada. Mas seu cabelo encosta em algo pegajoso, e ela se endireita novamente.

Elsie clica a caneta, testa a tinta. Verifica seus óculos de leitura e usa a borda da blusa para limpar uma mancha. Suas mãos não deixam de se mover, como se canalizasse nelas tudo que sente, como se tivesse medo de ficar quieta, porque isso a obrigaria a processar que algo terrível aconteceu.

Porque de fato aconteceu.

— Elsie, eu sinto tanto...

— Não temos muito tempo, então falaremos sobre isso mais tarde, está bem? — Ao contrário de suas mãos, a voz de Elsie não vacila. — Agora, o que preciso é que você responda a todas as minhas perguntas do modo mais preciso que puder. Vamos nos encontrar com a detetive Kellog em dez minutos. Ela tentou interrogar você sem que eu estivesse presente?

— Pedi um advogado logo que vim parar aqui — diz Paris. — Elsie, Jimmy... Elsie levanta a mão.

— Guarde isso pra mais tarde. Só me deixe fazer meu trabalho. Preciso que você responda a todas as minhas perguntas.

Paris se cala.

— Você falou com alguém desde que foi presa?

— Não.

— E desde que você chegou aqui?

— Não.

— E essa senhorita, a mulher que acabou de sair?

— Eu não disse nada a ninguém.

— Ótimo. — A voz de Elsie volta a ser rápida. — Está bem. Você foi presa como suspeita de assassinato, mas não existe uma acusação formal. O caso tem muita repercussão, assim eles não podem se permitir errar. Pelo que li no relatório da prisão, tudo o que eles têm é circunstancial. Você estava casada com Jimmy e morava naquela casa; é normal e esperado que você estivesse naquele banheiro e... tocasse em coisas. Agora, quero que você pense bem. Quando você descobriu que Jimmy estava morto?

— Na noite passada — diz Paris. — Eu havia acabado de chegar de Vancouver...

— A que horas?

— Há, duas... talvez duas e meia da madrugada. Bem tarde.

— Você dirigiu ou veio de avião?

— Dirigi.

— Então você atravessou a fronteira por volta da meia-noite?

— É, foi por aí.

Elsie rabisca algo no bloco de notas.

— E depois?

— Quando cheguei em casa, notei que o alarme não estava ligado. Mas isso não é incomum, já que Jimmy muitas vezes não liga. Você sabe como ele é.

Elsie balança a cabeça sem olhar para cima.

— Subi logo para me preparar pra dormir. Jimmy sempre quer saber quando chego em casa, seja a hora que for, então fui pelo corredor até o quarto dele.

— Quarto *dele*?

— Sim, quarto dele.

Elsie levanta uma sobrancelha.

— Vocês dormem em quartos separados?

— Sim.

— Quando isso começou?

— Sempre fizemos assim — diz Paris. — Nenhum de nós dois dorme bem com outra pessoa na cama. Ele fica com calor, de modo que se mexe o tempo todo, e o menor movimento me acorda.

Jimmy ficaria mortificado se alguém mais soubesse dos arranjos dos dois para dormir, mas isso não era importante. O que ela acabou de contar para Elsie é verdade — ambos preferiam dormir sozinhos. Isso não queria dizer nada, mas as pessoas ficam dando significados para tudo.

— Então você entrou no quarto dele — prossegue Elsie. — A porta estava aberta ou fechada?

— Não me lembro.

— Pense.

Paris nunca havia visto Elsie na sua postura de advogada e, francamente, ela é um tanto assustadora. É difícil conciliar essa versão dela com a que Paris geralmente via. No aniversário de casamento de Paris e Jimmy, há um mês, ela estava com um vestido drapeado ao lado de um piano, com uma taça de vinho em uma mão e um microfone na outra, cantando "If Ever I Would Leave You", do musical Camelot.

— A porta estava ligeiramente aberta — responde Paris. — Acho que não virei a maçaneta. Simplesmente empurrei.

— Continue.

— Vi que a luz do banheiro estava acesa...

— Espere, volte um pouco. A cama indicava que alguém havia dormido nela?

— Eu... — Paris para. — Nem olhei para a cama. Vi a luz do banheiro e fui direto pra lá.

— A porta do banheiro estava aberta ou fechada?

— Aberta até a metade. Quando cheguei perto, vi que ele estava na banheira.

— E o que, exatamente, você viu?

Paris respira fundo e fecha os olhos. Ela pode ver Jimmy deitado no banheiro. Usava um short e uma camiseta, a cabeça inclinada para um lado em um ângulo estranho. Seus olhos, abertos. Um braço estava dependurado da borda da banheira, que estava meio cheia de água vermelha. Só que não era simplesmente água. Era sangue. Muito sangue.

— Ele estava na banheira. — Sua própria voz soa distante para Paris. — Parecia que ele estava morto, mas eu não tinha certeza. Corri para perto dele e apertei seu pulso, e depois seu pescoço. Não havia pulso. A pele estava fria quando o toquei.

E havia gritos. Muitos gritos. Vindo dela.

Elsie fecha os olhos por um momento.

— Você sabe como ele morreu?

— Não, havia muito sangue na banheira para que eu pudesse ver.

— E então o que você fez?

— Tentei levantá-lo.

Elsie ergue os olhos do bloco de notas.

— Por quê?

— Sei que não faz sentido, mas... eu não queria deixar ele ali. — Paris desvia o olhar. — Mas ele era pesado demais, e eu não conseguia agarrá-lo firmemente. Quando tentei levantá-lo, ele escorregou e a água da banheira espirrou por todo lado, pelo chão, por cima de mim.

— Então o que você fez?

— Senti meu pé tocar em alguma coisa, e quando olhei pra baixo, percebi alguma coisa brilhante. Aí me inclinei pra pegar... e então devo ter escorregado, porque não me lembro de mais nada depois disso.

— O relatório diz que você bateu a cabeça.

— Acho que sim. — Paris toca no curativo em sua testa. — Só sei que, quando acordei, estava com a cara no chão, e o sol já havia saído. Tinha sangue por todo lado. Alguém gritava, e ouvi meu nome. Sentei e vi que havia policiais parados do lado de fora do banheiro. Quando tentei me levantar, os policiais imediatamente sacaram as armas.

— O relatório diz que você segurava uma navalha.

— Não percebi isso até que eles me disseram. — Paris olha para Elsie. — Um dos policiais disse "Sra. Peralta, ponha a arma no chão", aí olhei pra baixo e vi a navalha na minha mão. Tentei explicar que aquilo não era uma arma, simplesmente era uma das navalhas de Jimmy, mas as palavras não saíam.

— O relatório diz que você estava agitando a navalha ao redor. — Elsie levanta uma sobrancelha. — A palavra que usaram foi *brandindo*.

— Pelo amor de deus, essa não era minha intenção. — Paris diz, impotente. — Entendo que provavelmente era isso que parecia. Minha cabeça estava estalando, e eu tinha dificuldades para ouvi-los porque Zoe não parava de gritar. Quando eles disseram "Solte a *navalha*", soltei imediatamente. Mas eles ainda estavam me encarando, como se fosse alguém saída de um filme de terror. Foi então que eu me vi no espelho. Eu parecia a Carrie na festa de formatura.

— O que aconteceu em seguida?

— Um dos policiais mandou que eu me virasse lentamente. Ele me algemou, leu meus direitos. Quando eles me tiraram do quarto, Zoe estava no final da escada, ainda gritando comigo, perguntando como eu podia ter assassinado Jimmy. Então a detetive disse "Sra. Peralta, a senhora assassinou seu marido?".

— E você disse...

— Eu disse "Não me lembro".

Elsie suspira, as rugas de sua testa se aprofundando.

— Não foi a melhor escolha de palavras.

— Aquilo simplesmente saiu da minha boca. — Paris consegue perceber o desespero em sua própria voz. — Elsie, acho que Jimmy se matou. Sei que isso parece ser uma loucura, mas...

— Na verdade, não. — Elsie coloca a caneta sobre o bloco e enfrenta o olhar de Paris. — Eu só não pensei que ele tentaria novamente.

Paris escancara a boca.

— *Novamente?*

— Ele nunca contou pra você?

Não, ele jamais fez isso.

— Ele só me contou sobre as overdoses.

— Foi há muito tempo, cerca de um ano depois que *The Prince of Poughkeepsie* terminou. Pouco tempo depois que a mãe dele morreu. — Os olhos de Elsie estão úmidos. — Ele deixou um bilhete de suicídio e tudo o mais. Na verdade, não estou surpresa por ele não ter dito nada a você. Ele tinha uma vergonha profunda disso. Ficou uma semana hospitalizado. Conseguimos manter a imprensa longe disso. Foi... um período difícil.

— Eu não vi nenhum bilhete.

— Vou assegurar que a perícia procure. — É impossível ler o rosto de Elsie enquanto ela escreve notas no bloco. — Mas vou ser sincera com você, Paris. A coisa parece feia. Sem testemunhas ou um bilhete de suicídio, eles provavelmente podem montar um caso de assassinato. A artéria femoral dele foi cortada. Vão dizer que é um lugar fora do comum para ele se cortar, porque é mesmo.

Paris desaba.

— Mas temos algo bom do nosso lado — comenta Elsie, porém, antes que ela possa dizer a Paris do que se trata, o policial está de volta.

As duas mulheres olham quando a porta da cela novamente se abre.

— A detetive Kellog se reunirá com vocês na sala três — ele diz.

Elsie arruma sua pasta.

— Responda a todas as perguntas dela a menos que eu lhe indique o contrário. Nesse caso, você para de falar. Imediatamente.

— Entendi.

Enquanto seguem o policial pelo corredor, as mãos de Paris começam a tremer. Agora realmente ela começa a compreender. Jimmy está mesmo morto. Ele não estará em casa quando ela chegar. Não vai perguntar se estaria disposta a preparar qualquer coisa para o jantar, ou se ele deveria grelhar salmão ou um bife. Não irá mais beijar o topo de sua cabeça e dizer "Topo qualquer coisa que você queira, querida".

O marido de Paris pode não ser o grande amor de sua vida — essa honra pertence a alguém que ela conheceu anos antes, numa vida diferente, quando ela era uma pessoa muito diferente —, mas Jimmy Peralta era o amor *desta vida*, a que ela construiu a partir das cinzas da antiga.

Ela abafa um soluço quando estão chegando à sala 3. Uma voz invade sua mente, indesejável como uma víbora que dá o bote nos piores momentos possíveis.

Você é absolutamente inútil. Pare de chorar antes que eu te dê outra surra e acabe com você.

4

AGORA QUE ESTÃO SENTADAS DE FRENTE uma para a outra, Paris nota que a detetive Kellog é bonita; parece mais uma atriz fazendo o papel de agente na televisão que uma policial de verdade. Seu rabo de cavalo loiro e comprido balança quando ela acena com a cabeça. O que é frequente.

— Estou surpresa por você estar defendendo-a — a detetive diz para Elsie. — Você era muito amiga da vítima, não era? Deve realmente acreditar que ela não fez isso.

— Porque ela não fez — responde Elsie.

— Bem, antes de entrarmos nisso tudo, onde é que a *senhora* estava na noite passada, sra. Dixon? — A voz de Kellog é amistosa. Tal como Elsie, ela tem um bloco de notas aberto diante de si, mas é pequeno, algo que caberia no seu bolso de trás. Seu lápis tamborila na mesa.

— Você está perguntando onde *eu* estava?

A detetive sorri.

— Estou perguntando a todos que conheciam Jimmy Peralta. Você pode ser a advogada da sra. Peralta, mas era também a melhor amiga do sr. Peralta. Pelo que sabemos.

Elsie troca um olhar com Paris e suspira.

— Estava jantando fora com amigos até por volta das nove horas. Não há problemas em te dar seus nomes e o nome do restaurante. Cheguei em casa por volta das nove e trinta e fui direto para a cama.

— Quando foi a última vez que viu o sr. Peralta? — Kellog ainda está fazendo perguntas a Elsie.

— Semana passada. Segunda-feira, acho.

— Foi na terça-feira — Paris diz a Elsie. — Eu estava de saída para dar as aulas matinais quando você estava chegando.

A advogada concorda com a cabeça.

— Correto, terça-feira. Jimmy e eu saímos juntos para o café da manhã.

— Está bem. — Kellog parecia satisfeita. — Só pergunto por que ouvimos sua voz na fita cassete que tiramos do aparelho de som portátil no banheiro. Não foi fácil achar um toca-fitas por aqui, mas, sim, ouvimos você dizer algo sobre ter planos com ele.

— Jimmy gosta de ensaiar suas piadas no banheiro, na frente do espelho — informa Paris. Uma imagem surge em sua mente, de seu marido gesticulando de um jeito frenético diante de seu reflexo, e uma pontada de dor a atinge. — Ele usa seu antigo som portátil para ensaiar.

— Ele praticamente sustentava sozinho os fabricantes de cassetes — diz Elsie.

— Agora todo celular tem um app para gravar voz — diz Kellog. — Não seria mais conveniente usar isso?

Paris e Elsie sorriem ao mesmo tempo.

— O quê? — questiona a detetive, olhando de uma para outra. — Qual a graça disso?

— Jimmy era um homem à moda antiga, detetive — responde Elsie. — Até quatro anos atrás, ele tinha um celular daqueles grandes, antigos, e ainda tem um videocassete na sala de estar. Então, sou uma suspeita?

— Por enquanto, não, mas tudo pode acontecer. — Kellog sorri, depois se volta para Paris. — Então. Sua vez. Segundo a assistente de seu marido, Zoe Moffatt, você tinha planejado passar o fim de semana fora. Para onde você foi?

Paris dá uma olhada para Elsie.

— Dirigi até Vancouver — responde Paris. — Para a Convenção e Exposição Internacional de Ioga.

— Quem foi com você?

— Ninguém.

— Onde você ficou?

— No Pan Pacific.

— Quanto tempo você ficou lá?

— Da tarde de terça-feira até a noite passada.

Kellog abre a pasta de arquivos ao lado do seu bloco de anotações e folheia alguns documentos.

— E a que horas você deixou Vancouver?

— Cheguei em casa depois das duas da manhã, talvez perto das duas e trinta.

A detetive sorri.

— Não foi isso que perguntei. Perguntei a que horas você saiu de Vancouver. Segundo o hotel, você havia reservado o quarto para três noites. Por que saiu mais cedo?

— Não havia mais palestras que me interessassem.

— O que isso importa? — interrompe Elsie. — Tenho certeza de que a Patrulha da Fronteira pode lhe mandar fotos do carro dela no momento em que ela cruzou de volta para os Estados Unidos. Ou você pode simplesmente verificar o circuito de câmeras do parque do outro lado da rua da casa deles.

— O parque é mais um ponto de observação, e só há duas câmaras ali. Uma delas não funciona e a que funciona aponta para a cidade, não para as casas atrás dela.

— Você está brincando! — exclama Paris.

— Não se preocupe com isso — Elsie diz a Paris, mas está focada na detetive. — Este é um caso claro de suicídio, detetive Kellog. Jimmy Peralta tem uma longa e bem documentada história de vício e depressão, inclusive uma tentativa de suicídio há alguns anos.

— Talvez tenha — diz Kellog. — Mas o que me incomoda é: Zoe Moffatt, que tem seu código próprio para a tranca da porta de frente, entrou na casa hoje de manhã porque Jimmy havia marcado uma reunião com ela às dez. Quando o sr. Peralta não desceu na hora marcada, ela chamou das escadas, e como ninguém respondeu, ela verificou a garagem para ver se o carro dele estava lá. Estava, mas bem ao lado do carro da sra. Peralta, que supostamente ainda estaria no Canadá. A sra. Moffat chamou novamente, e ainda não teve resposta. Preocupada por nenhum dos dois responder, ela subiu as escadas para verificar, e foi então que descobriu seu chefe morto em sua própria banheira, com a sra. Peralta no chão, ao lado, coberta de sangue, e arma do assassinato nas mãos.

— Só que não se trata da arma do assassinato, pois não há assassinato — rebate Elsie. — E não existe ainda confirmação de que a navalha foi o que de fato provocou a morte de Jimmy. Você está apenas supondo isso porque a navalha estava no banheiro. O médico-legista avaliou preliminarmente que a morte aconteceu entre as nove da noite e a meia-noite. Minha cliente não estava nem perto da casa nesse horário. Mais uma vez, por que você simplesmente não pede ao controle da fronteira que lhe mande as fotos do momento em que ela cruzou, de modo que todos possamos ir para casa?

— Aparentemente, a Patrulha da Fronteira dos Estados Unidos sofreu uma espécie de falha técnica na noite passada, portanto ainda não pode confirmar nada. — A detetive fala com Elsie, mas está observando Paris. — E até que eles verifiquem isso, não sabemos onde sua cliente estava na hora em que o marido dela foi assassinado.

— Verifique os registros telefônicos dela — sugere Elsie.

Merda.

— Nós tentamos. — Kellog se recosta na cadeira e se dirige a Paris. — Mas parece que seu telefone não saiu de sua casa durante todo o fim de semana que você passou fora.

— Eu o esqueci em casa. — Paris se esforça para manter a voz calma. Quando contar uma mentira, é melhor não se apressar nem explicar com detalhes. — Já estava chegando à fronteira quando me dei conta de que estava sem ele.

— Então você passou todo o fim de semana sem telefone?

— Sim. — Outra mentira. Paris nem pisca.

A detetive sorri.

— Bem, isso torna você a pessoa mais azarada do mundo.

— Você vai mesmo mantê-la presa com base nisso? — Ou Elsie é uma grande atriz ou está realmente estupefata. Paris aposta mais nisso.

— Já mantive suspeitos de assassinato por muito menos — diz Kellog. — Porque se trata de assassinato, advogada. Sua cliente é quase trinta anos mais jovem que o marido dela, que era um homem muito famoso e muito rico.

— E daí? O testamento de Jimmy deixa quase tudo para a caridade. Eu sei bem disso. — Elsie cruza os braços sobre o peito. — Fui eu que o redigi. Minha cliente não tem motivos para assassinar o marido.

— Sabemos disso. Mas mal começamos a investigação, e pode ficar certa de que não vamos deixar nenhuma pista passar. — A detetive Kellog dá outro sorrisinho para Paris. — Você é um tanto misteriosa, sabe? Isso me deixa com vontade... de cavar mais.

Uma fogueira se acende no estômago de Paris, e lhe custa muitíssimo não transparecer isso.

— Também não podemos esquecer uma coisa interessante que ela admitiu antes que os policiais a prendessem — acrescenta Kellog.

— Você se refere a algumas palavras sem sentido que ela disse depois de bater a cabeça? — Elsie zombou. — Isso não é admissão, é confusão. Libere-a para casa, de modo que possa sofrer adequadamente seu luto pela morte do marido.

— Sim, com relação a isso. — A detetive inclina a cabeça, o rabo de cavalo balançando atrás dela. — Será que está mesmo triste, sra. Peralta? Porque não parece estar nada disso.

Elsie coloca a mão no seu braço.

— Não responda...

— Não é da sua conta como eu lamento — retruca Paris, ignorando sua advogada. — Sinto muito se não correspondo ao modo como supostamente uma viúva deve se comportar algumas horas depois de ser acusada de assassinar o marido. Da próxima vez vou ler antes o roteiro com os detalhes do comportamento correto, e ensaiarei bastante.

O sorrisinho de Kellog permanece, e ela dá uma tapinha em seu bloco de notas.

— Me conte detalhadamente como foi que você o encontrou.

Paris repete a mesma história que contou à advogada, e sente que o faz de modo bem mais fácil desta vez.

— Diga-me uma coisa — diz a detetive quando Paris termina. — Se seu marido acabou com a própria vida, como vocês duas têm tanta certeza, o que pensa de ele ter cortado a perna? Por que não os pulsos? É o que a maioria das pessoas faria.

— Eu posso responder isso — diz Elsie confiante, e Paris se volta para ela, surpresa. — Quando Jimmy tentou se suicidar antes, cortou o braço. Obviamente, não morreu. Mas a cicatriz, que vai até o meio do seu antebraço, sempre o incomodou.

— É *por isso* que ele tinha essa cicatriz? — Paris indaga a Elsie. — Ele me disse que caiu numa janela de vidro quando estava bêbado.

— Isso aconteceu. Mas não foi assim que ele conseguiu *aquela* cicatriz.

Paris se ajeita de novo na cadeira. O que mais ela não sabe sobre o passado de Jimmy? Parece que seu marido tem tantos segredos quanto ela.

— Para mim, faz sentido que ele tenha escolhido uma parte do corpo que pudesse esconder facilmente. — Elsie volta sua atenção novamente para a detetive Kellog. — Seria seu modo de proteger a si mesmo, caso sobrevivesse.

— Se não soubesse o contrário, poderia até pensar que *você* era a esposa, já que o conhece tão bem — diz Kellog para Elsie, e se volta para Paris. — De qualquer modo, temos bastante tempo para arrumar o quebra-cabeças. Nunca se sabe o que pode aparecer nos próximos dias.

O estômago de Paris está queimando.

— Acabamos aqui — diz Elsie.

— Imaginei — retruca a detetive.

Elsie se levanta para bater na porta. A detetive Kellog permanece sentada, continuando a encarar Paris pensativamente, como se tentasse desvendá-la. Bem, a detetive pode tentar o quanto quiser, mas, até agora, ninguém conseguiu.

— Quanto tempo mais vou ter que ficar aqui? — Paris pergunta a Elsie enquanto seguem um policial de volta para a cela.

— Podem manter você aqui por até setenta e duas horas, e então teriam que acusá-la formalmente ou soltá-la.

— Três *dias*? — Paris aperta o braço de sua advogada. — Elsie, não posso ficar tanto tempo aqui.

— Não vai ficar todo esse tempo. — Elsie dá uma palmadinha em sua mão. — Volto mais tarde. Por enquanto, apenas se mantenha firme. E lembre-se, não fale com ninguém. Logo vamos provar o que aconteceu.

Elas chegam à cela e, olhando pelas barras, Paris sente um súbito ataque de claustrofobia. Daria qualquer coisa para não voltar a entrar ali, e se sente isso agora, como poderá sobreviver na prisão? Ela não consegue se forçar a dar um passo e entrar até que o policial coloca a mão em suas costas e a empurra. A porta é trancada.

— Paris — diz Elsie, a voz sentida, e Paris se volta. — Por que Jimmy não me disse que estava passando por um momento difícil? Ele sempre me contou tudo. Como é que não percebi? Se soubesse, eu poderia... — E soluça.

Paris estende a mão pelas barras.

— Você conhecia Jimmy melhor que ninguém, e sabe o quanto era difícil para ele admitir que precisava de ajuda. Zoe estava em casa quase todos os dias, e nem ela sabia. Então como você saberia?

Elsie balança a cabeça e aperta a mão dela brevemente, antes de se soltar. Paris sabe que acabou de dizer algo que vai fazer a outra mulher se sentir melhor, e quase tudo era verdade. Não havia como Elsie e Zoe saberem o que Jimmy estava enfrentando.

Porque Paris também não sabia.

Depois que Elsie vai embora, ela liga novamente para Henry.

— Não sei quanto tempo vou ficar aqui — Paris lhe conta. — Sinto muito, sei que isso deixa você em uma situação ruim.

— Consigo lidar com isso — diz Henry, mas ela detecta mais ansiedade na voz dele do que antes. — A equipe te dará todo apoio. Alguns membros me fizeram perguntas por causa do vídeo da prisão, mas lembrei a todo mundo que uma prisão não significa uma acusação.

— Duvido que a maioria das pessoas compreenda a diferença. Mas obrigada.

Eles se despedem e desligam.

Ele é um bom sujeito, esse Henry Chu, e Paris sabe a sorte que tem por ele ser sócio no negócio e administrador do estúdio. Há dez anos, ele entrou no Ocean Breath pela primeira vez, estressado e exausto com seu trabalho como programador na Amazon, o que fazia sua pressão subir. Ela ainda estava em Fremont, em um estúdio minúsculo no segundo andar de um edifício comercial onde havia mais uma loja de miçangas, o escritório de um detetive particular, e uma vidente que trabalhava apenas nas sextas-feiras. Henry se encontrou na ioga como um peixe na água, e treinava cinco dias por semana. Depois de alguns meses, notando que Paris batalhava para conseguir novos clientes, Henry sugeriu que ela montasse um site de apoio aos negócios locais, e a clientela do Ocean Breath começou a crescer.

Ele acabou saindo da Amazon com uma boa indenização. Quando o sistema de marcação de horários não aguentou a carga, ele se ofereceu como sócio e projetou um sistema melhor. Paris aproveitou a oportunidade de tê-lo a bordo. Ele assumiu boa parte do trabalho de administração e permitiu que Paris tivesse mais tempo para dar aulas. Logo eles mudaram o Ocean Breath para o local atual, um belo espaço perto de um supermercado de produtos naturais, o que atraiu um nível completamente novo de clientela.

Foi na nova locação que ela conheceu Jimmy. Pelo menos essa foi a história que os dois concordaram em contar para as pessoas. Ninguém questionava porque ninguém se importava. Comediante aposentado casa com instrutora de ioga? Não era exatamente algo que atraísse a atenção do *Entertainment Tonight*. Já fazia algum tempo que Jimmy não era considerado "relevante", o que Paris achava ótimo.

Então Zoe fodeu com tudo.

Em algum momento, a antiga assistente pessoal de Jimmy começou a funcionar mais como agente. Zoe havia trabalhado para ele em Los Angeles durante anos, e quando Jimmy finalmente decidiu deixar de vez a indústria, ela o ajudou tanto a vender suas propriedades na Califórnia como a achar uma nova residência em sua cidade natal, Seattle. Supostamente, ela deveria ficar por ali durante algumas semanas, até que ele estivesse bem instalado. Mas Zoe jamais voltou para L.A. Ela simplesmente... ficou. E assim Jimmy a manteve em sua folha de pagamento. Ela atendia seus telefonemas, gerenciava seu website e cuidava de seus e-mails e das cartas dos fãs. Marcava os dias de faxina e o horário de serviços de manutenção, pagava as contas e levava seu carro para a oficina. Também fazia as compras de mercado, cuidava dos afazeres dele, e até mesmo recolhia o lixo e a reciclagem todas as semanas.

Quando Paris conheceu Jimmy, Zoe aparecia na casa talvez duas vezes por semana. Mas desde que a Quan o procurou, ela ia lá quase a porra de todos os dias, entrando e saindo quando queria, guardando suas barras de granola no armário e sua kombucha na geladeira e deixando Paris absolutamente maluca.

— Você tem que pegar leve com a garota — disse Jimmy quando Paris se queixou da presença constante de sua assistente. — Ela cuida de todas as merdas com que eu não quero lidar. Se eu pudesse pagar pra ela ir ao dentista no meu lugar, pagava mesmo. E você acha que sei alguma coisa sobre essa merda de *streaming*? Eu preciso dela.

Zoe não é uma garota. Tem trinta e cinco anos. E queria o retorno de Jimmy aos shows ainda mais do que ele. Tudo que Jimmy queria era ficar contando piadas. Foi Zoe quem quis mais. Há dois meses, a Quan colocou no ar sua primeira apresentação especial de comédia em mais de uma década. Foi tão bem que eles quiseram um terceiro espetáculo, embora o segundo estivesse programado para ir ao ar no mês seguinte. Jimmy não queria fazer um terceiro espetáculo. Mas Zoe o estava pressionando para que ele assinasse o contrato.

— Quanto de material você acha que já tem? — Zoe havia perguntado a Jimmy alguns dias atrás.

Os três estavam na cozinha. Paris iria para Vancouver e esperava almoçar tranquilamente com o marido antes de fazer a longa viagem. Mas Zoe continuava falando com seu chefe à mesa, enquanto Paris esquentava a comida. Adobo de porco, um dos favoritos de Jimmy.

— Agora mesmo, tenho o bastante para a metade, talvez dois terços do espetáculo — respondeu Jimmy.

— Pode esticar para uma hora?

— Não se eu quiser que seja engraçado.

— Tudo bem — disse Zoe. — Temos tempo. Posso dizer a eles que você estará pronto para filmar, digamos, em seis meses? Você pode fazer isso em Las Vegas. O Venetian está interessado, mas o MGM quer muito você. Acho que deve ser no Venetian, já que foi construído onde era o Sand's.

Foi no Sand's que Jimmy fez uma residência de cinco anos no final da década de 1980, antes de se tornar um superastro de uma série cômica. Também foi lá que ele teve a overdose. Pela primeira vez.

— Obrigado pela aula de história, garota — a voz de Jimmy estava seca. — Mas se houver uma terceira, vai ter que ser mês que vem, aqui em Seattle. No Showbox.

Paris trouxe dois pratos de comida para a mesa e se sentou. Jimmy se inclinou e a beijou.

— Jimmy! — Zoe parecia frustrada. Tirou os óculos e esfregou os olhos. — Você tinha dito antes que estava aberto para um show em Vegas. Sua temporada original em Vegas foi o ponto alto de seu espetáculo stand-up, e eles querem ver você de volta. Já conversei com o diretor de entretenimento no Venetian. Eles podem começar imediatamente a divulgação com outdoors...

— Foi mesmo meu ponto alto, ainda que eu estivesse tão chapado todas as noites para sequer me lembrar? Não tenho a menor intenção de pôr os pés novamente em Vegas. Não há nada no contrato original que diga que vou fazer isso. — Jimmy engoliu uma colherada de adobo e arroz, e deu um joinha para Paris em sinal de aprovação.

— Nós concordamos em boa-fé...

— Que se foda — respondeu ele, mastigando. — Boa-fé significa me deixar fazer meu espetáculo onde eu me sinta confortável. Quase morri em Vegas.

Um longo silêncio.

— Sinto muito — disse Zoe. — Compreendo. Mas não pode ser no Showbox.

— Puta mer...

— *Jimmy*. Você sabe que a Quan quer uma capacidade mínima de mil e oitocentos lugares sentados. Querem que o espetáculo tenha energia. Não querem uma audienciazinha e uma parede atrás de você. Querem você em um palco gigante, com altas risadas.

— Então faço no Paramount. Quantos cabem lá, duas mil cadeiras?

Zoe digitou no laptop.

— Mil oitocentos e sete. Perfeito. Mas parece que estão comprometidos nos próximos dois meses, e precisamos pelo menos de três noites para a gravação.

Paris sabia que os especiais de uma hora de duração gravados para a HBO, Netflix, Quan e os demais na verdade misturam várias apresentações ao vivo. Assim, se uma piada não funcionar ou o comediante não tiver um desempenho perfeito em uma noite, o melhor de cada espetáculo pode ser usado.

— Ligue pra eles. Sou um artista daqui. Eles darão um jeito de arrumar isso. Qualquer dia no mês que vem está bom. E quanto mais cedo, melhor.

— Mas você não tem material suficiente...

— Eu vou estar pronto.

Paris olhou para o marido.

— Jimmy — ela disse em voz baixa. — É muita pressão.

Ele olhou duro para ela, e Paris se calou.

Depois que acabaram de almoçar, Zoe ficou na cozinha enquanto Jimmy carregava a mala de fim de semana de Paris até o carro.

— Não tenho que ir para Vancouver, você sabe. — Ela lembrou a ele. — Posso ficar.

— Não, quero que você vá. — Jimmy enfatizou a afirmação colocando a bagagem no porta-malas. — Sei que você estava na expectativa de passar alguns dias fora. Não se preocupe, tenho com que me manter ocupado. Tenho aquele troço beneficente na noite de sábado e vou experimentar algumas das piadas novas.

— Jimmy — ela disse. — Não me sinto bem deixando você sozinho.

Ele levantou o queixo dela e olhou dentro de seus olhos.

— Vou estar aqui quando você chegar. Prometo. Eu te amo. Dirija com cuidado, tá bem?

Eles olharam um para o outro mais um pouco. Jimmy não era exatamente bonito. Ele mostrava a idade, o rosto cheio de rugas e vincos que contavam as histórias de sua vida. Mas isso jamais importou. Ela foi atraída por sua gentileza e aceitação. Ao contrário de todos os outros homens que Paris conheceu, Jimmy Peralta nunca pediu nada a ela.

Exceto, é claro, que ela assinasse o acordo pré-nupcial não negociável e totalmente blindado. Seja lá o que a polícia pensasse que ela fez, pelo menos não pode dizer que ela o fez por dinheiro.

5

O JANTAR NA CELA DE DETENÇÃO É UM SANDUÍCHE e uma maçã. A maçã é pequena, mas gostosa. O sanduíche são duas fatias de pão de forma, uma fatia de presunto, outra de queijo processado, e um pouco de mostarda.

Paris examina aquilo. Sem mofo, nada de manchas estranhas; pode ser comido com segurança. Uma coisa que ela aprendeu cedo na vida foi a nunca, jamais pensar que a comida estava garantida. Quando era criança, um sanduíche como aquele era um luxo. Ela dá uma mordida. O sabor é o da sua infância.

Suas novas colegas de cela, entretanto, não estão nada animadas com a refeição.

— O que é isso? — pergunta uma delas, apertando o saco de papel. — Não alimentaria nem meu cachorro com isso.

— Nojento — concorda a outra. — Não consigo comer isso.

Ah, o privilégio de poder escolher a comida. Jimmy gostava de filé maturado, trufas colhidas à mão e sushi tão fresco que o anzol ainda poderia ser visto. Paris, por sua vez, era consideravelmente menos seletiva. O queijo cheddar passou muito tempo na geladeira? Raspe as manchinhas verdes. O pão já estava duro? Dê uma torrada nele. Quem passa fome quando criança nunca realmente supera isso. A ideia de desperdiçar comida faz Paris ficar fisicamente doente.

Houve uma mudança de turno antes do jantar, e o policial que ficou encarregado é um homem mais velho que pisa forte e tem a respiração chiada. As chaves que chacoalham em seu cinto servem de aviso de sua chegada perto da cela, e as três mulheres erguem a cabeça quando ele se aproxima.

— Meu advogado chegou? — pergunta uma de suas companheiras. — Preciso voltar para a porra da minha casa. Tenho filhos.

— É a advogada dela. — O policial aponta Paris. — E você devia pensar antes de agredir seu vizinho.

— *Supostamente* agredir.

— Peralta — chama ele —, vai se levantar ou não?

Paris se encaminha até as grades enquanto as colegas de cela falam dela em voz baixa. Chegaram ali separadamente e por razões não relacionadas, mas as duas imediatamente se reconheceram. Vinham de círculos sociais similares, e ambas haviam namorado um sujeito chamado Dexter, que as duas concordam que não vale nada. Mas agora estão fofocando sobre Paris, e o sarcasmo misturado com risadas a fazem lembrar de dois personagens, Statler e Waldorf, dos *Muppets*.

— ... matou seu marido...

— ... deu o golpe do baú, mas eu respeito isso...

— ... e gostei dos chinelos...

— ... o seriado da Netflix é engraçado pra cacete...

— ... não está na Netflix, é da Quan...

Elsie finalmente aparece, com cara de desânimo. A saia brilhante e a blusa foram substituídas por legging e uma túnica, e ela parece ter tido um dia pior que o de Paris. Ela entrega um saco de papel branco entre as barras.

— Trouxe um jantar pra você. Não posso ficar muito tempo.

— Já nos deram comida. — Paris olha pela grade. Outro sanduíche, porco desfiado dentro de uma baguete do Fênix, o restaurante cubano perto da casa de Elsie. — Mas este é muito melhor. Obrigada.

— Está cheirando bem — diz uma das Muppets em voz alta. — Cadê os nossos?

Elsie as encara com um olhar que derreteria até aço e faz sinal para que Paris se aproxime mais. Ela só começa a falar quando o rosto delas fica apenas a centímetros de distância através das grades.

— Acabei de dar uma olhada no relatório de toxicologia. — O tom de Elsie mal está acima de um sussurro. — Descobriram cocaína e anfetaminas no organismo de Jimmy. Você sabia que ele estava se drogando de novo?

— Não — responde Paris, incapaz de esconder seu choque. — Claro que não.

— Fazia sete anos que ele estava sóbrio — a voz de Elsie falha. — Eu disse a Zoe há meses que esse negócio com a Quan poderia ser pressão demais para ele. Ela insistiu que ele estava bem.

— Ele parecia estar bem — diz Paris. — Mas, Elsie... — ela hesita.

— Desembuche. Não é o momento de esconder nada de mim.

— Havia algo acontecendo com a memória de Jimmy — informa Paris. — Ele começava a... esquecer coisas. E também não o tempo todo. Nem sempre. Mas, de vez em quando, ele esquecia alguma coisa, aleatoriamente.

Elsie a encara através das grades.

— Exemplo?

— Uma vez percebi que ele estava olhando fixo para uma laranja, mais de um minuto. Uma *laranja*. Quando perguntei o que ele estava fazendo, ele perguntou qual era o nome da fruta. Depois tentou fazer graça disso, dizendo que estava só brincando. Quando uma coisa semelhante aconteceu umas duas semanas depois, eu falei que estava preocupada. Ele ficou com muita raiva e disse que não podia acreditar que tinha se casado com alguém que não sabia o que era uma piada. Foi a primeira vez que ele falou comigo desse jeito.

Ela estava minimizando a coisa. Jimmy não ficou simplesmente zangado, ficou enfurecido. E cruel. *Agora você está querendo me foder de verdade? Como pode ser a porra da minha mulher e não saber que era uma piada? Ou você é estúpida, ou seu sentido de humor é zero. E não sei o que é pior.*

— Isso não foi raiva. Foi medo. — afirma Elsie através das grades. — Ele viu sua mãe definhando com Alzheimer, pouco depois que *O príncipe de Poughkeepsie* terminou. Não sei se você conheceu alguém com essa doença, mas o estágio final é absolutamente brutal. No último ano de vida dela, Jimmy estava ali todos os dias. Ele sempre dizia que seu pesadelo era que a mesma coisa acontecesse com ele. — Ela olhou para Paris. — Por que você não o levou ao médico?

— Ele não queria ir — replica Paris. — Marquei duas consultas, e ele cancelou as duas sem me dizer. Finalmente, concordou em ir depois que o segundo programa fosse gravado, mas quando o lembrei disso, nem ligou, dizendo que estava muito ocupado falando com a imprensa. Ele me falou que eu estava ficando reclamona e pediu que o deixasse em paz. Ficava zangado toda vez que eu tocava no assunto.

— Por que não me contou isso? — A voz controlada de Elsie deixa claro que ela está furiosa. — Ele teria me ouvido. Eu poderia fazer com que ele fosse.

Paris sustenta o olhar dela.

— Foi por isso que ele me pediu pra não contar pra você. Ele era meu marido, Elsie. O que acha que eu deveria fazer?

— Você deveria cuidar dele — retruca Elsie. — Foi esse o compromisso que assumiu quando se casou com um homem três décadas mais velho que você. Devia se importar quando ele estivesse adoecendo e notar que ele estava usando drogas de novo. Puta merda, Paris! Como pôde estar tão autocentrada pra não perceber essas coisas?

A face de Paris está quente. Não há como ela se contrapor a isso, porque Elsie está certa. Ela *estava* completamente focada em si mesma nesses últimos meses, tentando imaginar como fazer para que sua própria vida não implodisse. Não estava prestando atenção na saúde de Jimmy. Para ser justa, Zoe também não estava, mas Zoe não era casada com ele.

— Sua audiência é amanhã às dez horas — informa Elsie. — É a ocasião em que a Promotoria precisa mostrar ao juiz que tem uma causa provável para acusar você. Vou avisá-la logo, provavelmente você será acusada. Mas até agora tudo o que eles têm é circunstancial, então não significa necessariamente que você vá a julgamento. Pode confiar em mim, com toda essa repercussão, eles não podem se dar ao luxo de errar.

— É muito ruim? A repercussão?

— Considerando que você está em todos os noticiários, diria que é bem ruim. Um dos advogados júnior do escritório me enviou uma postagem do Instagram. Mostra você lado a lado com uma das Kardashian, usando os mesmos chinelos peludinhos. Você parece culpada *e* rica, e essa é uma péssima combinação.

— Mas não é de pele, é de penas — contesta Paris, inutilmente.

— Coma seu sanduíche — diz Elsie. — Amanhã cedo estou de volta. Lembre-se, nada de falar. Especialmente com a Idiotinha e a Idiotona ali. Tente descansar um pouco.

Paris não está com fome e não consegue imaginar como vai dormir. Suas colegas de cela estão mais uma vez trocando histórias sobre o ex-namorado das duas, Dexter, que aparentemente fumava muita maconha, traiu as duas, roubou o dinheiro de uma mulher e bateu com o carro de outra mulher. Que prêmio.

Com Jimmy, ela jamais teve que se preocupar com essas coisas. Ele não tomava, ele doava. No dia seguinte ao que concordaram em se casar, tiveram uma conversa brutalmente honesta sobre dinheiro. Jimmy não queria surpresas. Disse a Paris exatamente quanto ela ganharia se o casamento terminasse.

— Seja por morte ou divórcio, você ganha um milhão de dólares — disse Jimmy.
— Não sou tão rico como as pessoas pensam, e quero que você saiba no que está se metendo. Perdi muito dinheiro com maus investimentos, com um gerente malandro, e pelo meu nariz e nos braços.

Um milhão de dólares parecia muita coisa para Paris. Pagaria seu apartamento e seu carro e deixaria um bom pé de meia para quando se aposentasse. Ela ainda teria que trabalhar, mas tudo bem. Só que parecia estranho se meter em um relacionamento no qual um acordo pré-nupcial fosse necessário. Henry, sempre intrometido, havia pedido uma avaliação da casa de Jimmy à corretora mais chique dos Estados Unidos logo que Paris começou a sair com ele. O estimado por essa corretora foi de sete milhões de dólares por causa da localização e da vista. Ela compreendeu a razão de Jimmy querer se proteger.

— Já me queimei antes — disse Jimmy. — Quatro esposas. Três reabilitações. A falência nos anos 1980. Merda, não é preciso relembrar tudo isso, você já sabe. Elsie preparou esse acordo pré-nupcial depois da esposa número dois. Então é um tipo, digamos, de contrato-padrão. Mas protegeu meu rabo quando meus dois últimos casamentos foram pro brejo.

— Não temos que nos casar, você sabe — disse Paris. — Estou bem por conta própria. A vida inteira cuidei de mim mesma.

— Sei disso. — Ele tocou no rosto dela. — Mas imagino que me sobram uns vinte anos de vida e, se estiver com sorte, pelo menos dez deles serão bons. E quero passar todos com você. O que posso dizer? Gosto de estar casado.

Ela beijou a mão dele.

Jimmy inclinou-se, seus olhos azuis fitando-a profundamente. — Mas quero você *comigo*, garota. *Eu*. Não com o Príncipe de Poughkeepsie...

— Nunca assisti.

— Ou o cara de Vegas...

— Nunca fui lá.

— Ou o ganhador de treze Emmys, um Globo de Ouro, uma indicação para o Oscar...

— Prêmios são supervalorizados.

Finalmente, ele riu.

— Saquei. Você realmente não se importa com nada disso. É isso que gosto em você.

— Me envie a papelada — disse Paris. — Sou realista. Sei que isso pode não durar muito. Mas me avise quando você quer se casar porque tenho de achar quem me substitua nas aulas.

Ela assinou o pré-nupcial, mas não demorou muito para começar a suspeitar que Jimmy na verdade tinha mais dinheiro do que lhe havia dito. Ele insistiu na aliança de um quarto de milhão de dólares, pagou o que faltava do financiamento de seu apartamento, encorajando-a a alugá-lo e aplicar o que ganhasse. E então comprou um Tesla para ela, um par de brincos de diamantes e uma bolsa Birkin da Hermès. Ele tinha dinheiro e depois de assinar com a Quan, teria muito mais.

Ela jamais lhe perguntou nada sobre isso. Todos tinham direito a seus segredos, e se ela pedisse que ele revelasse os seus, ele poderia exigir que ela revelasse os dela. Ela havia vivido duas vidas diferentes antes dessa que compartilhava com Jimmy. E ambas terminaram com alguém assassinado.

E agora ali está ela novamente.

Ela podia ter fugido de Toronto, escapado dos cadáveres e começado uma nova vida, com um nome totalmente diferente, mas, mesmo assim isso não serve de nada. Porque mesmo que possa se reinventar, ela não consegue superar a si mesma. Como uma mulher lembrou a ela, havia muito tempo, "o denominador comum de todas as coisas terríveis que aconteceram com você é *você*".

A todo lugar que você for, você estará ali.

6

QUANDO PARIS ACORDA NA MANHÃ SEGUINTE, Statler e Waldorf haviam sumido, e também seu sanduíche cubano.

Uma pessoa nova está encolhida no canto onde as Muppets estavam, o corpinho afogado dentro de um casaco com capuz muito grande tampando sua cabeça. Era difícil saber se seus olhos estavam abertos ou fechados. De qualquer modo, ela não dá bola para Paris, e isso é bom, porque Paris não está mesmo a fim de papo. O problema quando se adormece é que quando se desperta, uma nova dose de realidade lhe atinge.

Jimmy está morto.

A dor ameaça abrir caminho à força dentro dela, e ela precisa fazer alguma coisa para que a sensação não se torne aflitiva demais. Ela se levanta e pratica uma rotina simples de saudação ao sol para esticar os músculos e fazer o sangue circular, o que ajudará a limpar a cabeça. Começando com *tadasana*, também conhecida como pose da montanha, a sequência normalmente dura dez minutos. Completa todas as posturas menos a do cão para cima e para baixo, o que exigiria que colocasse as mãos no chão. Em vez disso, ela opta por terminar com *malasana*, a pose de agachamento, na qual fica completamente de cócoras com as mãos em posição de oração. Ela se sente bem, de modo que permanece assim por um tempo, criando um espaço em sua espinha e permitindo que seus quadris e sua virilha se abram. Quando está pronta, levanta-se e se senta de volta no banco. Fecha os olhos, aspirando pelo nariz e exalando pela boca. Inale, exale. *Namasté.*

— Sabia que era você — diz uma voz vinda do canto. Paris abre os olhos. Sua colega de cela se estica, mas a face ainda está obscurecida. — Eu frequentava seu estúdio, quando ainda era em Fremont, antes de você mudar de lugar.

— Ah. — Paris não tem certeza do que dizer. Ocean Breath já teve centenas de membros no decorrer dos anos, e ela não pode verdadeiramente dizer *que bom rever você* se não tem a menor ideia de quem é a mulher. E também não é como se tivessem se esbarrado em um café. — Isso é... ótimo.

— Assisti ao vídeo da sua prisão. — A mulher tira o capuz do rosto. — Você fez aquilo?

Paris dá um pulo ao vê-la. Ela se lembra da mulher. Charlotte... alguma coisa. Assistia às aulas todos os sábados durante alguns anos, lá no local original, tal como disse. Charlotte está quase irreconhecível em sua condição atual. Um dos seus olhos está inchado e de cor púrpura, há um curativo no rosto, e o lábio superior está partido. Ela não tropeçou e caiu. Não sofreu uma batidinha no carro. Alguém espancou essa mulher, e muito. Paris sabe como ela se sente, e sabe que dói pra cacete até para falar.

— Você está bem? — pergunta Paris, preocupada. — Você deveria estar em um hospital.

— Estou bem — responde Charlotte. — A aparência é pior do que a sensação.

Paris conhece bem essa resposta, já que ela mesma a usou muitas vezes no passado.

— O que aconteceu?

— Ontem à noite matei meu marido.

— Não diga isso. — Alarmada, Paris dá uma olhada para a câmara.

— Não me importa. Já fiz meu depoimento. — Charlotte se encosta na parede e faz um aceno para a câmara. — Foi autodefesa. Nigel há anos me espancava, mas ontem à noite, quando ele foi pra cima da nossa filha, fiz o que tinha que fazer. Não me arrependo, e faria tudo novamente.

Paris atravessa a cela e se senta ao lado de Charlotte no banco.

— Como você o matou? — pergunta em voz baixa.

Charlotte encara Paris com o olho bom.

— Ele estava batendo em mim, mas quando ele bateu na Olívia, eu simplesmente... explodi. Empurrei ele sem nem pensar. Ele caiu de costas pelas escadas. Quebrou o pescoço. — Os olhos dela estão úmidos. — Não queria matá-lo. Só queria que ele parasse. Mas não estou triste por ele ter morrido. Essa coisa só terminaria com um dos dois dentro de um caixão. Só queria que minha filha não tivesse visto, sabe? Estou preocupada se isso vai deixar a cabeça dela mexida quando ela crescer.

— Que idade ela tem?

— Seis.

— É bem possível que ela nem se lembre — diz Paris. — Nessa idade a mente é tão maleável. Simplesmente diga a Olívia todos os dias que você a ama, que não foi culpa dela, e que ela é uma boa garota. Com o tempo, ela compreenderá que você matou um monstro. Por ela.

Um sorrisinho, seguido de um tremor. Os lábios de Charlotte ainda estavam doídos.

— Em algum momento você deve ter matado um monstro. Isso, ou tem filhos.

— Não tenho filhos — diz Paris. — Mas me lembro como é ser criança. E isso eram as coisas que eu iria querer ouvir.

A mulher concorda, as lágrimas começam a correr livremente, embora ela não fizesse nenhum ruído. Paris também compreende isso. É sempre melhor chorar silenciosamente, para não piorar as coisas. *Pare com a porra dessas lágrimas. Deus, odeio seu rosto quando você chora.*

As duas viram a cabeça quando um policial aparece na cela.

— Peralta — diz ele, destrancando a porta. — Você vai ser transferida para o tribunal. Sua advogada vai encontrar você lá.

— Boa sorte — deseja Charlotte, tocando no braço de Paris.

— Pra você também — responde Paris.

As duas precisam disso.

A viagem de elevador é rápida, e desta vez sobe, em vez de descer, parando alguns andares acima do térreo. Há um corredor que liga a cadeia ao tribunal, e já que os pulsos de Paris estão algemados, o policial segura seu cotovelo ao atravessá-lo.

Quando chegam do outro lado, Elsie está esperando. A mulher mais velha não usa nada colorido hoje. Para ir ao tribunal, a advogada escolheu uma saia azul-marinho com listras finas e um blazer combinando, sobre uma blusa branca engomada. Ao lado dela está uma mulher atraente usando uma calça escura, cabelos platinados presos em um coque elegante, e segurando uma bolsa da Nordstrom. Deve ser a advogada associada que Elsie mencionou no dia anterior. A jovem avalia Paris através de seus óculos modernos.

— Esta é Hazel — apresenta Elsie.

As duas mulheres apertam as mãos, e Hazel entrega a bolsa para Paris.

— Eu não podia entrar na sua casa para pegar qualquer coisa do seu closet, mas seu amigo Henry me passou seu tamanho. Acho que tudo que você precisa para se recompor está aí.

Elsie pega um cacho do cabelo de Paris e faz uma careta.

— Você trouxe também um prendedor de cabelo? — ela pergunta a Hazel.

— Ai, não lembrei...

— Dê a ela o que está no seu cabelo.

A jovem solta seu coque e entrega o prendedor sem discutir. O policial escolta Paris até um banheiro próximo. Uma vez sozinha, ela cuidadosamente tira a bandagem ensanguentada da testa, depois lava o rosto e escova os dentes. Na bolsa, acha uma escova de cabelo ainda com a etiqueta de preço, e a usa da melhor maneira possível para pentear os cabelos emaranhados antes de prendê-los com o elástico de Hazel. Depois se tranca dentro de um cubículo e generosamente borrifa as axilas com desodorante antes de vestir suas roupas novas. Hazel tem muito bom gosto. O vestido cinzento e comportado, com a barra abaixo dos joelhos, se ajusta perfeitamente. Os sapatos com saltos modestos são menos confortáveis para quem passa a maior parte do dia descalça, mas se ajustam bem. No fundo da bolsa ela acha um batom novo. Tem um igual em casa. A cor é "Orgasmo", um nome atrevido para uma cor universalmente lisonjeira. Ela passa nos lábios e depois, impulsivamente, passa um pouco nas faces.

Quando ela sai do banheiro Elsie balança a cabeça aprovando. Com Hazel no final da fila, abrem caminho até a sala de audiências designada, onde a advogada para antes das portas duplas.

— Seja lá o que acontecer aí dentro, não mostre reação. — A voz de Elsie é baixa e firme. — Você é silenciosa, séria e bem-comportada, e está triste porque seu marido morreu. Compreendeu?

Paris confirma. Ela não precisa fingir, porque a descrição corresponde perfeitamente a ela.

O segurança abre a porta. O tribunal está lotado, cada cadeira da área para espectadores ocupada. Não é nada parecido com os tribunais de Nova York que Paris vê na TV, com painéis de madeira esculpida e pé-direito alto. A sala é moderna e discreta, com painéis em meio-tom e luz natural.

Todos os olhares estão fixados nela enquanto as três percorrem o corredor, com Elsie segurando seu cotovelo até chegarem à mesa do lado esquerdo. Do outro lado está a mesa do promotor, onde um homem com um terno bem cortado a olha de relance com uma expressão de leve interesse. Conversas em voz baixa vêm de todas as direções atrás deles.

Elsie se inclina para falar com Paris.

— Há um novo desenvolvimento que a Promotoria afirma que reforça o argumento deles de provável causa. Não me disseram o que era, mas se há qualquer coisa que você não tenha me dito, agora é a hora.

Há muitas coisas que Paris não disse para Elsie, mas definitivamente aquela não era a hora.

— Você já sabe de tudo.

— Bom. — Elsie aperta seu braço.

Paris e Hazel ficam sentadas em silêncio enquanto Elsie revisa suas anotações. O juiz ainda não chegou, então Paris se vira para uma olhada rápida ao tribunal. Ela nota a detetive Kellog bem no fundo. A algumas fileiras de distância, ela vê Henry e acena. Ver seu amigo e sócio alivia o nó em seu estômago, mas aperta logo em seguida quando ela vê de relance a massa de cabelos castanhos que só poderiam ser de Zoe Moffatt. Ela e a assistente de Jimmy fazem contato visual brevemente, antes que a outra mulher desvie seu olhar.

— Todos de pé. — A voz do assistente judicial se projeta nos alto-falantes instalados nas paredes.

A sala fica em silêncio, e todos se levantam quando a juíza entra. Paris se esforça para ficar focada. Hoje ela não pode permitir que sua mente se desconecte. O promotor logo vai acusá-la de assassinar seu marido. E todos sentados atrás dela estão ali para assistir ao espetáculo.

A toga da juíza é negra e fluida, e parece com as que ela viu na TV. Paris não pode deixar de pensar que a situação daria um episódio tirado-diretamente-das-manchetes do *Law & Order:* SVU. Ice-T e Mariska Hargitay sentados no fundo do tribunal, esperando para ver se a esposa-troféu da celebridade morta será oficialmente acusada do seu assassinato. Diane Keaton poderia ser a atriz convidada para o papel de Elsie. Ed Harris poderia ser Jimmy nos flashbacks. E o papel de Paris Peralta poderia ser de...

Ela sente um beliscão no cotovelo.

— Seja lá onde você estiver — sua advogada sibila — volte para a Terra. *Agora.*

— Podem se sentar — a juíza diz concisamente, e todos se sentam.

A juíza fala com seu assistente, uma das mãos cobrindo o pequeno microfone diante dela. A juíza Eleanor Barker está na casa dos cinquenta anos, tem cabelos ruivos brilhantes e parece ser severa mas não grosseira. Um minuto transcorre enquanto ela folheia a pasta que o assistente entregou. Finalmente, volta sua atenção para a mesa do promotor.

— Pode começar — avisa a juíza.

O promotor se levanta, abotoando o paletó.

— Nico Salazar, pela Promotoria, Meritíssima. — Ele é mais novo do que Paris pensava antes, um homem bem-apessoado, com cabelos negros perfeitamente cortados. — Acreditamos que Paris Peralta deve ser acusada de assassinato em primeiro grau pela morte de seu marido, James Peralta. A causa da morte é exsanguinação, devido à laceração da artéria femoral. Acreditamos que o assassinato foi encenado como suicídio, mas Jimmy Peralta não tinha razão para tirar a própria vida. Ele havia recém-filmado dois espetáculos especiais de comédia, pelos quais ganhou quinze milhões de dólares por cada um, e estava negociando o contrato para um terceiro. Acreditamos que Paris Peralta assassinou o marido pelo seu dinheiro.

Ao lado dela, Elsie suspira. A juíza se volta para ela.

— Advogada?

A defensora de Paris se levanta.

— Elsie Dixon, Meritíssima, advogada de defesa da sra. Peralta. Nada do que o sr. Salazar disse aqui é verdade. O que aconteceu com Jimmy Peralta é trágico, mas não foi assassinato. Minha cliente não tem direito a herdar nada mais do que uma soma de dinheiro especificada no mesmo acordo pré-nupcial que o sr. Peralta pediu às suas duas ex-esposas que assinassem. Ainda que a soma de um milhão de dólares seja significativa, nem chega perto do suficiente para minha cliente manter o estilo de vida que desfrutou durante o casamento. Com a morte de seu marido, as condições financeiras da sra. Peralta não são suficientes para mantê-la indefinidamente na residência marital. A manutenção mensal sozinha está acima de seus rendimentos atuais.

Elsie havia lhe dito que não reagisse, mas Paris precisa fazer um esforço hercúleo para ocultar seu choque. Ela sabia que um milhão de dólares não seriam suficientes para continuar vivendo como antes, mas nunca lhe havia ocorrido que se Jimmy morresse ela se transformaria numa sem-teto. O apartamento que ela possui está alugado, e os inquilinos ainda ficariam mais um ano pelo contrato. Se Paris não tiver condições de continuar vivendo na casa, para onde ela teria que ir?

De qualquer forma, não se cobra aluguel quando se está na prisão.

— Em complemento — continua Elsie —, tendo conhecido Jimmy Peralta pessoalmente há cinquenta anos, posso atestar sua luta contra drogas e depressão. Ele se internou inúmeras vezes para reabilitação. Por duas vezes teve overdose, e já tentou suicídio uma vez. O relatório toxicológico mostra que ele tinha voltado a usar drogas. Também sofria com lapsos de memória, o que acreditamos ter afetado sua saúde mental. Podemos entregar registros médicos para tudo isso, Meritíssima. Por mais difícil que seja dizer isso, acreditamos que Jimmy Peralta morreu por suicídio.

Uma onda de murmúrios percorre a sala. A juíza se volta para o promotor.

— Sr. Salazar?

— Até podermos confirmar o estado de saúde em que estava Jimmy Peralta por ocasião de sua morte, eis o que sabemos. — Salazar fala com confiança. — Jimmy Peralta passou sete anos sóbrio. Mesmo havendo drogas em seu organismo, o relatório de toxicologia não pode determinar se ele usava regularmente narcóticos ilegais, ou mesmo que tenha ingerido voluntariamente drogas...

— O que também significa que não existe nada que apoie a suposição de que ele *não* as tomasse voluntariamente — Elsie retruca.

— ... de modo que é possível que a sra. Peralta tenha encorajado seu marido a usar, ou o forçou...

— Meritíssima, também posso me levantar e elaborar teorias disparatadas — diz Elsie, braços estendidos em descrença. — Isso é ridículo.

A juíza levanta a mão.

— Atenha-se aos fatos, sr. Salazar.

O promotor faz um espetáculo fingindo consultar suas anotações.

— O sr. Peralta era destro. O golpe na parte anterior direita de sua coxa, que em última instância seccionou sua artéria femoral, não se encaixa com um golpe feito com sua mão direita...

— Meritíssima, o sr. Peralta foi diagnosticado ano passado com um tremor benigno em sua mão direita, que tornava difícil para ele agarrar coisas com essa mão — interrompe Elsie. — Ele estava aprendendo a usar a mão esquerda para muitas coisas. Também temos os registros médicos disso.

Salazar a ignora.

— E quando a polícia chegou, a sra. Peralta estava no banheiro com o marido, deitado morto em uma banheira cheia com seu próprio sangue. Ela estava com a arma do crime, uma navalha afiada, na mão. E quando perguntaram se havia matado o marido, ela respondeu com três palavras: *Eu não lembro*.

Atrás dela, o rumor crescia dentro do tribunal. A juíza bate seu martelo. *Bang*. Mas o promotor ainda não terminou.

— Finalmente, acabamos de saber que Paris Peralta está destinada a herdar uma soma significativa de dinheiro. Mesmo que o acordo pré-nupcial ainda estivesse válido por ocasião do assassinato do sr. Peralta, ele atualizou seu testamento e últimas vontades há seis semanas. — Nico Salazar mostra um documento. — Correspondendo à sua natureza filantrópica, trinta por cento de sua herança foi legada para várias instituições de caridade que ele apoiava. Cinco milhões de dólares iriam para sua assistente, Zoe Moffatt...

Um sobressalto no fundo da sala. Paris não precisa virar a cabeça para saber que é Zoe.

— ... e outros cinco milhões destinados a Elsie Dixon, a advogada da acusada.

Ao lado de Paris, uma inalação profunda.

— O saldo, que é muito mais que a metade da herança de Jimmy Peralta — continua Salazar, sua cadência baixando um pouco — é destinado à sua esposa, Paris

45

Aquino Peralta. É uma soma consideravelmente mais alta do que a do acordo-padrão a que a sra. Dixon se referiu anteriormente.

Os murmúrios começam novamente na sala do tribunal. Tal como foi instruída, Paris se esforça para não reagir. O promotor parece sugerir que Paris herdaria muito mais do que ela pensava originalmente, mas a metade da herança de Jimmy é... quanto? Ela não sabia o quanto Jimmy possuía, e não há como fazer os cálculos sem ter os números.

A juíza novamente pega o martelo. *Bang.*

— Não sei que documento o sr. Salazar está vendo — rebate Elsie, sacudindo a cabeça com desgosto —, mas como advogada, que redigiu pessoalmente o testamento e últimas vontades de Jimmy Peralta, posso afirmar que o sr. Salazar está absolutamente incorreto. A quantia que a sra. Peralta deveria receber no caso da morte de seu marido é exatamente a mesma quantia especificada no acordo pré-nupcial. Um milhão de dólares, nem mais, nem menos.

— Como disse, Meritíssima, trata-se de um novo testamento. — Salazar mostra novamente a folha. — Foi redigido por uma firma de advocacia diferente da sra. Dixon, e substitui tudo que havia antes.

— Posso ver isso? — Elsie está chateada.

— Eu também gostaria de ver — requisita a juíza.

— Fizemos cópias para as duas.

Salazar entrega dois documentos para o assistente judicial, que leva um deles para a juíza. A outra ele entrega nas mãos de Elsie, que coloca seus óculos de leitura. Alguns minutos transcorrem enquanto as duas mulheres leem o documento. Paris olha de relance para Elsie, mas o rosto da advogada não deixa transparecer nada.

— Qual o valor atual dos bens de Jimmy Peralta? — A juíza dirige a pergunta para Salazar.

— A estimativa é de oitenta milhões, Meritíssima. — O promotor faz uma pausa e limpa a garganta. — O que significa que Paris Peralta está destinada a herdar aproximadamente quarenta e seis milhões de dólares. Um milhão a mais ou a menos.

Paris ficou de queixo caído.

Atrás dela, a sala do tribunal explode, mais alta que nas vezes anteriores. A juíza bate o martelo, pedindo silêncio, e o barulho começa a diminuir enquanto Paris tenta compreender o que acabou de ouvir.

Jimmy valia *oitenta* milhões? Isso não pode estar certo. Se estiver, significa que Jimmy já valia dezenas de milhões *antes* de seu retorno aos shows. Mesmo que ela suspeitasse que Jimmy na verdade tinha mais dinheiro do que lhe contava, jamais imaginou que seria tanto assim. Era uma coisa seu marido estimar por baixo seu valor, e algo muito diferente mentir de forma tão flagrante sobre ser incrivelmente rico.

A voz seca de Zoe flutua em sua cabeça. *Foco, Paris.*

Isso é um desastre.

— Alguma coisa a dizer, sra. Dixon?

O rosto de Elsie está rígido.

— Não, meritíssima.

A juíza olha diretamente para Paris, tirando seus próprios óculos de leitura.

— Paris Peralta, por favor levante-se.

Paris se levanta. Elsie e Hazel, cada uma em um de seus lados, também se levantam.

— Paris Peralta, você está acusada de assassinato em primeiro grau pela morte de James Peralta. Como se declara?

O tribunal fica em silêncio. Paris não percebe que não havia respondido até sentir o cotovelo de Elsie cutucar sua costela.

— Inocente — diz ela, a voz débil.

— Solicitamos que continue presa, Meritíssima — diz Nico Salazar. — A sra. Peralta representa um risco de fuga. É uma mulher muito rica que tem amigos que possuem jatos particulares.

Caramba. Era apenas *um* amigo, e era amigo de Jimmy, que por merda nenhuma emprestaria a Paris seu G280 se pensasse que ela havia assassinado seu amigão.

— Nós solicitamos uma fiança razoável, Meritíssima. — Elsie havia perdido o fôlego e o vigor de sua voz parecia forçado. — Minha cliente não pode herdar nada do marido se for declarada culpada por sua morte, e quaisquer fundos que ela tenha direito a receber serão retidos até que ela seja inocentada. Sendo assim, não há razão para que a sra. Peralta não possa aguardar o julgamento em casa, onde poderá ser monitorada com tornozeleira eletrônica. Ela vai entregar seu passaporte.

— A fiança fica estabelecida em cinco milhões, em dinheiro ou carta de fiança.

Bang.

7

AO CONTRÁRIO DO QUE PARIS VIU NA TV, não se pode simplesmente entrar no carro e ir para casa porque o juiz disse que pode. Ligações devem ser feitas, fundos transferidos e uma papelada precisa ser assinada.

Ela passa o restante do dia tentando conseguir o dinheiro da fiança. Ela não tem cinco milhões de dólares em bens que possa dar de garantia ao tribunal, de modo que sua única alternativa é pagar para uma companhia de fiança uma taxa de dez por cento, que ela jamais verá de volta. Seu apartamento — do qual ela tem uma escritura válida, graças a Jimmy — vale aproximadamente setecentos mil. Seu banco permite que ela faça um empréstimo de cerca de oitenta por cento disso, então ela pode transferir meio milhão de dólares diretamente para a companhia de fiança.

O joalheiro concorda em comprar de volta a aliança de casamento pela metade do que Jimmy pagou por ela, e a revendedora de carros aceita o Tesla por quinze por cento a menos do preço atual. Ela não precisa vender imediatamente nenhum deles, mas pode muito bem ser obrigada a isso, caso sua situação legal não se resolva nos próximos meses. Se seus cálculos estiverem corretos, ela voltará exatamente à mesma situação financeira de quando conheceu Jimmy.

Estranhamente, parece ser um círculo completo.

E, depois disso tudo, Paris não pode sequer voltar para casa. A casa na Queen Anne Hill é a cena de um crime. E não se sabe quando será liberada. Um casal com um bebê mora no seu apartamento. Henry lhe oferece um quarto de hóspedes, mas ele e Brent moram em uma casa muito pequena, e o modo mais rápido de arruinar uma amizade é passar a incomodar.

Por sorte, o Emerald Hotel fica a apenas dez minutos do tribunal. Elsie a leva até lá e não abre a boca até chegarem. Quando finalmente diz algo, seu tom é entrecortado.

— A corporação de Jimmy tem uma conta no Emerald. — Elsie não para na porta de frente do hotel butique de luxo. Dirige até os fundos e estaciona seu Mercedes bem diante da porta destinada a receber mercadorias. Um homem alto, magro, vestido com um blazer verde com o logo do hotel, parece estar esperando as duas. — Você pode ficar aqui o tempo que precisar. Está tudo arranjado.

— Elsie, você precisa saber que eu não fiz Jimmy mudar seu testamento — diz Paris logo que saem do carro. Por puro hábito, ela procura sua bolsa, e então se lembra de que não tem nenhuma consigo. Ela não tem nada. — Nós nunca conversamos sobre dinheiro. Será que podemos, todas... contestar o testamento?

— Por que alguma de nós o contestaria? — Elsie olha para ela, e fica claro para Paris que havia feito a pergunta mais estúpida do ano. — Você herda, eu herdo. Zoe herda. Jimmy não tem filhos e nenhuma outra família a não ser você, então não há ninguém para contestar o testamento, já que todas nós nos beneficiamos.

— Mas eu nem sabia quanto ele...

— Conversaremos sobre isso mais tarde.

O gerente do Emerald as recebe com um sorriso reservado, oferecendo às duas um aperto de mão frio e mole. Paris o conheceu antes, quando ela e Jimmy passaram uma semana na suíte Rainier do hotel enquanto reformavam o piso de madeira da casa. Na ocasião, ele foi caloroso e os tratou muito bem. Agora ele parece estar... incomodado.

— Temos que esperar mais alguns minutos para o quarto ser preparado. — O gerente conduz as duas por um corredor até um pequeno escritório com uma placa na porta onde está gravado THOMAS MANNION, GERENTE-GERAL. Mannion faz Paris se lembrar do vilão no primeiro filme do Indiana Jones, o tal cujo rosto derrete no final. — Se tivessem nos avisado com mais tempo, o quarto estaria pronto quando chegaram. Poderiam nos dar alguma ideia de quanto tempo irão ficar?

— A sra. Peralta ficará aqui pelo menos por alguns dias — responde Elsie. — Certamente estamos agradecidas pela sua habilidade em acomodar nosso pedido de última hora.

Um sorrisinho falso aparece um instante no rosto do gerente e desaparece.

Elsie se volta para ela.

— Pedi a Zoe que providenciasse tudo o que você precisa. Não saia do hotel por nenhuma razão. Fique no quarto o tempo todo. E não esqueça isso. — Ela entrega a Paris uma pequena bolsa de plástico.

Paris está espantada por Zoe estar disposta a ajudar em qualquer coisa.

— Mas quando nós conversaremos?

— Ligo pra você mais tarde. — Elsie olha Paris de um modo que a faz calar. O gerente está a um metro de distância, e nem finge que não escuta. — Enquanto isso, tome um banho, peça o que quiser pelo serviço de quarto, descanse um pouco. E lembre-se...

— Eu sei. Não fale com ninguém.

Ao ouvir um som suave, Mannion verifica seu telefone.

— Seu quarto está pronto — ele anuncia. — Sra. Peralta, se quiser me acompanhar.

Paris se despede de Elsie e se pergunta se não deveria começar a buscar outra advogada. A mulher está tão zangada com ela que é difícil imaginar que voltará.

O gerente a escolta até um elevador reservado para funcionários. A profundidade real da antipatia fica mais clara quando chegam ao quarto. Que é justamente a suíte Rainier.

Parece estar do jeito que era da última vez que ela esteve ali. Cento e trinta metros de área, seis metros de pé direito, com um vestíbulo, dois quartos, dois banheiros e um bar bem estocado. Janelas do chão ao teto apresentam uma vista perfeita da montanha com topo nevado que dá nome à suíte. Uma cesta de frutas gigantesca está sobre a mesa de café, e ao lado estão várias sacolas de compras e uma grande caixa de papelão.

A única coisa que falta é Jimmy.

— Isto aqui é muito mais do que eu preciso — afirma Paris. — Preferia um quarto menor.

— A sra. Moffatt solicitou um upgrade para a mesma suíte que você e seu marido ocuparam da última vez, para assegurar seu conforto máximo. — A voz do gerente não mostrava nenhuma emoção. — Ficamos felizes em honrar o pedido. Todos aqui do Emerald são... eram... grandes fãs de seu marido.

Ela espera que ele expresse alguma condolência formal, mas isso não acontece. Em vez disso, ele tira um cartão de visitas do bolso da frente e o deposita sobre a mesa do vestíbulo.

— Jimmy Peralta era um cliente leal e valorizado em nosso hotel — diz Mannion. — Qualquer coisa que a senhora precise, contate-me pessoalmente. Como mencionou a sra. Dixon, é melhor que fique na suíte o tempo todo, de modo a não atrair a atenção dos outros hóspedes. Fica também mais fácil para minha equipe assegurar sua segurança. — Ele olha de relance para a tornozeleira eletrônica, com uma luzinha verde piscando. — Espero que não fique aqui muito tempo.

Grosseria disfarçada em educação é uma habilidade difícil de dominar, ela reconhece isso nele. Logo que ele sai, ela aperta o botão eletrônico de NÃO PERTURBE e tranca a porta.

A bolsa plástica que Elsie lhe entregou no escritório do gerente tem um carregador e uma bateria extra da empresa que monitora o gps. Ela liga na tomada e desaba no sofá com um suspiro pesado. É bom se sentar em algo que não seja totalmente feito de metal, mas a horrível faixa preta ao redor de seu tornozelo a faz se sentir estranha. Ela só pode retirá-la por quinze minutos por dia, para tomar banho, e só de pensar em usar constantemente aquilo provoca coceiras em sua pele. Se Jimmy estivesse aqui, diria algo engraçado e faria algum tipo de piada para melhorar seu ânimo.

Ela olha na direção da porta, meio esperando que ele esteja ali. Tem a sensação de que ele poderia entrar a qualquer momento, vestindo o calção de banho estampado com palmeiras e uma toalha em volta do pescoço, cabelos molhados da piscina do hotel enquanto joga o cartão de entrada na mesa. *Querida, se apresse. O bufê do café da manhã termina em meia hora, e eles têm uma bancada de omeletes.*

A tristeza se irradia por todo o corpo de Paris, enchendo-o e se esvaziando ao mesmo tempo. Ela poderia sentir algum alívio se simplesmente pudesse chorar, mas as lágrimas se recusam a vir. *Se você não parar com esse nhem-nhem-nhem de bebê juro que dou um murro na sua cara.*

Ela descasca uma banana e enquanto isso dá uma olhada nas sacolas de compras que Zoe deixou. Tem de admitir que a assistente de Jimmy fez um serviço completo. Comprou um iPhone novo para ela, ainda na caixa, com o novo número do celular rabiscado em um autoadesivo. Também havia camisetas, leggings, pijamas, roupas de baixo e todos os seus artigos de toalete e de proteção da pele. Ela até foi ao correio e recolheu a correspondência enviada pelos fãs de Jimmy, que estavam na caixa de papelão grande. Tudo, salvo as cartas de fãs, é ótimo.

Paris fica confusa. Zoe foi quem a chamou de assassina e gritou para a polícia prendê-la. Então, que diabos é isso? Um pedido de desculpas?

Ela escuta um suave *apito* na caixa com seu novo iPhone. Zoe deve ter configurado tudo, o que não devia surpreendê-la, pois isso era exatamente o tipo de coisa que Jimmy pagava para ela fazer. O trabalho dela era antecipar os desejos de Jimmy, e agora faz a mesma coisa para Paris.

Ela retira o telefone da caixa. Há uma nova mensagem de texto.

> Olá, Paris. Espero que tenha tudo de que precisa. Sei que deixei as coisas piores ontem, e peço muitas, muitas desculpas. Jimmy ficaria desapontado comigo. Por favor, me ligue ou envie uma mensagem a qualquer hora se houver algo que eu possa fazer por você. Ainda estou na lista de empregados, e Jimmy iria desejar que eu ajudasse você. Seja forte. Zoe.

A-ha. Finalmente, uma explicação para aquilo tudo.

Zoe, que tecnicamente ainda é empregada da corporação de Jimmy, não quer perder o emprego. Afinal, ela não pode pôr a mão em seus cinco milhões de dólares até o final do inventário, e Elsie explicou que isso não iria acontecer antes do julgamento. Enquanto isso, ela ainda tem contas a pagar, e deve pensar que Paris tem alguma espécie de poder sobre seu emprego. Está errada. Paris jamais se envolveu de modo algum nos negócios do marido, e não tem a menor ideia do que acontecerá com a corporação de Jimmy sem a presença dele.

Mas Zoe não sabe disso.

Paris começa a digitar, depois relê o texto para ter certeza de que escreveu tudo certo. Curto e doce. Ela aperta enviar e se permite um sorrisinho. Ah, isso a faz se sentir bem.

> Olá, Zoe. Obrigada pelo telefone. Você está despedida.

Depois de um jantar pedido pelo serviço de quarto e uma chuveirada quente e longa, Paris veste seu pijama novo e liga a TV na sala de estar. Ela conseguiu evitar os noticiários até agora, mas está cansada demais para ler e ansiosa demais para dormir. Um filme pode ajudar a tirar essas coisas da cabeça. Ela vai passando rapidamente pelas notícias, receosa de ver a si mesma, apenas para compreender que não é apenas com os noticiários que ela tem que se preocupar.

É com Kimmel.

A despeito de seu cérebro gritar para que ela não assista, Paris se detém no *Jimmy Kimmel Live!* E aumenta o volume. O apresentador — o Jimmy preferido de Jimmy — mostra para a audiência o vídeo da prisão de Paris feito pelo TikTok como parte de seu monólogo. Parece ainda pior do que ela temia, especialmente quando Kimmel congela o vídeo e faz um zoom nos seus chinelos, com as estúpidas penas cor-de-rosa sopradas pela brisa.

— Trezentos dólares por um par de chinelos *Fraggle Rock* — cacareja Kimmel. — Isso é uma *loucura*. Se um crime foi cometido, foi contra as avestruzes que andam por aí peladas.

A audiência cai na risada. A ironia é que Jimmy acharia a piada hilariante. *É um elogio quando sacaneiam você. Quer dizer que eles se importam.* Se isso for verdade, então Paris estará ao vivo dentro de poucos dias em um esquete no *Saturday Night Live*.

Ela desliga a televisão e vai até a janela. As luzes da cidade são bonitas, mas nem chegam aos pés da vista que ela tem em casa. Já está escuro demais para ver o Monte Rainier à distância, mas é reconfortante saber que está lá. Assim como Jimmy costumava estar.

— Estarei aqui quando você voltar — ele havia lhe dito alguns dias atrás, na manhã em que ela viajou para Vancouver.

Há tantas coisas de que ela se arrepende.

Cedo naquela manhã, ela surpreendeu Jimmy tentando fazer a barba com uma de suas navalhas. Ficou imediatamente preocupada, porque o tremor benigno em sua mão direita havia piorado, e eles tinham concordado havia um ano que era melhor passar a usar um barbeador elétrico, ou pelo menos barbeadores com lâminas de segurança. Mas ali estava ele, aquele idiota teimoso, tentando passar aquela maldita navalha no pescoço com a mão trêmula.

Ali começou uma discussão desagradável. Paris gritou com ele, perguntando se ele queria morrer, o que, pensando agora, foi uma péssima escolha de palavras. Jimmy gritou de volta, acusando-a de tentar mudá-lo, dizendo que ela o forçava a fazer coisas que nunca queria fazer, e que o estava tratando como criança. E mandou que parasse de encher a porra do saco dele.

Vinte minutos mais tarde, quando os dois haviam se acalmado, Jimmy pediu desculpas. Como oferta de paz, Paris ofereceu fazer a barba dele. O que resultou ser uma experiência surpreendente de intimidade para os dois. Ela nunca havia barbeado ninguém, e a navalha era bonita, uma das várias que Jimmy tinha. A que ele tentara usar naquela manhã era presente de Elsie no dia em que terminou a filmagem do episódio final de *The Prince of Poughkeepsie*. A frase gravada na lâmina dizia: É UM RAMO SANGUINÁRIO, MAS VOCÊ ARRASOU. COM AMOR. E.

A lâmina era de aço, mas o cabo era de madeira, e ficava cada vez mais aquecido nas mãos de Paris quanto mais tempo a segurava. Ela deslizava suavemente a navalha pela garganta de Jimmy, e o barulhinho da raspagem era satisfatório. Então ele lhe perguntou sobre o Canadá.

— Você está ansiosa com sua viagem? — ele quis saber, olhando-a, os olhos azuis brilhando.

A mão dela tremeu, e ela o arranhou. Poderia ter sido pior.

Ela poderia ter cortado sua jugular.

8

PARIS ESTÁ BASTANTE ANSIOSA, mas se serve de mais café do bule que o serviço de quarto trouxe com o café da manhã. Está na hora de abrir a caixa com as cartas dos fãs de Jimmy e, por mais que se sinta apreensiva, é algo que tem de ser feito.

O fato de ele receber tantas cartas é testemunho da média de idade de sua base de fãs. Quando ela conheceu Jimmy, ele recebia apenas algumas cartas por semana. Mas logo que estreou seu programa especial de comédia, o correio avisou a Zoe que eles teriam de alugar uma caixa postal maior.

— Sabe, você não receberia tanta correspondência se me deixasse abrir uma conta pra você no Facebook e Twitter — Zoe comentou alguns meses atrás.

Os três estavam lendo as cartas, uma por uma. Tinham um sistema: Paris abria as cartas e as lia em voz alta. Jimmy assinava uma foto 17 × 13 cm de seu rosto em preto e branco com um marcador de ponta fina, sua assinatura ilegível por causa do tremor. Zoe endereçava um envelope de resposta, enfiava a foto nele e o fechava. Eles trabalhavam assim até que a mão de Jimmy começasse a ter cãibra, mas ele gostava disso.

— Você não teria que fazer nada — disse Zoe. — Eu cuido de todas as suas contas.

— Sou um cachorro velho com truques velhos — respondeu Jimmy. — E meus fãs são velhos como eu. Não se importam se eu não estiver em nenhuma porra de rede social, então por que fazer isso?

— Há, por causa de seus *novos* fãs? — Zoe, exasperada, virou-se para Paris, pedindo ajuda. — E isso não é *toda a razão* de fazer o negócio de *streaming*? Vamos lá, Paris, conta pra ele.

Paris deu de ombros e abriu mais uma carta. Ela também não tinha perfis on-line, portanto era a última pessoa que poderia convencer seu marido de sessenta e oito anos a fazer qualquer coisa. Jimmy mal tolerava e-mails e desprezava mensagens de texto.

— Garota, esse não é de modo algum o caso — Jimmy respondeu. — Estão me pagando pra contar piadas. Não posso controlar o que os fãs gostam, e faz tempo que aprendi a não me preocupar com isso.

— Pense nisso, Zoe — interveio Paris. — Você quer mesmo que Jimmy esteja no Twitter? Ele é bastante impulsivo com o que diz.

— Eu posso escrever todos os tweets. — Zoe olhava de um para o outro. — Uma conta no Twitter pode ajudar a construir a marca de Jimmy.

— Ninguém escreve por Jimmy a não ser Jimmy — disse ele. — E minha marca é que não quero ter porra nenhuma de Twitter.

Paris aprendeu a gostar de ler as cartas dos fãs de Jimmy, que lhe proporcionavam um vislumbre de partes da vida dele que eram menos conhecidas por ela — o trabalho, a história de seu trabalho, seu legado. Uma vez ela lhe perguntou como ele soube que era o momento de deixar os palcos. Ele respondeu que a fonte de sua criatividade havia secado por várias razões: cansaço, tensões da vida, idade, desafios da saúde mental, quase morrer. Mas a principal razão era ter ficado sóbrio.

— A única coisa que me trouxe alegria foram as drogas — revelou Jimmy.

— Você não está falando sério.

— Gostaria de não estar, garota.

Quando se conheceram, fazia quatro anos que ele estava abstêmio e decidido a se manter assim. Afirmou que se sentia ótimo... mas sentia falta de ser engraçado.

— Tento dizer a mim mesmo que está tudo bem — ele falou, levantando os ombros. — Mas estaria mentindo se dissesse que não sinto falta disso todo santo dia.

— Das drogas ou da comédia? — ela perguntou.

— Ambas. Nunca tive uma sem outra.

Ser divertido — divertido de um jeito muito sagaz, o tipo de humor que faz uma plateia gargalhar e ao mesmo tempo se encolher, uma acidez que dói tanto quanto entretém — era o dom de Jimmy. A única coisa que ele sempre quis foi fazer as pessoas rirem.

Segundo amigos que o conheciam havia décadas, ele sempre foi hilariante. Mas o negócio de ser engraçado era do tipo completamente diferente de contar piadas em uma festa. A pressão de estar "ligado" noite após noite, disposto ou não, era dura. Ele começou usando cocaína quando era um jovem comediante, para ter energia no palco e fazer seu cérebro funcionar tão rápido quanto sua boca. Em alguns de seus marcos mais engraçados — sua primeira aparição no *Tonigth Show Estrelando Johnny Carson*, por exemplo —, ele estava tão chapado que nem se lembrava. No auge da fama, ele misturava cocaína e Adderall para a apresentação, Frontal para se acalmar, Valium para dormir, e heroína simplesmente para se sentir bem. Sem as drogas, a graça chegava mais devagar, e o humor ficava diluído. E todas as tentativas de se manter sóbrio, com ou sem reabilitação, eram seguidas de períodos de depressão que duravam meses.

Quando ele ficou limpo pela última vez, sua graça havia desaparecido. Ele ainda conseguia contar uma boa piada, mas aquilo que fazia de Jimmy Peralta *o Jimmy Peralta* havia mudado de endereço.

E então ela voltou. Por acaso.

Jimmy sempre doou muito dinheiro para instituições de caridade e era frequentemente convidado para eventos locais. Alguns meses depois do casamento deles, Paris o acompanhou a um jantar de gala no Fairmont, onde ele recebeu uma placa por suas generosas contribuições para uma instituição que financiava atendimento de saúde mental em áreas pobres. Quando subiu ao palco, disse algumas palavras de agradecimentos e então, impulsivamente, jogou uma piada suja sobre um dos candidatos à presidência... e um jumento. As risadas e os aplausos que recebeu naquela noite no salão de bailes do hotel o animaram por alguns dias. Foi então que tudo começou a mudar.

Alguém gravou um vídeo com a piada e o postou no Twitter, com as hashtags de #OJumentodospresidentes e #JimmyPeraltaaovivo. Em um dia foi retuitado mais de duzentas mil vezes. Chrissy Teigen retuitou entre aspas, com um emoji de risadas, dizendo, "Porra, como te amo, Jimmy Peralta".

Foi então que ele compreendeu que mais uma vez tinha algo a dizer.

Nas semanas seguintes, ele escreveu mais algumas piadas novas, testando-as tanto com Paris como com Zoe, as duas pessoas com as quais passava mais tempo. As duas mulheres, que não concordavam muito, puderam concordar com isso: Jimmy Peralta ainda conseguia ser a porra de um cara engraçado, e o material que estava escrevendo era relevante com tudo que atualmente acontecia no mundo.

Quando tinha uns vinte minutos de material, experimentou isso em alguns clubes de comédia locais. Acabou sendo convidado para se apresentar em outros palcos nos Estados Unidos, até em uma aparição surpresa no lendário Comedy Cellar, em Nova York. As plateias adoraram esse novo Jimmy. Estava mais velho, e também mais sensível, sábio e mais engraçado em 2017 do que era vinte anos antes. Os fãs mais velhos ficaram contentes com sua postura de "não venha com merda" na política. E Jimmy atingia *todo mundo*, não importava sua filiação política. Um clipe de dois minutos de uma de suas piadas sobre um político democrata pego em um caso amoroso terminou no YouTube, onde obteve vinte e cinco milhões de acessos.

No começo de 2018, Quan, um competidor da Netflix, fez uma ligação, e foi então que tudo mudou. Jimmy decidiu que, aos sessenta e oito anos, estava pronto para um retorno. Pior, que ia fazer isso em grande estilo. O primeiro especial foi chamado de *Jimmy Peralta ao Vivo*. Havia estreado fazia uns dois meses com índices de audiência enormes, e confirmou novamente Jimmy como estrela. O segundo, programado para ir ao ar dentro de algumas semanas, leva o nome de *Amamos Você, Jimmy Peralta*.

E veio a publicidade. Entrevistas. A foto do casamento dos dois saiu nas Colunas Sociais.

— Isso pode ser uma oportunidade pra você lucrar, Paris. — disse Zoe. — As pessoas também querem saber quem você é.

— Não, não querem. Não sou famosa.

— Mas você é uma *sub*celebridade. — Zoe pensou um instante e se animou. — Que tal você começar fazendo vídeos curtos demonstrando posições de ioga? Eu poderia conseguir o patrocínio de uma marca de roupas. Logo, você poderia ter uma linha própria de roupas de ioga.

Paris nem conseguia pensar em alguma coisa que quisesse menos.

— Não, obrigada.

A publicidade não era toda favorável. Quando saiu a notícia de que a quinta esposa de Jimmy tinha ascendência filipina, isso requentou uma controvérsia do seu passado. Algumas semanas depois que o acordo com a Quan foi anunciado, a TMZ desenterrou um antigo stand-up de Jimmy, de 1990. Mostrava o comediante tirando sarro de… asiáticos. Só que "asiáticos" não foi o termo que ele usou. Um clipe da piada ofensiva foi postado no site da TMZ, e iria subir para o Twitter em poucas horas.

No dia seguinte, Paris cometeu o erro de atender a uma ligação no celular de um número desconhecido. Era um jornalista lhe perguntando como se sentia casada com um homem que já havia feito piadas com os chineses.

— Sou filipina — respondeu Paris. — Todas as asiáticas parecem iguais para você?

Antes que ele pudesse responder, ela desligou.

Mais tarde, quando ela contou para Jimmy, ele caiu na risada. Zoe ficou horrorizada.

— Jesus Cristo, Jimmy, se você fizesse essa piada hoje, seria cancelado — asseverou Zoe. — *Instantaneamente*. Você precisa se desculpar. E logo.

— Nem ouse se desculpar — Paris disse a Jimmy. — *Por favor, seja cancelado*. Talvez nos deixem em paz.

Jimmy não foi cancelado. Ele mencionou a antiga piada no começo do primeiro especial, admitindo isso de um modo que era engraçado, ainda que sensível. As pessoas o perdoaram. Elas queriam Jimmy Peralta de volta. Mas foi apenas uma questão de tempo até que alguém da antiga vida de Paris visse as fotos dela em sua nova vida.

A primeira carta de chantagem chegou um mês depois.

Paris pega a caixa com as cartas e a abre. Arrancando a fita adesiva, começa a tirar as cartas, um monte de cada vez. Depois de examinar um quarto das cartas, ela a vê.

Do tamanho de um cartão de aniversário, cor de lavanda, com dois selos canadenses no alto do canto direito, postada diretamente da prisão feminina de Sainte-Élisabeth, no Quebec. É de uma detenta cumprindo atualmente uma sentença de prisão perpétua pelo assassinato de seu amante no começo dos anos 1990. O nome dela é Ruby Reyes, e a imprensa naquela época a apelidou de "Rainha de Gelo".

E é também a mulher cuja filha Paris matou havia dezenove anos.

9

DENTRE TODAS AS PESSOAS QUE PARIS pensava que talvez pudessem localizá-la, ela nunca pensou que seria Ruby Reyes.

Mas é claro que na prisão tem TV, com acesso a programas como *Entertainment Tonight*, e revistas como *People* e *Us Weekly*. Sainte-Élisabeth Institution é uma prisão correcional, não um bunker. A suposição de que Ruby não a encontraria foi o primeiro erro de Paris.

O segundo foi não pagá-la.

Quando a primeira carta de chantagem chegou, ficou inocentemente no meio da caixa, junto com o restante das cartas de fãs recebidas por seu marido. Jimmy estava ocupado assinando fotos, Zoe fechava e colava selos nos envelopes de resposta, e nenhum dos dois notou que o coração de Paris quase parou quando ela pegou o envelope cor de lavanda da caixa e viu quem era o remetente. Tampouco notaram quando ela o deslizou para baixo da saia com as mãos trêmulas antes de pedir licença para ir ao banheiro, onde trancou a porta, leu a carta, rasgou tudo em pedacinhos e apertou a descarga do vaso.

Paris abre o novo envelope e tira de lá uma foto e uma carta escrita à mão em uma folha de papel cor de lavanda. Estava datado de uma semana antes, o que significa que quando Ruby a escreveu e colocou no correio, Jimmy ainda estava vivo.

> Querida Paris,
>
> Tenho que confessar que fico desapontada sempre que as cartas chegam e não há nenhuma resposta sua. Compreendo o quanto Jimmy é famoso, agora mais do que nunca, e deve receber correspondência dos quatro cantos do mundo. Espero ansiosa para ver o novo especial de comédia dele na Quan logo que saia da prisão, assim que alguém me ensine como fazer isso (ha, ha).
>
> Sim, você leu corretamente isso. Depois de uma audiência cheia de uma reviravolta dramática, a Comissão de Liberdade Condicional do Canadá decidiu que já não sou mais um perigo para a sociedade. Depois de vinte e cinco anos dentro deste inferno, vou sair de Sainte-Élisabeth no final deste mês. À luz dessa maravilhosa mudança das circunstâncias, acho que faz sentido aumentar a quantia original que pedi. Preciso ter um lugar onde viver quando estiver de volta ao mundo normal, e soube que o preço dos imóveis em Toronto está muito alto agora. Acredito que a soma de três milhões de dólares é adequada para que eu recomece do zero.
>
> Tenho várias entrevistas agendadas para as próximas semanas, e o que direi aos jornalistas depende totalmente de você ter ou não pagado o que me deve. É o mínimo que você pode fazer, considerando o que tirou de mim.

Na minha próxima carta, lhe enviarei a informação da conta bancária para onde você poderá transferir o dinheiro.

Com a minha mais calorosa saudação,

Ruby

p.s.: Enviei a você uma foto. Achei que você precisava de uma lembrança da vida que você decidiu destruir.

p.ps.: Talvez, depois que nossa transação estiver feita, você possa me contar a história de como se transformou em Paris. Em particular, estou morrendo de vontade de saber de quem são as cinzas que estão naquela urna com seu nome verdadeiro.

Paris deixa a carta cair em cima da mesa de café. *Não*. Não pode ser verdade. Ruby Reyes não pode realmente estar saindo da prisão. A Rainha de Gelo recebeu a pena de prisão perpétua pelo assassinato brutal de seu amante rico e casado, um crime que ganhou as manchetes nos anos 1990 em Toronto. Em que porra de mundo fodido alguém como ela pode conseguir liberdade condicional? E em que porra de mundo um jornalista quer ouvir o que Ruby Reyes tem a dizer sobre qualquer coisa?

Com as mãos tremendo, Paris agarra seu novo iPhone. A mulher é uma mentirosa, afinal de contas, e até ela mesma verificar isso, não acredita em nenhuma palavra vinda de Ruby Reyes. Abrindo o Safari, ela pesquisa Ruby Reyes Rainha de Gelo Toronto.

Mas, deus do céu, é verdade. Está lá. No Toronto Star. Tudo depois da manchete e das frases iniciais tem acesso pago, mas aparece o suficiente do artigo para confirmar que Ruby não está mentindo. Realmente,ontecer depois que ela deixou Toronto, Ruby Reyes estar de volta à liberdade jamais foi uma delas. A mulher foi julgada culpada de assassinato em primeiro grau. Supostamente a Rainha de Gelo morreria na prisão.

Na primeira carta, Ruby pedia um milhão de dólares. Há alguns meses, isso parecia profundamente ridículo. Para que uma detenta cumprindo prisão perpétua precisaria de um milhão de verdinhas? Quanto custa um lanche na cantina? A única razão lógica que Paris pensou que poderia ter para esse pedido era que Ruby queria foder com ela, ver se Paris pagaria *alguma coisa* para mantê-la em silêncio.

Mas agora Ruby quer *três* milhões. E se Paris não pagar, *todo mundo* saberá quem Paris realmente é. E não será apenas pela morte de Jimmy que ela será presa.

A única coisa pior que uma acusação de assassinato? *Duas* acusações de assassinato.

Paris fecha os olhos e se concentra em sua respiração até sentir que sua pulsação começa a diminuir. Ela pega a foto que Ruby mandou com a carta. Rabiscada no verso, com uma tinta azul desbotada está *Humber Bay Park, Toronto, 1982. 3º. Aniversário de Joey*.

A foto esverdeada é um quadrado perfeito com bordas arredondadas. Ruby Reyes está sentada com a filha, Joey, numa mesa de piquenique coberta com uma toalha xadrez vermelha e branca. Há muita comida — um balde de frango frito, recipientes de isopor cheios de salada de repolho e salada de macarrão, uma tigela grande de arroz, uma bandeja de rolinhos-primavera com molho ao lado, uma geladeira cheia de refrigerantes. Há também balões, um bolo de aniversário com três velas e cobertura cor-de-rosa, e um modesto grupo de presentes embrulhados. A irmã e o cunhado de Ruby estão no fundo, rindo.

Ruby e sua garotinha estão com vestidos estampados de girassóis, cada uma delas com um picolé de banana, do tipo que você pode partir ao meio e compartilhar. Elas sorriem uma para a outra, os rostos brilhando de felicidade ao sol. O amor entre mãe e filha é óbvio naquele momento, e machuca Paris ver aquilo agora. Ela passa um dedo de leve no rosto doce da garotinha. Joey era tão pequenina naquela foto, tirada em tempos melhores.

Não é que Paris tenha planejado matá-la. Mas também não foi um acidente.

Ela coloca a foto de volta sobre a mesa e leva a carta consigo até o banheiro. De pé diante do vaso, rasga-a em pedacinhos. Parece um confete cor púrpura girando em volta do vaso até finalmente desaparecer.

Paris encharca uma toalha de rosto na água fria e a pressiona na face, encarando o espelho. Foi um risco não pagar Ruby logo depois que chegou a primeira carta de chantagem. Mas ela não tinha o dinheiro, e pedir a Jimmy não era uma opção. Em vez disso, tentou resolver o assunto por conta própria, mas seu plano de recuperar a urna de cinzas que todos supunham que fossem dela não saiu como ela esperava.

Se ela não pagar o que Ruby pede, todos os seus segredos virão à tona.

Deu tanto trabalho encobrir a antiga identidade e se tornar Paris. Na maior parte dos dias, parece que conseguiu, que se reinventou. Mas à noite, em seus sonhos, ela volta a Toronto, dezenove anos atrás, naquele apartamento sombrio do porão, com o piso quadriculado como um tabuleiro de xadrez, olhando para o corpo devastado e o rosto ensanguentado da jovem mulher que era sua melhor amiga, os olhos dela implorando, desesperados, sua voz rouca e fraca.

No final, ela implorou.

Por favor, ela sussurrou. *Por favor*.

Paris caminha de volta para a sala de estar e mais uma vez pega a foto. Ela pensou que havia deixado essa foto para trás na noite do incêndio, na noite em que ela deu um passo para fora de uma vida e entrou na outra.

Ela pensou que havia deixado essa foto queimar, junto com a garota na urna.

PARTE DOIS

Que vida para tirar, que vínculo para quebrar.
Vou sentir sua falta.

— Puff Daddy e Faith Evans,
participação de 112

10

RUBY REYES, VÍTIMA #METOO, GANHOU LIBERDADE CONDICIONAL DEPOIS DE 25 ANOS DE PRISÃO POR ASSASSINATO

DREW MALCOLM PRIMEIRO CONSIDEROU o artigo uma piada, já que parecia soar como algo escrito para um site de sátiras jornalísticas como o The Onion. Mas não é uma pegadinha, realmente está acontecendo, e a manchete é tão absurda que ele teve que ler várias vezes antes de finalmente entender.

A Rainha de Gelo, uma *vítima*? Se não fosse um insulto para com as verdadeiras vítimas do #MeToo, Drew poderia ter rido. Mas não há nada de divertido em relação à notícia da mãe de Joey Reyes estar saindo da prisão. E ele está tão furioso com isso que decidiu quebrar a promessa que fez a si mesmo depois que conseguiu seu primeiro trabalho de verdade como jornalista, pouco depois da morte de Joey.

Ele vai falar sobre a Rainha de Gelo no seu podcast. Ruby Reys pode sair da prisão, mas se Drew tem alguma coisa a dizer sobre isso, ela jamais ficará livre. Porque não apenas a mulher é assassina como era também um horror de mãe. Foda-se essa vagabunda psicopata.

Eles prenderam Ruby Reyes em uma noite quente e pegajosa de junho de 1992.

Foi uma ação silenciosa, mesmo com dois carros de polícia, a ambulância e uma mulher do serviço de proteção às crianças. As luzes vermelhas e azuis das viaturas iluminavam as árvores do parque ao lado do lago, jogando luz sobre o exterior de tijolos dos edifícios degradados onde Ruby e sua filha Joey, de treze anos, moravam.

Os vizinhos apareceram nas janelas para ver o que estava acontecendo. Carros da polícia eram comuns naquela vizinhança, mas geralmente eram chamados por causa das atividades que aconteciam no Willow Park depois que escurecia. Venda de drogas. Sexo. Adolescentes fazendo o que adolescentes fazem quando estão fora de casa tarde da noite. Brigas entre os moradores de rua que não tinham para onde ir.

Isso, em comparação, foi tranquilo. Ruby não protestou nem brigou. Na verdade, parecia incomodada enquanto era tirada algemada do edifício, como se a prisão fosse um pequeno equívoco que logo seria corrigido.

— Mamãe — disse Joey, saltando pela porta traseira da ambulância onde um socorrista estava cuidando de um corte acima de sua sobrancelha. Não doía muito, mas suas costelas estavam machucadas, e ela sabia por experiência que seu torso estaria azul e púrpura de manhã. Ela correu até Ruby e jogou os braços em sua cintura, apertando o rosto no peito da mãe.

— Mamãe, sinto muito.

A assistente social de pé atrás de Joey segurou-a com gentileza. Ruby olhou de relance a filha, as luzes das viaturas passando por seu rosto. Mesmo vestindo sua camisola velha e manchada, seus cabelos oleosos e sujos, Ruby era bela.

— Oh, Joey. — A voz dela era suave, quase gentil. Mas por trás de seus olhos escuros não havia nada. Eram dois buracos negros, sugando a luz, sugando tudo. — O que você fez?

Os policiais que a escoltavam puxaram Ruby pelos braços, e a mãe de Joey continuou com o queixo levantado, cabeça firme, de alguma maneira permanecendo magnífica, a despeito das circunstâncias. Um dos policiais colocou a mão sobre sua cabeça, e ela afundou no banco de trás do carro da polícia, tão graciosamente quanto possível.

Deborah Jackson, a assistente social designada para o caso, conseguiu segurar Joey na hora que seus joelhos cederam. Braços fortes envolveram a garota quando todo o seu corpo começou a tremer. Não era porque Joey estivesse com frio. Havia uma onda de calor em Toronto naquela semana, e mesmo ali perto do lago, às onze da noite, a temperatura era de trinta graus. Essa parte do lago Ontário sempre fedia no verão, o calor retendo os fedores de merda, lixo e poluição vinda das fábricas próximas.

A assistente social não era forte o suficiente para segurar Joey. Quando a viatura da polícia partiu com sua mãe ali dentro, Joey se contorceu e saiu do aperto suado da mulher para correr atrás dela, descalça e gritando por Ruby até a Willow Avenue, até que o carro, suas luzes e sua mãe desapareceram.

Os jornais publicariam que a cena foi de comovente. Mas para os moradores da Willow Avenue, 42 não era exatamente uma surpresa. Já fazia muito tempo que eles sabiam que alguma coisa não estava certa. Haviam visto os machucados e os olhos vazios da garota quando a encontravam no elevador. Haviam escutado os gritos e o barulho de coisas quebrando dentro do apartamento de Ruby, a qualquer hora do dia.

— Bem, não era *todos* os dias — ouviu-se o sr. Malinowski dizer à polícia na noite da prisão de Ruby. Ele era o zelador do edifício, que morava no primeiro andar. — Quero dizer, ela era magra? Com certeza, mas muitas garotas são assim nessa idade. Alguma vez vi o rosto dela machucado? Certamente, mas ela era uma garotinha calada. Perguntei a ela se estava bem? Claro que sim, e a mãe disse que ela caiu da bicicleta. O que eu podia fazer, acusá-la de mentirosa?

Só que Joey não tinha bicicleta. Também não tinha skate, ou patins, ou qualquer uma dessas coisas que supostamente provocavam vergões roxos em diferentes partes do rosto e do corpo dela.

— Uma vez ela estava com uma atadura no braço — disse a sra. Finch, que morava com seu filho adulto desempregado no final do mesmo corredor que elas. Ela estava ansiosa para falar com a polícia, já que foi ela quem os chamou. — A garota parecia envergonhada, disse que havia tropeçado e caído, que era desajeitada. Eu sempre soube que alguma coisa não estava certa. Mas na verdade nunca *vi* a mãe dela fazer algo, então o que eu podia fazer? Além disso, não tinha nada a ver com aquilo. Tudo bem, admito que não gostava muito daquela mulher. Era uma vagabunda, sempre vestindo saias curtas e sapatos de salto alto, decotes cavados, e com um namorado diferente cada mês. Mas a garota tinha que idade, doze? Treze? Se alguma coisa estivesse acontecendo, ela devia ter dito, se não como é que você acha que poderíamos saber?

Mas eles sabiam. Claro que sabiam.

O julgamento de assassinato que se seguiu foi notícia de destaque. Charles Baxter, o presidente do grande banco onde Ruby trabalhava, havia morrido por hemorragia por ter levado múltiplas facadas. Dezesseis, para ser exato, mas foi o golpe na garganta o que causou sua morte. Receosa de perguntar a um adulto o que significava hemorragia, Joey olhou em um dicionário. Resultou ser uma palavra muito chique e interessante para algo que significava apenas "perda de sangue".

A beleza de sua mãe simplesmente alimentou a publicidade. Os longos e lustrosos cabelos de Ruby Reyes e seu sorriso sedutor eram o centro de todos os artigos, em cada um dos noticiários na TV. Até mesmo lhe deram um apelido: A Rainha do Gelo. Tinha trinta e cinco anos quando foi presa, mas podia passar por dez anos mais nova.

— Se não tivesse tido você — dizia sempre Ruby para sua filha —, poderia dizer para as pessoas que tenho vinte e cinco. Odeio que você pareça comigo.

Joey nunca duvidou que foi a pior coisa que aconteceu com sua mãe. Tal como sua mãe foi a pior coisa que aconteceu com ela.

Depois da condenação da mãe, Joey foi viver com sua tia e seu tio em Maple Sound, uma cidadezinha a duas horas ao norte de Toronto. Supostamente, isso faria com que as coisas melhorassem. Flora e Miguel Escario já tinham três filhos pequenos, e concordaram em receber a sobrinha quando a assistente social deixou claro que seriam eles ou orfanato. Joey se mudou alguns dias depois da prisão da mãe. Finalmente, ela teria uma família de verdade. Era a oportunidade de começar do zero.

Só que não, porque os garotos de seu colégio sabiam exatamente quem era Ruby Reyes, o que significava que sabiam exatamente quem era Joey Reyes. Sabiam por que seus pais liam jornais e viam os noticiários, tal como seus professores. A garota nova era a filha da Rainha de Gelo, e a Rainha de Gelo era uma *imigrante que mal havia chegado*, e uma *vagabunda*, e uma *golpista* que havia assassinado alguém. A história era horrorosa, e excitante, e, ah, era tão divertido falar disso, e então eles falavam entre si em voz baixa, fofocavam e especulavam até que os pedacinhos da história se transformavam em boatos mais interessantes, que logo viravam verdades. Não havia como fugir disso, de sua mãe, da *história* da sua mãe.

Depois de se formar no ensino médio com dezoito anos, Joey se mudou de volta para Toronto. Dois anos mais tarde, ela morreu em casa, sozinha, em um incêndio. Foi um final trágico para uma vida trágica, e durante todos os anos em que trabalhou como jornalista, ele prometeu a si mesmo que jamais escreveria sobre Ruby, por causa de Joey. Ele sabia que jamais poderia ser imparcial.

Mas ele já não é jornalista. O jornal em que trabalhava fechou havia três anos, obrigando Drew a se reinventar, se quisesse continuar pagando suas contas. Criou um podcast, e *O que fazemos nas sombras* tem uma audiência média de três milhões de ouvintes a cada temporada. As pessoas querem saber. E se Ruby Reyes aparece como vítima de qualquer coisa, ele tem muita merda para contar. Aos sessenta anos, a Rainha de Gelo está conseguindo uma segunda chance na vida, enquanto a filha, de quem ela abusou desde sempre, morreu aos vinte anos?

Drew não está simplesmente zangado.

Está furioso.

11

HÁ APENAS UM LUGAR PARA ESTACIONAR na rua em frente ao Junior's, e foi nele que Drew parou.

Nunca foi assim tão frequentado, mas tantas coisas mudaram na antiga vizinhança desde que ele saiu de lá, há vinte anos. A locadora de vídeo onde ele e Joey trabalharam sumiu. A padaria portuguesa também se foi. Mas o Junior's ainda está lá, assim como o Golden Cherry, bem ao lado.

Ele tranca o carro e dá uma olhada no icônico letreiro de neon e na fachada enegrecida do antigo clube de striptease. Drew esteve no Cherry exatamente uma vez, para uma despedida de solteiro a que ele não queria ir, para um casamento que nunca aconteceu. O Golden Cherry era popular naquela época, mas quando o negócio de striptease começou a cair em declínio, há uns dez anos, o antigo "clube para cavalheiros" se transformou em boate chique. A proprietária achou um sócio, mas manteve o nome original. Além de uma pintura nova, não parece estar muito diferente.

Mas o Junior's mudou. O melhor restaurante jamaicano do bairro, famoso pelo seu frango jerk, bode ao curry e rabada, está três vezes maior do que era. Houve época em que Drew comia lá pelo menos duas vezes por semana, mas agora raramente volta a esta vizinhança, a menos que seja obrigado e, a bem dizer, evita isso.

Tudo ali o faz se lembrar de Joey.

Ele empurra a porta e os sininhos da entrada anunciam sua chegada. Já se foi o tempo em que o lugar era simplesmente um buraco na parede com três mesas e uma janela para entregar pedidos. O restaurante, depois de ter comprado a padaria ao lado, está maior e mais brilhante, com pintura amarela, cadeiras de vinil verde-claro, e mesas pretas lustrosas. Televisões Samsung estão fixadas em cada canto da sala de jantar e, na parede perto da porta há uma foto gigante e emoldurada de Junior ao lado de Usain Bolt. Mas, ao mesmo tempo que essas mudanças são boas, Drew nota que os preços subiram. As empadas de carne, marca registrada da casa, que custavam noventa e nove centavos, custam agora colossais dois e cinquenta cada.

Ele caminha até o balcão e assim mesmo pede uma, depois se senta a uma mesa para aguardar sua convidada para o almoço. Enquanto saboreia a empada, que tem exatamente o mesmo gosto que ele lembrava, olha a televisão mais próxima. Três comentaristas da CNN estão discutindo sobre alguma coisa dita pelo presidente dos Estados Unidos e, ainda que Drew não tenha interesse na política norte-americana, uma notícia no rodapé que corre embaixo da tela chama sua atenção.

PARIS PERALTA, ACUSADA DE ASSASSINATO EM PRIMEIRO GRAU, DEVE HERDAR 46 MILHÕES DO LEGADO DE SEU FALECIDO MARIDO, JIMMY PERALTA

Quarenta e seis milhões. *Porra*. Então provavelmente foi a mulher quem fez isso. Drew nunca prestou muita atenção a julgamentos e problemas das celebridades, mas o assassinato de Jimmy Peralta é interessante. Ele assistiu a *Jimmy Peralta Vive* na Quan há pouco tempo e espera ver o segundo especial. Coisa realmente engraçada, apesar de o título do primeiro agora soar irônico.

— Não posso acreditar em meus olhos — uma voz maravilhada soa atrás dele.

Drew afasta os olhos da TV e avista uma mulher ali perto com um sorrisão no rosto. Ele leva alguns segundos para reconhecê-la e, quando a identifica, fica boquiaberto.

— *Charisse?* — Ele se levanta, tentando reconciliar a mulher adorável com sua lembrança de uma adolescente desajeitada, cujo pai obrigava a trabalhar como garçonete ali. — É você mesmo?

— Drew Malcolm — fala Charisse, com as mãos nos quadris. — O que traz você de volta a este canto do mundo?

— Simplesmente esperando alguém para o almoço — diz Drew. — Olha só você. Cresceu muito. — E está *ótima*, ele pensa, mas isso seria meio estranho dizer, mesmo que agora Charisse tivesse uns trinta anos. Nada mais de pernas finas e aparelho nos dentes. Essa mulher tem curvas e um brilho no olhar.

— Muito bem, me faça um resumo de cinco segundos — pede Charisse. — Casado? Filhos? Casa? Trabalho?

— Nunca me casei. Uma filha, Sasha, com dezenove anos, terminou seu segundo ano na Western. Tenho um apartamento na Liberty Village, e fui jornalista investigativo por quinze anos para o *Toronto After Dark*, e agora tenho um podcast sobre crime, que faço no meu escritório mesmo.

— *Toronto After Dark*? — Ela parece impressionada. — Lembro desse jornal. Saía aos sábados, não é?

— Sim. Até fechar.

— Ah, lamento. Está bem, minha vez. — Charisse limpa a garganta. — Casamento que durou dez anos, divorciada, mas ainda somos amigos. Um filho maravilhoso, Dante, tem oito anos. Comprei uma casa a três quarteirões daqui, e agora gerencio isto aqui.

— Opa, o Junior finalmente se aposentou?

O sorriso dela diminui.

— Não, papai morreu. Há quatro anos. Câncer na próstata que se espalhou para os ossos.

— Sinto muito saber disso — diz Drew, e realmente sente. — Junior era um bom sujeito. Coração de ouro e o melhor cozinheiro deste lado de Toronto.

— Amém — diz Charisse. Levanta a sobrancelha e o examina de novo. — Então, está esperando seu encontro marcado pelo Tinder?

— Engraçadinha. Encontro de trabalho, para o podcast.
Ela parece ficar contente com a resposta.
— Nesse caso, o almoço dos dois sai por conta da casa.
Ele ri.
— Obrigado, mas isso não...
— Está decidido. — Charisse mexe os dedos. — Fitzroy está lá no fundo, cozinhando, e é melhor você dizer oi para ele antes de ir embora.

Ele abre um sorriso quando ela se afasta e depois se senta novamente, espantado de ver como as coisas mudaram. A vizinhança, o restaurante, Charisse. Ela já pode ser adulta, mas, na cabeça dele, a filha de Junior terá sempre doze anos.

Tal como Joey terá sempre vinte.

Drew reconhece a mulher pela foto no LinkedIn no momento em que ela entra apressadamente no restaurante. Ainda que pareça muito menos preocupada na foto. Os dois trocam apresentações e, com um gesto, ele dispensa as desculpas dela por estar atrasada, convidando-a para se sentar enquanto ele pede o almoço para os dois no balcão. Seguindo as instruções de Charisse, o caixa se recusa a cobrar pelo pedido.

Quando ele está de volta com a comida, a dra. Deborah Jackson está mais calma. Seu blazer coral está pendurado na cadeira, e sua bolsa cheia está a seus pés, no chão. Ela sorri calorosamente para ele, o que faz Drew se lembrar de sua mãe antes que os problemas de saúde dela aparecessem.

— Você é um tipão — afirma ela, avaliando-o. — Poderia ter mencionado isso no e-mail. Eu teria chegado na hora e vestido alguma coisa mais bonita.

Ele quase deixa a bandeja cair, e ela ri. Isso quebra a tensão, e ele aprecia o esforço dela para tornar o assunto mais leve para os dois. Ambos sabem que não será uma conversa fácil.

— Agradeço que tenha aceitado conversar comigo, dra. Jackson — diz ele, se sentando na frente dela.

— Deborah, por favor. — Ela pega o garfo. — Admito que, no meio do caminho, quase desisti de vir. Larguei o serviço social um mês depois da morte de Joelle. Quando mal conseguia me levantar da cama, percebi que esse provavelmente não era um trabalho pra mim. Então voltei para a universidade, e agora ensino. Se você não tivesse me dito sobre a liberdade condicional de Ruby Reyes, eu não tinha nem certeza se conseguiria falar sobre Joelle. Acho absurdo que a mãe dela vai ser solta, e que tenha usado o movimento #MeToo para conseguir isso. É uma ofensa para com as verdadeiras vítimas. Estou contente que você esteja preparando o podcast.

Drew fica satisfeito ao constatar que os dois compartilham da mesma opinião.

— Quanto tempo você trabalhou com Joey?

— Desde a noite em que sua mãe foi presa até o dia em que completou dezoito anos. Mas mantivemos contato por algum tempo depois que ela se tornou maior de idade.

— Não é incomum acompanhar tanto tempo a mesma criança?

— Muito. A maioria das crianças adotadas tem várias assistentes sociais até o momento em que saem do sistema, mas como Joey foi ficar com a família consegui permanecer com ela. Tecnicamente, ela estava aos cuidados de parentes, mas não havia muita diferença.

Ela come um pouco do prato que ele pediu, rabada, e mastiga lentamente.

— Isso aqui é gostoso.

Drew havia pedido também um acompanhamento de bananas fritas, que ele coloca na frente dela.

— Joey e eu vínhamos muito aqui. Nossa casa não era longe.

— A que incendiou?

Ele confirma.

— Só estive uma vez aqui — diz Deborah, olhando ao redor. — E foi a última vez que a vi. Ela me disse que havia saído da videolocadora, mas não mencionou que dançava no clube de striptease ao lado.

— Ela também nunca me disse — declara Drew. — Descobri isso do jeito mais difícil.

Os dois conversaram amenidades enquanto almoçavam. Quinze minutos depois, um garçom tirou os pratos e Fitzroy, o sobrinho de Junior, sai da cozinha com seu avental branco manchado para dizer oi. Os dois homens trocam apertos de mão vigorosos, ambos concordando que havia passado tempo demais, e que o outro ainda parecia estar bem para a idade. Fitz cozinhava ali desde que Drew apareceu pela primeira vez, e ele diz que vai mandar café e bolo de coco, por conta da casa, se Drew prometer voltar mais vezes. Deborah observa pensativa a conversa, com um sorrisinho no rosto.

— Dá pra ver por que Joelle gostava de você — ela diz, quando os dois ficam novamente sós. — Ela falou muito sobre você da última vez que a vi, e me disse que você e sua namorada haviam se mudado para Vancouver fazia pouco tempo. Ela estava triste com isso. Disse que você era o melhor amigo dela.

As palavras magoam.

— Ela também era a minha.

— Mas pra ela era mais que amizade — conta Deborah. — Ela amava você, Drew. *Amava muito mesmo.* Amor do tipo casaria-e-teria-filhos-com-você. Não era uma paixonite. Acho que Joelle não era dada a paixonites ou qualquer coisa rasa..

O coração dele dá um salto.

— Ela jamais me disse nada disso.

— Bem, você estava em um relacionamento sério. — Deborah come um pouco do bolo de coco. — Ela jamais iria interferir nisso. Tudo que ela sempre quis era não ser como a mãe.

Ela estava mais que certa sobre isso.

— Quando você descobriu que Joey estava dançando no Cherry?

— Só depois que ela morreu — Deborah limpa a boca com um guardanapo. — Tenho um amigo próximo que trabalha para a polícia. Ele me ligou quando o relatório chegou, e fiquei muito chocada com aquilo. Não tive a intenção de perder o contato com ela. Sabia que ela ainda precisava de mim. Senti isso quando nos despedimos pela última vez. — Ela desvia o olhar. — Sinto como se tivesse fracassado com ela.

— Pelo menos você não jogou lama nela por ser uma stripper menos de duas horas antes de ela morrer — diz Drew. — Quando descobri que ela estava dançando lá, não aceitei bem. Eu disse coisas bem duras pra ela.

— Sinto muito. — Deborah toca sua mão um instante. — Então. Como posso ajudar você?

— O arquivo de Joey — responde Drew. — Sei que você não é mais assistente social, mas algo me diz que você deve ter guardado anotações. Ela me contou algumas coisas, mas quero saber mais sobre a infância dela.

— O que você vai fazer com isso? Falar deles no seu podcast?

— Alguma coisa, talvez? — Drew passa a mão pelo seu rosto. — Pensar em Ruby sendo solta e recomeçando a vida me deixa louco. Mesmo que as pessoas possam perdoá-la porque o homem que ela matou no fim das contas também não prestava, ainda assim Ruby foi uma péssima mãe. Quero que as pessoas vejam isso quando olharem para ela.

Deborah fica em silêncio por um momento. Depois pega a bolsa e tira de lá um envelope de papel pardo grande. Os instintos dele estavam corretos; ela manteve uma cópia do arquivo de Joey. Tira também seis cadernetas encadernadas com espiral, com capas coloridas e bonitas, e os coloca sobre o envelope.

— Os diários dela? — Drew pega a caderneta de cima e olha espantado. Os diários de Joey foram o que levou Ruby a ser acusada de assassinato em primeiro grau. — Como você conseguiu isso? Deveriam ainda estar arquivados como como evidências.

— Estavam — confirma Deborah —, mas depois que Joelle morreu, achei errado que permanecessem lá. Pedi para meu amigo que os tirasse do arquivo de provas.

— É minha culpa ela ter morrido — Drew deixa escapar.

— Se isso foi verdade, também é minha culpa. — Deborah toca no rosto dele, e é um gesto maternal, cheio de compaixão e compreensão. Ele consegue ver a própria dor refletida nos olhos dela. — Não havia nada que você pudesse ter feito.

Ele aprecia a gentileza dela, mas ela está errada. Havia muito que Drew poderia ter feito. Podia ter sido mais gentil com Joey. Podia ter ficado com ela. Ele ainda se lembra de cada palavra da última conversa que tiveram, e se ele soubesse que seria a última, teria simplesmente fechado a porra da boca e a beijado.

Porque aproximadamente noventa minutos mais tarde, Joey morreu.

12

AS PRIMEIRAS CINCO TEMPORADAS do podcast de Drew, *O que fazemos nas sombras*, eram sobre estranhos, pessoas com as quais ele não tinha nenhuma ligação emocional e jamais conheceria. Em contraste, a nova temporada será sobre alguém que ele odeia. Não que ele não gosta ou desaprova, mas que, literalmente, odeia.

Poucas pessoas tinham consciência de que Ruby Reyes não foi originalmente presa por assassinato. Foi presa por abuso infantil. O indiciamento aconteceu na vara de família logo antes do julgamento por assassinato, cuja transcrição foi mantida em segredo. Drew fez uma petição para vê-la, e mesmo que normalmente esse tipo de pedido fosse negado, Joey já morreu. Seu pedido está em análise.

Ele já elaborou um esboço geral para a sexta temporada, mas não começará a gravar nenhum episódio até completar toda sua pesquisa e realizar todas as entrevistas. Embora o assunto seja intensamente pessoal para ele, podcast sobre crimes reais ainda é um enredo, exigindo um arco narrativo forte para que as pessoas continuem ouvindo. Fazia sentido começar com Deborah Jackson, e ele está satisfeito com isso, pois é difícil imaginar que qualquer coisa que ele possa ler nessas transcrições seladas seja mais dolorosa do que ler os diários de Joey. E ele os lerá para se preparar para sua conversa com Ruby Reyes, que guarda para o final. Enquanto isso, ele lê os arquivos de Joey no Serviço de Proteção a Menores.

Nenhuma criança deveria passar pelo que ela passou vivendo com sua mãe.

Ruby Reyes já tinha dado várias entrevistas para diferentes publicações e é provável que continue a fazê-lo durante mais algum tempo. Entre outras coisas, a Rainha de Gelo sempre foi sedenta por atenção. E se ela pudesse representar a si mesma em um documentário na TV sobre ela, certamente o faria. A amante do banqueiro foi um programa terrível de qualquer ponto de vista, mas o crime no qual estava baseado cativou o público desde o começo.

Drew estava no segundo ano do ensino médio quando leu pela primeira vez sobre o assassinato de Charles Baxter e, admitia, ficou fascinado desde a primeira matéria. No começo, sua mãe se preocupou com a obsessão do filho de quinze anos por esse crime brutal, mas quando ele a informou que queria estudar jornalismo, ela começou a guardar as matérias jornalísticas para que ele as lesse depois das aulas.

Ao contrário do processo na vara de família, o julgamento por assassinato foi amplamente noticiado, os detalhes dos testemunhos eram matéria de quase todas as publicações canadenses. Apenas desenhistas eram permitidos dentro do tribunal, mas os jornais não se fartavam de publicar desenhos coloridos da Ruby Reyes sentada na mesa da defesa. Em alguns dos desenhos ela parecia bela. Em outros, parecia perversa. Ela era as duas coisas.

Na tarde em que estava programado o testemunho de Joey, pedido pela acusação, o tribunal estava totalmente fechado. Joey era menor de idade, de modo que a mídia foi proibida de publicar seu nome ou qualquer detalhe que a identificasse. Ainda assim houve vazamentos, e qualquer coisa que a mídia canadense não pudesse comentar, a imprensa dos Estados Unidos ficou feliz em exibir. Não havia restrições de publicação por lá, de modo que o tio de Drew, que morava em Buffalo, foi encarregado de mandar pelo correio para seu sobrinho todos os artigos sobre Ruby.

O assassinato de Charles Baxter foi, em uma palavra, horrível.

A foto que os jornais usaram mostra um homem que parecia ter tudo. Ainda razoavelmente bonito e bem-disposto aos cinquenta e seis anos, Baxter parecia exatamente como deveria ser o rico presidente de um banco. Na época de sua morte, estava casado havia trinta anos com sua namorada da época do colégio, e os dois tinham um filho e uma filha, ambos já na universidade.

Retratos de Ruby e seu amante frequentemente os mostravam lado a lado para destacar o enorme contraste entre eles. Baxter era grisalho e mais velho. Ruby era deslumbrante e vinte e um anos mais nova. Ele era branco e privilegiado; ela era uma imigrante das Filipinas. Ele morava em uma casa com cinco quartos na Kingsway, um bairro rico de Toronto; ela criava a filha em um apartamento pobre em Willow Park. Ele era o presidente da companhia; ela trabalhava no serviço de atendimento aos clientes, tantos níveis abaixo dele que era incrível que ele sequer soubesse seu nome.

Para tornar a coisa ainda mais excitante, a mídia também adorava mostrar a foto de Suzanne Baxter ao lado da amante do marido na festa anual do banco. O Canadian Global fazia todos os anos um jantar chique e formal no hotel Royal York, com champanhe, filé-mignon e uma orquestra de oito componentes. Um fotógrafo profissional estava sempre por perto para capturar lembranças do evento, e em todas as fotos em que Ruby aparecia, ela estava estonteante. Alta para uma filipina, com 1,76 m de altura, suas longas pernas bem exibidas em um vestido dourado curto e sem alças. As sobrancelhas eram grossas, os lábios vermelhos, os cabelos negros e brilhantes derramados em ondas perfeitas até seus ombros nus.

Suzanne Baxter, em comparação, tinha a mesma idade que o marido e não mais que um metro e sessenta de altura, cabelos loiros e volumosos. Para a festa, ela usava um vestido de baile vermelho combinando com um casaqueto vermelho com lantejoulas. A escolha do guarda-roupa foi infeliz. O casaco era muito curto e o vestido simplesmente confortável, salientando sua barriguinha.

Foi muito fácil vilanizar Ruby. Isso foi muito antes do #MeToo, e ninguém pensou em culpar Charles Baxter pelo caso. Ruby era a outra mulher, uma sedutora destruidora de lares que havia atraído um homem bem-casado para longe de sua esposa e família. Ela era obviamente obcecada e manipuladora. Era a Glenn Close de *Atração fatal*; era a Sharon Stone de *Instinto selvagem*. Não havia outras narrativas. Depois de sua condenação, Suzanne foi citada dizendo "Gostaria que ela jamais tivesse entrado em nossa vida", como se seu marido fosse completamente indefeso, como se o caso — que durou *dois anos*, aliás — tivesse acontecido sem seu consentimento.

A história permaneceu na mente de Drew por muito tempo depois do colégio, muito tempo depois que Ruby foi condenada. Por isso mesmo, ele não poderia ter ficado mais chocado quando, alguns anos mais tarde, Joey Reyes bateu na sua porta.

Na época, ele e sua namorada Simone estavam alugando o apartamento no porão da casa de um homem que passava metade do ano na Índia, deixando a propriedade ser administrada pelo filho de vinte e dois anos. O filho nunca aparecia, mais interessado em seu Camaro e na namorada italiana mais velha, que seus pais não aprovavam, do que nas necessidades de seus inquilinos. As ligações nem sequer foram atendidas quando o forno quebrou e o freezer não estava gelando o suficiente para evitar que o sorvete derretesse. Quando uma família de guaxinins fez ninho dentro da lareira, Drew e Simone foram obrigados a contratar um serviço profissional de "remoção de guaxinins" por conta própria. O prestador de serviço notou que a lareira estava cheia de rachaduras e fuligem, o que a tornava extremamente perigosa. E disse a eles que até que ela fosse limpa e consertada, jamais deveriam acender o fogo ali, jamais.

O lugar era uma porcaria, com linóleo descascado, água sem pressão e teto manchado. Mas com os empréstimos estudantis e o débito no cartão de crédito, era o que podiam pagar. Finalmente, descontentes por estarem sempre dois meses atrasados no pagamento das contas, Drew colocou um anúncio no jornal local dizendo "Colega de quarto. Procura-se".

A última pessoa que ele esperava que respondesse ao anúncio era Joey Reyes.

Ela era apenas uma uma sombra de si mesma, se escondendo dentro de roupas largas e um cabelo comprido que usava como um cobertor de segurança. Tinha dificuldade em manter contato visual, e sua voz suave não chegava longe. Mas, a despeito da aparência, estava determinada.

— Ainda não tenho trabalho — disse Joey, parada diante de Drew e Simone na cozinha minúscula com assoalho em xadrez preto e branco. Drew sentiu ao seu lado os ombros da namorada murcharem. — Mudei de volta para Toronto hoje de manhã e vim direto da Union Station pra cá. Mas tenho dinheiro, e posso pagar adiantado seis meses de aluguel.

Simone se animou.

— Seis meses? Adiantados? Deve ser tempo suficiente para você resolver a questão do emprego. Certo, Drew?

Ele não estava seguro disso. Simone, que jamais lia um jornal e não tinha nenhum interesse em criminosos mesmo que lesse, não reconheceu aquela pessoa tímida dentro da cozinha. Ninguém teria reconhecido, já que seu nome e sua foto nunca haviam sido publicados.

Mas Drew sabia exatamente de quem se tratava. Foi bem fácil levantar isso quando ela estava no colégio. A escola de ensino médio de Willow Park estava a cinco minutos de caminhada do edifício de Ruby. Não foi difícil conseguir uma cópia do anuário, que incluía a foto de uma garota bonitinha da oitava série chamada Joelle Reyes que, aos treze anos de idade, já se parecia muito com sua mãe.

Com quase dezenove, era uma cópia perfeita de Ruby. Isso deixou Drew incomodado. Uma coisa era conhecer a filha da Rainha de Gelo. Mas era completamente diferente deixar que ela se mudasse para lá.

Ele sentiu o cotovelo de Simone em sua costela. Sabia que precisavam do dinheiro, e tinha que ser uma pessoa com exigências muito baixas para querer pagar um aluguel para viver ali. Eles não cobravam muito, mas seis meses de adiantamento resolveria o problema de suas contas e o débito no cartão de crédito.

— Bem-vinda à casa — Drew disse a Joey. — Aliás, na verdade não temos permissão para ter uma terceira pessoa vivendo aqui. Assim, se alguém perguntar, você está apenas passando por aqui. Tranquilo?

— Sem problema — ela respondeu. — Estou acostumada a fingir que não existo.

Joey se mudou naquela tarde. Ou, mais precisamente, ela simplesmente ficou. Tudo que possuía no mundo estava na bolsa de mão e na mochila que levava consigo. O quarto dela, que tecnicamente era uma saleta, era minúsculo. Ela parecia genuinamente empolgada.

— Há anos que não durmo sozinha em um quarto.

Na semana seguinte, ainda batalhando por um emprego, Drew recomendou Joey para substituí-lo na locadora de vídeo da rua. Ele havia conseguido um estágio pago no *Toronto Tribune* e começaria dentro de duas semanas.

— Gustav despediu o sujeito que estava lá antes porque um cliente o pegou assistindo pornografia na TV da loja — declarou Drew. — Então, se você não fizer isso, pode lidar com o trabalho. É a coisa mais fácil. Só fica movimentado nos fins de semana, de modo que durante a semana você pode fazer as tarefas escolares, ver filmes, qualquer coisa. Gustav é legal.

— Levo um livro — disse Joey.

Ele olhou para o livro de bolso em cima da cama.

— O que você está lendo?

— *Um longo caminho para casa*, de Danielle Steel. É sobre uma garota que era abusada pela mãe.

O olhar dos dois se encontrara. Ele esperou para ver se ela mencionaria algo sobre Ruby, mas ela desviou o olhar. Demorou meses para que ela se sentisse confortável o suficiente para contar alguma coisa para ele e, mesmo então, ele só saberia fragmentos de sua vida.

— Eu odiei Maple Sound — Joey lhe disse alguns meses mais tarde no Junior's. — Pior cidade que conheci. Minha tia e meu tio nunca me quiseram lá, e o sentimento era mútuo. E minha avó é uma babaca.

Drew, que era o queridinho de suas duas avós, não conseguia nem imaginar isso.

— Então você nunca vai voltar pra visitar?

— Pode acreditar. — Ele lhe ofereceu um de seus raros sorrisos. — Do jeito que saí, não vão querer me ver novamente.

A conversa sobre sua mãe ainda levaria mais três meses para acontecer.

— Você sabe quem é minha mãe, certo? — Joey lhe perguntou uma noite, de repente. Na época Simone trabalhava no The Keg, então Joey e Drew estavam sozinhos, vendo um filme que ela havia trazido da videolocadora. — Observei o jeito que você me olhou da primeira vez que apareci.

Ele deu pausa no filme. Era a primeira vez que ela mencionava Ruby.

— Você se parece com ela.

— Odeio isso, odeio mesmo.

— Ela era belíssima.

Joey ficou alguns segundos olhando a cena do filme parada na TV.

— Ela era uma coisa, realmente.

— Você a visitou na prisão?

— Só uma vez, logo que o julgamento começou.

Ela ficou brincando com seu colar, levando o pingente aos lábios, como se o beijasse. Quando estava pensando no passado, fazia isso muitas vezes. O pingente era um rubi com um círculo de pequenos diamantes em volta, e não podia ser coincidência que a pedra preciosa no centro fosse a mesma que o nome de sua mãe. Ele sentiu que havia uma história ali.

— Alguma vez você viu a foto dela na festa de Natal? — perguntou Joey. — Aquela em que ela está ao lado da Suzanne Baxter? Apareceu em todos os jornais.

Drew se lembrava bem da foto.

— Minha mãe adorava aquela foto — disse Joey. — Ela chegou mesmo a grudá-la na geladeira. Ficava felicíssima que a esposa de Charles parecesse uma hipopótamo de vestido vermelho, palavras dela, não minhas, e tinha certeza de que ele iria deixá-la. Mas ela se sentia assim com todos os homens com quem dormia.

— Quantos eram casados? — perguntou Drew.

— Todos eles. — Ela desviou o olhar — Inclusive meu pai.

Ele tinha milhares de perguntas. Mas tinha que ter cuidado. Não queria que ela se fechasse.

— Uma vez perguntei a ela se amava Charles — continuou Joey. — Ela caiu na risada. Disse "Não, querida. Eu não o amo. Mas gosto dele. E pode acreditar, é melhor assim".

Joey levou novamente o pingente aos lábios. Quando ficou claro que não iria dizer mais nada, ele deixou o filme prosseguir.

Alguns meses mais tarde, Drew lhe perguntou sobre o colar. Joey disse que era um presente de aniversário e ficou por isso.

Agora, quando ele finalmente abriu o primeiro diário dela na primeira página, compreendeu imediatamente por que ela não explicou mais. Enquanto se perdeu nas palavras dela — Joey poderia ter se tornado escritora, se tivesse viva — compreendeu que seu instinto sobre o colar ter uma história de origem estava certo.

Algumas pessoas usam braceletes de coração no punho. Joey usava seu trauma em volta do pescoço.

13

JOEY GANHOU O COLAR NA NOITE do seu aniversário de doze anos.

Ela estava sentada na mesinha da minúscula sala de jantar diante de Charles e sua mãe. Joey e Ruby usavam vestidos vermelhos com saias rodadas. Joey estava desconfortável. Já não tinha mais idade para ser embonecada como uma miniversão de Ruby, mas os vestidos eram presente de Charles, e seria falta de educação não os usar.

Charles também havia pagado a pizza, o vinho, o bolo e o presente ainda não aberto que estava sobre a mesa diante dela. A caixinha estava embrulhada com um papel prateado grosso e uma fita de veludo com laço, e ela sabia que seja lá o que estivesse dentro seria a coisa mais legal que ela teria na vida. Joey olhava para a mãe, silenciosamente pedindo permissão. *Por favor, me deixe ficar com isso. Nem sei o que é, mas eu quero. Por favor, mamãe.*

Ruby tragou seu Marlboro e exalou, uma longa tira de fumaça saindo de seus lábios vermelhos.

— Vá em frente, meu bem. — Ela soava magnânima, embora o presente não tivesse sido o que ela lhe dera. — Abra o embrulho.

Joey já havia aberto o presente de sua mãe, que tinha sido surpreendentemente bem pensado. Quando elas estavam na livraria no shopping, um mês antes, Joey se enfiou na área da papelaria, admirando as canetas sofisticadas, o perfume dos papéis e as cadernetas belamente encadernadas. As que Ruby comprava para a escola eram umas coisinhas feitas com papel fino que rasgava se o lápis estivesse muito apontado. Essas cadernetas, em contraste, eram luxuosas, com espirais de encadernação douradas. Vinham em um pacote com seis, todas com capas diferentes — borboletas, pássaros, arco-íris, flores, corações, unicórnios.

Ela sabia que pedir aquilo não iria funcionar (*Está pensando que sou feita de dinheiro?*), mas sua mãe deve ter voltado e as comprado. Talvez Ruby tinha esbanjado para impressionar Charles, o namorado atual, que também era chefe dela no banco. Mesmo que fosse isso, para que se importar? Joey soltou um gritinho quando viu as cadernetas, abraçando apertado sua mãe.

— Obrigada, mamãe — disse, o que agradou Ruby, pois Charles estava observando.

Tentando não parecer muito animada, ela pegou o embrulho de papel prateado e desatou o laço. Cuidadosamente, para não rasgar o papel (porque queria guardá-lo), desembrulhou uma caixa de veludo azul. Dentro dela, sobre um pequeno colchão de cetim, havia uma fina corrente de ouro com um pingente de diamante e rubi. Sua mãe tinha uma igual, e agora Charles comprara uma também para ela. Olhos arregalados, ela gentilmente a tirou do apoio.

— Não se preocupe, queridinha, não vai quebrar — disse Charles com uma risada. — Ouro dezoito quilates. É forte.

Joey a levantou para que a luz se refletisse nela, maravilhada que uma coisa tão bonita — e tão cara — fosse dela, de verdade. Um rubi de verdade, rodeado por diamantes verdadeiros, envolto em ouro de verdade.

— Um colar adorável para uma senhorita adorável. — Os olhos de Charles estavam brilhando, e seu sorriso, bem aberto. — Venha aqui, queridinha, eu o coloco em você.

Outra olhadinha de relance para sua mãe, mas dessa vez o coração de Joey afundou. Ruby sorria, mas não era um sorriso bonito. Ruby estava sorrindo *aquele* sorriso, que escondia o que ela realmente sentia. Charles não estava tanto tempo por perto para conhecer aquele sorriso e, mesmo que estivesse, não teria notado porque não estava olhando para Ruby. A atenção dele estava toda voltada para Joey, e se havia uma coisa que Ruby não tolerava era alguém dar a atenção que deveria ser totalmente dedicada a ela para outra pessoa. Incluindo, e especialmente, sua filha.

Os olhos da mãe disparavam raios de ciúme. Foi rápido — qualquer um que piscasse, não veria —, mas Joey notou. A fumaça do Marlboro circundava o rosto de Ruby. A ponta do cigarro, agora com um centímetro de cinza, se ela não batesse logo no cinzeiro, cairia em seu colo. Mas sua mãe não se mexeu, o sorriso gelado no rosto como uma máscara de palhaço.

Charles não prestava atenção a essa comunicação muda.

— Venha cá, queridinha. Vamos ver como fica.

Joey estaria ferrada se fizesse isso e também se não fizesse. Vagarosamente, caminhou ao redor da mesa até o outro lado, onde Charles estava sentado. Ele tirou os cabelos dos ombros dela, a penugem cinzenta em seu braço roçando a mandíbula dela, enquanto ele fechava a corrente ao redor de seu pescoço. Ela estava perto o suficiente para sentir o cheiro de sua colônia. Cheirava a algo caro.

Charles a virou e a encarou, olhos fixos em sua garganta e no pingente, e depois em seu colo. Ele estendeu novamente o braço, arrumando os cabelos dela para que caíssem novamente em volta de seus ombros.

— Maravilhosa — disse ele. — Você é uma garota bonita. Nos próximos anos sua mãe vai ter que dar duro para superar você. — E piscou. Mas não para Ruby, e sim para ela.

O sorriso da mãe vacilou, mas permaneceu.

Na manhã seguinte, Joey acordou em um apartamento silencioso. Quando saiu do quarto, sua mãe estava sentada na mesa de jantar, ainda de camisola, os cabelos despenteados, olhando para o parque do outro lado da rua, pela janela. Ela fumava outro cigarro. Se Charles passou a noite ali, já tinha ido; seus sapatos não estavam perto da porta.

— Então, você pensa que pode flertar com meu namorado, não é? — Ruby tirou os olhos da janela e encarou a filha. — Sua putinha.

— O quê? — indagou Joey, ainda meio adormecida.

Foi apenas uma palavra, aliás uma palavra gentil. Mas no momento em que escorregou de sua boca, ela soube que havia sido um erro. Ela ousou *falar*, e só isso bastou. Ruby saltou da cadeira, e antes que Joey pudesse reagir, o cigarro da mãe foi pressionado no seu pescoço, logo acima de sua clavícula, a um centímetro de distância do colar. Ela gritou, a queimadura do Marlboro abrasadora e intensa. Ruby cuspiu no seu rosto, a saliva quente com cheiro de cigarro se espalhando pela face de Joey.

— Mamãe, por favor... — disse Joey, mas antes que terminasse, sua mãe a esbofeteou no rosto.

Então Ruby bateu novamente nela, e de novo, e de novo até que finalmente, abençoadamente, tudo ficou negro.

Quando Joey voltou à consciência — um minuto depois? Dez minutos mais tarde? — estava deitada perto do sofá na sala de estar, as cinzas do cigarro a centímetros de seu rosto no piso de tacos riscados. Alguém batia na porta, e a julgar pelo volume e ritmo, fazia tempo que batia.

Sua visão clareou um pouco, e ela viu Ruby pisando duro na direção da porta para abri-la.

Era a sra. Finch, vizinha delas do final do corredor. O corpo dela estava parcialmente escondido por Ruby parada na porta, mas o vestido verde pálido que ela usava em casa e os chineles combinando eram facilmente reconhecíveis. Ela estava a caminho do recolhedor de lixo e estava com um saco de lixo branco em uma das mãos.

— O que você quer? — Ruby disparou para a mulher. — Você já pensou que quando alguém não atende a porta depois de cinco minutos, talvez seja porque não quer?

O tom de Ruby era agressivo, e do seu ponto de vista, jogada no chão, Joey viu a sra. Finch recuar um passo.

— Eu... eu ouvi...

— Ouviu o quê?

A vizinha recuou mais um passo, mas não antes de conseguir dar uma olhada para além de Ruby para ver Joey no chão. As duas se olharam rapidamente e, embora Joey pudesse tentar fazer algum sinal para pedir ajuda, não fez isso.

Nunca funcionava. Ninguém jamais a ajudara. Só conseguiam piorar as coisas.

Em vez disso, Joey tentou sorrir, para assegura à sra. Finch que estava bem. Foi simplesmente um acidente bobo, nada importante. Se ela pudesse realmente dizer essas palavras ela o faria, mas seu cérebro estava muito confuso para formar uma frase coerente. Pelo menos dessa vez ela não havia perdido o fôlego. Embora soubesse agora que um murro na barriga poderia provocar um espasmo terrível no seu diafragma, mas não a mataria (*não seja ridícula, você sempre é muito dramática, porra*), ser incapaz de respirar por alguns segundos sempre a faria sentir como se fosse morrer.

— Ela está bem? — balbuciou a sra. Finch. — Sua filha?

O corpo de Ruby enrijeceu e, apesar de não ver o rosto da mãe, Joey podia imaginar. Quando Ruby respondeu, sua voz estava calma.

— Ela está bem. Apenas tropeçou.

A vizinha recuou mais um passo, e agora Joey não podia mais ver a mulher.

— Ela... ela não parece bem. — Joey ouviu a sra. Finch gaguejar no corredor. — Você devia ajudá-la.

— Agora está me dizendo como ser mãe da minha filha, sra. Finch? — A voz de Ruby saiu como um rosnado.

Não era um bom sinal. A sra. Finch tinha que ir embora. Logo.

— Só... mantenha a voz baixa, por favor — a vizinha expressou. A fala parecia uma imitação precária de alguém querendo falar com autoridade. Mas não soava como alguém com autoridade. Soava mesmo era nervosa e assustada. — Eu ouvi gritos no corredor.

— Era a TV — retrucou Ruby. — E sugiro que cuide da sua vida. Quantos gatos você e o vagabundo do seu filho têm agora aí no seu apartamento, sra. Finch? São três? Ou talvez quatro? Pelo que me lembro de quando assinei o contrato de aluguel, tínhamos permissão para apenas um animal de estimação. Seria uma pena se fosse despejada.

Nenhuma resposta.

— Viu? — Ruby agora soava calorosa, quase alegre. A voz dela voltou ao volume normal. — Não é uma chatice quando as pessoas se metem no que você faz dentro de sua própria casa?

A porta foi fechada com violência. Então Ruby girou, colocou as mãos no quadril, e avaliou sua filha.

Joey se esforçou para se sentar. Vagarosamente, se apoiou no sofá, apertando o estômago. Doía como se tivesse feito mil abdominais. Sua cabeça estava estourando e ela podia sentir o lábio inchando.

Ruby se acocorou e segurou o queixo dela de modo que pudessem olhar uma a outra.

— Alguma coisa quebrada?

Joey sacudiu a cabeça.

— Sente como se fosse vomitar?

— Não. — A voz saiu como um rangido.

— Essa é minha garota. — Ruby deu umas palmadinhas no ombro de Joey, um dos poucos locais do seu corpo que não doía. — Não vamos brigar mais, está bem? Estou exausta. Esta noite Charles foi uma besta selvagem.

Sim. Foi mesmo.

— Você deve estar com fome. Vou esquentar a pizza de ontem.

Sua mãe a levantou. Beijou o topo da cabeça de Joey e depois torceu o nariz.

— Você está fedendo a colônia. Vá tomar um banho.

14

DREW LEU CINCO DOS SEIS DIÁRIOS e não tem certeza de quanto das palavras de Joey podem entrar no podcast. É uma distinção muito tênue entre falar sobre o horror que era Ruby como mãe e revelar a dor pessoal de Joey para que todo mundo veja. Talvez não seja possível fazer uma sem a outra, mas, no final das contas, ele deve a ela revelar a verdade da melhor maneira que puder.

Mais uma vez de volta à antiga vizinhança, ele olha para o exterior pintado de preto do Golden Cherry, onde ficava o anúncio em neon GAROTAS GAROTAS GAROTAS. Tudo o que restou foram as cerejas douradas sobre as chamativas portas de bronze, mas é o suficiente para sugerir a história do clube noturno. Drew podia ter passado por lá depois do almoço com Deborah Jackson, mas naquele dia ainda não estava pronto para isso.

Nem tem certeza de que já esteja. Porém, se quer saber mais sobre o último ano da vida de Joey, o ano em que ele morou em Vancouver, então, o antigo clube de striptease era o melhor lugar para começar. Ele havia telefonado antes, e quem quer que tenha atendido o telefone, disse que ele passasse por lá antes que o clube abrisse.

Ele puxa a porta, que abre facilmente. Demora um pouco para que sua vista se ajuste à penumbra, mas logo consegue enxergar bem. Há arandelas nas paredes, e as luzes penduradas sobre o bar estão acesas.

— Olá? — Drew chama. — Alguém por aqui?

No amplo espaço vazio, sua voz ecoa. O andar principal, que era cheio de mesas e cadeiras, agora é uma grande pista de dança. Mas por todos os lugares há lembranças do que o Cherry costumava ser. O velho neon de fora, no qual se lia CLUBE PARA CAVALHEIROS, havia sido realocado sobre o bar, que ocupa todo o comprimento da parede lateral. O palco original mais alto foi convertido em uma área VIP com mesas e namoradeiras, mas os três postes de pole dance estão no mesmo lugar. Na parede do fundo, atrás do palco, há um neon que anuncia uma sala privativa chamada CHAMPAGNE ROOM. E bem em frente à pista de dança, logo acima da tela de projeção com dois andares de altura, está o neon original de GAROTAS GAROTAS GAROTAS. Tudo está desligado, e a tela de projeção não mostra nenhuma imagem, mas ele pode imaginar o quanto tudo aquilo deve ser excitante quando a boate está em pleno funcionamento.

As lembranças voltam em enxurrada.

— Em que posso ajudar? — Ele escuta uma voz feminina.

Drew olha ao redor, tentando determinar a direção da voz, e localiza uma mulher loira vestindo um terninho vermelho, observando-o do segundo andar.

— A entregas são feitas pelos fundos — ela diz. — Você tem que tocar a campainha. Meu sócio deve voltar logo.

Ele percebe a tensão em sua voz. Ela provavelmente não havia notado que a porta da frente não estava trancada.

— Não estou fazendo entregas — Drew responde. — Telefonei antes, esperando conversar com alguém que tivesse trabalhado aqui na época em que funcionava um clube de striptease.

— E quem é você? — pergunta ela.

— Sou jornalista. Estou trabalhando em uma história sobre uma amiga que dançava aqui em 1998.

— Fique parado exatamente aí — ela diz e desaparece.

Dez segundos depois ele a vê descendo a escada em espiral, uma mão no corrimão e a outra carregando um par de sapatos vermelhos de salto alto. Quando acaba de descer, ela calça os sapatos, vai direto até o bar e liga um interruptor. Os neons espalhados pelo clube acendem em uma explosão de cores, e na tela gigante um vídeo artístico em câmera lenta começa a rodar, mostrando strippers fazendo o que fazem melhor... striptease.

O efeito é realmente notável. Seja lá quem redecorou o lugar fez um trabalho excepcional fazendo o Cherry operar como um clube noturno, mas ainda com o ambiente de um clube de striptease.

— Que incrível. — Drew não consegue esconder seu espanto. — Será que sou velho demais para me divertir aqui?

— Está perguntando para a garota errada — diz a mulher de vermelho.

Ela fica atrás do bar, a postura ereta. É óbvio que está sozinha, e ele percebe que a está deixando nervosa. *Você é homem*, costumava dizer sua mãe para sempre lembrar Drew como ele estava crescendo. *Preste atenção em como você é visto por uma mulher, e mantenha distância a menos que seja convidado. Pense em como suas irmãs se sentiriam.*

Drew permanece onde está, perto da entrada.

— Eu me lembro de cada uma das garotas que trabalharam para mim — afirma a mulher. — Qual o nome de sua amiga?

— Joelle Reyes — responde Drew. — Mas todos a conheciam por Joey.

— O nome não me soa familiar. — Ela franze a testa. — Por volta de 1998, você diz. Tem uma foto?

— Não. — Drew havia percebido outro dia que não tinha nenhuma foto de Joey. Em algum lugar de seu depósito no condomínio deve estar uma câmara antiga com pilhas há muito descarregadas, e é possível que por lá tenha uma foto dela nessa época. Mas duvida disso. Joey odiava ser fotografada. — Ela era meio-filipina, cerca de um metro e setenta, cabelos negros compridos.

A mulher sorriu.

— Na época tive duas garotas desse tipo. Uma chamava a si mesma de Betty Savage. A outra respondia por Ruby.

Drew não tem certeza de ter ouvido certo.

— O nome dela como stripper era *Ruby*?

A mulher franze de novo a cara.

— O nome *de palco* era Ruby.

Puxa vida. Joey usou o nome da *mãe* para dançar aqui? Dr. Phil, o apresentador do programa sobre Psicologia, ficaria exultante ao explicar isso.

— É aquela que morreu no incêndio, certo? — pergunta a mulher.

Drew confirma.

— Morávamos no mesmo apartamento. E eu era seu melhor amigo.

— Aproxime-se para que possa te ver melhor.

Quando se aproxima do bar ele percebe que ela não é jovem, como pensou. Ele havia calculado por volta dos cinquenta anos, mas, de perto, ela parece estar na casa dos sessenta, cabelos platinados, magra mas peituda, com a pele sardenta de quem tomou muito sol. Ele colocou um cartão de visitas no balcão e esperou um tempo até que ela o lesse.

Ela segura o cartão com o braço esticado, forçando os olhos para ler as letras menores. As unhas e os lábios estão pintados com o mesmo vermelho vibrante de seu terninho.

— Drew Malcolm do podcast... *O que fazemos nas sombras*. Soa ameaçador.

Drew estende a mão.

— Sinto muito se assustei a senhora. A porta da frente estava destrancada.

— Duas coisas. — A firmeza do aperto de mão acompanha sua voz. — Um, temos tido problemas com a fechadura, que não está funcionando direito, então não é culpa sua. E dois, jamais me chame de senhora. Fere meus sentimentos.

— Então peço desculpas por isso. — Drew sorri. — Como devo chamá-la?

— Pode me chamar como todo mundo chama. — Ela devolve o sorriso. — Cherry.

— Cherry? — Drew está encantado. — Assim como Cherry do Golden Cherry?

— Eu mesma — confirma ela. — E se você veio até aqui para falar sobre Ruby vamos precisar de uma bebida. Sente-se. Vou fazer o melhor old fashioned que você já tomou na vida.

Cherry coloca dois copos de coquetel no balcão enquanto Drew desliza para uma banqueta. Observa quando ela coloca uma colher de açúcar em cada um e depois acrescenta um pouco de bitter e um pouquinho de água. Mexe até o açúcar dissolver e acrescenta cubos de gelo, uma generosa dose de uísque de centeio, e duas cerejas ao marasquino por copo. Parece muito trabalho para um drinque. Mas ela não havia terminado.

Ela tira uma laranja da geladeira atrás dela e habilmente descasca um pedaço. Usando um isqueiro, queima a casca por uns cinco segundos enquanto a aperta, o que aumenta a chama. Depois passa a casca queimada pela borda da taça e a joga dentro. Desliza o drinque até a frente dele. O aroma é do outro mundo, um caramelado cítrico e defumado.

— Prove — diz Cherry. — E depois me diga se não é o melhor old fashioned que bebeu.

Drew prova um golinho.

— É o melhor coquetel que já bebi.

Ela levanta sua taça.

— A Ruby.

Porra, não.

— A Joey.

Eles brindam e tomam um gole.

Um celular vibra em algum lugar próximo. Drew bate no bolso, mas não é o seu. E observa quando Cherry enfia a mão por dentro do amplo decote e tira de lá um pequeno iPhone dourado.

— Sim, sei o que você está pensando — diz Cherry, ao notar sua expressão. — Sei que não devo deixar meu celular dentro do sutiã porque pode provocar câncer, blá-blá-blá. Acredite em mim, docinho, tem tanto silicone aí que não há espaço para mais nada crescer.

Drew ri. Não era isso que ele estava pensando. De jeito nenhum.

— Estou com um problema de entrega. — Ela franze a cara para sua tela. — Pode levar algum tempo. Você pode esperar?

Drew levanta a taça mais uma vez.

— Tudo bem.

Mas ele não está realmente bem. Não mesmo.

Tudo no Cherry o faz se lembrar de Joey. Porque antes daquele dia, a única vez que esteve ali foi na noite em que Joey morreu. Era a véspera do Ano-Novo, nas horas antes de 1998 virar 1999.

Também foi a noite de sua estúpida despedida de solteiro. Quase duas décadas depois, ela permanece como a pior noite de sua vida. Nada antes, ou depois, nem chega perto.

Um casamento no dia do Ano-Novo não teria sido a escolha de Drew, mas não existem muitas opções quando é um casamento forçado. Drew estava de volta a Toronto depois de um ano em Vancouver, e ainda que houvesse dito explicitamente que não queria saber de despedida de solteiro, seus amigos mesmo assim o surpreenderam com uma. Reservaram uma mesa vip no Golden Cherry, o que acabou virando um modo desastroso de saber que Joey era uma stripper.

Se fosse qualquer outra amiga, poderia ser tema de piadas, uma história engraçada de despedida de solteiro que seria contada e recontada por anos a fio. Mas era *Joey*. Lá estava ela, entre talvez cinquenta garotas que trabalhavam no Cherry na véspera do Ano-Novo, usando salto alto, seu colar e nada mais. Não tinha nada de engraçado nisso, e quando Drew a viu, foi quase impossível não a arrancar do colo de um amigo e levá-la para longe desse inferno.

Mas ele não fez isso. Fingiu que não a conhecia, e ela fez o mesmo. Não era realmente uma mentira. A Joey que ele conhecia era tímida e modesta e se encolhia se as pessoas a encarassem por muito tempo. Essa Joey era uma estranha sedutora, confiante, com cílios falsos, lábios vermelhos e uma tatuagem nova na coxa.

Era uma borboleta. Um símbolo de transformação. O que aquilo seria?

Talvez ele soubesse a resposta se ele e Simone não tivessem perdido o contato com ela não muito depois que se mudaram para a Costa Oeste no ano anterior. Ou, colocando de modo mais preciso, quando Drew simplesmente deixou de retornar as ligações de Joey. Quando ele voltou para Toronto para os feriados e o casamento, pareceu constrangedor procurá-la. Muitas coisas haviam acontecido desde que ele foi para Vancouver.

Muitas coisas aconteceram desde que ele *a* deixou.

Depois que terminou a contagem regressiva para 1999, Drew mencionou a necessidade de uma boa noite de sono e se despediu de seus amigos, que seguiriam para uma boate no centro para terminar a noite. Era uma mentira. Não havia como ele dormir. Não enquanto não falasse com Joey. Depois que eles o deixaram na casa de sua mãe, ele tomou emprestado o carro da irmã e dirigiu de volta ao Cherry. Passou pelo Junior's, pegou um sanduíche de pão pita e depois se sentou no estacionamento dos fundos e esperou.

As dançarinas começaram a sair pela porta dos fundos depois da última apresentação, por volta das duas da madrugada. Cada uma parecia mais cansada que a outra. Ele saiu do carro, sabendo que Joey não reconheceria o carro da irmã, e ficou tremendo no ar gelado. Deve ter parecido um tanto suspeito, porque um dos segurança se aproximou e lhe perguntou por que estava parado ali, perto da porta de saída dos funcionários. Drew ainda conseguia se lembrar da aparência do sujeito. Na época ele costumava assistir à luta livre profissional, e o cara era idêntico ao The Rock.

— Estou esperando uma pessoa — respondeu Drew, tentando não deixar transparecer o frio que sentia. — E aqui é um estacionamento público, cara.

— Ela quer ver você? — o segurança perguntou.

— É minha amiga. Já a vi lá dentro.

— Mas ela quer ver você? — repetiu o cara.

— Acho que logo vamos saber isso.

The Rock não gostou da resposta, mas tudo bem, porque Drew tampouco gostou dele.

Alguns minutos depois Joey saiu pela porta dos fundos, toda embrulhada no seu casaco de inverno gigante e botas de neve. Os cílios falsos tinham sumido, o rosto estava limpo, e ela parecia absolutamente exausta. Quando viu Drew, congelou.

O olhar dela saltou de Drew para o boxeador, e era óbvio que ela esperava ver apenas The Rock. Será que estaria planejando ir para casa com ele? Será que estava namorando o cara? Drew experimentou uma súbita sensação de insegurança. Ele tinha um metro e noventa, mas o segurança media uns cinco centímetros a mais e tinha uns vinte quilos de músculo a mais que ele, o que fez Drew se sentir... *pequeno*.

— Olá — disse Joey, hesitantemente.

Nenhum dos dois respondeu, pois nenhum deles tinha certeza de com quem ela falava.

O olhar de Joey finalmente se fixou em Drew.

— Você ainda está aí?

— Você pode dizer para esse cara que sou seu amigo? — enunciou Drew, e a frase saiu com um tom mais hostil do que pretendia, e ele viu o queixo do outro se torcer. — Ele acha que estou assediando você.

— Tudo bem, Chaz — disse Joey — Eu o conheço.

— Então, você precisa de alguns minutos, ou... — a voz dele foi sumindo. Ele parecia chateado, mas Drew detectou algo mais sob isso. Desânimo. *Dor*.

— Posso levar você pra casa — Drew disse a Joey, e quando ela não respondeu imediatamente, ele acrescentou. — Nós morávamos juntos, então acho que sei o caminho. — Era mesquinho, mas ele não conseguiu resistir à provocação.

— Por você tudo bem, Joey? — perguntou o segurança, e ficou evidente que ele não sairia dali a menos que ouvisse a resposta dela. Ela confirmou e o rosto do grandão endureceu. — Bom. Feliz Ano-Novo.

— Para você também, Chaz.

Drew sentiu que ela queria dizer mais alguma coisa para ele, talvez tranquilizá-lo de algum modo — ela odiava ferir os sentimentos dos outros —, masThe Rock já estava dentro do seu carro.

A sós, sob as luzes brilhantes do estacionamento, Drew e Joey se encararam.

— O que está fazendo aqui, Drew? — perguntou ela novamente.

Ele caminhou até a porta do passageiro e a abriu.

— Entre no carro, Joey.

Ela se irritou com o tom dele.

— Por favor. — Os dentes de Drew estavam batendo. — Esqueci a porra do frio que faz aqui.

Os dois não falaram nada até o meio do caminho. Que não era longo, já que a casa estava a menos de quinze minutos. Mas o rádio não estava ligado. Era silêncio demais. Nenhum dos dois sabia como começar.

— Como está Simone? — finalmente Joey perguntou.

— Está bem.

— Quando você voltou para cá?

— Desde a véspera do Natal — disse Drew. — Estou na casa da minha mãe.

Isso a magoou. Ele podia sentir. Estava na cidade fazia uma semana e não havia telefonado.

— Então era sua despedida de solteiro? — indagou Joey.

— Sim.

— E você vai se casar amanhã.

— Sim.

— Meu convite deve ter se extraviado no correio — disse ela. — Mas isso seria estranho, já que eu e você *morávamos juntos*.

Ele merecia o troco.

— Onde é o casamento? — ela perguntou.

— No Old Mill.

Joey se encolheu no assento. Ele podia imaginar o que ela pensava. O Old Mill era ótimo. O tipo de lugar que você escolheria se quisesse alguma coisa tradicional e um pouco chique.

— Houve um cancelamento de última hora — explicou Drew, como se ajudasse em alguma coisa. — Os pais dela estão pagando.

— E no entanto você está aqui. — Joey olhou de relance para o painel. — Às... duas e meia da madrugada. Seus amigos não saíram logo depois da meia-noite? O que ficou fazendo nessas últimas duas horas?

— Pensando.

— Sobre...?

— Você — ele respondeu concisamente. — Esta noite foi... difícil assistir.

Um minuto inteiro transcorreu antes que Joey falasse novamente.

— Sinto muito se arruinei sua noite. Sei que você arruinou a minha.

— Você dá muito crédito a nós dois.

— Simone deve estar animada para amanhã — Joey disse em voz baixa. — Faz tempo que não nos falamos, o que acho que deve ser a razão pela qual não fui convidada para o casamento.

— Se isso a faz se sentir melhor, Simone também não foi convidada. Aparentemente não é de bom-tom convidar sua ex-namorada para vir a seu casamento.

Joey ficou de queixo caído. Ele de fato ouviu isso, os lábios dela se abrindo, o pequeno suspiro. Ele não pretendia ser tão dramático, mas simplesmente não havia um modo bom para contar a ela. Fazia meses que ele evitava essa conversa.

— Simone e eu não nos falamos há quase um ano — relatou ele. — Nós rompemos não muito tempo depois que chegamos a Vancouver.

Joey virou o corpo inteiro para olhar seu rosto, o que não era uma manobra fácil, considerando o peso do casaco dela.

— Você está falando sério?

— Nunca falei tão sério.

— Não compreendo.

— Ela conheceu outro chef no restaurante — contou Drew, e mesmo agora, dizer isso em voz alta ainda soa estranho. — Ela estava se encontrando com ele havia uns dois meses, antes que eu percebesse.

— Simone *traiu* você?

— As pessoas mudam. — Ele a olhou de relance. — Certo?

Joey voltou a olhar para a frente, e Drew lhe deu um momento para processar. Ele compreendia que era muita coisa, e a reação dela o fez se lembrar da noite em que Simone e ele tomaram a decisão de se mudar. Simone tinha recebido uma oferta de um restaurante cinco estrelas em Vancouver, e ele havia sido aceito pela University of British Columbia para uma pós-graduação. Era um bom plano, a decisão correta, e uma mudança conveniente para o futuro deles. O único desafio — para ele, pelo menos — foi como contar para Joey. Não era nenhum segredo que ela havia se afeiçoado a eles e, mesmo que Simone dissesse que ela ficaria bem, Drew não tinha tanta certeza.

Eles pensaram que uma boa refeição aliviaria o golpe. Simone, que se formou com honras na escola de gastronomia, cozinhou um verdadeiro banquete para os três — o que não foi um feito qualquer, considerando a cozinha horrível que eles tinham em seu apartamento no porão. Frango assado, purê de batatas ao alho, legumes sauté, pão de massa caseira. Ela preparou até tortinhas de maçã, a sobremesa favorita de Joey.

Eles satisfizeram seu estômago antes de partir seu coração.

— Como descobriu que ela estava com outro?

— Ela começou a sair com o pessoal do trabalho ao final de seus turnos, e chegava em casa cada vez mais tarde. Brigava por qualquer coisa e nunca estava a fim de sexo — Drew se interrompeu, pigarreando. — Eu senti que algo estava errado. Uma noite, esperei no estacionamento do restaurante. Vi de dentro do carro quando ela saiu com um cara. Eu os segui até o apartamento dele. Ela ficou lá durante três horas.

— Você ficou parado na porta do cara esse tempo todo?

— Estávamos juntos fazia quatro anos. Eu precisava ter certeza. — Ele dobrou à esquerda na rua Acorn. Estavam bem próximos de casa. — Ela me viu e congelou. E foi quando percebi que eu não precisava dizer nada. A cara dela já dizia tudo. Ela se virou e entrou no prédio outra vez. Quando cheguei em casa, tinha uma mensagem na secretária eletrônica. Ela só disse "Lamento muito".

— Ah, Drew... — Joey parecia realmente abalada. — Você sabe que eu amava Simone, mas ela fez uma merda sem tamanho. Foi por isso... por isso que pararam de me ligar?

— Não posso responder por ela — rebateu Drew. — Mas eu não sabia como te contar. Acho que precisava de um tempo para digerir tudo. Uns meses depois, conheci a Kirsten. Deveria ter sido um recomeço, mas...

Ele não terminou a frase. Tinham chegado em casa.

E, se ele soubesse como a noite iria terminar, teria dito e feito tudo diferente.

15

CHERRY ESTÁ DE VOLTA, seu blazer vermelho desabotoado. A blusa branca rendada por baixo dele tem um decote cavado, e em algum lugar por ali está o celular dela. Drew procura não fixar os olhos, e ela cai na risada.

— Ah, querido, pode olhar — consente Cherry. — Não comprei isso aqui para esconder. Por vinte anos ganhei a vida fazendo os homens me olharem.

— Você foi dançarina?

— Sou a chefona disso aqui, como diriam os jovens. Casei com meu melhor cliente. — Ela dá uma piscadela. — Ele então comprou o clube e o renomeou por mim. Quando morreu, assumi tudo. Tivemos um bom movimento até uns dez anos atrás. Consegui um sócio, e decidimos mudar e virar um clube noturno.

— Estive aqui uma vez — comenta Drew. — Quando minha amiga dançava aqui.

— Ruby era uma garota doce — relembra Cherry. — Sempre pontual, sem reclamações ou vagabundagens. Era popular entre os clientes. Ganhou muito dinheiro. Mais que a maioria.

Drew precisa de um pouco mais de coragem líquida antes de fazer a pergunta seguinte. Ele toma um bom gole do seu old fashioned.

— Dançar era a única coisa que as garotas faziam aqui por dinheiro?

Os olhos de Cherry se estreitam.

— Tento compreender por que ela trabalhava aqui — explica Drew. — Ela de fato era uma pessoa tímida. Parece que isso seria... oposto ao jeito dela.

— Não há nenhum mistério. — Cherry balança a mão manicurada. — Ela estava aqui pela mesma razão que todas as demais estavam. Era um trabalho que pagava bem a quem se esforçasse. E era trabalho. Tente dançar a noite inteira em cima de um salto de dez centímetros.

Ele não conseguia nem imaginar dançar em um salto de *dois* centímetros.

— Era como qualquer trabalho, sabe? Havia noite que odiávamos tudo aquilo, e noites em que nos divertíamos muito. — Cherry dá uma risadinha. — Ela nem era a melhor dançarina, sabe. Tivemos que trabalhar isso. O que a fazia especial era o jeito como ela olhava para as pessoas. Ela podia olhar direto nos olhos de um homem e fazer com que ele se sentisse a única pessoa no ambiente. Criava um sentido real de intimidade. Deixe que eu lhe diga, posso ensinar uma garota a dançar, mas não a fazer isso.

Drew sabe que a pessoa que ela acabou de descrever não corresponde à Joey que ele conhecia.

— Fiquei triste quando soube que ela havia morrido — diz Cherry. — Foi um fim de semana brabo. Só tinha duas dançarinas asiáticas trabalhando aqui, e perdi as duas mais ou menos ao mesmo tempo. Não é politicamente correto falar assim agora, mas havia realmente uma demanda por garotas como Ruby. Não eram assim tão comuns. Na verdade, eu tinha uma teoria que... — Ela para e termina seu drinque. — Deixe pra lá, é bobagem.

— Gosto muito de teorias bobas. — Drew coloca seu copo no balcão. — Me conte.

A proprietária tirou uma cereja de dentro da taça vazia e a jogou na boca.

— Ruby e a outra dançarina filipina, Betty Savage, tornaram-se amigas íntimas. Quando Ruby começou a trabalhar aqui, Betty meio que a colocou sob sua asa, ajudou-a a melhorar sua dança, mostrou como trabalhar no salão. Mas, ao contrário de Ruby, Betty era difícil. Sempre se atrasava, faltava a seus turnos e quase a despedi muitas vezes, mas a busca por dançarinas asiáticas era grande. Betty era um problema, mesmo. Suspeito que ela vendia drogas para as outras garotas. O namorado dela estava em de uma dessas gangues vietnamitas.

— Qual delas? — pergunta Drew, seu interesse crescendo ainda mais. Ele havia escrito uma série sobre gangues de rua para o *Toronto After Dark*, e havia até ganhado um prêmio por isso. Portanto, conhecia todas.

— Não me lembro agora. — Cherry balança a cabeça. — De qualquer modo, essa coisa das drogas... eu não gostava disso, mas o que podia fazer? Muitas das garotas não conseguiriam trabalhar a noite toda sem usar alguma coisa, desde que não cheirassem aqui dentro... Eu tinha que cuidar do meu negócio.

Os olhos dela procuram os de Drew para identificar qualquer sinal de julgamento. Não encontra nada, não porque ele concorde, mas porque precisa que ela continue falando.

— Então, na noite da morte de Ruby, alguém achou que viu o namorado de Betty zanzando por aqui — diz Cherry. — Betty não havia aparecido pra trabalhar, de novo, e os armários do camarim foram saqueados naquela noite. Não levaram nada, mas as coisas de todas estavam espalhadas pelo chão, como se quem arrombou estivesse procurando algo específico.

Drew espera.

— O namorado da Betty tinha uma reputação terrível. — Ela hesitou. — Eu me perguntei se ele talvez não tivesse feito algo com as duas. Por causa do incêndio, sabe.

— Você lembra o nome do namorado?

Ela balança a cabeça.

— Nem cheguei a conhecê-lo. Mas ouvi falar dele. Ele deixava algumas garotas nervosas.

A mente de Drew está trabalhando a toda para processar o que ela acaba de dizer. O incêndio em que Joey morreu havia começado na lareira, e o inspetor de incêndio na época confirmou que foi um acidente. Seja lá quem fosse esse namorado gângster, não teria nada que ver com isso.

Mas Cherry tinha acabado de dizer "com as duas". Implicando que algo também havia acontecido com Betty.

— No mesmo fim de semana da morte de Ruby, Betty também desapareceu — continua Cherry. — E, pelo que eu saiba, nunca mais foi vista novamente.

A espinha de Drew começou a formigar, algo que não acontecia havia muito tempo. Nos anos em que escrevia para o *Toronto After Dark*, ele sentia esse formigamento sempre que apurava alguma coisa, quando a história que investigava tomava um rumo que ele não esperava.

— Quer ver algumas fotos antigas? — pergunta Cherry. — Eu costumava fotografar as garotas fora do horário de expediente. Tenho certeza de que tenho algumas de Ruby em um dos álbuns lá no meu escritório.

Será que ela está mesmo perguntando se ele quer ver fotos de Joey?

Hã... sim!

A campainha toca, e alguém bate na porta dos fundos. Chery confere o relógio.

— É minha entrega — ela diz. — Pode subir. Você já esteve aqui antes, não é?

— Só uma vez.

Ela sorri.

— Meu escritório é no antigo Champagne Room.

Quando chega ao segundo andar, Drew percebe que a área VIP do clube de striptease original foi substituída por mesas de bilhar e poltronas; no lugar das cabines para as danças no colo que se alinhavam na parede, há sofás compridos, e agora existe uma porta onde ficava a cortina de veludo que levava ao Champagne Room.

Drew ainda se lembra de como Joey estava naquela noite, o modo como se voltou para olhar para ele uma última vez antes de desaparecer pela cortina com seu amigo Jake. Ela não parecia assustada. Não estava sendo forçada. Parecia... resignada.

Mais tarde, naquela noite, enquanto estavam sentados no carro de sua irmã na calçada da casa de Joey, ele queria perguntar o que havia acontecido entre ela e Jake no Champagne Room. Mas sabia que não haveria uma boa resposta para essa pergunta. Ou ela se recusaria a responder, o que faria sua imaginação disparar para conjurar todos os tipos de cenários, ou ela lhe *diria*, e então ele *saberia*.

Eles deviam estar sentados ali por uns cinco minutos, calados, mas sem fazer qualquer gesto para sair.

— Como estão Beavis e Butt-head? — Drew por fim perguntou, porque tinha que quebrar o silêncio. Beavis e Butt-head eram os apelidos que eles tinham dado aos inquilinos de cima, dois irmãos gêmeos que fumavam maconha a noite inteira.

— Foram para New Brunswick visitar os pais durante as festas de fim de ano — respondeu Joey. — Enfiaram um baseado por baixo da minha porta com um bilhete pedindo que eu levasse o lixo deles pra fora.

— Já fumou?

— Você sabe que não.

Drew avaliou o exterior degradado do velho bangalô de estilo Tudor, com seus tijolos sujos, beiral quebrado e a varanda da frente meio desabada. Ele sabia que por dentro era ainda pior, o andar principal apenas ligeiramente menos malcuidado que o apartamento do porão.

— A casa ainda parece uma merda, pelo que vejo.

— Você esperava que estivesse diferente?

— Não queria ser irônico. Sinto falta de morar aqui. — Ele olhava direto para a frente. — Sinto falta de morar aqui com você.

Ele escutou a respiração dela ficar mais forte.

Drew se virou para olhar diretamente para ela.

— Olhe, sinto muito não ter te contado sobre Simone. É que cada vez que eu pensava em te ligar, sabia que teria que dizer que tínhamos nos separado, e sabia que isso acabaria sendo uma longa conversa. Que eu ainda não estava pronto pra ter.

— Tudo bem — ela disse, mas evidentemente não era o que pensava. — Então me conte sobre Kristen.

— *Kirsten*. — Ele batucou algumas vezes no volante, tentando pensar qual seria a melhor maneira de explicar. — Estamos no mesmo programa de pós-graduação. Acho que você gostaria dela. Quando terminarmos o curso, o plano é mudar de volta para cá, e assim, talvez, nós três possamos nos encontrar...

A voz dele foi sumindo. Porque ele sabia que estava dizendo uma estupidez. Não havia como Joey querer conhecer Kirsten. Nunca.

— Compreendo por que Simone nunca ligou — disse Joey. — Ela não ia querer me contar o que fez. Amigos escolhem lados depois de uma separação, certo? Ela sabia que eu escolheria você.

Drew soltou a respiração, sentindo-se pior do que nunca.

— Mas por que a pressa? — ela perguntou suavemente. — Com Kristen?

Dessa vez ele nem se importou em corrigi-la. Olhou pela janela.

— Ela está grávida.

Um longo silêncio se instalou. Depois de um minuto completo, ele tentou olhar para ela, mas Joey também estava olhando pela janela. Ele procurou sua mão, mas ela sentiu a aproximação e afastou o braço.

— Alguns minutos atrás, eu não achava que poderia ficar mais chocada — ela disse. — Mas o choque continua aumentando.

— Joey...

Ela se voltou para Drew, levantando a mão para tocar no rosto dele. Ela o analisou como se estivesse memorizando os ângulos das maçãs, a linha do queixo, os olhos, os cabelos. Ele não gostou do modo como ela o olhava agora, como se soubesse que esta seria a última vez que se veriam.

— Você está se casando — sussurrou Joey. — Vai ter um bebê. Está construindo toda uma nova vida, e ela não me inclui.

— Joey... — repetiu ele, mas ela deixou a mão cair.

— Estou feliz por você, Drew. Você será um ótimo marido. E um pai ainda melhor.

A voz dela soava vazia, como se estivesse apenas dizendo as coisas que deveria dizer, as coisas que as pessoas educadas diziam.

— Você a ama? — ela perguntou.

Ele não podia mentir para ela. Não agora.

— Eu gosto dela o suficiente. — replicou Drew. — Cresci sem pai. Não quero isso para meu filho.

Ela acenou e abriu a porta. A lufada de vento frio atingiu seu rosto. Mas antes que ela pudesse sair, ele esticou o braço e fechou a porta.

— Ainda há coisas a serem ditas — alegou ele.

Joey voltou a se recostar, e ele viu que ela enfiava as unhas da mão esquerda bem fundo na pele delicada do pulso direito. Um ponto de sangue se formou, e ele agarrou o pulso dela para fazê-la parar. Ela puxou a mão da dele.

— Já sei o que você vai perguntar. Dançar paga as contas, viu? — Ela olhou para ele, os olhos brilhando. — É um trabalho. É legalizado. Tenho até uma licença pra fazer isso.

— Mas *por quê*? — Drew nem fingiu que compreendia. — Porra, Joey. Você só tem vinte anos. É esperta. Poderia ser qualquer coisa que quisesse.

— Você sempre disse isso, mas não é verdade. — A voz dela saiu vacilante e a respiração ficou mais curta. — Sei que sua família nunca teve muito dinheiro, e que seu pai morreu quando você era pequeno, mas sua mãe e suas irmãs lhe deram estabilidade. Elas te amavam, protegiam, apoiavam você. E por muito tempo você também teve Simone. E agora você tem Kristen.

— *Kirsten* — corrigiu ele.

— Eu só tinha você e a Simone. E, de repente, os dois foram embora. Depois que vocês se mudaram, eu precisava achar outro emprego. Não podia pagar sozinha o aluguel.

— E por que você não conversou com Gustav? — perguntou Drew. O proprietário da loja de vídeos era um bom sujeito. — Tenho certeza de que ele daria mais turnos pra você...

— Você conhece Gustav. *Esse negócio de filmes só funciona nos fins de semana, Joey* — retrucou ela, imitando razoavelmente o sotaque austríaco de Gustav. — Bem, no ramo da dança também é assim, então eu não podia fazer as duas coisas. E dançar paga muito mais.

— Só que nem sempre era apenas dançar, certo? — As palavras saíram antes que ele pudesse evitar.

— *Vai se foder*, Drew. — Joey o encarou. — *Vocês dois me deixaram*. Você sabia que eu não podia pagar sozinha esse buraco de merda. Então nem ouse me julgar por fazer a porra que eu tinha que fazer.

— Que é tirar suas roupas para um bando de babacas tarados? — A voz de Drew subiu até quase estar gritando. — Se esfregar por cima deles até eles gozarem? Você poderia conseguir a porra de uma colega de quarto, Joey. O que faz muito mais sentido do que ficar se fazendo de puta.

Ela deu um tapa nele, e no momento que a palma dela bateu no seu rosto, ele soube que merecia isso. O tapa foi surpreendentemente dolorido. Ela havia batido forte.

— Alguns desses babacas tarados desta noite eram seus amigos — rosnou ela. — E se você acha mesmo que sou uma puta, então não há razão para continuar a conversa.

Drew esfregou o rosto, que estava ardendo muito.

— Você fica pelada para qualquer um menos eu?

— *O quê?*

— Você não se lembra daquela noite, uma semana antes de nos mudarmos, quando Simone estava no trabalho...

— Claro que me lembro daquela noite — Joey retrucou. — E você sabe muito bem por que eu parei. Não transforme isso numa coisa sua, seu babaca egoísta, hipócrita. Você pode detestar meu trabalho, mas sua opinião não importa mais porra nenhuma para mim. Você me deixou. *Foi embora.*

Os dois respiravam pesadamente, as janelas se embaçando ao redor deles.

— Não acredito que você me bateu — ele finalmente falou.

— Ah, bom — disse ela, abrindo outra vez a porta do carro. Dessa vez, Drew não tentou impedir. — Tal mãe, tal filha. Passe bem, babaca.

A porta bateu. Ele viu quando ela entrou na casa, pela porta lateral que dava direto no porão. Quando a porta se fechou, ele soube que ela estava a salvo lá dentro, e deu ré para sair.

Nem sequer olhou para trás.

16

ESSA CONVERSA, QUE ACABARIA SENDO A ÚLTIMA entre os dois, não transcorreu, de jeito nenhum, como Drew havia planejado.

Depois da discussão, ele passou uma hora dirigindo em círculos, tentando organizar a mente. Sabia que havia sido um perfeito idiota com Joey e que devia desculpas a ela, mas também sabia que não iria soar sincero até que esfriasse a cabeça. Com sua mãe, duas irmãs, uma ex-namorada e agora uma noiva, ele aprendeu do jeito mais difícil que as mulheres não gostam quando "Sinto muito!" era gritado para elas. Tudo que elas escutavam era o tom, não as palavras.

Ele deu voltas com o carro até as quatro da manhã. Quando voltou para a rua Acorn, encontrou dois caminhões de bombeiro, uma ambulância e duas viaturas da polícia bloqueando a rua. Tudo indicava que, durante aquela uma hora e meia que ele deixou o lugar, havia acontecido um incêndio. Ele diminuiu a velocidade e abaixou a janela para olhar melhor. Não havia chamas em lugar nenhum. Ele nem sabia em qual casa tinha sido a ocorrência.

Mas o cheiro de fumaça era inconfundível.

Muitos vizinhos estavam na rua, usando botas e casaco sobre o pijama, alguns ainda com a roupa da festa de Ano-Novo. Estavam de pé em seus gramados, falando em voz baixa uns com os outros, balançando a cabeça sem acreditar. Metade da rua estava bloqueada, de modo que Drew estacionou o carro o mais perto que pôde e saiu, examinando todos os rostos, procurando algum sinal de Joey. Não a viu em lugar algum.

O primeiro nó de medo se formou em seu estômago.

Ele caminhou até mais perto da casa, sua antiga casa, a casa de *Joey*. A porta lateral que levava ao apartamento do porão estava aberta, e um bombeiro usando seu equipamento completo estava parado bem ao lado da soleira.

Um segundo nó de medo se alojou no seu coração.

— Drew — alguém chamou, e ele se virou. — Oi, cara. Não sabia que você tinha voltado para a cidade.

— Rick. — Drew ficou aliviado ao ver alguém que ele conhecia. Seu antigo vizinho era um pouco mais velho e morava a três casas adiante, com a mulher e o bebê deles. — Que diabos aconteceu aqui? Dá pra sentir o cheiro de fumaça, mas as casas parecem intactas.

— O incêndio ficou contido no porão — informou Rick. — O alarme já devia estar tocando fazia algum tempo até um dos vizinhos ouvir, porque os inquilinos de cima estão fora da cidade. Os bombeiros chegaram rapidamente, mas…

O incêndio foi no porão.
Um terceiro nó de medo apertou em volta do seu pescoço.
— Mas então? — Drew se forçou a emitir as palavras, sua voz estrangulada.
Rick piscou e olhou ao redor, como se não conseguisse acreditar que era ele quem teria que lhe contar e esperava que alguém aparecesse magicamente para assumir a conversa.
— Eu sinto muitíssimo, cara — finalmente Rick soltou. — Joey... parece que Joey não escapou.
Seu antigo vizinho disse claramente aquelas palavras, e Drew as ouvira. Mas emendadas nessa ordem, as palavras não faziam nenhum sentido.
— O que quer dizer com isso de Joey não escapou?
Rick mudou seu peso da direita para a esquerda, visivelmente desconfortável.
— Escutei um dos vizinhos dizer que foi a lareira. Não sei exatamente como aconteceu, mas eles acham que começou ali. Nem havia percebido que a casa ainda tinha lareira a lenha funcionando no porão. Nós tiramos a nossa quando fizemos uma reforma ano passado, porque o empreiteiro disse que ela não estava de acordo com as normas de funcionamento. Eles... eles não conseguiram retirar Joey a tempo.
Drew o encarava, esperando uma frase final. Que não veio.
— Mas eu estava bem aqui — balbuciou ele, e sua voz soava estranha para seus próprios ouvidos, quase como se não fosse ele quem falava. — Eu estava bem *aqui*, e ela estava bem, ela estava... ela...
Ele viu o bombeiro sair do porão, e alguns segundos depois apareceu um paramédico. Ele segurava uma ponta da maca, vagarosamente puxando-a para trás enquanto manobrava para passar pela porta lateral. Drew pôde ver a silhueta de um corpo emergir. Estava coberto com um plástico amarelo.
Ele disparou para lá.
— Ei — disse um policial que se colocou no caminho — Senhor, esta é...
— Eu moro aqui — ele disse instintivamente, incapaz de tirar os olhos do plástico amarelo.
— Sua identidade?
Drew sacou a carteira e mostrou a licença de motorista. Ele não se preocupou em atualizá-la quando se mudou para Vancouver, de modo que ainda constava nela aquele endereço.
— Ela é... ela é minha namorada — mentiu Drew. — Preciso vê-la.
O policial deixou que ele passasse.
Drew continuou caminhando até alcançar os paramédicos, que se preparavam para levantar a maca para colocá-la na ambulância. Sem pensar, ele tentou pegar a ponta do plástico, mas um paramédico o deteve.
— Ela foi muito queimada — disse o socorrista. — Realmente não acho...
Drew levantou o plástico alguns centímetros, sem perceber que havia puxado pela parte de cima. Vislumbrou cabelos queimados e um rosto que... não era um rosto. A pele parecia crua e esturricada ao mesmo tempo, uma mistura horrenda de rosa com

branco e preto, e o cheiro que escapou para fora era algo que ele jamais havia sentido. Antes que soltasse o plástico e desse um passo para trás, ele viu o colar. O colar de Joey, o que ela possuía desde criança, o presente de aniversário que ganhou de Charles Baxter. Ainda estava ao redor de seu pescoço, intacto e, apesar de a corrente de ouro ter escurecido, o rubi do pingente ainda era vermelho.

Sentiu seu estômago revirar, mas conseguiu se afastar alguns passos antes de vomitar tudo em um banco de neve.

Outra policial se aproximou, uma mulher alta de cabelos castanhos encaracolados. Os demais policiais pareciam respeitá-la, e ele supôs que ela deveria ser a responsável ali. Ela deu um tempo até que o estômago de Drew se acalmasse, levantando um dedo na direção dos dois paramédicos para que eles não levassem o corpo para a ambulância. Quando Drew finalmente se recompôs, ela se apresentou.

— Sou a policial McKinley. Você disse que mora aqui? — Ela tinha sotaque britânico e falava gentilmente, ainda que não houvesse nenhuma dúvida sobre a autoridade em sua voz.

— Eu morei aqui — respondeu ele. — Com Joey. Preciso saber se é ela. Joelle Reyes. — Bastou dizer o nome dela para sentir náusea de novo. — Por favor.

A policial o olhava atentamente.

— O corpo dela está muito...

— Por favor — repetiu. Geralmente ele era mais articulado que isso, mas foi só o que conseguiu falar.

— Posso te mostrar uma parte do corpo dela que não esteja muito lesionada. — A policial falava gentilmente. — Mas, antes, você pode me dizer se ela tem tatuagens?

— Não, nenhuma — respondeu Drew, automaticamente.

Então se lembrou. Joey tinha uma tatuagem, que ele viu no Golden Cherry. E isso foi apenas há algumas horas?

— Espera — pediu ele. — Ela tem uma tatuagem. Uma borboleta, na coxa.

— Vamos ver — disse a policial, e o levou de volta até a ambulância. Ela acendeu a lanterna e depois levantou o plástico, dessa vez pelo meio. Ele se preparou.

E ali estava ela, em um ponto que não estava tão queimado. Uma borboleta, voando, suas cores ainda vibrantes apesar de a pele ao redor ser de um vermelho brilhante.

— É ela — ele se engasgou. — É Joey.

Ele desabou de joelhos na calçada congelada, sua respiração rasa se transformou em um vapor branco por causa do ar gelado com cheiro de fumaça.

Joey morreu. E para sempre seria culpa de Drew. Porque ele a havia deixado.
Mais uma vez.

Se Cherry notou que Drew estava emocionado, não disse nada quando se levantou para ir até seu escritório.

Havia uma prateleira cheia de álbuns de fotografias bem arrumados na estante atrás de sua mesa, e ela passou os dedos de unhas longas e pintadas de vermelho pelas lombadas até chegar a um álbum cor-de-rosa esmaecido, com uma etiqueta escrita "1998". Ela retira o álbum da prateleira e busca seus óculos de leitura. Folheando as páginas, sorri com algumas lembranças até achar o que procura. Vira o álbum para que Drew o veja.

— Aqui está sua garota.

Drew examina a foto coberta pela proteção de plástico. É surreal ver o rosto de Joey depois de tanto tempo. Mas essa não é a garota da qual se lembra, que sempre estava de jeans e camisetas largas. Essa é a Joey vestida como *Ruby*, sua mãe, com cílios postiços e batom vermelho e um vestido dourado minúsculo para o show que deixa à mostra a tatuagem na coxa. Ela está relaxando no camarim, com os pés para cima sobre a penteadeira, os saltos altos jogados no chão ao lado da cadeira, lendo um livro.

O coração de Drew dói. Apesar de estar parecendo Ruby, aquela foto capta perfeitamente a essência de Joey. Ela sempre tinha o nariz enfiado em um livro, onde quer que estivesse.

— Deve ter mais fotos dela aí — comenta Cherry. — Pode olhar à vontade.

Ele vira as páginas lentamente, examinando foto após foto de mulheres despidas de várias maneiras. Por fim, na última página, ele vê uma foto de Joey com outras duas dançarinas, fazendo pose como As Panteras. Joey está com o vestido dourado, e a mulher negra e jovem no meio usa um vestido prateado — se é que pode mesmo ser considerado como roupa — que parece ter sido feito de cordas. A mulher à direita deve ser a outra dançarina filipina, Betty Savage. Ela veste um *qipao* tradicional chinês verde, e ainda que o vestido desça até o meio das pernas, é extremamente justo, com uma grande fenda apenas em um lado.

— Betty nunca teve problemas em satisfazer os fetiches asiáticos dos clientes. No Halloween, ela se vestia como gueixa. — Cherry está olhando a foto de cabeça para baixo. — Não se pode mais fazer esse tipo de coisa, mas lá pelos anos 1990, em um clube de striptease? Ela ganhou muito dinheiro.

Drew examina a foto.

— Joey também fazia isso?

— Eu diria que sim, mas era menos óbvio — responde Cherry. — Ruby sabia que já tinha o que a diferenciava das outras garotas, e trabalhava bem isso. As duas eram muito parecidas, não acha?

Normalmente Drew se chatearia com um comentário desse. Só porque as duas eram as únicas dançarinas asiáticas do clube — e ambas filipinas — não quer dizer que fossem parecidas. Mas, olhando de perto, é preciso admitir que Cherry tem razão. Joey era um pouco mais alta e Betty tinha o corpo mais magro, mas o nariz delas e o formato do rosto eram similarmente arredondados, e os cabelos eram da mesma cor e comprimento.

Elas podiam ter se passado por irmãs.

No escuro, poderiam até ser gêmeas.

Drew sentiu outro formigamento na espinha.

— Betty era o nome verdadeiro dela? — pergunta com a garganta seca.

— Não me lembro.

— O que mais pode me dizer sobre o namorado dela?

Cherry balança a cabeça.

— Só sei que essa gangue apareceu bastante no noticiário na época por causa do tiroteio em um clube na Chinatown...

— Os Blood Brothers — sussurra Drew.

Ele se lembra bem dessa história. O tiroteio no clube foi por causa de uma disputa entre os Blood Brothers, uma gangue vietnamita, e os Big Circle Boys, uma gangue chinesa rival. Naquela noite morreram três pessoas. Em casa, ele tem dúzias de arquivos de uma série que escreveu sobre gangues de rua asiáticas, e pode ser que consiga o nome do namorado de Betty a partir da pesquisa que havia feito.

Drew levanta a ponta do plástico de proteção.

— Você se importa se eu fotografar com meu celular essa foto? E a outra também?

— Pode levar as duas — diz Cherry. — Percebi que significam muito pra você.

Um ruído leve é ouvido dentro do escritório silencioso enquanto Drew retira o plástico e, com cuidado, descola as fotos do fundo pegajoso. O formigamento não parou. Joey e Betty, com aparências tão semelhantes. Uma morta e a outra desaparecida no mesmo maldito fim de semana. O namorado de Betty, envolvido na época com a gangue dos Blood Brothers, em seu momento mais violento e sedento por poder, foi visto no clube na véspera do Ano-Novo. Então, algumas horas mais tarde, Joey morre em um incêndio que foi declarado como acidental... mas que poderia não ter sido. Afinal, incêndios são um ótimo meio de destruir provas.

E se a morte de Joey não foi acidental? E se foi assassinato?

Betty Savage poderia saber. Mas ele não pode falar com ela, já que está desaparecida. Será mesmo?

Drew balança um pouco a cabeça. *Bem*, agora quem tem teorias bobas?

— O que foi? — pergunta Cherry, percebendo algo.

— Nada. — Ele força um sorriso e devolve a ela o álbum. — Já que estou aqui, será que os antigos arquivos dos funcionários ainda estão guardados? Eu não me importaria de rastrear essa Betty. Como você mencionou que ela e Joey eram boas amigas, talvez ela pudesse me dar uma visão do último ano de vida de Joey.

— Eu costumava manter os arquivos de todas as garotas, junto com suas licenças, de modo a tê-los na mão para o caso de uma inspeção surpresa — diz Cherry. — Mas eles foram destruídos há anos. Você poderia tentar contatar a prefeitura. Dançarinas não podem trabalhar sem uma licença, mas sem o nome verdadeiro de Betty, você teria de folhear um monte de fichas de licenças. E em 1998 havia muito mais dançarinas trabalhando.

— Obrigado pelas dicas e por seu tempo. Estava pensando... — Drew hesita. Cherry foi bem prestativa, e ele não quer ofendê-la. — Por que você não falou de sua teoria para a polícia na época? Sobre o namorado de Betty talvez ter feito algo contra ela e Joey?

Cherry ri com amargura.

— Que polícia? Ninguém veio aqui me perguntar sobre nenhuma delas. E o que eu poderia fazer a não ser ir até a delegacia de polícia e voluntariamente informar que eu suspeitava que um membro de uma gangue vietnamita havia assassinado uma delas, ou ambas? A última coisa de que eu precisava era ter um alvo colado nas costas.

Drew entende. É claro que isso fazia sentido. A dona do clube é uma mulher esperta, conhece bem as leis das ruas.

— Quer um conselho? — ela diz, enquanto recoloca os álbuns na prateleira. — Não saia por aí procurando Betty. Ela atrai coisas ruins.

17

***É CLARO* QUE ELE VAI PROCURAR BETTY.**

Faz muito tempo que Drew não investiga alguma coisa e, puxa, ele havia esquecido como é bom caçar uma história. Quanto mais pensa nisso, mais sente como uma possibilidade real que o incêndio no porão não tenha sido um acidente. Afinal, Joey sabia que a lareira estava ruim, porque ele e Simone tinham a avisado sobre isso logo que ela foi morar ali. Os três jamais acenderam o fogo, nem uma vez.

Será que *Betty* sabia sobre a lareira? Se as garotas eram boas amigas e ela passasse tempo com Joey na casa dela, poderia saber. Para Drew nunca pareceu provável que Joey tivesse acendido a lareira naquela noite. Mas, se não foi ela, quem foi? E se foi alguém que era bem próximo dela? Alguém que tinha um namorado que a supria das drogas que ela vendia para outras garotas no clube?

Assassinar alguém é um bom motivo para "sumir".

De volta ao seu apartamento, Drew liga para o escritório de licenciamentos da prefeitura de Toronto e explica a situação. Ele é transferido para o departamento de arquivos, ao qual explica tudo mais uma vez, e é colocado na espera, fica vinte minutos esperando antes que a ligação simplesmente caia. Então ele envia um e-mail. Meia hora depois recebe a resposta de uma administradorado escritório de licenciamento, que lhe informa que não pode dar informação sobre licenças a menos que fosse requerida pela própria pessoa ou por um oficial de justiça. Ele revisa sua agenda de endereços e liga para três policiais que conhece pessoalmente. Ninguém atende, e ele deixa recados de voz.

O jornalismo investigativo nem de longe é tão atraente como aparece na TV.

Puxando pela memória, ele pesquisa no Google *incêndio em casa Toronto rua Acorn 1 de janeiro 1999*, e nos resultados aparecem dois artigos mencionando o incêndio na sua antiga casa.

No primeiro artigo, o perito de incêndio explica que o fogo foi provocado pela lareira do porão, cuja chaminé não fora limpa nem havia recebido manutenção em mais de uma década. A lareira continha um acúmulo de creosoto, um material parecido com alcatrão, que é altamente inflamável. Acender a lareira fez com que o creosoto a incendiasse e, por conta de suas inúmeras rachaduras, as chamas se espalharam pela parede. O incêndio consumiu o restante do pequeno apartamento no porão em questão de minutos, sem deixar tempo para a ocupante, que possivelmente dormia naquela hora, pudesse escapar.

"A importância da manutenção regular de uma lareira não pode ser menosprezada", há uma citação do perito de incêndio. "Infelizmente já vi esse cenário acontecer muitas vezes."

O segundo artigo dizia mais ou menos a mesma coisa, só que a manchete era mais dramática: FILHA DE RUBY REYES MORRE EM INCÊNDIO EM CASA NA NOITE DO ANO-NOVO. O artigo, obviamente, fora escrito para causar polêmica. Não apenas fez questão de dizer que Joelle Reyes, de vinte anos, trabalhava como dançarina exótica no Clube para Cavalheiros Golden Cherry, como também destinou um parágrafo para fazer um resumo do crime da mãe, o que significa que o repórter conseguiu fazer a conexão entre Joey e Ruby. O artigo termina com uma breve citação da policial Hannah McKinley, confirmando que não havia suspeita de crime.

Drew se lembrava de McKinley. Ela fora gentil com ele naquela noite. Ele coloca o nome no Google e descobre que agora ela é sargento-detetive da divisão de homicídios. Mais alguns cliques e ele consegue o endereço de e-mail para o departamento dela. Digita rapidamente, explicando quem é, e lembrando a ela como haviam se conhecido. McKinley telefona de volta depois de uma hora. Ele havia esquecido de seu sotaque britânico até atender o telefonema.

— Isso foi há muito tempo, então tenho que refrescar minha memória. Um instante — pede a sargento McKinley. Drew pode ouvi-la digitando, e só pode concluir que ela esteja em sua mesa, na delegacia de polícia. — Certo, agora me lembro. Incêndio em casa na noite de Ano-Novo, uma morta, Joelle Reyes, filha de Ruby Reyes. A identidade da vítima foi confirmada por... Drew Malcolm. Ah, certo, é você mesmo.

— Sou eu mesmo — responde. — Pode me informar se fotografaram a cena?

— É certo que devem ter registrado, pelo menos para a companhia de seguros — informa ela. — Devem ter fotografado no dia seguinte ao incêndio.

— E quanto à vítima? — Uma imagem do rosto queimado de Joey surge na mente de Drew. — Haveria fotos?

— Na cena? Definitivamente, não. Os bombeiros devem ter priorizado removê-la o mais rapidamente possível.

Drew tenta novamente.

— E no necrotério? Eles devem ter fotos, certo?

— Possivelmente, mas você não vai querer vê-las, supondo que alguma tenha sido tirada, e levando-se em conta que tenham sido corretamente armazenadas e possam ser localizadas depois de tanto tempo. Mas, se não me falha a memória, ela foi retirada do local já morta. — McKinley faz uma pausa. — Por que você desejaria ver essas fotos? Pelo que me lembro, o corpo da sua amiga estava muito queimado.

— Não em todos os lugares — Drew pigarreia. — A parte da perna com a tatuagem ainda estava visível.

— Ah, sim. Foi como você foi capaz de identificá-la. Isso e... — Uma pausa. Ela deve estar lendo. — O colar. Notei que ela usava um colar de ouro com um pingente de diamante e rubi.

— Eles chegaram a confirmar a causa da morte?

— Geralmente é inalação de fumaça, mas parece que esse incêndio se alastrou muito rápido pelo porão — McKinley diz. Mais uma pausa — Por que a pergunta? Você quer dizer que depois de dezenove anos agora você tem dúvidas sobre como ela morreu?

O sotaque dela está dificultando sua habilidade de interpretar o tom. Ele não consegue dizer se ela está interessada ou aborrecida, e ele já começa a se sentir um tanto idiota perguntando a uma policial experiente sobre coisas que aconteceram muitos anos atrás. No entanto, o que ele tem a perder, além de um pouco de dignidade?

— O que estou dizendo é que agora não tenho certeza — diz Drew. — Sei que parece maluquice depois de tanto tempo, mas e se ela já estivesse morta e o incêndio fosse simplesmente para encobrir?

— O que te fez voltar a esse assunto?

— Ruby Reyes, mãe de Joelle, conseguiu liberdade condicional. Estou fazendo uma série de podcast sobre ela e seu relacionamento com a filha, e estou tentando preencher algumas lacunas na vida de Joey. Acabei de saber que Joey estava envolvida com algumas pessoas complicadas na época, o que eu não sabia na ocasião.

Silêncio do lado de McKinley. Ele só pode imaginar o que deve estar passando pela cabeça dela. Provavelmente, ela acha que ele é louco, porque é um pouco isso mesmo. Além do mais, é um salto no escuro, sem nenhuma fundamentação, um palpite. Bem, nem mesmo chega a ser um palpite. Um *formigamento*.

— Alô? — Drew segura a respiração. — Você ainda está aí?

— Estava verificando se havia sido feita uma autópsia. Não houve. Mas imaginei que valia a pena checar.

Ele ficou aliviado por ela não ter desligado.

— Eles não informam por que não fizeram?

— Porque a morte não foi considerada suspeita. Joelle foi achada deitada no sofá na frente da lareira, que é onde o incêndio começou. É o único ponto de origem. A teoria é que ela dormiu e algum momento depois o fogo começou. Parece bastante plausível, desde que tenhamos em mente que ninguém a queria morta. — A sargento faz mais uma pausa. — Você agora pensa que alguém a queria morta?

— Hoje, mais cedo, voltei ao clube de striptease onde ela trabalhava, e a proprietária me disse que Joey era muito próxima de outra dançarina, que atendia pelo nome de Betty Savage. Betty vendia drogas no clube, fornecidas pelo namorado, que era membro de uma gangue. Na noite em que Joey morreu, ele foi visto pelo clube, embora Betty não estivesse lá naquela data.

Um pensamento ocorre a Drew, e se houver um limite para o quão longe uma teoria absurda pode chegar, isso poderia muito bem testar esse limite.

— Joey e Betty pareciam gêmeas — observa ele. — E as duas eram filipinas. Sei que isso força um pouco a barra, mas...

— Prossiga — incentiva McKinley. — Já que chegou até aqui.

— E se o namorado de Betty matou Joey por engano? E preparou o incêndio para encobrir tudo?

— Bem, e por anda agora essa Betty?

— Está desaparecida. Ela sumiu no fim de semana em que Joey morreu.

— O.k. Isso *é* interessante. — Uma pausa. — Então suponho que você precisa encontrar Betty e lhe perguntar o que ela sabe sobre aquela noite.

Drew solta a respiração. Então a sargento não acha que ele é estúpido. Pelo menos é alguma coisa.

— O problema é que não sei o nome real dela. Ela se apresentava como Betty Savage no clube. Fiz um requerimento para que a prefeitura me informasse sobre a licença de atuação artística, mas a funcionária que respondeu ao e-mail não me daria nenhuma informação a menos que fosse da polícia ou um oficial de justiça.

— Puxa vida, você está mesmo envolvido com isso! — exclama McKinley. — Quem é a pessoa que respondeu ao e-mail? E é possível você me enviar uma foto de Joelle e dessa Betty?

Ele a coloca no viva-voz e usa o aparelho para fotografar as fotos que Cherry lhe deu, e manda tudo para a sargento. Cinco segundos depois ele escuta a notificação de mensagem recebida do computador da policial.

— Elas realmente são parecidas, não são? — pondera McKinley. — Caramba, agora você me deixou intrigada. Vou verificar os relatórios de pessoas desaparecidas por volta dessa data. E o que pode me dizer sobre o namorado?

— Ele fazia parte de uma gangue vietnamita chamada Blood Brothers. Não sei o nome dele. — Mas talvez eu consiga *descobrir*.

— O.k., volto a falar com você. Não que eu não tenha mais dez coisas para fazer, mas agora você colocou uma pulga atrás da minha orelha. — McKinley suspira. — Mando uma mensagem logo que souber de algo.

— Acho que tudo isso pode ser uma completa maluquice — diz Drew. — Não tenho nem certeza de que possa mudar alguma coisa, porque estou noventa e nove por cento certo de que o incêndio teve causa acidental.

— Mas antes você estava cem por cento seguro — afirma McKinley. — Esse um por cento pode te corroer por dentro. Acredite em mim, conheço essa sensação.

Ele agradece a compreensão dela, porque realmente precisa saber. Entretanto, descobrir a verdade pode não fazer com que se sinta melhor. Ele dizia a si mesmo que faria esse podcast por Joey, para contar sua história e expor Ruby pelo que ela fez. Mas bem no fundo de sua alma, onde guarda todos os pensamentos dolorosos com os quais não consegue lidar, ele sabe que está fazendo isso para aliviar sua própria culpa. Por tê-la abandonado.

Joey tinha também sua parcela de culpa. Apesar de tudo, ela se culpava por sua mãe ter sido acusada do assassinato de Charles. Depois que a vizinha chamou a polícia, e Ruby foi finalmente presa por abuso infantil, Joey permitiu que a assistente social lesse seus diários, nos quais havia escrito sobre a noite em que Charles foi assassinado.

— Você queria que a assistente social soubesse, certo? — Drew havia perguntado a ela. Os dois estavam sentados no Junior's, na mesa perto da janela. — Será que dar a ela seus diários foi sua maneira de contar a ela, sem que você mesma tivesse que falar?

— Não sei se estava pensando dessa maneira — disse Joey. — Por mais estúpido que pareça, jamais desejei que Ruby fosse para a prisão. Apenas não queria mais viver com ela. Mas, no final, ela foi quem riu por último. Morar com meus tios não tornou minha vida melhor. O que aconteceu foi tudo virar uma merda diferente. E houve muitos momentos em que desejei simplesmente ter ficado com o diabo que já conhecia.

Joey quase nunca falava sobre seus anos em Maple Sound.

Drew pega o último diário e começa a ler.

18

DEPOIS DA PRISÃO DE SUA MÃE, Joey passou duas noites em um abrigo provisório com mais uma dúzia de adolescentes. Ela dormia na parte de baixo de um beliche, embaixo de uma garota que falava (*chorava*) dormindo. Quando a assistente social finalmente veio buscá-la, Joey ficou aliviada. Tudo o que ela queria era ver sua mãe e ter certeza de que ela estava bem (*e não puta da vida com ela*).

Mas elas não estavam indo visitar Ruby. Voltaram para o apartamento no Willow Park para que Joey pudesse empacotar suas coisas.

A assistente social (*pode me chamar de Deb*) explicou no caminho até lá que, devido à acusação de abuso, Joey teria que ficar separada da mãe por algum tempo. Nesse período, sua tia Flora e seu tio Miguel, de Maple Sound, concordaram em ficar com ela. Joey ficou surpresa. Não conseguia explicar que papo de vendedor (*feitiçaria*) a assistente social usou com tita* Flora e tito Micky, mas deve ter sido magia forte para que a irmã de sua mãe — e maior inimiga — aceitasse a filha única de Ruby.

De algum modo, o apartamento parecia menor e mais pobre do que era apenas dois dias antes. Ou talvez Joey o estivesse vendo através dos olhos da assistente social, que estavam cheios de compaixão enquanto olhavam ao redor, vendo a louça quebrada, as molduras de fotografias rachadas e lâmpada estilhaçada no chão.

— Leve o tempo que precisar — disse Deborah. — Sei que isso deve ser difícil.

Joey puxou do armário a mala velha de Ruby e começou a guardar as poucas roupas que tinha. Pegou algumas coisas de sua mãe. O secador de cabelos. A caríssima escova de cabelos da Mason Pearson que Ruby comprou quando conseguiu seu primeiro emprego no Canadá. O batom preferido dela, o Russian Red da mac.

Deborah havia lhe emprestado uma segunda mala, que Joey lotou com livros da mãe. Danielle Steel, Judith Krantz e Sidney Sheldon eram os autores preferidos de Ruby, e todos escreviam sagas extensas, desleixadas e cheias de drama, corações partidos e angústia. Joey também lia todos os romances, e os momentos em que ela se sentia mais feliz era quando os discutia com a mãe. Era algo que podiam fazer juntas e que nunca terminava de maneira negativa.

---

* Nota da editora: tita e tito são usados no original em inglês para se referir aos tios. É uma expressão originária das Filipinas.

Deborah disse a ela que tudo o que restasse poderia ficar no apartamento até o mês seguinte, quando o imóvel seria novamente colocado para alugar.

— Mas para onde minha mãe vai? — perguntou Joey. — Depois do julgamento. Deborah tocou no seu ombro.

— Talvez demore um tempo até que ela possa voltar para casa, querida.

Em todos os imóveis em que ela e Ruby moraram, Joey aprendeu a descobrir algum esconderijo, um lugar onde pudesse guardar coisas sem que sua mãe descobrisse. Uma dessas coisas era o colar dado por Charles. Ruby vendera o seu em um ataque de raiva quando Charles rompera com ela (pela terceira vez), e Joey, conhecendo o padrão, disse à mãe que havia perdido seu colar no parque. Só que não. Ela o escondeu para que Ruby não vendesse o seu também.

— O que são essas coisas? — perguntou Deborah quando Joey tirou o colar de debaixo de uma tábua solta no assoalho perto do radiador. Ela não parecia surpresa por Joey ter um esconderijo secreto. Também não se referia ao colar. Olhava uma pilha de cadernetas bonitinhas que também estavam no assoalho.

— São meus diários — respondeu Joey. — Acho que vou deixar todos aqui.

— Isso seria uma pena. Sobre o que você escreve?

Joey deu de ombros.

— Sobre qualquer coisa, acho. — Ela levantou a pilha. — Por que, você quer ler isso?

— Você gostaria que eu os lesse?

Joey mais uma vez deu de ombros.

A assistente social não se mexeu para pegá-los, permanecendo sentada na beirada da cama. Naquela posição, Joey não podia deixar de notar que o corpo de Deborah tinha o formato de uma batata. Ruby, que tinha opiniões fortes sobre o corpo de outras mulheres, diria que ela era gorda. Mas quando Deborah a abraçou duas noites antes, depois da prisão, ela sentiu a mulher tão suave, tão segura, suas dobras e maciez quentes e reconfortantes. Ela era um travesseiro em forma humana, o exato oposto de Ruby.

— Eu gostaria de ler todos — disse Deborah. — Pode me ajudar a conhecer melhor você, e assim poderei apoiá-la da melhor maneira possível. Mas só se tiver sua permissão, Joelle.

— Como quiser. Não me importo.

Os diários agora estavam no banco traseiro.

Um aromatizador de ar na forma de morango estava pendurado no retrovisor da frente do Honda Accord de Deborah. Era meio manchado, como se fosse um desses adesivos que se raspa e soltam cheiro, só que enorme e, apesar de não parecer de morangos, deixava um cheiro bom no carro. O carro de Ruby sempre cheirava a cigarro.

— Você está bem, Joelle? — Deborah a olhou de relance, a luz do sol refletindo em sua pele negra e macia. — Preciso parar para abastecer, caso você precise, pode ir ao banheiro.

Se para Deborah *estar bem* significava não estar ferida nem fisicamente doente, então sim, Joelle estava bem. Ela olhava direto para a frente, consciente dos cachos negros dos cabelos de Deborah balançando ao som da música que saía do toca-fitas. A assistente social parecia velha demais para gostar do Young MC, mas conhecia todas as letras de "Bust a Move". *"She's dressed in yellow, she says hello…"*

Deborah mais uma vez a olhou de relance, esperando por uma resposta. Por fim, Joey deu de ombros. Ela sabia que os adultos odiavam quando jovens respondem assim, mas não Deborah, que parecia compreender que às vezes não havia palavras. Às vezes a resposta era um dar de ombros.

— Quando vão deixar eu ver minha mãe? — Joey olhava pela janela do carona, onde podia ver seu reflexo. Ela parecia translúcida, como um fantasma (*queria ser um fantasma*).

Deborah demorou alguns segundos para responder.

— Gostaria de saber, querida. Mas aposto que seus tios estão ansiosos para te ver.

A assistente social disse aquilo de modo tão gentil que, apesar de saber que aquilo não era verdade, Joey não conseguiu discordar. Ela só esteve uma vez em Maple Sound, havia alguns anos. A visita foi um desastre. Foi no dia em que conheceu sua avó (*lola*).

Foi também o dia em que compreendeu que sua mãe má também tinha uma mãe má.

No posto de gasolina, Joey esperou no carro enquanto a assistente social foi pagar. Fazia uma hora que estavam viajando em um trajeto de duas horas até Maple Sound, e essa próxima hora iria passar em uma velocidade distorcida. A cada quilômetro seu coração ficava mais pesado. Parecia que essa viagem de carro era a linha divisória entre o *antes* e o *depois*. Quando chegasse à casa de seus tios, ela teria cruzado a linha do depois, e não haveria como voltar.

Deborah procurou algo no banco traseiro e entregou a Joey uma sacola de plástico. Dentro dela havia vários pacotes de balas e doces.

— Sei que sua tia tem três filhos, mas os doces são seus, Joelle, e você não é obrigada a reparti-los com ninguém. — O tom de Deborah era sério enquanto ela ligava o carro. — Sempre que você estiver se sentindo solitária, coma algumas balas. Pense nelas como se eu estivesse abraçando você. Quando os doces já tiverem terminado, eu estarei de volta para uma visita. E trarei mais pra você.

Joey ficou olhando para a sacola. Uma adulta havia acabado de lhe dar um presente, e não era seu aniversário. Verdade, eram apenas balas, mas foi o melhor presente que ela já recebeu. Porque foi em troca de… absolutamente nada.

— Obrigada. — Ela se esforçou para não chorar.

Uma hora mais tarde elas estavam em Maple Sound. Toda a família estava reunida no portão quando chegaram. A casa de dois andares ficava no alto de uma colina e, mesmo com uma bela vista do lago Huron, era muito menor e mais isolada do que Joey lembrava.

— É realmente bem bonito aqui. — Deborah parecia surpresa quando desligou o motor. Ela abaixou o vidro. — Está sentindo o cheiro? Ar fresco. É um laguinho que vejo ali? É tão bonito. Escute… você pode ouvir as rãs…

No começo Joey não entendeu a razão de Deborah ter parado tão abruptamente de falar, mas então compreendeu que era por sua causa. Ela *estava chorando*, droga, e nem percebeu que estava até ver o jeito como Deborah a olhava. Passou a mão para limpar o roto. Constrangida por ter sido surpreendida *sentindo* alguma coisa — e furiosa com ela mesma por permitir que aquilo fosse visto.

Tita Flora apareceu perto da porta do motorista com um sorrisão. Ela também não parecia com o que Joey lembrava. Os cabelos haviam sido cortados curtos e clareados em um tom de ruivo nada natural. Seus três filhos — Jason, Tyson e Carson — permaneciam ao lado da porta, brigando entre si atrás do tito Micky, que parecia alheio à energia caótica de seus três filhos. Seu tio também havia mudado. Praticamente não tinha mais cabelo e estava mais magro, os vigorosos músculos dos braços e das pernas praticamente haviam sumido com anos de inatividade. A barriga, em contraste, era bem saliente por cima dos amarrotados calções verdes de basquete. Um cigarro apagado estava pendurado na boca, e ele tinha um isqueiro na mão.

Sua avó era a única que não havia mudado. O cabelo de lola Celia estava tingido com o mesmo preto-azulado de antes e, como da última vez, ela usava um conjunto de moletom. Ela levantou uma mão ossuda na direção deles. Joey sabia que sua aparência frágil era simplesmente uma ilusão. Dentro do corpo pequeno e envelhecido estava a mulher cujos olhos não perdiam nada e cuja língua era afiada como uma lâmina de barbear.

Afinal, Ruby as herdou de alguém.

Foram feitas as apresentações, e tita Flora plantou um beijinho superficial na testa de Joey, antes de cumprimentar Deborah com um sorriso tão largo que mostrava todos os seus dentes. Sua *lola* disse oi em inglês, seus olhos de besouro rastejando pelo corpo da neta de cima a baixo enquanto estendia a mão, palma para baixo. Joey a pegou e se inclinou pressionando levemente o dorso da mão de lola Celia em sua testa.

Quando conheceu sua *lola* alguns anos antes, Joey não sabia o que era *mano*. Sua avó partiu pra cima de Ruby falando em furioso cebuano, presumivelmente por não ter ensinado a filha como cumprimentar respeitosamente os mais velhos. A única palavra que Joey entendeu da surra verbal foi *puta*. Lola Celia gritou isso para Ruby, não apenas uma vez, mas duas. Mais tarde, na viagem de volta para Toronto, Ruby estava estranhamente silenciosa. *Você tem uma mãe má* — disse para Joey com voz resignada antes de ligar o rádio — *porque eu tive uma mãe má*.

Tita Flora cutucou o marido. Tito Micky enfiou o cigarro não fumado no bolso e pegou as malas. Todos entraram.

— Mick, mostre para Joey o quarto dela — ordenou a tia. Para Joey, ela disse: — Sua *lola* preparou adobo para o jantar. Sei que é o seu favorito.

Favorito soou como *fay-vor-ito*. O sotaque filipino da tia não havia suavizado no decorrer dos anos. Em contraste, o sotaque de Ruby quase desapareceu, porque sua mãe estava determinada a perdê-lo. Ocasionalmente voltava, quando ela falava (*gritando*) com Joey, mas ao redor de outras pessoas (*namorados*) ela soava quase como uma canadense (o que, para Ruby, significava *branca*).

— Nossa, bem pesada. — disse tito Micky enquanto arrastava as duas maletas até a escada. Pesado soava como *peiado*. — O que você tem aí dentro, um cadáver?

A piada era de mau gosto, e Deborah piscou. Tita Flora falou rispidamente com o marido no dialeto filipino deles, e os ombros de Mick se curvaram. Joey percebeu apenas uma palavra. *Buang*. Queria dizer "estúpido".

Ela seguiu o tio escada acima até o quarto no fim do corredor. Joey olhou em volta, desapontada. Embora uma janela oferecesse a vista de um lago, o quarto não era melhor do que onde dormia no abrigo. Beliches haviam sido empurrados em uma parede e havia um colchão duplo bem fino no chão, perto da porta. Estava coberto com um lençol de algodão rosado, simples, tão novo que ainda tinha as marcas de dobra da embalagem.

— Você vai compartilhar o quarto dos rapazes mais velhos. — Tito Micky chiava levemente, os anos de cigarro e bebidas não o haviam preparado para levantar qualquer peso. Curioso que sua coluna lesionada, a razão que lhe permitia receber aposentadoria por doença, parecia estar bem. — Tudo aconteceu tão rapidamente que não tivemos tempo de comprar uma cama.

— Tudo bem — disse Joey.

Tita Flora apareceu na porta do quarto com Deborah, que franziu o rosto.

— Isso é temporário — explicou a tia. — Nosso filho mais novo dorme com minha mãe porque ainda precisa de ajuda para ir ao banheiro. Em mais alguns meses, Carson poderá dormir aqui com seus irmãos, e podemos mudar a cama de Joey para o quarto da *lola*.

— Que cama? — questionou Deborah sem rodeios. — Só vejo aqui um colchão, e Joelle *precisa* de uma cama de verdade para que não durma a dez centímetros do assoalho. Quando conversamos pelo telefone, você me assegurou que o quarto dela estaria pronto.

— Já encomendamos. — Tita Flora olhou para seu marido. — Na Sears. Certo, Mick?

Mick levou alguns segundos para entender.

— Sim, vai chegar em breve. — Ele era um péssimo mentiroso. — Eles, hã, eles estão atrasados com a entrega. — *Entri-gas*.

— Então, Deborah. — Tita Flora abriu novamente seu sorriso cheio de dentes. — Para quando esperamos o primeiro pagamento?

A assistente social explicou a Joey que seus tios podiam se beneficiar de um pagamento mensal do governo, similar ao que as famílias cuidadoras recebiam pelas crianças que abrigavam. Joey não perguntou quanto eles receberiam, nas sabia que o pagamento era a única razão que fez tita Flora concordar com esse arranjo.

— Cerca de três semanas. — A voz de Deborah saiu com uma entonação morta que Joey não havia escutado antes. — Por volta do dia que voltarei aqui para verificar como andam as coisas.

O alerta era evidente, mas a tia simplesmente levou Deborah de volta para o corredor para verificar o restante do segundo andar.

Joey se movimentou na direção da janela que ela compartilharia com seus primos, que tinham oito e seis anos de idade. Deborah estava certa. Era bem bonito o local. Quem sabe as coisas seriam boas. Tinham que ser, porque simplesmente não havia opção. Ou era o cuidado de algum parente ou de cuidadores profissionais, especialmente se (*quando*) sua mãe fosse condenada.

Ela sentiu uma mão se arrastando pela parte de baixo das suas costas.

Tito Mick se aproximou dela na janela, a palma da mão pressionando levemente a região logo acima do seu cóccix. Ele cheirava a cigarro e uísque. Ela se afastou alguns centímetros, o suficiente para que sua mão caísse e ele a olhasse com um sorrisinho inocente.

— Nem acredito como você cresceu, Joelle — ele disse. "Acredito" soou como "*ar-creditoo*". Talvez algum dia ela deixasse de ouvir esse sotaque, mas por enquanto aquilo soava estranho e óbvio. — *Sus*. Você está tão bonita.

Joey se encolheu com o uso que seu tio fez do seu primeiro nome formal. Quando Deborah a chamava de Joelle, soava como adulto, respeitoso. Mas quando tito Micky disse isso, dando um peso igual para cada sílaba de seu nome como se fossem dois nomes separados (*Jo-elle*), isso fez sua pele se arrepiar.

— Você sabe que tita Flora não queria você aqui, porque sua mamãe fez uma coisa muito ruim. — Tio Micky falava suavemente, bem conspirativo, como se fosse um segredinho delicioso apenas entre os dois. — Mas eu disse pra ela, você é da família. Aqui é o seu lar, tá bem? Se precisar de qualquer coisa, é só pedir pro seu tito Micky.

O tio moveu-se para mais perto, até seus ombros se encostarem. A mão dele voltou para a base da coluna dela, e ela podia sentir seu dedo se movendo vagarosamente em círculos preguiçosos. Tito Micky não olhava mais para a janela, e sim para ela. Ele suspirou, e seu hálito de cachaceiro atingiu no rosto de Joey.

— *Sus* — ele suspirou. — A palavra, que realmente não era uma palavra e sim uma sílaba, era a gíria filipina para "Jesus" — Tão bonita, Joelle. Ele se inclinou mais e sussurrou no ouvido dela. — Você parece muito com sua mãe.

19

BEM NO FUNDO DO SEU ABARROTADO BOX de depósito alugado, em algum lugar entre a árvore de Natal artificial e o ukulele esquecido de sua filha, Drew finalmente encontra a caixa que procurava. Está cheia de cadernetas de anotações, rascunhos, recortes de jornais, fotos, HDS externos e pen drives. Basicamente todo o trabalho que fez nesses quinze anos como jornalista investigativo para o *Toronto After Dark*.

Drew perseguiu todo o tipo de história para aquele semanário dos sábados. Descobriu que a moradora de rua que ganhava trinta mil dólares por ano de esmolas era na verdade uma avó com carro e casa no subúrbio. Expôs um cafetão de dezoito anos que insistia que nunca havia pensado em entrar no negócio de sexo e só por acaso conheceu algumas garotas do colégio que queriam dormir com seus amigos por um dinheirinho extra, e assim ele recolhia uma taxa para arrumar os encontros ("Tal como O Clube das Babás", ele disse, com sinceridade, para Drew, "mas sem ter de cuidar de crianças").

No auge de sua carreira, Drew publicou uma série premiada sobre as gangues de rua asiáticas que dominavam Chinatown lá pelos anos 1990, algumas das quais continuavam na ativa. O que significa dizer que tudo o que era possível conhecer sobre elas na época estará em algum lugar nesses antigos arquivos. Drew escolhe um HD por palpite, pluga no computador e começa a pesquisar. Se não encontrar o que busca ali, vai procurar nos outros sete.

Por ele, teria ficado no *Toronto After Dark* até se aposentar. Mas, como todos os pequenos jornais, ele sumiu do mesmo modo que os dinossauros nesses últimos anos. Fechou bem no momento em que Sasha estava tentando ser aprovada em alguma universidade, e mesmo que uma parte das mensalidades estivesse coberta pelo fundo que ele e Kirsten criaram quando ela nasceu, o restante viria dos pais de Kirsten, que já haviam feito muito. Drew pegou todos os trabalhos freelance que conseguia, mas só quando a matéria on-line que ele escreveu sobre o assassinato do casal milionário Barry e Honey Sherman viralizou é que as coisas começaram a melhorar. Ele foi convidado para participar de um programa na rádio pública da CBC para falar sobre a matéria, e a entrevista teve tanta repercussão que ele foi convidado várias outras vezes para falar sobre outros casos criminais.

E assim nasceu *O que fazemos nas sombras*. Em uma época em que parecia que todo o planeta tinha um podcast, ninguém ficou mais chocado que Drew quando seu programa decolou.

Bingo. Ele clica em uma pasta e acha o que estava procurando. As notas, entrevistas e os esboços que Drew usou quando estava escrevendo sua série sobre as gangues de Chinatown. Em dez minutos, ele tinha o nome de alguém considerado como do alto escalão do Blood Brothers. O sujeito, agora já bem na meia-idade, mora em Oakville, um subúrbio rico a oeste de Toronto. O Google Maps mostra seu endereço em uma enorme casa na Lakeshore Road, em frente ao lago, muito distante do apartamento esculhambado na Chinatown que ele dividia com os pais e o irmão mais novo quando chegaram ao Canadá vindos do Vietnã.

Foi preciso dar alguns telefonemas, mas o encontro foi arranjado. Depois de fazer a barba e de uma ducha rápida, Drew está a caminho de encontrar o sujeito que dizem ser o responsável pela importação de meio bilhão de dólares de narcóticos ilegais nos anos 1990.

E isso é apenas o que se sabe.

Quanto mais Drew adentra Oakville, maiores ficam as casas. De repente ele se vê dirigindo entre propriedades que valem milhões. Por pura curiosidade, pergunta à Siri sobre o preço de uma casa que está à venda e que lembra um pequeno château no sul da França. Siri lhe diz que o preço pedido é de $ 12.999.999. Puta merda, quem esses corretores querem iludir? Arredonda logo para treze milhões.

A casa ao lado dessa não está no mercado, mas é a que ele busca. Ele vira para a entrada em forma de U. Estacionando atrás de um Lamborghini e uma Maserati, ele olha a mansão com espanto. Três andares, fachada de estuco, garagem para quatro carros, vista do lago original. Oficialmente, Tuan Tranh — que atende por Tony — é fabricante de móveis, com uma grande fábrica no Vietnã. Mas sofás e camas talvez não sejam as únicas coisas transportadas naqueles contêineres marítimos. Claramente, estar no negócio ilegal de drogas tem suas recompensas.

Por puro hábito, Drew tranca o carro, apesar de não conseguir imaginar alguém tentando roubar seu Audi de onze anos de idade quando poderia tentar um Lambo. Caminha até a porta da mansão e aperta uma campainha, olhando para uma câmara montada acima. Um momento depois, a enorme porta de mogno se abre. Um rosto pequeno, enrugado olha para fora, olhos escuros se estreitando quando ela vê o homem negro e alto ali parado.

— Sim? — pergunta ela. A mulher deve ter no máximo um metro e trinta centímetros. Está vestindo calças cáqui e uma camisa verde folgada, com pantufas de lã bem gastas.

— Bom dia, senhora — cumprimenta Drew. — Estou aqui para falar com Tony Tranh.

— Ele está aguardando você? — Sotaque vietnamita suave, tom de suspeição.

— Nós temos uma reunião, sim. — Ele tira um cartão de visitas do bolso e o oferece a ela. — Drew Malcolm.

— Espere aqui. — Ela puxa o cartão dos dedos dele e fecha a porta. Drew escuta o barulho da tranca.

Enquanto espera, ele observa as casas do outro lado da rua, do outro lado de Lakeshore Road. Elas não têm vista do lago, o que diminui substancialmente seu valor, mas algumas delas são igualmente grandes. Em algum lugar na outra ponta de Oakville, bem longe do lago, moram os pais de Simone, em um pequeno chalé. O sr. e a sra. Bailey sempre gostaram dele. Talvez ele lhes faça uma visitinha para atualizar as notícias, descobrir se Simone se casou com o cara com o qual o traiu, já que ela não tem conta em nenhuma das redes sociais.

É... nem pensar.

A porta se abre novamente.

— Entre — diz a mulher minúscula, e Drew desliza porta adentro.

Seu apartamento inteiro, com escritório e tudo, caberia nesse saguão. O pé-direito tem uns seis metros de altura, e há uma linha de visão direta através da casa até o fundo, que é completamente fechada com vidro. A vista do lago Ontario não tem nenhuma obstrução, exceto bem no centro do saguão onde há uma estátua de mármore de uma mulher voluptuosa, nua, com cabelos longos e ondulantes e mamilos do tamanho de uvas. A estátua é impressionante, escandalosa e prende completamente a atenção.

A mulherzinha espera com paciência até que ele veja tudo, como se fosse normal para todas as pessoas que entram ali pela primeira vez se embasbacarem com a casa, o lago e a estátua. Que provavelmente é o que fazem, nessa ordem.

— Sem sapatos. — Ela olha para os pés de Drew, enclausurados dentro de um Nike branco e limpo. Usando o dedinho rosado, ela aponta para uma enorme cesta perto da porta. Está cheia de pantufas. Todos os estilos, todas as cores, com variadas mostras de uso. — Você quer usar pantufas?

— Tenho certeza de que ele não quer — diz uma loira alta que acabou de dobrar em um canto. Ela também usa pantufas, mas as dela são de pele e azuis brilhantes. — E se quiser, tenho certeza de que não temos nada do tamanho dele. *Cam on.*

A mulher mais velha assente e se retira.

— Lauren Tranh. — A loira estende languidamente um braço na direção de Drew. — Mulher de Tony. Você deve ser Drew. Ele está só terminando uma ligação no escritório.

A sra. Tranh é branca, alta e estonteante. Parece vagamente familiar. Antiga atriz ou modelo? Influencer? Se chegasse o dia no qual o canal Bravo decidisse produzir uma série chamada *Real Housewives of Oakville,* Lauren Tranh teria seu papel garantido.

Ele aperta a mão da mulher e pergunta:

— Devo tirar o calçado?

— Sim, por favor.

Ele tira os tênis e cuidadosamente os coloca perto da porta. Quando levanta e se vira novamente, ela está com um sorrisinho no rosto.

— O que foi? — Ele devolve o sorriso.

— É ótimo ter alguém aqui na casa mais alto do que eu — ela diz, divertida. — Não acontece com frequência.

Ela fica parada diante da estátua de mármore, e ele finalmente sabe onde a viu. Mesmo cabelos, mesmo lábios, mesmo...

Ele engole seco. A mulher nua na estátua é ela. Maldição.

É exatamente o que ela queria que ele visse e, satisfeita, o conduz pelo corredor.

O escritório de Tranh fica em um canto no fundo da casa e, como tudo mais, é enorme. Ele ainda está ao telefone quando Drew é conduzido até ali, mas sorri e faz um gesto para que seu convidado se sente. Drew aponta para as estantes de livros que cobrem toda a parede da sala, e Tranh diz *vá em frente* com a boca, em inglês, enquanto continua a conversar em vietnamita.

As estantes embutidas são tão altas que possuem uma escada própria. A coleção de Tranh é impressionante. Drew encontra de tudo ali, desde uma primeira edição de *Adoráveis mulheres* a um exemplar de capa dura de *O iluminado*. Ele realmente não inveja Tranh por sua casa, sua vista do lago, seus carros ou mesmo essa mulher, mas sente uma pontada de desejo por todos aqueles livros.

Se ele fosse o cabeça de uma gangue violenta que assassina pessoas e faz crianças se viciarem em drogas, ele também seria rico.

— Gostou de algum?

Tony Tranh largou o telefone e está de pé ao seu lado. Os dois apertam as mãos e, apesar de Tranh ser uns trinta centímetros mais baixo que Drew, não parece estar nem um pouco intimidado. Um homem em forma no começo dos seus cinquenta anos, ele usa um paletó sob medida e mocassins Gucci de couro. Drew se sente malvestido com suas meias baratas de uma marca popular. Levou um pacote de quatro pares por uma mixaria.

— Todos eles — responde Drew com um sorriso. — Sua coleção é impressionante, tal como sua casa.

A resposta agrada Tranh. Ele aponta para as cadeiras diante das janelas e os dois se sentam.

— Então, você mencionou a meu assistente que é o responsável por um podcast sobre crimes verdadeiros. — Apesar de ter nascido em Shangai e ter emigrado para o Canadá apenas aos dezesseis anos, Tranh fala sem nenhum sotaque. — Ouvi seu episódio inaugural sobre os assassinos milionários. Tão fascinante. Quantos ouvintes você tem?

— Cerca de três milhões por episódio.

— E o que isso paga?

Muito direto.

— Não tanto quanto eu gostaria. — Drew manteve seu tom leve. — Mas o suficiente para comer e pagar a hipoteca.

— Hmmmm — murmura Tranh. — Então, é mais como um hobby monetizado?
Drew se retrai, mas não responde. Não é a primeira vez que ouve isso.
— Você tem mestrado em jornalismo, certo? E depois trabalhou no *Toronto After Dark* durante quinze anos, até que fechou?
O-la-la.
— Sim, isso mesmo.
— Você fez uma série sobre as gangues da Chinatown. Foi uma leitura interessante. Conheci alguns desses rapazes quando ainda vivia na área. Parece que você tinha muita informação de dentro. Quem te passava?
Drew sorriu.
— Nunca revelo minhas fontes.
— E se eu pagar cem mil? Dinheiro? Aqui mesmo?
Surpreso, Drew cai na risada. Essa foi boa.
— Tentador. Mas, ainda assim, não posso.
— Que pena. — O olhar de Tranh está fixo em Drew. — Eu gostaria de saber quem falou com você.
— Então, essa é sua maneira de confirmar que era parte dos Blood Brothers, uma das gangues sobre as quais escrevi?
É a vez de Tranh sorrir. Quando faz isso, parece um adolescente.
— Os BB não eram uma gangue. Eram mais algo como, você sabe… um hobby monetizado.
Drew não consegue evitar a risada.
Uma batida na porta, e a mesma mulher pequena de antes traz uma bandeja. Ela coloca na mesa um bule de chá verde, duas xícaras e um prato com cookies.
— Essa é minha mãe — diz Tranh. — Ela faz os melhores cookies de canela e açúcar, uma antiga receita da família. Experimente um.
Drew não é um fã de cookies e nunca foi muito fã de doce. Mas a velha senhora e Tranh olham para ele com expectativa, de modo que ele pega um cookie e morde um pedaço.
— Delicioso — diz, com sinceridade.
— *Cam on* — ela diz sorrindo e sai.
Tranh serve chá para os dois e se recosta de volta na cadeira.
— Então. Se entendi bem, você está aqui para falar comigo sobre alguém que *eu poderia* conhecer, que namorava uma mulher que era amiga de alguém *que você conhecia*. Estou certo?
— Sei que é vago…
— Bastante.
— Uma boa amiga minha morreu em um incêndio há muito tempo — relata Drew. — O nome dela era Joey. O incêndio supostamente foi acidental, mas recentemente descobri algumas coisas que sugerem que pode não ter sido. Mas a mulher que talvez soubesse mais sobre isso está desaparecida há vinte anos. E essa mulher desaparecida pode ter namorado alguém que você conhecia.

— Qual o nome dela?

— Isso eu não sei. Ela era dançarina em um clube de striptease chamado de Golden Cherry. O nome artístico dela era Betty Savage, e o namorado dela fazia parte dos Blood Brothers.

Se alguma coisa disso soou familiar a Tranh, ele não deixou transparecer.

— E você precisa de mim para fazer exatamente o quê?

— Tenho a esperança de que você possa me dizer quem Betty Savage *é*, de modo que eu possa descobrir onde está e conversar com ela.

Um sorrisinho.

— Você tem uma foto dessa Betty Savage?

Drew tira o telefone do bolso. Seleciona a foto que mandou mais cedo para a sargento McKinley, e amplia apenas a parte na qual Betty aparece na tela. Passa o celular para Tranh.

Tranh examina cuidadosamente a foto.

— Ah, sim, lembro dela. É a Mae. Nem lembro se alguma vez ouvi o sobrenome dela, mas a encontrei algumas vezes.

Irra!

— Então ela estava namorando alguém dos Blood Brothers?

Tranh devolve o aparelho.

— Era namorada do meu irmão.

Oh. *Merda.*

Não era isso que Drew esperava escutar. É claro que ele sabia do irmão mais novo de Tranh, Vinh — conhecido como Vinny —, já que ele era suspeito de estar envolvido no tiroteio da boate na Chinatown. Um ano depois, ele foi alvo em um tiroteio e morreu, supostamente em uma negociação de drogas que terminou mal.

E isso, lembrando ainda a pesquisa, não foi muito tempo depois que Betty — Mae — desapareceu. E apesar de jamais ter sido provado, correu o rumor de que a bala teria vindo de um membro de sua própria gangue. Alguém havia ordenado a morte de Vinny. E só alguém do mais alto escalão poderia ter feito isso.

Alguém como o irmão dele, Tony Tranh. Que está observando Drew com um olhar que parece saber exatamente em que Drew está pensando.

— Sinto muito — lamentou Drew. — Sei que Vinny morreu anos atrás. Se eu soubesse que ele poderia ser o namorado de Betty... Mae, jamais teria vindo aqui. Desculpe-me se despertei lembranças dolorosas.

— Obrigado — diz Tranh. — Foi uma pena perdê-lo assim tão jovem. Ele tinha apenas vinte e três anos. Foi muito duro para nossa mãe.

Drew hesita, inseguro sobre se deveria fazer a pergunta seguinte.

— Vá em frente — encoraja Tranh, dando um gole em seu chá. — Diga o que passa por sua cabeça.

— Betty... Mae... desapareceu por volta do Ano-Novo de 1998. Compreendo que foi há muito tempo, mas você tem alguma ideia de para onde ela pudesse ter ido?

Tranh franze o rosto mais uma vez.

— Por que eu saberia alguma coisa? Ela era namorada de Vinny, não minha.

— Aparentemente, ela simplesmente deixou de ir trabalhar. E o namorado dela, que agora sei que era seu irmão, estava suficientemente preocupado para ir até o clube procurá-la. Vinny nunca mencionou alguma coisa sobre isso a você na época? Sobre o desaparecimento de sua namorada? Quero dizer, isso é o tipo de... coisa importante.

— Ah, ele mencionou. Na verdade, estava bem perturbado com isso. Como eu também. — Tranh descruza as pernas, depois as cruza novamente para o outro lado. — Mas então ele foi assassinado no dia 5 de janeiro de 1999. Se ele me disse alguma coisa sobre o sumiço da namorada, provavelmente tirei isso da cabeça, já que estava confortando nossa mãe e planejando seu funeral.

— Sinto muito — repete Drew.

Tranh sorve seu chá. Por fora, parece relaxado, mas o instinto de Drew lhe diz que o outro homem estava longe disso.

— Você deve saber que Vinny tinha a reputação de ser violento. Nós tivemos uma infância difícil, mas acabamos bem diferentes, para grande desgosto da nossa mãe.

Drew não acredita nem um pouco nisso. A única diferença entre Tony Tranh e Vinny Tranh era que o irmão mais velho era mais esperto e tinha mais autocontrole. O que, no final das contas, o fazia muito mais perigoso do que jamais Vinny fora.

— Por mais trágico que seja, meu irmão acabou morrendo porque era estúpido. — Tranh parecia mais irritado que triste. — Era muito impulsivo. E Mae também. Não fiquei surpreso com o desaparecimento dela. Ela não tinha família, e Vinny me contou que ela havia crescido dentro de orfanatos e lares temporários. Ele nem sempre era gentil com ela, mas, realmente, Mae não era flor que se cheirasse.

Exatamente como Cherry a descreveu.

— Por quê? — pergunta Drew.

— Era uma ladra. — Os olhos de Tranh mostram frieza. — Nunca gostei da moça. Desde o início, eu sentia que ela era encrenca, e foi exatamente isso que ela acabou sendo. Ela e Vinny tinham um relacionamento intenso. E nem sempre de um jeito bom. Ele foi deixando de ser confiável, o que não era bom para os negócios.

— O que Mae roubou?

— Isso importa? — Tranh sorri com frieza. — Não era dela.

Não é uma boa resposta. Drew pode pressionar algumas pessoas, mas Tony Tranh não é uma dessas.

— Obrigado, sr. Tranh. — Drew coloca a xícara na mesa e se levanta. — Muito obrigado pelo seu tempo.

— É só isso?

— Só isso.

Tranh o escolta de volta para a porta da frente e os dois trocam novamente um aperto de mãos. Enquanto Drew calça os tênis, a mãe de Tranh corre até ele com um recipiente de plástico. Está cheio de cookies de canela.

— Você leva pra casa — ela diz. — Para sua família.

— Ela gosta de você — afirma Tranh com um sorriso. — E você deveria saber que minha mãe não gosta de qualquer um. Ela odiava Mae.

Tony Tranh abaixa a voz. Fala tão baixo que Drew tem que se inclinar ligeiramente para ouvir.

— E, se você a encontrar, avise a ela que eu gostaria de ter de volta o que ela tomou de mim.

20

DREW OPTA POR IR PELA LAKESHORE ROAD na volta a Toronto, já que o trânsito pela rodovia estaria engarrafado naquele horário. É uma viagem longa, mas tranquila, dando a ele tempo para organizar seus pensamentos.

A navalha de Occam: a explicação mais simples geralmente é a correta.

Certo, muito bem, e ele só conhece isso por causa do filme *Contato*, estrelado por Jodie Foster. Era um dos favoritos dele e de Joey, e os dois aproveitavam toda oportunidade para usar a frase em qualquer conversa. Isso deixava Simone maluca.

> DREW: *Não consigo encontrar minha carteira, acho que alguém a roubou.*
> JOEY: *Você checou no jeans que estava usando ontem?*
> DREW: *Achei!*
> JOEY: *A explicação mais simples geralmente é a correta.*
> SIMONE: *Meu deus, vocês dois podem parar de me encher com essa porra?*

Uma boa parte das pessoas consideradas "desaparecidas" estão mortas ou não querem ser encontradas. Se Mae ainda estiver viva, então seja lá o que tenha roubado de Vinny e dos Blood Brothers — Drew acha que são drogas — é a razão para ela jamais reaparecer.

A questão é que, no entanto, não é fácil desaparecer. Não se pode simplesmente ir para um novo lugar, conseguir um emprego, alugar uma casa e começar tudo do zero. Primeiro, é preciso ter um novo nome, o que exige nova identificação, o que leva tempo para conseguir. É preciso também manter a história para não se contradizer diante de uma pessoa nova que conheça. E é preciso de grana para iniciar todo o processo. Dinheiro vivo. E muito. Assumir uma identidade completamente nova e construir uma nova vida leva tempo, dedicação e um talento excepcional para contar mentiras.

A navalha de Occam. A explicação mais simples, a que faz mais sentido, é que Mae está morta. Vinny a matou, e depois mataram Vinny, porque é assim que as gangues gostam de fazer. Viva pela espada, morra pela espada e tudo mais.

Mas será que Vinny também matou Joey? E se Drew mantiver a lógica, a resposta provavelmente é negativa. O incêndio no apartamento do porão foi considerado um acidente durante todos esses anos, e jamais houve algo naquela hora — ou agora — que sugerisse outra explicação.

Drew precisa aceitar que talvez queira que o incêndio *não* tenha sido acidental para que haja alguém culpado pela morte de Joey, que não ele.

Ele suspira no silêncio do carro. Seria ótimo ter uma conversa com Betty Savage, uma das poucas pessoas que Joey deixou se aproximar durante seu último ano de vida, o ano do qual Drew não fez parte. Provavelmente havia mil coisas que Mae poderia ter lhe dito sobre Joey, tipo, como ela decidiu virar uma stripper e por que, com todos os nomes que existem no mundo, ela escolheria se chamar *Ruby*.

Joey costumava chamar sua mãe de Ruby. Literalmente. Era raro que se referisse a ela como "mamãe" ou "mãe". Drew ainda se lembra de lhe perguntar sobre isso, porque essa conversa foi a última que tiveram enquanto ainda moravam juntos. Simone havia aceitado o trabalho em Vancouver, quer Drew fosse ou não com ela, e ele ainda não havia decidido.

— Por que você chama sua mãe pelo nome? — perguntou-lhe Drew.

Estavam apenas os dois nos lugares que sempre ocupavam no sofá, comendo porcaria diante da TV, enquanto Simone trabalhava no turno da noite no The Keg. Eles assistiam *Showgirls*, que pode ser qualificado como o pior filme da história do cinema, mas ele e Joey o adoravam justamente porque era horrível. Os dois competiam para saber quem se lembrava dos piores diálogos.

ZACK: *Belo vestido.*
NOMI: *É um Ver-sai-se.*
AL: *Você é a porra de uma stripper, ainda não sacou?*
Nomi: *Sou* DANÇARINA*!*

— Eu a chamo de Ruby? — Joey parecia surpresa, e depois ficou pensativa. — Sim, acho que você está certo, acho que faço isso. É esquisito, né? Você não pensa em sua mãe como Brenda, não é?

— Não. Porque o nome da minha mãe é Belinda — disse Drew, e eles riram. — Não sei se é estranho. Depois de tudo que ela fez você sofrer, pensar nela como Ruby em vez de "mamãe" possivelmente deu a você uma distância emocional.

— Na noite em que ela foi presa, eu me preocupei com ela. — revelou Joey. — Ela estava em um surto, rasgando fotos da parede, quebrando pratos, ameaçando se jogar da varanda. Estava nessa confusão paranoica desde a descoberta do cadáver de Charles, e eu temia que ela pudesse se ferir de verdade. Mas quando os tiras chegaram, eles só olharam pra mim e a prenderam na hora. O que foi irônico, porque naquela noite ela me esmurrou apenas algumas vezes.

Apenas. Naquela noite.

— Você estava muito machucada?

Ela deu de ombros.

— Lábios cortados, olho roxo, o normal. Mais tarde, no hospital, fizeram um exame mais detalhado. Acho que não gostaram do que viram.

Do seu arquivo, Drew sabe agora que o hospital descobrira machucados nas nádegas, costas e no interior das coxas de Joey. O raio-x mostrou que suas costelas já haviam sido quebradas duas vezes, assim como o punho. Havia antigas queimaduras de ponta de cigarro nos dois antebraços e uma logo acima da clavícula. Alguns desses ferimentos eram recentes. Outros tinham sido feitos havia muito tempo.

E o hospital descobriu também outras coisas.

— Se eu não tivesse dado meus diários para a assistente social, a polícia jamais descobriria o que Ruby havia feito com Charles — disse Joey. — Ela poderia ter se livrado dessa.

Quando os tiras chegaram para interrogar Ruby sobre o assassinato de Charles Baxter, na primeira vez Ruby deu a eles um álibi. Ela informou que estava com a filha. Haviam ido ao cinema naquela noite de sábado, e podia provar isso porque Joey tinha os canhotos dos ingressos no bolso dos shorts que usava.

Mas o diário de Joey contava uma história diferente. Jamais chegaram a ver o filme. Elas foram para a casa de Charles, onde, em algum momento da noite, Ruby e Charles começaram a discutir, e Ruby o esfaqueou. Seu vestido ensanguentado foi descoberto numa lata de lixo atrás do edifício em que elas moravam, junto com a arma do crime. Melhor dizendo, *armas do crime*. Nos dois casos Ruby encarregou sua filha de treze anos de se livrar das provas, e Joey não sabia em que outro lugar poderia colocá-las.

Na abertura da acusação, o promotor disse aos jurados que Charles Baxter foi esfaqueado múltiplas vezes com uma faca de cozinha. Baseado nas incisões espalhadas por todo seu torso — dezesseis no total —, o promotor argumentou que aquilo foi feito por uma mulher enraivecida da mesma altura que Ruby. Milagrosamente, nenhuma das grandes artérias foi atingida. Mais tarde, o médico-legista testemunhou que se Ruby tivesse parado ali e se Baxter tivesse recebido socorro, provavelmente teria sobrevivido. A acusação teria sido por lesão corporal qualificada. Talvez até mesmo como autodefesa, caso seu advogado fosse competente.

Mas não tinha parado ali. Enquanto Charles se esvaía em sangue no chão, Ruby foi pelo corredor até o quarto da filha dele. Pegou os patins de gelo de Lexi Baxter de dentro do armário e voltou com eles até o quarto principal, onde se sentou em uma cadeira do canto. Ruby calçou um dos patins, amarrou-o e pisoteou o pescoço do seu amante.

Pumba. Assassinato em primeiro grau.

Charles Baxter estava quase decapitado. E é por isso que Ruby é chamada de Rainha de Gelo.

— As pessoas supunham que Ruby era fria — disse Joey. — Mas era o oposto. Era temperamental e esquentada. Poderia escaldar você. — Ela distraidamente passava a mão pelo pingente. — Mas às vezes podia ser cálida. Nos seus bons dias, ela era como um sol brilhante e não havia qualquer outro lugar em que eu quisesse estar.

— Você ainda a ama? Depois de tudo?

— Ela é minha mãe — Joey disse com simplicidade. — Tudo que sinto por ela é intenso, e sinto tudo isso ao mesmo tempo. Amor intenso, medo intenso, ódio intenso. Todos os sentimentos ficam orbitando juntos como... nem sei, talvez como um sorvete napolitano. É impossível separar os sabores.

— Tudo bem sentir coisas diferentes ao mesmo tempo.

Ela sorriu.

— Você devia ser psicólogo.

— Já pensei sobre isso — falou Drew. — E você? O que queria ser quando crescesse?

— Eu nunca esperei crescer.

Então Drew a beijou. Ele não pensou sobre isso. Os lábios dela estavam salgados pelas batatinhas que estavam comendo, o hálito doce por causa da Fanta laranja que bebiam. Ela o beijou de volta, e pareceu certo, e era bom, e ele não conseguia se lembrar da última vez que beijou alguém com quem se importasse tanto. Ele amava Simone, mas com Joey, sentia que seus sentimentos estavam em um nível completamente diferente. Era aterrorizador, e errado, e maravilhoso, e certo.

Ele segurou seu rosto, sua língua descobrindo a dela, e ela pressionou seu corpo no dele, puxando-o para perto. Os lábios dele passaram para o rosto dela, e depois seu pescoço, e depois de volta para os lábios enquanto sua mão deslizava por dentro da camiseta, seus dedos acariciando sua pele nua. Ela emitiu um pequeno ruído quando as mãos dele encontraram seu seio, algo a meio caminho entre um gemido suave e um suspiro, e a outra mão dele se enfiou no cós do moletom dela. Ele nunca quis tanto alguém em toda a sua vida. Ele a ergueu e a colocou no seu colo, e ela se enganchou nele enquanto ele começava a levantar a barra da camiseta dela.

Então, subitamente, Joey parou.

— Não posso — ela suspirou. Ela saltou do colo dele e desabou no sofá ao seu lado. Quando ele tentou novamente se aproximar dela, ela estendeu o braço, bloqueando-o. — Não posso. Você só me quer porque acha que pode me consertar, Drew. Mas não pode. Eu não posso ficar bem.

— Isso não é verdade...

— Eu estou destruída — disse Joey. — Não sou boa pra você. Não sou boa pra ninguém.

Sendo estúpido e egoísta como ele era na época, Drew só conseguia escutar que estava sendo rejeitado. No dia seguinte, quando Simone lhe perguntou se havia decidido, ele respondeu que iria com ela para Vancouver. Era a decisão errada mesmo antes que Simone o traísse.

O celular de Drew toca, interrompendo suas lembranças. É a sargento McKinley. Ele atende e a chamada se conecta através do bluetooth do carro.

— Alô, Drew Malcolm — diz McKinley. — É uma boa hora para conversarmos?

— É o momento perfeito — responde ele. — Já ia ligar pra você...

— Espere um momento. Deixe-me contar primeiro — ela soa animada, alegre, e ele a escuta folhear papéis. — Você vai ficar contente em saber que finalmente decifrei o nome completo da amiga de Joelle. O escritório de licenças mandou por e-mail uma lista de quatrocentas licenças de dançarinas registradas em 1998. Vou lhe dizer, era muita coisa para selecionar, mas coloquei sua idade aproximada e restringindo os endereços a um raio de vinte quilômetros ao redor do Golden Cherry, resulta que foram emitidas apenas treze licenças.

— Na verdade, eu...

— Ainda não acabei. Procurei por todas elas em nosso banco de dados e descobri uma que parece ser a nossa Betty Savage. O nome dela é Mae Ocampo, e acontece que ela tem ficha na polícia. As prisões mais antigas são por furto e embriaguez pública em um show, e, bem, essa detenção parece ter sido realmente injusta, além de outra por posse de pequena quantidade de drogas. Mas duas das prisões foram por agressão. O primeiro foi arquivado porque, aparentemente, foi a outra garota que começou, mas na última ela quebrou o nariz *e* um braço da vítima. Ela cumpriu pena de três meses, o que significa que não apenas o namorado era violento. Mae também era.

— Fico contente por você...

— Ainda não terminei. Seu último endereço conhecido era um apartamento perto do Humber College, que ela compartilhava com mais duas colegas. Consegui rastrear as duas, e ambas confirmaram que a última vez em que viram Mae foi alguns dias antes daquele Ano-Novo. Elas não registraram o caso na polícia porque Mae às vezes desaparecia algum tempo sem avisá-las: a palavra que empregaram foi "maluquete". Então agora temos que caçá-la. Ela está por aí, posso sentir isso.

McKinley está tão entusiasmada que Drew não tem coragem de lhe contar que ele está um passo adiante. Mas Mae ficar presa por agressão é algo novo, e nem Cherry nem Tony Tranh haviam mencionado isso. Cherry provavelmente não sabia. E é provável que Tranh não se importasse.

Drew mais uma vez sente aquele maldito formigamento. E se foi *Mae* que matou Joey?

Ele se esbofeteia mentalmente. *Pare com isso.* Chega de teorias bobas.

— Agradeço muito por tudo isso — diz Drew. — Mas depois de ter passado um tempo pensando sobre o assunto, acho que devemos desistir disso. Não acho que devemos procurá-la.

— Espera aí. O quê? — McKinley parecia estupefata. — Por que não?

Drew escolhe cuidadosamente as palavras. Ele não pode contar a sargento sobre sua teoria de que Vinny matou Mae e que Tony Tranh matou seu próprio irmão. McKinley é detetive de homicídios, afinal, e não pode ter certeza do que ela vai fazer com essa informação. E, como Cherry disse outro dia, a última coisa que ele precisa é de um alvo nas costas.

— Seja lá o que aconteceu na época, Mae provavelmente não tinha outra alternativa a não ser sumir dali. — prossegue Drew. — Ela estava envolvida com um sujeito perigoso, que estava envolvido com pessoas perigosas. Seja lá onde esteja, acho melhor deixá-la por lá. Para sua própria segurança.

— Trabalhei nisso por quase duas horas. — McKinley soa infeliz.

— Sinto muito — articula Drew, e sente mesmo. — Não pretendia arrastar você comigo por essa toca de coelho. A liberdade condicional para Ruby Reyes mexeu com a minha cabeça. Sinto como... — Ele pausa, procurando as palavras. — Sinto como se estivesse novamente de luto por Joey. Tenho dificuldade em deixar que ela suma. Talvez quando eu acabar o podcast, finalmente serei capaz de... —*Perdoar a mim mesmo*, pensa ele, mas não pode dizer alto, porque é difícil demais — ir em frente — é o que fala.

— Sinto muito, cara. — A voz da detetive é cheia de compaixão. — Posso imaginar que Ruby Reyes ser solta iria disparar todos os tipos de sentimentos. Uma das coisas que aprendi bem no começo é que se quiser achar que algo é mesmo ruim, descobriremos todas as provas do mundo para provar que sim. O mesmo quando queremos que algo seja verdade. Por tudo que li, Ruby Reyes é um monstro, e é uma merda que ela esteja sendo solta. Você pode passar o resto da sua vida tentando compreender por que ela consegue uma segunda oportunidade na vida, enquanto a filha dela — sua amiga — está morta, mas talvez jamais perceba o sentido. Aprender a viver com isso não significa que você esteja traindo Joelle.

Mesmo sozinho no carro, Drew balança a cabeça.

— Então vai aqui meu conselho não solicitado — continua McKinley. — Faça seu podcast. Dê uma voz para Joelle, e despedace em tiras a Rainha de Gelo para que as pessoas jamais esqueçam quem ela é. Mas também seja gentil com você mesmo. Seja qual for a culpa que sente, está tudo bem perdoar a si mesmo e se livrar desse peso. Tenho certeza de que Joelle gostaria que você seguisse em frente.

Drew não sabe se consegue fazer isso.

— Grande conselho. Obrigado, senhora.

— "Senhora"? — devolve McKinley, soando indignada. — Fui verificar e vi que sou apenas seis anos mais velha que você, malandro.

Ele jura que pode ver o sorriso dela na voz antes que a ligação se encerre.

A sargento está certa, Drew sabe disso. Em certo ponto, ele compreende que está tentando compensar Joey de alguma maneira, como se corrigir um erro de hoje de alguma forma compensasse a mãe que ela teve e a vida que viveu.

Os diários de Joey se interrompem quando começa o julgamento da mãe. Mas nas últimas entradas do diário, que Joey escreve com detalhes vivos, está a voz de uma garota que aceitou que sua vida seria sempre uma merda, porque ninguém jamais lhe disse que ela merecia algo melhor.

21

JOEY AINDA DORMIA EM UM COLCHÃO no chão quando Deborah Jackson voltou para sua segunda visita. A assistente social não ficou nada contente e teve uma conversa séria com a tia e o tio da menina na cozinha enquanto Joey embromava (*escutava disfarçadamente*) na sala de estar.

— Vou deixar as coisas mais fáceis pra vocês — ela ouviu Deborah dizer. — Vou encomendar a cama, e deduziremos a quantia do seu próximo pagamento. Passei por uma boa loja de móveis na cidade, com entrega para o dia seguinte.

Tita Flora e tito Micky conversaram entre si em cebuano, com voz baixa, e então Joey escutou a tia dizer.

— Há uma liquidação na Sears. Mick vai agora lá comprar.

— Ótimo — disse Deborah. — Vou ficar por aqui e ver o que ele traz de volta. Enquanto isso, gostaria de levar Joey para almoçar.

Vinte minutos depois, Joey estava tirando o picles de seu quarteirão enquanto as duas se sentavam a uma mesa do único McDonald's de Maple Sound.

— Gostaria de conversar com você sobre a audiência na Vara da Família, na próxima semana — começou Deborah. — A maior parte das coisas que o juiz precisa saber será apresentada através de seus exames médicos, e com o depoimento de outras testemunhas. Você não precisa estar lá, mas eu gostaria de pedir sua permissão para ler alto algumas passagens dos seus diários. Tudo bem pra você?

Joey deu de ombros.

— Compreendo que você ama muito sua mãe, Joelle. — A voz de Deborah era suave. — E sei que isso é doloroso e confuso. Fico honrada por você me confiar seus diários, porque sei que a confiança não surge facilmente para você. Mas quando os li, me vi obrigada a manter você a salvo. Tenho a sensação de que foi por isso que você deixou que eu os levasse.

Joey podia sentir que seu rosto iria revelar tudo, e assim encheu a boca com batatas fritas.

— Agora, como você sabe, o julgamento de sua mãe por assassinato é separado da audiência sobre abuso infantil — falou Deborah gentilmente. — Sua mãe solicitou um julgamento rápido, de modo que o juiz marcou a data para o próximo outono.

— Vou ter que testemunhar?

— Sim.

— Minha mãe vai estar lá quando eu fizer isso?

— Sim. E eu também. Mas você será preparada. Nas próximas semanas você voltará para Toronto para se encontrar com a promotora que fará a acusação no caso da sua mãe, e assim ela poderá repassar todas as perguntas que lhe farão.

— E como vou saber o que responder?

— Você só tem que responder a verdade — declarou Deborah. — *Sua verdade*. Ela só vai ajudar você a achar a melhor maneira de dizer isso.

As duas ficaram em silêncio por algum tempo, enquanto Joey bebericava seu milk-shake de chocolate e ponderava sobre as diferenças entre *verdade* e a *sua verdade*. A verdade era que Ruby havia esfaqueado repetidamente Charles. Joey havia escutado a discussão dos dois porque estava no quarto da filha dele, no fim do corredor.

Mas a verdade de Joey é que ela estava contente com a morte de Charles.

— Também, Joelle... sua mãe gostaria de ver você. — Deborah a olhava fixamente. — Você pode dizer que não. A decisão é completamente sua.

— Quero ir vê-la. — Logo que pronunciou as palavras, ela sentiu seu coração se encher de felicidade, e depois se encolher de medo. — Tenho que falar com ela. — *Tenho que dizer a ela que sinto muito*.

— Vou cuidar disso — disse Deborah. — Ei, vi uma bela livraria na rua Principal. Quando terminarmos aqui, vamos passar por lá antes de voltarmos.

A ida à livraria era exatamente o que Joey precisava, e pela primeira vez desde que chegou a Maple Sound sentiu uma ponta de alegria. A livraria estava com uma promoção de dois por um na seção de livros de bolso, e Deborah lhe disse que podia escolher o que quisesse. Joey escolheu *It: A Coisa*, de Stephen King, e *Tempo de matar*, de John Grisham. Não havia lido nada de nenhum dos autores, mas eram os livros mais grossos na prateleira, o que significava horas de leitura e fuga.

Quando voltaram para a casa dos tios, a cama de Joey já estava montada no quarto. Não era uma grande melhora, já que a cabeceira e a estrutura faziam o quarto parecer ainda menor do que era, mas Deborah parecia satisfeita.

Era a hora de a assistente social voltar para a cidade, e tal como na última vez, havia um nó no estômago de Joey ao pensar em se despedir. Enquanto caminhava com Deborah, ela imaginou, não pela primeira vez, como seria sua vida se Deborah fosse sua mãe. A assistente social provavelmente vivia em uma casa aconchegante, talvez com seu marido, cujo nome era... Ben. E talvez Joey tivesse uma irmãzinha e um irmãozinho com quem brincar e seus nomes eram... Stephanie e Michael. Talvez até houvesse um cachorro da família um desses gorduchinhos farejadores cujo nome era... Gracie. Lá haveria risadas. Calor. Afeto. Ela se sentiria a salvo. Ela se sentiria parte de algo.

Queria ser sua filha.

— Para onde você vai agora? — perguntou gentilmente Deborah, quando estavam ao lado do Honda dela.

Para casa com você.

— Para lugar nenhum — respondeu Joey. Ela desesperadamente queria um abraço, mas não sabia como pedir isso.

A assistente social tomou a decisão por ela, envolvendo-a apertado com seus braços. — Esconda isso — sussurrou Deborah, colocando uma sacola de plástico nas mãos de Joey. Dentro da sacola havia quatro pacotes de belas da Starburst. — Coloque lá no seu lugar especial.

Joey tinha, sim, um lugar especial, atrás do closet que compartilhava com os garotos. Usando uma miniserra que descobriu na caixa de ferramentas de tito Micky, ela levantou o carpete e abriu um buraco no chão. Até então não havia muitas coisas lá dentro. Seu estoque de balinhas. Seu colar. E um estilete. Que ela também havia surripiado da caixa do tio. Durante o dia o estilete ficava lá escondido. Mas antes de ir para cama todas as noites, ela o retirava do esconderijo e o deslizava entre o colchão e a parede.

Agora ela podia esconder o estilete entre o colchão e a nova armação de cama, onde poderia tirá-lo dali rapidamente, caso tito Micky tentasse entrar no quarto no meio da noite.

Até então, ele só havia espiado Joey pela porta, observando ela dormir.

Nos últimos dias do verão, quando se aproximavam tanto o julgamento como o início das aulas, Joey começava a compreender que sua opinião sobre Maple Sound havia se desenvolvido a partir da opinião que *sua mãe* tinha de Maple Sound. Mesmo que sua tia e sua avó não se preocupassem em ser simpáticas com ela, pelo menos a alimentavam.

Pela primeira vez em sua vida, Joey não estava faminta.

Sempre havia comida. Ninguém se esquecia de comprar mantimentos. Alguém sempre estava na casa para cozinhar. Na maioria das vezes Joey acordava com o cheiro do que lola Celia preparava para o café da manhã, na cozinha. *Loganisa* havia se tornado seu favorito, e a avó fritava as pequenas linguiças gordinhas de origem filipina pelo menos duas vezes por semana. Joey engordou cinco quilos desde que chegou a Maple Sound.

—*Mangaon na ta* — Lola Celia dizia a todos que a comida estava pronta. *Vamos comer*, dizia ela três vezes ao dia.

Mas o que Joey ganhou na alimentação, perdeu no sono.

Como sua cama estava bem ao lado da porta, ela podia dizer, pelo ruído dos passos, quem vinha pelo corredor. Um leve arrastado era lola Celia, que sempre estava de pé às seis da manhã. Os passos rápidos e ritmados eram de tita Flora, que estava ou saindo cedo ou voltando tarde para casa. Os passos em staccato eram de Carson indo para o banheiro.

E os passos vagarosos e cuidadosos eram de tito Micky. Os passos sempre paravam na porta do quarto, e então ela ouviria o *sussurro* suave que a porta fazia quando roçava pelo carpete, apenas alguns centímetros.

Depois de um ou dois minutos, a porta se fechava e os passos recuavam. Então, Joey passaria um bom tempo antes de adormecer.

Durante o dia aconteciam as roçadas. A coxa dele apertando a de Joey quando ele se sentava no sofá ao lado dela. O ombro dele roçando o dela quando passavam no corredor. Nunca era algo concreto, nada de que pudesse *acusá-lo*, mas ela tentava evitá-lo o máximo possível.

Já que tito Micky preferia passar a maior parte do dia dentro de casa, o melhor era ficar do lado de fora. E, se precisasse também de um descanso dos garotos, a única opção que tinha era ir até o lago, já que seus primos estavam proibidos de chegar perto. Todas as vezes que faziam isso, tita Flora berrava, *Saiam daí, é escorregadio e o meio é muito fundo!*

Uma semana antes de o julgamento ter início, Joey estava sentada em uma cadeira de praia perto do lago, imersa no novo romance de Stephen King, quando ouviu ruído de respingos. O barulho a arrancou de Derry, a cidade fictícia do livro, e, quando ergueu os olhos, viu os dois meninos mais velhos puxando o menor para fora da água. Alarmada, Joey se levantou tão rapidamente que derrubou a cadeira. Mas, então, viu que Carson já estava fora da água, e bem. Estava ensopado do pescoço para baixo e rindo, enquanto Tyson tentava fazer com que ele calasse a boca. Jason, o mais velho, percebeu Joey olhando e colocou um dedo sobre os lábios. *Shhhh.*

Todos eles teriam problemas se alguém tivesse visto isso, mas tita Flora estava no hospital, tito Micky fora à cidade e lola Celia havia caído no sono enquanto assistia a suas novelas na TV.

Só que a avó não estava mais dormindo. A porta da frente se abriu com força, e a velha saiu. Gritou com os garotos em cebuano, a voz uma mistura de raiva e medo.

— Falamos para ele não fazer isso, mas ele tentava pegar um sapo — Joey escutou Jason dizer.

— *Ha-in ma's Joey?* — ela ouviu a avó vociferar.

Todos os três apontaram para o outro lado do pequeno lago, e lola Celia fez um gesto para que ela também fosse até lá. Joey se preparou para o castigo verbal que tinha certeza de que sofreria. Mas, na verdade, como aquilo poderia ser tão ruim se ela não entendia a maior parte do que sua *lola* dizia?

Mas lola Celia não gritou com ela. Assim que Joey chegou perto, a avó deu um passo adiante e deu-lhe um tapa tão forte e tão rápido no rosto, que ela viu estrelas.

— *Tanga* — cuspiu a velha.

Os garotos arquejaram ao ver o tapa e com o som que ele fez. Os dois menores se encolheram próximo ao irmão mais velho, e o garoto de oito anos ficou boquiaberto de espanto. Era óbvio que nunca haviam sido estapeados antes, nem testemunhado uma agressão. Enquanto Joey levava a mão ao rosto, sentindo irradiar o calor provocado pela mão pequena, mas dura como aço de lola Celia, ela sentiu um pouco de pena de seus primos por terem visto aquilo e por estarem assustados.

— *Wa'y kapusnalan* — o tom de lola Celia estava um pouco mais calmo agora, como se estivesse apenas declarando um fato indiscutível.

Joey havia aprendido um pouco mais de cebuano desde que chegou ali, mas essas ela sabia por ter vivido com a mãe. *Tanga* queria dizer idiota. *Wa'y kjapullanan* significava "inútil".

Também tive uma mãe má, a voz de Ruby sussurrou em seu ouvido.

Sim, mamãe. Teve mesmo.

Dois dias antes de começar o julgamento de sua mãe, tito Micky e tita Flora levaram Joey de carro até Toronto, enquanto os garotos ficavam em casa com lola Celia. Seus tios organizaram a viagem como se fossem miniférias. Planejaram almoços e compras, e avisaram a amigos que estariam na cidade. A viagem foi bem rápida, porque eles estavam bem-humorados.

Joey estava uma pilha de nervos.

Depois de se registrarem no hotel, seus tios a levaram para encontrar Deborah, que por sua vez levaria Joey para visitar a mãe. Joey estava ansiosa. Ela não via a mãe desde a noite da prisão, dois meses antes. Tita Flora não tinha vontade nenhuma de ver a irmã. Quando Joey perguntou se queria ir, a tia disse "Da próxima vez", como se realmente houvesse uma próxima vez, como se fosse um convite para jantar, e não uma visita à prisão.

Joey escolheu ir ao McDonald's novamente, mas naquele dia Deborah não pediu hambúrguer. Ela tentava perder uns quilinhos, explicou, e pediu apenas uma salada, que comeu como se fosse uma obrigação.

— Tive uma sensação estranha da última vez que falei com você — disse Deborah, engolindo uma porção de alface americana. — Tudo está indo bem na casa dos seus tios?

A sombra noturna de tito Micky piscou na mente de Joey, seguida pelo ardor do tapa de lola Celia.

— Está tudo bem.

— Muito bem, vou simplesmente perguntar. — Deborah enfiou o garfo na salada e ajeitou as mãos no colo. Olhou diretamente nos olhos de Joey. — Joelle, alguma vez seu tio a deixou desconfortável?

Joey olhou para seu lanche, tentando pensar o que poderia dizer para que Deborah acreditasse que tudo estava bem, mesmo que não estivesse. *Vá em frente, conte para ela. Você acha que vai ficar melhor em um lar adotivo? Ninguém aceita filhos dos outros a menos que sejam pervertidos.*

— Bem, é um pouco estranho viver com um homem na casa — expressou Joey. — Os namorados da minha mãe nunca moravam com a gente.

— Compreendo — disse Deborah, parecendo aliviada com a resposta dela. — Tenha um pouco de paciência.

Joey respirou fundo. Ela havia ensaiado na noite anterior o que iria perguntar naquele momento, fazendo as palavras girarem em sua cabeça até soarem bem.

— Deborah, uma criança pode escolher com quem quer viver?

— Bem, isso depende. Se ela tivesse outra família…

— Não tenho nenhuma outra família — interrompeu Joey. — Eu só... queria saber se você algum dia aceitaria viver com alguém como eu. Quero dizer, porque você receberia por isso, certo? Eu não iria aborrecer você, prometo.

— Ah, querida. — Deborah se inclinou e agarrou os dedos de Joey. — Gostaria que fosse assim tão simples. Sou assistente social, não responsável adotiva, e as duas coisas são bem diferentes. Mas sempre estarei aqui pra te ajudar, certo? A qualquer momento que você achar que estaria mais segura em um lugar diferente, quero que me diga.

— Está bem. — Joey forçou um sorriso. — De qualquer maneira era uma ideia idiota.

— Não era uma ideia idiota. Fico lisonjeada. Qualquer pessoa teria sorte se tivesse alguém como você por perto. — Deborah recomeçou a comer sua salada. — Aliás, você parece estar ótima. Saudável. Você cresceu desde a última vez que a vi.

O que Deborah não mencionou foi que os seios de Joey estavam crescendo. Não havia como a assistente social não notar. Parecia que todos notavam. Especialmente tito Micky.

Joey sempre pensou que seria ótimo quando seus peitos crescessem; sua mãe com certeza vivia apaixonada pelos dela, tratando-os como uma vantagem a ser exibida e valorizada o tempo todo. Mas os de Joey ainda estavam crescendo, portanto doíam. E ela se sentia constrangida. Tentou pedir a tita Flora para lhe comprar um sutiã, mas a tia simplesmente riu.

— Para essas mordidinhas de mosquito? — Tita Flora ironizou. — Aproveite enquanto ainda estão pequenos. Quando você for mais velha, vai odiar ter que usar sutiã.

— É... Deborah? — falou Joey com vozinha baixa. — Você acha que talvez da próxima vez, quando eu voltar para o julgamento, poderíamos sair para comprar um... um sutiã? — Ela sabia que estava ruborizada, podia sentir.

A assistente social não riu. Em vez disso, olhou para seu relógio.

— Se você conseguir terminar seu lanche em cinco minutos, podemos ir agora. E sei qual é o sutiã certo, porque comprei um pra minha filha semana passada. Mas, pra você, vou comprar dois. Um pra usar enquanto o outro estiver pra lavar.

Era a primeira vez que ela mencionava ter filhos, e Joey sentiu como um murro no estômago. Deborah tinha uma *filha*.

Enquanto terminava seu lanche ela só conseguia pensar em uma outra vez em que sentiu esse tipo de ciúmes. Quando estava na segunda série, e Nicole Bowie levou seu Garfield para o colégio. O gato de pelúcia tinha pelo alaranjado e preto perfeitos e grandes olhos de plástico que pareciam entediados e desinteressados, tal como os de Garfield nas tirinhas. Nicole deixou que Joey brincasse com ele durante cinco minutos no recreio, e quando o pediu de volta, Joey estava apaixonada.

Ela nunca havia desejado tanto uma coisa como queria esse Garfield. Finalmente criou coragem e pediu para sua mãe um desses como presente de Natal, mas Ruby lhe disse que naquele ano não haveria presentes de Natal.

— Brinquedos são caros — respondera a mãe. — Papel de presente também é caro. Fita adesiva também. Essa história de Natal é cara, Joey.

Então ela fez a única outra coisa que podia fazer. Escreveu uma carta para o Papai Noel.

Três semanas depois, Joey acordou na manhã de Natal e viu uma caixa grande sob a árvore. Havia mais alguns presentes, mas o cartão nesse dizia A JOEY, COM AMOR, PAPAI NOEL. Gritando, excitada, ela rasgou o papel enquanto Ruby sorria o tempo todo. Dentro havia uma caixa com um visor de plástico transparente, e o nome na tampa dizia CHESTERFIELD.

Chesterfield?

Joey o tirou da caixa. Era realmente um gato de pelúcia, mas o pelo não era alaranjado e preto, era cinza e marrom. Os olhos de plástico não eram brancos com grandes pupilas negras, eram verdes. E no meio da barriga havia um botão que dizia me aperte. Quando ela apertou, uma voz alegre disse *"Olá, sou Chesterfield. Como você se chama?"*.

Aquilo não era o Garfield. Era um gato de imitação barata. Nem era do Papai Noel, porque a etiqueta da liquidação da Zellers ainda estava colada na caixa. Esse gato idiota era tão pouco popular que a loja havia rebaixado duas vezes o preço simplesmente para se livrar daquilo.

— Não é o Garfield! — gritou Joey, incapaz de se controlar. — E é estúpido.

O rosto da mãe mudou. Joey se encolheu, e estava certa de que ia levar um tapa — ou três. Mas Ruby simplesmente se levantou e seguiu até seu quarto pelo corredor. Um minuto depois, Joey ouviu os soluços de sua mãe. Sua mãe *nunca* chorava, e o som a atemorizou mais do que pensar que Ruby iria lhe bater.

Vinte longos minutos depois, sua mãe saiu do quarto. O papel de embrulho ainda estava no chão, e havia mais alguns presentes embaixo da árvore que ainda não tinham sido abertos, inclusive o presentinho que Joey fizera na escola para dar a Ruby. Joey estava sentada no mesmo lugar perto da árvore, com Chesterfield no colo, o que ela esperava que fizesse sua mãe entender que ela sentia muito, muito mesmo, por sua explosão.

Ruby passou calmamente por ela e entrou na cozinha, de onde saiu segundos mais tarde com um saco de lixo. Colocou lá dentro os presentes não abertos e limpou o papel de presente. Depois arrancou o gato empalhado do colo de Joey e saiu do apartamento. Alguns segundos depois, Joey ouviu o barulho da porta de metal quando sua mãe jogou tudo na lixeira.

— Melhor? — perguntou Ruby, quando voltou ao apartamento, de mãos vazias. — Aliás, estamos três meses atrasadas no aluguel, de modo que vamos sair daqui na véspera do Ano-Novo. Não sei pra onde vamos, mas qualquer coisa que não caiba na minha mala pode ser jogada fora.

Joey não conseguia falar. Ela tinha apenas sete anos. O que podia dizer?

E agora, sentada em frente a Deborah, a pessoa mais gentil que conhecia, vivenciou os mesmos sentimentos de quando estava diante de Nicole Bowie. Com ciúmes. Ressentida. Desesperada por uma vida melhor, uma vida diferente, ainda que soubesse que isso não era possível, porque ela não merecia nada que fosse bom.

Deborah só estava ali porque era seu trabalho. Sua tia e seu tio só ficaram com ela porque estavam sendo pagos.

Não havia ninguém na vida de Joey que estivesse ali simplesmente porque queria estar.

A filha de Deborah era a pessoa mais sortuda do mundo. E se Joey pudesse matar aquela pessoa para trocar de lugar com ela, teria realmente considerado as opções para conseguir isso.

22

DREW TERMINOU A LEITURA DOS DIÁRIOS de Joey na noite anterior e gastou metade das cinco horas de carro a caminho da Sainte-Élisabeth pensando no que teria sido a vida de Joey depois que ela se mudou para Maple Sound. Se ela teve algum diário durante os cinco anos que passou ali, ele já teria ido pro lixo havia muito tempo. E as únicas pessoas que poderiam saber algo da vida de Joey naquela cidadezinha não estavam dispostas a falar. Sua tita Flora recusou seu pedido para uma entrevista. Dos seus três primos, só o mais novo respondeu ao e-mail de Drew, e só disse que era jovem demais para se lembrar de muita coisa.

E o tito Micky dela? Morto. Havia cinco anos. Enfisema.

A autorização para entrar é rápida quando Drew chega à prisão. No transcorrer dos anos, ele havia entrevistado presidiários em algumas instituições correcionais e conhece a rotina. O guarda de presídio lhe entrega uma caixa para que coloque o celular, cinto, carteira e chaves, e depois ele fica de pé com os braços para cima para passar por uma rápida revista.

— Você é o sexto visitante que ela recebe esta semana — informa o guarda enquanto manda abrir a porta. — Ela adora fazer as pessoas esperarem, então pegue umas revistas aí para passar o tempo.

— Obrigado pelo aviso — diz Drew. — *Merci*.

— *De rien*.

É a primeira visita que Drew faz na Instituição Sainte-Élisabeth, e acha injusto ver como ela é bem equipada. Como todas as instituições similares, oferece aulas para habilitar jovens adultos para os exames do primeiro grau, orientação psicológica, terapias de aconselhamento para pais, mas ali os detentos também podem se matricular em ioga, tai chi e meditação. Os esportes são organizados, há noites de cinema e até mesmo um clube do livro. Abriga cento e cinquenta mulheres, das quais apenas cinco estão em segurança máxima. Ruby Reyes não é uma delas. A mãe de Joey é aparentemente uma detenta modelo, e por isso mesmo é permitido que ela circule livremente por todos os lugares de segurança média.

Aquilo não era uma prisão, e sim a porra de um retiro de bem-estar.

A área de visitas é irritantemente alegre, e menos de um terço dela está ocupada. Drew escolhe uma mesa perto das máquinas de venda automáticas, nas quais compra uma variedade de guloseimas a preços exorbitantes. A estante de revistas é que o decepciona, cheia sobretudo de tabloides e publicações sensacionalistas de celebridades, mas ele pega a edição mais recente da People, com o falecido Jimmy Peralta na capa. Também pega uma edição antiga da *Maclean's*.

Ele estava quase terminando de folhear a revista noticiosa canadense quando a porta da área de visitas abre com o zumbido característico. A mulher alta com cabelos compridos até os ombros entra, desfilando como se não tivesse nenhuma preocupação mundana. É magra, quase engolida por seu macacão cor de lavanda, o uniforme da prisão, mas que ela ostenta como se fosse o mesmo vestido dourado que usou na festa de fim de ano vinte e cinco anos antes.

Ele se levanta quando a Rainha de Gelo se aproxima.

— Drew Malcolm — diz ele, e os dois apertam brevemente as mãos. — Obrigado por se encontrar comigo, sra. Reyes.

— O nome é Ruby, por favor. — Ela o examina da cabeça aos pés antes de se sentar e avaliar o estoque de guloseimas. — São para mim?

— Sirva-se.

— Dificilmente recebia visitas. — Ruby gira a tampa e abre uma garrafa de Dasani. — Então, de repente, quando minha liberdade condicional foi aprovada, recebi seis. Nenhum tão boa-pinta como você, não mesmo. Onde é que você andava há vinte e cinco anos?

— No colegial — diz Drew. *Lendo sobre você no jornal.* — Obrigado, senhora.

— Você quer me ofender? Eu disse para me chamar de Ruby. — Ela sorri. — Estou espantada por ainda haver alguém interessado nessa história antiga, mas suponho que devo agradecer a Lexi Baxter por isso.

Mal se nota seu sotaque filipino, e é preciso prestar atenção para percebê-lo. Sentada, ela parece modesta, o que não combina com o que Drew sempre imaginou. Em sua mente Ruby Reyes é uma presença formidável, uma pessoa perigosa, que deve ser temida. A mulher diante dele agora não parece ser nada disso. Ela é desapontadoramente normal.

Ele fica incomodado por ela se parecer com Joey.

Ela se inclina, escolhendo entre a pequena pilha de guloseimas, e finalmente decide pelo saquinho de batata frita da Lay's.

— Adoro esses salgadinhos. Então... Você é jornalista. Para qual jornal? O sujeito que me entrevistou ontem escreve para sei-lá-o-quê-on-line. Não gostei dele.

— Sou jornalista investigativo — diz Drew. — E agora todas essas coisas estão on-line. Eu tenho um podcast.

Ela mastiga a batata frita.

— Não sei nem o que é isso.

Ele explica rapidamente a coisa.

— Foco em uma história de cada vez e geralmente divido o assunto em seis ou oito episódios.

— E as pessoas realmente escutam isso?

— Três milhões delas, sim.

Ruby parece impressionada pelo número.

— Então você está aqui para me tornar o foco de sua próxima série.

— Não exatamente, apesar de admitir que a alegação de #MeToo seja interessante.

Ela sorri novamente.

— Dentre todas as pessoas, supus que os filhos de Charles seriam os que mais me difamariam na audiência. O filho dele proferiu mesmo algumas coisas perversas para a comissão de condicional, mas surpreendentemente Lexi estava do meu lado.

— E que lado é esse? — Drew já sabe qual a resposta, mas ele quer ouvir isso dela.

— O lado da vítima, é claro. Charles era o presidente do banco. Eu estava abaixo dele como uma mera atendente de serviços. Ele nem deveria ter me notado, mas era um predador. Eu o vi algumas vezes na cafeteria quando estava lá com minha filha. Possivelmente por isso ele me colocou como alvo.

Errado. Você é quem mirou nele. Você deu um jeito de estar presente no Second Cup sempre que ele fosse. Isso apareceu no julgamento.

Ruby suspira.

— Na época ele era maravilhosamente charmoso.

— E você não se importava que ele fosse casado?

— Nem um tiquinho. Vida dele, mulher dele, escolhas dele. — Ela come outra batata frita. — De qualquer modo, há cerca de um ano, Lexi escreveu sobre o pai no seu blog de estilo de vida. Eu ainda nem acredito que isso seja realmente um trabalho... escrever sobre sua própria vida na Internet. — Ruby revira os olhos. — Ela enviou uma cópia impressa para mim, aqui na prisão. Achei que aquilo realmente me abriu os olhos. Acontece que o pai dela a molestou, como ele fez com Joey.

Você colocou Joey bem no caminho dele.

— Em sua carta, Lexi disse que me perdoava, e que parte dela estava contente por ele ter sido morto. Agora ela está brigada com a mãe, sabe? Quando Lexi levou a público sua história ano passado, Suzanne cortou relações com ela.

Esse detalhe Drew não conhecia.

— Então, é claro, quando esse blog se espalhou por todos os lados... e, ah, tem uma palavra para isso...

— Viralizou.

— Quando o blog dela viralizou, um monte de gente que trabalhou para Charles se manifestou. Todas tinham histórias terríveis. Uma delas disse que foi estuprada por Charles, em sua sala, depois que todos haviam ido embora à noite. E assim, de repente, Charles passou de vítima a vilão.

Ruby esconde o sorriso com um gole de água.

— É engraçado como uma narrativa pode mudar tão rapidamente — prossegue. — Ele não é mais o bom homem perseguido por uma destruidora de lares obcecada. Agora é um pedófilo que molestou sua própria filha, o homem poderoso que atacou mulheres que trabalhavam para ele.

— Você compreende que as duas coisas podem ser verdadeiras — diz Drew. — Ele pode ser um predador sexual, *e* você pode ser a psicopata que o assassinou quando ele tentou terminar o caso com você.

Ruby faz uma pausa, depois sacode os ombros.

— Seja como for, agora não se pode fazer mais nada. Charles está morto.

— Porque você o matou.

Ela come outra batata.

— Como você convenceu a comissão de condicional a te soltar? — pergunta Drew.

— Não fui eu — replica Ruby. — Lexi fez isso. Ela foi à audiência de condicional e manifestou apoio a mim. Ela disse à comissão que mesmo que assassinar seu pai não tenha sido a coisa certa, ela compreendia a raiva por trás disso. Disse que, no que lhe dizia respeito, seu pai era um criminoso, e se estivesse vivo agora, com certeza estaria preso. Disse que eu merecia compaixão, e que vinte e cinco anos atrás das grades era o suficiente. Ela foi muito convincente.

Ruby abriu um largo sorriso para Drew.

— A coisa toda foi muito dramática. Suzanne Baxter levantou e falou que a filha era uma mentirosa. Lexi então acusou a mãe de ser cúmplice. E, ao final, enquanto Lexi saía, Suzanne cuspiu nela. Pode imaginar? Uma mãe horrorosa.

É preciso ser uma para reconhecer outra.

— Tudo isso vai sair em seu podcast? — pergunta Ruby. — Porque eu ficaria feliz se você quiser gravar.

— Talvez uma parte — responde Drew. — Mas, vamos ser honestos. Já se falou bastante de você.

Ela franze o rosto.

— Então, por que você está aqui?

— Quero falar sobre sua filha, Joey.

— Espera aí. — Ruby coloca o saco de batatas na mesa e levanta a cabeça. — Agora sei quem você é. Minha irmã contou que depois que Joey saiu de Maple Sound, e roubou *todo* o dinheiro deles, aliás, ela se mudou de volta para nosso antigo bairro, e estava vivendo com um sujeito negro e a namorada dele.

Drew levanta a mão.

— Um sujeito negro.

— Então vocês dois trepavam?

Ah. Aí está. É a primeira visão real da Rainha de Gelo. É tão satisfatório que Drew não contém o sorriso.

— Eu e minha namorada? Sim.

— E você e Joey?

— Éramos apenas amigos.

— Amigos também trepam.

— Nunca aconteceu.

— Mas você bem que queria.

— E por que não? Ela era linda.

Ruby se enrijece.

— Então deve ter ficado realmente triste quando ela morreu.

— Devastado. — Drew sustenta o olhar dela. — Você não ficou?

— Claro que fiquei. — Rapidamente, ela desvia o olhar. — Nenhuma mãe quer viver mais que a filha.

Por favor. Você teria empurrado Joey para fora do barco se vocês duas estivessem em uma canoa furada e apenas uma pudesse alcançar a praia.

— Não importa o que você pense de mim, eu amava minha filha — diz Ruby.

— Você tinha um jeito interessante de mostrar isso.

— Eu não era perfeita — ela retruca. — E nem ela.

— Ela era uma criança. Não precisava ser perfeita.

Ela o olha, avaliando-o.

— Não importa o que eu diga, não é? Sempre vou ser a vilã da história dela.

— Você é a vilã na história de todo mundo. *Senhora.*

Uma pausa.

— Você sabe como eu descobri que ela morreu? Minha irmã me enviou um cartão de pêsames, e dentro dele veio um recorte de jornal dobrado, com a matéria sobre o incêndio. Flora sempre foi uma cadela fria, mesmo quando éramos pequenas. — Ruby pega o saquinho e volta a comer batata frita. — É verdade que Joey trabalhava como stripper?

— Durante mais ou menos um ano.

— E ela era boa nisso?

— Era incrível — diz Drew, porque sabia que iria irritá-la.

E consegue. O rosto dela se obscurece.

— Então você vai ficar sentado aí e dizer que não trepou com a stripper que morava em seu apartamento?

— Já não morávamos juntos nessa época — Drew se inclina. — E você parece terrivelmente interessada na vida sexual de sua filha morta, senhora. Qual a razão disso?

Ruby não responde.

— Você abusou de Joey durante toda a infância dela. — Ele fala sem alterar o tom, tentando controlar suas emoções. — Não deveria sair da prisão.

Os lábios de Ruby se apertam em uma linha fina.

— Eu batia nela, e daí? Nada do que aconteceu com ela foi diferente do que aconteceu comigo. A polícia e o tribunal fizeram um estardalhaço por nada. Quando eu era criança, era normal disciplinar seus filhos. Minha mãe costumava fazer isso com um cinto. Você conhece o ditado. Poupe a régua e estrague seu filho.

— E sobre a esmurrar? Chutar? Quebrar os braços dela? E as costelas? E queimar com ponta de cigarro? — Drew se esforça para se manter calmo, mas não consegue isso muito bem. — E que tal deixar seus namorados pedófilos terem acesso à criança? *Sua* filha? Isso é normal?

Os olhos de Ruby faíscam, e ela empurra o saquinho de batatas fritas já vazio.

— Você acha que a conhecia. Mas não conhecia. Era tão fácil me odiar naquela época, e tão fácil sentir pena dela. Bem, e eu? Você tem a menor ideia do que era criar uma filha em Toronto como mãe solteira, ou com o salário de uma atendente de serviços ao cliente? Você sabe como foi difícil quando me mudei para o Canadá? Eram os anos 1970. Eu caminhava pelas ruas e as pessoas me chamavam de *china, olhos puxados, amarela...* Eu tive que chupar alguém para conseguir meu primeiro emprego. Você não tem a menor ideia do que é ser mãe solteira, então não me julgue.

— Senhora, minha mãe também me criou sozinha depois da morte do meu pai, e além disso era negra. E criou seus três filhos negros com seu salário de professora, e de algum modo nunca nos espancou. Nem uma vez. — Drew respira com dificuldade. — Bônus adicional? Todos nós estamos vivos.

— Vá à merda.

— Você primeiro.

— Olhe só pra você. Um homem tão bonito zangado. — A voz de Ruby sai como um ronronado. — Tão dedicado à sua hipocrisia. Não vou fingir que compreendo a razão. Você conheceu Joey por apenas alguns anos? Nem estava trepando com ela, e no entanto isso o aborrece tanto. Pobrezinho, acumulou tanta culpa. Não deve conseguir dormir.

— Você realmente é um ser humano monstruoso. — Drew não consegue esconder seu nojo. — Você a espancava. Seus amigos a molestavam. Analisei seu histórico de relacionamentos na transcrição do julgamento. Você teve dois namorados antes de Charles Baxter, que estão agora no registro de molestadores sexuais. Você bancou a cafetina de sua filha, que agora está morta. Você não acha que *tudo isso* é culpa sua?

— Ela era mais parecida comigo do que você pensa.

Os dois se encaram. Drew não tem mais nada a dizer. Na verdade, ele simplesmente não aguenta mais as mentiras dela. Ao sentir que ele começa a se cansar dela, Ruby sorri.

— Você não vai perguntar quais são meus planos quando eu sair? — Ela beberica sua água. — Todo mundo pergunta.

Drew está prestes a dizer que não lhe interessa merda alguma o que ela vai fazer quando estiver livre. Mas na verdade se importa, porque a ideia de ela viver qualquer tipo de vida normal lhe é totalmente ofensiva.

— Quais são seus planos para quando for solta dentro de dois dias?

— Vou passar algum tempo em Maple Sound com minha irmã. — Ruby responde com suavidade, e está claro que é a sua resposta preparada. — Os garotos dela estão crescidos, e ela está sozinha desde que o marido morreu. Soube que Maple Sound se tornou destino turístico, com um monte de belas lojinhas e cafés. Minha mãe também mora lá. Vai ser muito bom passar algum tempo com a família.

Drew nem esconde o desprezo.

— Até parece.

Ao ouvir isso, Ruby joga a cabeça para trás e ri.

— Sabia que você não ia acreditar nisso. Mas todos os outros acreditaram. Tenho certeza de que Joey lhe contou que minha família é um pesadelo. Especialmente minha mãe.

— Bem, as coisas sempre têm uma origem.

Ruby ignora isso.

— A resposta verdadeira, e sinto que posso ser honesta com você, considerando nossa conexão pessoal, é que espero não ficar muito tempo em Maple Sound. Eu, naquela cidade filha da puta, morando com as duas piores putas que eu conheço? — Ruby estremece. — De qualquer forma, meu plano é voltar para Toronto e comprar uma casinha pra mim. Em algum lugar no meio do agito, para que eu possa desfrutar da rebuliço da cidade. Talvez compre um desses carros elétricos. Mal posso esperar.

— Com que dinheiro? — A despeito de si mesmo, a curiosidade de Drew desperta. — Você acha que vai ser paga por entrevistas? Ou que alguma editora vai assinar um contrato com você pra escrever um livro? Como assassina condenada, não pode lucrar com seu crime.

— Não, mas posso lucrar com o crime *de alguém mais*. — O sorriso de Ruby ilumina seu rosto. — Vou ser paga para manter um segredo. Na verdade morro de vontade de contar tudo pra alguém, mas agora só posso dizer isso. É engraçado, no entanto, como as coisas estão correndo a meu favor. Pelo menos desta vez.

Drew não acredita nela. Ruby é uma mentirosa. Está no seu DNA.

— E que segredo você estaria guardando para que alguém esteja disposto a lhe oferecer dinheiro?

Ela não responde, e a cabeça dele trabalha examinando todas as possibilidades. Segredos mais dinheiro só podem significar uma coisa.

— Você anda chantageando alguém? — ele pergunta.

Ruby junta as mãos e as coloca na mesa.

— Prefiro pensar nisso como a compensação devida por reter informações que alguém não deseja tornar pública.

— Você vai me dizer ou não? — Drew espera cinco segundos, e quando ela não responde, ele se levanta. Ele não tem nenhuma ideia sobre o jogo dela, mas já não tem mais nada a fazer ali. Escolhe um pacote de balas do monte de guloseimas para a longa viagem de volta. — Eu lhe agradeceria por seu tempo, mas tudo o que você tem é tempo.

Ela faz um aceno na direção do número da *People* que ele jamais chegou a ler.

— Coisa triste essa do Jimmy Peralta, não é? Nós assistíamos sempre *The Prince of Poughkeepsie*. Um caso fascinante. Assassinado por sua quinta esposa, que era quase trinta anos mais nova do que ele. Você sabia que ela é filipina?

Drew não sabia disso, porque não presta atenção em casamentos de celebridades.

— Uma filipina assassina um ricaço branco e velho? Soa familiar.

— Você deveria fazer seu próximo podcast sobre isso. — Ruby se ajeita na cadeira e parece se sentir muito contente consigo mesma. — Quando terminar o meu, é claro.

Drew enfia as balas no bolso.

— Senhora, estou tão farto de seus disparates, que nem existe uma palavra pra isso.

23

EMBORA ESTEJA EXAUSTO AO CHEGAR de volta a Toronto — uma hora com Ruby Reyes liquida qualquer um, sem contar as dez horas atrás do volante —, Drew decide ir ver a mãe. Como passa pelo Junior's no caminho, ele resolve pedir comida para viagem e aproveita para bater papo com Charisse enquanto espera seu pedido.

Quinze minutos depois chega ao Red Oak Senior Living, onde Belinda Malcolm mora há dois anos. Ele chega ao apartamento dela justo quando uma das enfermeiras está saindo.

— Olá, Maya — cumprimenta Drew, sorrindo. — Hoje ela está bem?

— A pressão está um pouco baixa, mas estamos monitorando. Gostaria que ela comesse mais. — A enfermeira dá uma olhadinha na embalagem. — Ah, do Junior's. Isso deve ajudar. Bom jantar pra vocês.

— Olá, coisa linda da mãe. — É a recepção calorosa a Drew logo que ele fecha a porta. Ela está na cadeira de rodas, e ele se inclina para dar um beijo no rosto dela. — Será que estou sentindo o cheiro de bode ao curry?

— Sim, senhora, e também trouxe bananas. Espero que esteja com fome.

Ele deixa a bolsa com comida sobre a mesa enquanto arruma a meia dúzia de revistas que suas irmãs trouxeram. Tal como as da prisão, publicações de celebridades e moda. Ele começa a desembalar a comida.

— Maya gosta de você. — Sua mãe se aproxima com a cadeira de rodas. Ela diz isso todas as vezes que Drew a visita. — Você sabe que ela é solteira, certo?

Ele se senta em frente a ela.

— Você já mencionou isso.

— Ela é uma graça. Aqueles grandes olhos castanhos. E já vi você olhando o traseiro dela.

— Só olho para as mulheres do pescoço para cima.

— Ela acabou de comprar um apartamento.

— Também tem vinte e oito anos. Muito jovem pra mim.

A mãe o olha de relance.

— Como você sabe a idade dela?

— Dei uma investigada — responde Drew, e os dois caem na risada.

Sua mãe abre a embalagem com as comidas e começa a comer. Sua segunda mordida desce com mais entusiasmo que a primeira, e ele nota que ela perdeu mais peso. Ela foi atropelada por um motorista bêbado quatro anos antes, e duas cirurgias e várias complicações a deixaram numa cadeira de rodas permanentemente. Foi dela mesma a sugestão de se mudar para uma casa de repouso. Como professora aposentada, sua pensão cobre todos os gastos, o que felizmente evita sobrecargas financeiras. Ela parece gostar dali. A equipe é amistosa e oferece muitas atividades. Ela tem até um amigo com o qual suas irmãs a viram várias vezes conversando toda animadinha, embora Belinda se recuse a reconhecer isso.

— Tive uma ótima conversa hoje com minha neta — informa sua mãe.
— Sasha telefona mais pra você do que pra mim.
— Eu não fico mexericando sobre a vida amorosa dela.
— Ela é nova demais pra ter uma vida amorosa.
— Você já morava com Simone quando tinha a idade dela — lembra Belinda com precisão.
— É, e olha só no que deu.

A TV transmite um episódio de *Real Housewives*. Drew não consegue identificar em que cidade estão, mas todas são mulheres loiras e estão bêbadas. Ele tenta pegar o controle remoto para mudar de canal, mas a mãe o impede.

— Não — diz Belinda. — Estou começando a entender isso. Essas donas são malucas. Todo esse dinheiro, e ficam brigando por coisinhas.

Drew escolhe a opção de guardar sua opinião. Pelo menos ela não está vendo *The Bachelor*.

— O que há com você? — pergunta Belinda. — Parece bem distraído.
— Não, senhora. Estou bem focado aqui.
— Eu e as meninas finalmente terminamos a quinta temporada do seu podcast — conta a mãe. — Fiquei surpresa quando ouvi que sua próxima série vai ser sobre Ruby Reyes. Você sempre disse que não queria saber dela.
— Isso foi antes de decidirem soltá-la.
— Tenho lido sobre toda a controvérsia a respeito de sua condicional. — Belinda balança a cabeça. — Pelo jeito, Ruby está se passando por uma das vítimas de Charles Baxter. O que é um grande insulto para as verdadeiras vítimas.
— Concordo totalmente.
— Mas, ao mesmo tempo, quem realmente sabe o que aconteceu? — divaga sua mãe. — Ele era o presidente do banco. A balança de poder era completamente desequilibrada. Se Ruby quisesse dizer não, seria capaz disso?
— Ela não queria dizer não, porque foi ela quem o procurou.

Belinda lhe dirige um olhar inquisitivo.

— Você está falando como um jornalista objetivo ou como um amigo completamente parcial de Joey?
— Estou apenas expondo os fatos. — Drew engole o que tinha na boca. — Não me interprete mal, eu sinto muito por todas as vítimas de Baxter, inclusive a própria filha dele. Mas jamais vou concordar que Ruby seja uma delas.
— Joey era uma garota tão doce. Lembra da vez que você e Simone a trouxeram aqui para o Dia de Ação de Graças? Ela se serviu de um monte do molho de cranberry

da Monica, e sua irmã tinha esquecido de colocar açúcar nele. A coitadinha não sabia que o gosto não era aquele.

— E ela comeu tudo. — A lembrança fez Drew sorrir. — Ela não queria ser mal-educada.

— Você ainda tem todos aqueles artigos dos jornais de Buffalo que seu tio Nate lhe mandava pelo correio?

— Guardei tudo. E estive relendo todos para preparar o podcast. Foi uma leitura bem fod... — Drew pigarreia. Sua mãe odeia palavrões. — Foi uma viagem, ver como era diferente a conversa sobre Ruby, comparada com agora.

— Sabe, se seu pai e eu vivêssemos na época do #MeToo, ele provavelmente jamais teria me convidado pra sair — diz Belinda. — E nem você nem suas irmãs existiriam.

Eles caem em um silêncio confortável enquanto ela volta a prestar atenção na televisão.

Draw pensa no que sua mãe acabou de dizer. Seus pais se conheceram no primeiro emprego de Belinda, no qual ela era professora de estudos sociais e ele era o diretor. Ela estava com vinte e cinco anos, Carl Malcolm, trinta e nove. Ficaram seis anos casados, tempo o bastante para terem três filhos, até que seu pai morreu de um ataque cardíaco aos quarenta e cinco anos. Drew, o mais novo da família, tinha apenas dois anos.

Sua mãe gargalha enquanto janta, totalmente entretida pelas duas loiras discutindo na TV. Drew folheia a coleção horrível de revistas das suas irmãs antes de escolher a edição da *People* sobre Jimmy Peralta que ele não havia lido antes. Uma versão muito mais nova do rosto do ator ocupa toda a capa, e a manchete diz:

**JIMMY PERALTA, 1950-2018
SUA VIDA,
SEUS AMORES,
SEU LEGADO.**

— Que pena o que aconteceu com ele, né? — O programa de Belinda acabou, e ela olha ao redor antes de mudar o canal para a CNN. — Eu amava *The Prince of Poughkeepsie*.

Drew, que estava mais para fã de *Fresh Prince of Bel-Air*, só consegue se lembrar de ter assistido a alguns episódios da série de comédia de Jimmy Peralta, que era sobre uma padaria de propriedade familiar em — que outro lugar? — Poughkeepsie, Nova York. A premissa era engraçada, ainda que rebuscada: no dia que assina seu divórcio, um pai solteiro tem um caso de uma noite com uma misteriosa europeia que ele conhece em um bar para onde é arrastado por seus amigos. Seis meses depois ela aparece na padaria, grávida. Resulta que, na verdade, ela é uma princesa de um pequeno país (jamais especificado), deserdada por sua própria família por estar grávida sem ter se casado (ora, mas que horror) e por um americano ainda por cima (credo). Sem ter para onde ir, ela se casa com Jimmy (cujo nome no programa também é Jimmy) para permanecer nos

Estados Unidos e começa a trabalhar na padaria, com a família importuna e intrometida dele (porque, afinal, o que mais eles poderiam ser?). As piadas se seguem.

Ele folheia rapidamente a generosa matéria de seis páginas. Jimmy Peralta era talentoso, não há dúvidas, e Drew vê a lista de todos os filmes de que o comediante participou. Ele ganhou Emmys e Globos de Ouro e conseguiu até uma indicação ao Oscar.

Mas tinha seus demônios. Quatro divórcios, três internações para reabilitação, duas overdoses, das quais a última quase o matou.

Mas então, nos seus sessenta anos, vida nova. Sobriedade. Aposentadoria. Mudança de volta e permanente para Seattle, sua cidade natal. Um novo casamento. Então, depois que uma piada sobre eleição viralizou e o colocou novamente nos radares do povo, ele assinou um contrato de trinta milhões de dólares com a Quan, um novo serviço de *streaming* parecido com Netflix e Hulu.

— Jacqui viu seu especial de comédia, disse que estava realmente engraçado — conta Belinda. — E o segundo virá logo. Você sabia que a esposa herdará algo como quarenta e seis milhões de dólares? Ah, e você sabia que ela é filipina?

Ruby Reyes havia mencionado isso.

— Olhe só — diz Belinda, apontando para a TV, onde uma mulher vestindo uma camiseta manchada de sangue, moletom e chinelos cor-de-rosa está sendo levada algemada. — Ela parece mesmo culpada. E é tão jovem. Pelo menos comparada com Jimmy Peralta.

Drew olha para a tela. Seu coração para. Ele pisca. Depois pisca mais uma vez.

Puta merda. Lá está ela. Betty Savage. Na TV.

É *Mae*.

Ele agarra o controle remoto e tenta pausar a TV, mas lembra que o aparelho de sua mãe não tem essa função.

— O que foi? — pergunta Belinda, preocupada.

— Espera aí — diz Drew, pegando o celular. — Preciso verificar uma coisa.

Se sua espinha andou formigando nos últimos dias, agora está vibrando enquanto sua mente volta para a conversa que teve mais cedo com Ruby. De alguma maneira, a Rainha de Gelo deve ter percebido que Mae Ocampo está viva e casada com uma celebridade milionária. Apenas alguém como ela poderia ter dinheiro o suficiente para dar a Ruby para comprar uma casa. Em Toronto, mesmo uma casa pequena precisando de reparos custaria mais de um milhão de dólares. Ruby deve acreditar que Mae tem algo a ver com o incêndio que matou Joey. E se ela está chantageando Mae, deve saber como provar isso.

Qualquer mãe normal que teve uma filha morta desejaria justiça. Mas é a Rainha de Gelo. O que ela quer é receber dinheiro.

Ele está pesquisando *jimmy peralta esposa* quando sua tela de repente escurece. O celular está recebendo uma chamada. Merda. Com um resmungo de frustação, ele está quase rejeitando a chamada para que possa voltar à busca no Google, e então percebe que a ligação é de Hannah McKinley. Ele atende a chamada.

— Olá, sargento. Posso te retornar...?

— Não vai demorar muito, colega — diz McKinley, forçando a barra, como sempre. — Esqueci algo sobre Mae que queria comentar com você. Sei que você me disse que não queria mais procurar por ela...

Acho que já a encontrei.

— ... mas tem algo anotado em seu último relatório de prisão que não percebi. Sei que posso estar mandando você de volta para a toca de coelho de onde você saiu com dificuldade, mas sabe como Mae teve uma detenção por drogas? Bem, foi durante a época em que ela era dançarina no Golden Cherry, apesar de isso não ter acontecido no clube. A acusação não pôde ser provada...

Apresse isso. Drew mantém o olho colado na TV, onde ainda estão falando do assassinato de Jimmy Peralta.

— ... Mas no relatório de prisão tem uma anotação de que ela tinha uma tatuagem na coxa. Verifiquei em todos os relatórios anteriores, e isso não é mencionado, então a tatuagem devia ser nova. — McKinley pigarreia. — É uma borboleta, e foi fotografada quando a prisão foi registrada. Vou enviar pra você pelo celular agora. Você pode ver a foto que mostra a tatuagem de Joelle? Acho que são muito parecidas.

A TV vai para os comerciais. Sua mãe o observa com olhar questionador.

— Espere um momento — diz Drew. — Ainda tenho a foto no meu celular.

Ele coloca McKinley no viva-voz e abre o app de fotos para dar mais uma olhada na foto que tirou das fotos que Cherry lhe deu. Seleciona a foto de Joey vestida como Ruby lendo um livro no camarim, pernas para cima, e dá um zoom na coxa dela.

— A borboleta tem mais ou menos dez por oito centímetros, e é azul, púrpura e cor-de-rosa — diz ele. — É como se fosse de perfil, como se a borboleta estivesse voando.

McKinley solta a respiração.

— Veja a foto que acabei de te mandar.

Três segundos depois ele recebe a foto. Drew a amplia. McKinley mandou um close-up da tatuagem de Mae. Realmente, é uma borboleta. Azul, púrpura e cor-de-rosa, de perfil, em pleno voo.

Não é apenas semelhante à de Joey. É *idêntica*.

— Puta merda, as duas tatuagens são iguais — diz Drew, mais para si mesmo do que para McKinley. Em sua visão periférica, ele percebe sua mãe com o rosto franzido por ele soltar um palavrão.

Como não percebeu isso antes? Ele passa para a foto seguinte, na qual Joey está de pé com Mae e outra dançarina. O vestido de Joey é tão curto que mostra as duas coxas, o de Mae é mais comprido, com uma fenda em apenas um lado. A tatuagem de Joey está na coxa direita. A de Mae devia ser na esquerda.

— Quando você identificou Joey, lembra em qual coxa estava a tatuagem? — pergunta McKinley. — Não tenho aqui nas minhas anotações da noite do incêndio...

A detetive ainda está falando, mas Drew não escuta mais nada. O zumbido em sua cabeça está alto demais. Sua mãe folheia a última página do artigo sobre Jimmy Peralta. Lá, em um quadro no pé da página, há uma foto do casamento do comediante e sua quinta esposa. Drew aproxima a revista e a vira.

Jimmy Peralta está de smoking, e a noiva com um vestido branco simples. Estão em uma praia, de mãos dadas, e a legenda diz *Paris Peralta veste uma criação de Vera Wang, um vestido de noiva comprado na Nordstrom.*

Ele fixa o olhar em Paris Peralta. Seus cabelos negros estão presos em um coque simples, alguns fios sobre o rosto, uma flor cor-de-rosa presa em uma orelha. Uma Ruby Reyes o encara de volta, mas é uma versão de Ruby sem os ângulos proeminentes, sem a arrogância, o cinismo e autoconfiança. Essa versão de Ruby é mais robusta, suave e com um sorriso doce, os olhos iluminados por uma afeição autêntica pelo homem a seu lado.

Parece Ruby, mas realmente não é Ruby.

E também não é Mae. Mae não é quem desapareceu há dezenove anos e de algum modo se casou com Jimmy Peralta.

É *Joey*.

Que. Porra. É essa.

PARTE TRÊS

*Aquela noite em Toronto
com seus pisos xadrez.*

— The Tragically Hip

24

ALGUMAS MÃES ENVIAM CARTÕES de aniversário com saudações amorosas. A mãe de Paris envia cartas de chantagem com ameaças.

Ruby Reyes é a única pessoa no mundo que sabe que sua filha não morreu no incêndio daquela casa em Toronto dezenove anos antes, e se Paris não lhe pagar, o restante do mundo também saberá. Não importa que explicações ela possa dar. Ela forjou sua morte e assumiu uma nova identidade, e as cinzas na urna com o nome de Joey Reyes não são dela. E agora aqui está ela, tal como Ruby, próxima de ser julgada pelo assassinato de um homem mais velho, rico e branco.

Ela percebe muito bem a ironia.

E tem certeza de que receberá uma carta nos próximos dias, especialmente agora que a mais recente edição da *People* tem uma reportagem sobre Jimmy. Já que ela não pode exatamente ir até a banca de jornais na esquina para comprar uma cópia sem ser seguida e fotografada, ela pediu ao concierge do Emerald Hotel para fazer isso para ela. Ela nem saberia que a revista tinha feito um tributo a Jimmy se Henry não tivesse contado.

A revista escolheu uma foto do rosto de Jimmy dos anos 1990 para a capa. Olhos azuis enrugados, o típico bronzeado de Los Angeles, seu sorriso característico. Foi tirada no auge de sua fama, durante a última temporada de *The Prince of Poughkeepsie*, época em que também era o maior dos idiotas. Pelo menos, de acordo com ele mesmo.

— Não há nenhum segredo mágico em se reinventar — Jimmy lhe disse uma vez, pouco depois que os dois se conhecerem. — Você escolhe quem quer ser e começa a atuar como se fosse. Leva apenas tempo. Uma montanha de dinheiro também ajuda.

Ela entendia o conceito de reinvenção melhor do que ele pensava.

O artigo da *People* só menciona Paris bem no fim, e o parágrafo curto dá apenas três detalhes: ela e Jimmy se conheceram em uma aula de ioga; casaram-se um ano depois no Havaí; ela foi acusada de ser sua assassina.

Apenas uma dessas três afirmações era verdadeira. Paris e Jimmy não se conheceram em uma aula de ioga, essa é simplesmente a história que eles concordaram em contar para todo mundo. Mesmo não sendo exatamente uma mentira, também não era inteiramente a verdade.

O Ocean Breath havia acabado de se mudar para a nova localização, e Paris não reconheceu Jimmy Peralta na primeira vez em que ele esteve lá. Ninguém reconheceu. Na luz baixa da sala de hot yoga, ele parecia outro aluno qualquer chegando para a aula, vestido com um par de bermudas frouxas e uma camiseta, um tapete enrolado debaixo do braço, boné dos Mariners com a aba abaixada.

No meio da aula, ela notou que seu novo aluno estava com problemas. A sala era mantida a quarenta graus, e a chave para conseguir fazer uma hora de aula é a hidratação. A garrafa de Jimmy estava vazia. Preocupada que ele pudesse desmaiar, ela se aproximou dele para saber se estava bem.

De perto e frente a frente na sala meio escura, seu coração parou quando ela percebeu quem ele era. E não porque fosse famoso. Mas porque haviam se conhecido *antes*. Em uma vida diferente, quando ela tinha vinte anos e era dançarina no Golden Cherry. Ele estava em Toronto rodando um filme. Eles passaram algumas horas juntos, e ela não o viu novamente.

Se Jimmy se lembrou dela, não deixou transparecer. Aceitou a nova garrafa de água que ela lhe ofereceu, e ela o ajudou em suas posturas enquanto tentava evitar contato visual. Depois da aula, ele lhe agradeceu na recepção, onde ela estava ao lado de Henry, que finalmente o reconheceu e começou a se comportar como fã.

Depois de um mês de aulas, Jimmy convidou Paris para tomarem um café. Normalmente, ela declinaria o convite de um homem que frequentava o estúdio, mas dessa vez aceitou. Os dois andaram um quarteirão até o Green Bean, onde se sentaram numa mesa de canto. Ele manteve o boné na cabeça e ficou de costas para o salão.

— Passei o último mês tentando me lembrar onde havia visto você antes — Jimmy disse em voz baixa. — Mas agora me lembro. Toronto, certo? No clube de striptease? Acho que passamos algum tempo juntos no Champagne Room.

Paris sentiu o seu rosto ficar quente, um sinal inequívoco. Não poderia mentir naquele momento, mesmo que quisesse.

— Não sou mais aquela pessoa.

— Quando as pessoas dizem isso, geralmente querem dizer metaforicamente. Mas reconheço que você diz isso literalmente. E pode acreditar em mim, eu compreendo. Também não sou mais aquela pessoa. — O olhar de Jimmy era intenso. Para um comediante, ele podia ser muito sério. — Eu também me reinventei.

Não como eu.

— Naquela época, eu me drogava muito — revelou Jimmy. — Existem partes da minha vida das quais mal consigo me lembrar. Não sei por que razão, mas me lembrei de você. E se por acaso naquela vez eu disse algo que tenha te deixado desconfortável... se em algum momento forcei você a fazer alguma coisa que você não queria fazer...

— Você não me forçou a fazer nada. — Paris não queria que ele terminasse a frase, porque realmente não queria que ele falasse sobre isso em voz alta. — Você foi respeitoso. E eu era adulta.

— Por pouco.

— Tinha vinte anos — disse Paris. — Um ano a mais da idade permitida para beber em Ontário. E vale mencionar, eu estava sóbria o tempo todo, mesmo que você não estivesse. — Ela pegou seu café e percebeu que suas mãos estavam tremendo, e o colocou de volta na mesa. — Deixei aquela vida para trás quando saí de Toronto. Não tenho orgulho disso. Pelo contrário, na verdade.

Seus olhos azuis vívidos permaneceram fixos nos dela.

— Eu te deixei chateada.
— Vou ficar bem.
— Compreendo mais do que você imagina — afirmou Jimmy. — Você pode ter uma versão da sua vida prévia da qual você não gosta. Eu tenho várias. Mas esta minha versão atual, aqui diante diante de você, é a versão de mim mesmo de eu mais gosto. E não quero esculhambar tudo sendo chutado para fora do estúdio. Você é a melhor instrutora de ioga que tive.
— E quantas você teve? — perguntou Paris, curiosa a despeito de si mesma.
— Garota, sou de Los Angeles. Tive pelo menos duas dúzias. Mas o pior instrutor que tive era um sujeito chamado Rafael. O cara estava sempre suado. Não tinha nenhum pelo no corpo e sempre usava aqueles shortinhos vermelhos do *Baywatch*. Seja como for, um dia ele estava me ajudando a levantar minha perna, e caí em cima dele. Éramos como duas focas, molhadas e salgadas, deslizando uma sobre a outra.

Paris riu. E continuou rindo na hora seguinte, até chegar sua hora de voltar ao estúdio.

Nos meses seguintes, os cafés passaram a ser almoços, que se transformaram em jantares. Ele a levou a alguns shows ao ar livre no vinhedo Chateau Ste. Michelle, onde assistiram às Barenaked Ladies (uma das bandas favoritas dela na juventude) e Frankie Valli and the Four Seasons (Jimmy conhecia pessoalmente Frankie). Depois do segundo show, ela o beijou. Parecia a coisa mais natural do mundo, apesar da diferença de vinte e nove anos.

— Você acha que ele é velho demais pra mim? — Paris perguntou a Henry na manhã seguinte. — Seja honesto. Será que isso é ruim?
— Querida, ele é *Jimmy Peralta*. — Henry revirou os olhos. — O fato de ele fazer você rir o transforma em um tesouro e, aposentado ou não, ele ainda leva jeito.
— Para quê?
— Toda aquela coisa que o faz ser especial. — Henry viu a confusão no rosto de Paris e caiu na risada. — Nunca te vi tão feliz, P. Não se autossabote analisando demais.
Você merece coisas boas. Você merece *ele*.

Mais fácil falar do que fazer. Ela não estava acostumada com coisas boas, com coisas fáceis, com pessoas gentis. Quando tinha treze anos, Deborah havia lhe dito que algumas pessoas simplesmente nasciam para ter vidas difíceis e tinham que cavar sua saída.

Ou, como Paris aprendeu desde então, você pode simplesmente virar outra pessoa.

Ela joga a revista no lixo reciclável. Não precisa ler isso — ela viveu com o homem. E a foto que a *People* usou está emoldurada sobre a lareira da sua casa, de qualquer forma.

Nos cinco dias em que ficou no Emerald, ela não teve sinal de vida de sua advogada. Supondo que Elsie ainda fosse *sua* advogada. É Hazel quem liga para informar que a polícia havia terminado a perícia de sua casa e que ela finalmente poderia voltar para lá.

O presunçoso gerente do hotel fica feliz com a saída dela. Até mesmo chamou um serviço de motorista, e lá estava um Lincoln Town Car preto esperando por ela na mesma entrada dos fundos onde ela fora deixada. O motorista dá uma boa olhada na tornozeleira eletrônica, mas educadamente não diz nada até que fazem a curva para entrar na rua dela e encontram um enxame de pessoas com câmeras se amontoando ao redor.

Felizmente as janelas do Town Car tinham insulfilm escuro. Aparentemente, a multidão é maior do que a que estava ali na manhã de sua prisão. Pelo menos a fita amarela de cena de crime da polícia, que ela viu no noticiário, já tinha sido retirada. Pelo lado de fora da casa, é impossível dizer que qualquer coisa aconteceu ali. Ela não tem a menor ideia de como estará o interior.

— Alguém tem que dizer a eles que a vista é do outro lado — diz o motorista, olhando para ela pelo retrovisor. — Então. Como você quer lidar com isso? Suponho que não queira que tirem uma foto sua com essa tornozeleira. Se preferir, posso entrar direto na sua garagem, caso exista uma porta que leve ao restante da casa.

É claro que ele sabe perfeitamente quem ela é, mas se isso o incomoda, ele não demonstra.

— Seria ótimo — concorda Paris. — Posso abrir as portas pelo celular.

Ele encosta no meio-fio e deixa em ponto morto enquanto Paris digita em seu novo iPhone, conectando-se ao wi-fi da casa. Ela passou os últimos dois dias no hotel tentando configurar seu novo celular como o antigo, que ainda está com a polícia. Mas aparentemente o app não funciona. Ela está conectada, mas a inteligência artificial da casa parece estar desligada. A polícia deve ter desarmado o sistema.

— Não consigo fazer o app funcionar — diz Paris, frustrada. — Sinto muito, mas você se importaria de sair e digitar o código direto no teclado? Prometo que te darei uma gorjeta generosa.

— Qual o código? — ele pergunta, olhando para trás. Ela diz os quatro dígitos e ele dá uma piscadela. — Teria feito isso pra você de qualquer modo, mas tenho filhos, então não vou recusar a gorjeta.

Logo que ele sai do carro os flashes disparam. Ela escuta gritarem seu nome. *Paris! Paris! Como você se sente voltando pra casa? Você matou Jimmy pelo dinheiro?* O motorista digita rapidamente o código, e quando volta para o carro parece assustado.

— Puxa. Agora sei como as Kardashian se sentem.

É a segunda vez que alguém menciona as Kardashian, além de não gostar da comparação, ela tem quase certeza de que as Kardashian também não gostariam.

Ele estaciona o carro na garagem, entre o Cadillac de Jimmy e o Tesla dela, e desliga o motor. Sem esperar ela pedir, ele sai e aperta o botão na parede. Lentamente, o portão da garagem se fecha, isolando a algazarra junto com a luz do dia. Paris solta a respiração. O motorista a ajuda a levar suas coisas para dentro. Já que o hotel pagou pelo serviço do carro, ela gratifica o motorista com cem paus.

Ele abre o sorriso e entrega seu cartão.

— Me ligue se precisar de um motorista particular. Do jeito como as coisas vão, parece que vai precisar.

Ela entra na casa usando a porta de acesso. Estendendo a mão, aperta mais uma vez o botão para abrir o portão da garagem e o motorista poder sair. Quando o portão se fecha novamente, ela solta um longo suspiro de alívio.

Está em casa.

Nada parece diferente, apesar de a casa cheirar a água sanitária e algo cítrico. Ela se senta em sua cadeira habitual na mesa da cozinha. Quase pode fingir que as coisas voltaram ao normal. Quando olha para o quintal pela janela, meio que espera que Jimmy esteja lá, mexendo nos seus tomateiros, pescando folhas na piscina com a rede, assando frango na churrasqueira.

Mas Jimmy não está lá. Nunca mais estará.

Seu antigo som portátil da Sony está no lugar de sempre no balcão, e ela pega uma das fitas cassete que estão ao lado. Seu marido tinha três aparelhos de som portáteis da mesma época — um ali, um no escritório e outro no banheiro dele no andar de cima. Não muito tempo depois que eles se casaram, um deles parou de funcionar, e Paris comprou um novinho para ele, com um toca CD em vez do toca cassete, bluetooth e um plug adicional para MP3.

Algumas semanas depois, ela o descobriu em uma das prateleiras da garagem, ainda na caixa. O velho aparelho de som portátil dele estava funcionando novamente, porque ele fez Zoe achar um lugar para consertá-lo.

— Não fique ofendida — Jimmy lhe disse. — Tenho esses aparelhos de som desde os anos 1980 e gosto deles. — Ele a beijou na testa. — Além disso, tecnologia é uma merda, garota. É sempre melhor fazer como nos velhos tempos.

Ela não estava nada ofendida. Jimmy era fiel às suas preferências, e ela não havia se casado com ele para mudar isso.

Ela pega uma fita cassete ao acaso e a insere. Os botões estão tão frouxos que não precisa de nenhum esforço para apertar. Aumenta o volume. Os acordes iniciais de "Free Bird", do Lynyrd Skynyrd flutuam dos alto-falantes, é como se Jimmy estivesse de novo ali, dançando com ela na cozinha. *If I leave here tomorrow, would you still remember me...*

Um soluço de dor sobe tão forte pela garganta que ela não consegue segurar. Dessa vez, nem tentou. Os soluços chegam tão rápida e intensamente que machucam fisicamente seu estômago, fazendo o corpo inteiro tremer até parecer que ela não consegue respirar.

A última vez que chorou assim era criança. Buscou sua mãe para conseguir conforto, mas Ruby ficou onde estava, fumando um cigarro, observando enojada sua filha, como se fosse uma barata que ela tivesse acabado de pisar. *Vai começar a chorar agora? Sério? Você quer me deixar louca?*

Paris sente uma mão sobre o ombro e dá um pulo. Então ela olha para trás e vê a assistente de Jimmy — *ex assistente* — de pé atrás dela.

— Está tudo bem — diz Zoe. — Isso mesmo, Paris. Coloque tudo pra fora. Estou aqui. Está tudo bem.

25

ZOE OFERECE UMA CAIXA DE LENÇOS DE PAPEL, e Paris arranca um punhado para secar os olhos e assoar o nariz. A mulher tem muita audácia para aparecer ali. Um, ela chamou Paris de assassina. Dois, ela foi demitida.

— O que você faz aqui? — Paris finalmente pergunta quando consegue falar claramente. — Esqueceu que não trabalha mais aqui? Como você entrou?

— Toquei a campainha, mas ninguém atendeu, e meu código ainda funciona. Vim só pegar algumas coisas que deixei. — Zoe hesita. — Podemos conversar?

— Não.

Zoe se senta perpendicularmente a ela na mesa da cozinha.

— Sinto tanto, tanto...

— Não.

— Paris, *por favor*. — O rosto de Zoe é um retrato de angústia. — Sei que devia ter falado com você primeiro, mas tente ver pela minha perspectiva. Encontrei Jimmy na banheira e você no chão, e depois vi a navalha, e havia sangue por todo lado... Foi horrível, e eu fiquei muito assustada, então liguei para a polícia. Se eu tivesse pelo menos parado pra pensar, saberia que você não podia tê-lo machucado. Sei que você o amava. Sei que você não se casou com ele pelo dinheiro.

— Ai, você ainda está aqui... — diz Paris.

— Trabalhei quinze anos para o Jimmy. — Zoe passa as mãos na cabeça, os cabelos castanhos balançam. — Conheci as últimas duas esposas dele, e desde o começo era óbvio por que estavam com ele, e não tinha nada a ver com amor. A última, acho que nem *gostava* dele. Quando conheci você, supus que seria a mesma coisa. Mas não era. Não é. Você é mais jovem que ele, sim, mas é independente. Trabalha. Tem seu próprio negócio. E eu via a forma como vocês se olhavam. Vocês se amavam, mas vocês também realmente *gostavam* um do outro.

Uma lágrima desce pelo rosto de Paris, que rapidamente a enxuga.

— Então por que nós nunca nos demos bem?

— Porque você não gosta de mim — Zoe diz com simplicidade. — Nunca gostou.

Paris a encara.

— Isso não é verdade.

— Você achava que eu estava o usando, assim como eu pensava que você estivesse. Dava pra sentir que você nunca entendeu a razão de eu ter seguido Jimmy até aqui, depois que ele saiu de Los Angeles, o motivo de ter insistido em trabalhar com alguém que havia se aposentado. Mas Jimmy... ele me tratava como se eu fosse da família. Eu me mudei para LA aos dezoito anos para ser cantora-compositora. Eu era tão ingênua. Em três meses, estava falida.

Zoe olha para baixo e sorri.

— Mas então Jimmy me contratou. No começo era só um jeito de pagar as contas, mas o trabalho era legal. Ele me dava folga quando eu tinha algum show. Ele me ajudou a pagar as horas de estúdio quando gravei minha primeira demo. Você não conhecia Jimmy naquela época, mas ele era basicamente um idiota noventa por cento do tempo. Só que nos outros dez por cento ele era generoso e solidário.

Paris ouviu muitas histórias sobre o lado feio de Jimmy. Até recentemente nunca havia visto por ela mesma.

— Há sete anos, quando ele estava no fundo do poço, eu achava que ele não fosse conseguir sair dessa. — A voz de Zoe era suave. — Ele estava passando por uma fase horrível, atacava todos que tentavam ajudá-lo. Como se estivesse determinado a afastar todos à sua volta, e quase conseguiu. Todos deram no pé. Seu gerente saiu, sua agência o deixou de lado, até a Elsie deixou de atender os telefonemas dele por algum tempo. Ninguém o aguentava mais, e eu não os culpava. Mas fiquei por perto. Tinha medo de deixá-lo sozinho. Ele finalmente conseguiu ficar sóbrio, anunciou sua aposentadoria, e eu o ajudei a se mudar de volta para Seattle. E então, eu simplesmente... fiquei.

Paris se dá conta de que é a primeira vez que escuta a história de Zoe. Ela andava tão ocupada julgando a outra mulher que nunca se importou em tentar conhecê-la. Tal como as pessoas faziam com ela. O pensamento deixa Paris envergonhada.

— Quando Jimmy te conheceu, voltou à vida. — Zoe abre um sorrisinho. — E quando voltou a contar piadas, parecia que finalmente assumia a versão de si mesmo que sempre quis ter — sóbrio *e* engraçado. Quando a Quan ligou, admito, queria que ele aceitasse. O material dele era tão bom, tão relevante, que devia mesmo circular. Eu deveria saber, no entanto, que toda essa pressão poderia fazê-lo ter uma recaída. É tudo culpa minha.

— Então você sabia? — diz Paris, incrédula.

Zoe confirma e se encolhe.

— Você sabe como descobri que ele estava usando drogas novamente? — A voz de Paris está inflamada. — Quando Elsie me contou que saiu no exame toxicológico. Por que diabos você não contou pra ninguém?

O rosto de Zoe parece ter murchado.

— Só o vi fazer isso uma vez. No camarim, logo antes da última parte do segundo especial. Ele me prometeu que era só daquela vez, só um estímulo para enfrentar a hora seguinte. Me pediu pra não te contar. Então ele foi para o palco e absolutamente arrasou. Acho que nunca havia sido tão engraçado. Nunca mais o vi usando de novo. — Ela desvia o olhar. — Mas isso não quer dizer que não usou.

Paris estava lá naquela noite, na plateia. Sob as luzes de palco do Austin City Limits, ele estava transformado, seu gênio de comicidade se exibindo completamente. Não existe nada mais emocionante do que ver uma pessoa fazer o que faz de melhor, e melhor que qualquer outra pessoa.

Mas os demônios estavam à espreita logo abaixo da superfície. Paris sabia disso, e ela ficava cada vez mais preocupada. As falhas de memória dele ficaram mais frequentes, e não importava o que ela dissesse, Jimmy se recusava a ir ao médico. Eles discutiam todas as vezes que ela tocava no assunto.

— Não tive oportunidade de conversar com você sobre isso, mas quando estava na conferência sobre ioga, Jimmy teve aquela apresentação de caridade — explica Zoe. — Ele foi sóbrio até lá, garanti que fosse assim. As piadas eram boas, mas ele estava desligado no palco, estragava o final delas. Mais tarde, ele ficou tão perturbado, que só pensava em voltar pra casa e ensaiar. Eu devia ter ficado por aqui, mas ele estava tão zangado, gritando comigo por qualquer coisinha, como por que eu não tinha encomendado mais fitas cassete? Porque eu não fazia direito a porra do meu trabalho?

Zoe desmorona completamente, seus ombros tremem enquanto soluça. Paris empurra a caixa de lenços para ela.

Ela sabe como é ser alvo da raiva de Jimmy, o tipo de raiva que vem de alguém que não consegue aceitar que pode ter uma doença para a qual não existe cura, a mesma doença que lentamente matou sua mãe, atingindo-a pedacinho por pedacinho até não restar nada mais do que a casca da pessoa que fora. No início do casamento dos dois, ele havia contado a Paris sobre como o Alzheimer acometera sua mãe, e ela viu o horror e a dor nos seus olhos.

— Não quero isso nem pro meu pior inimigo — havia dito Jimmy. — É uma porra absolutamente brutal.

É hora de contar para Zoe.

— Escute o que vou te dizer — Paris diz. — Jimmy estava com problemas de memória. Ainda não havia um diagnóstico definitivo porque ele não queria ir ao médico, mas eu notei os primeiros sinais de demência. Ele não queria romper o contrato com a Quan e me fez prometer que eu não contaria pra ninguém. Mas, mesmo que ele não estivesse doente, Zoe, você não é responsável por ele estar usando drogas. Seu trabalho não era salvar a vida dele.

Os olhos de Zoe se enchem de lágrimas novamente.

— Desculpe ter despedido você do jeito que fiz — diz Paris em voz baixa. — Pra falar a verdade, nem tenho certeza de que *posso* demitir você. Você trabalhava pra ele, não pra mim.

— Eu trabalhava para a Produções Peralta. Que realmente acho que agora pertence a você. — Zoe para um momento e respira. — Paris... juro que não sabia de nada sobre a herança. Jamais pensei que Jimmy fosse deixar alguma coisa pra mim. Ele já havia me pagado um bônus quando assinou o contrato com a Quan e, honestamente, me senti culpada por ter aceitado. *Eles* procuraram *ele*, e eu ajudei com as negociações e a encontrar um advogado de entretenimento em LA para ajudar com os contratos. No mais, tudo o que eu fazia era simplesmente o que qualquer assistente faz — cuidar da agenda, fazer reservas de viagens, checar e-mails. Fiquei chocada quando escutei o quanto ele havia deixado pra mim.

— Acredito em você — afirma Paris com sinceridade.

— Elsie entrou em contato com você? — pergunta Zoe.

Paris sacode a cabeça.

— Não, desde que ela me deixou no hotel. Agora mesmo não tenho nem certeza se tenho advogada.

— A última vez em que falei com ela foi quando me pediu que levasse algumas coisas para sua estadia no hotel. Procurei por ela depois disso, mas ela não me deu nenhum retorno. Ela também não gosta de mim. — Zoe dá uma risadinha. — Mas posso te ajudar a achar um novo advogado, se quiser. Posso fazer algumas ligações.

— Você faria isso? — indaga Paris, aliviada. — Estou contente em colocar você de volta na lista de funcionários.

Zoe sacode a mão.

— Não. Acho que já é hora de seguir adiante. Mas posso te ajudar. Como amiga.

As duas trocam sorrisos hesitantes.

— Ei — diz Paris. — Antes de ir, você pode arrumar essa coisa da smart home? Não funciona no novo iPhone. Será que está deligado?

— Também não está funcionando no meu. — Zoe se levanta e franze a testa. — Posso ligar para a companhia e pedir que eles reativem, mas tecnicamente Jimmy é o administrador, e eles podem não querer atender meu pedido. — Ela passa os olhos pela cozinha. — Por enquanto, tudo bem com você? Abasteci a geladeira, então tem o que cozinhar, se quiser.

— Estou bem — responde Paris. — Só que... não sei onde vou dormir hoje. Não sei se vou conseguir subir.

A imagem de Jimmy numa banheira cheia com seu próprio sangue cruza sua mente.

— Chamei uma empresa de limpeza especializada em cenas de crime. — informa Zoe. — Eles limparam a casa inteira hoje de manhã, inclusive o quarto de Jimmy. Eu não queria que você voltasse pra casa e... — Ela para. — Não queria que se sentisse desconfortável em sua própria casa.

Paris impulsivamente se inclina para abraçá-la. Como pôde ter julgado essa pessoa tão mal? Afinal de contas, Paris sabe exatamente o que é ser alvo do julgamento alheio por meras suposições. Para Paris, o único modo de escapar disso foi se tornar uma nova pessoa. O que agora não era uma opção.

Ao contrário de dezenove anos atrás, ela não pode simplesmente começar um incêndio e dar no pé.

26

SEU PLANO JAMAIS INCLUIU SE TRANSFORMAR em Paris. Esse foi só o modo como a coisa se desenrolou.

A noite em que forjou sua morte começou como qualquer outra, só que, na verdade, ela estava ansiosa para ir trabalhar. O Golden Cherry anunciava sua festa de Ano-Novo havia semanas, e a entrada de cinquenta dólares incluía um drinque grátis e um brinde com champanhe à meia-noite. Com certeza seria uma noite de grana alta para todas as garotas.

Na primeira noite que dançou no Cherry, ela quase vomitou. Em toda a sua vida, até então, fazia tudo que pudesse para estar vestida e a salvo dos olhares de homens estranhos, e subitamente lá estava ela trabalhando no salão principal com um vestido tão curto que bem podia estar nua. Felizmente, ela aprendia rápido. No final, tudo se tornou normal — até mesmo aprazível. No clube ela tinha controle total. Ninguém podia tocar nela sem consentimento, o que era supreendentemente empoderador.

O truque, ela descobriu, era não ser Joey. O truque era ser *Ruby*.

Um ano depois ela havia se tornado a que mais faturava no clube. Embora ela tivesse esperado não trabalhar como dançarina exótica por muito tempo, descobriu que não tinha pressa para sair dali. O dinheiro era muito viciante.

Já havia uma fila do lado de fora do Cherry quando Joey desceu do ônibus para seu turno. Um sujeito usando uma cartola com lantejoulas formando 1999 a identificou e berrou "Feliz Ano-Novo, porra!". Ela o ignorou e foi direto para o Junior's.

— Ora, se não é minha fantasia filipina favorita — disse Fitzroy abrindo o sorriso quando os sininhos da porta anunciaram sua entrada. — Puseram você pra trabalhar na véspera do Ano-Novo, Joey?

— Até a casa fechar, e não vou conseguir de estômago vazio. — Ela sabia de cor o menu e fez seu pedido, entregando uma nota de dez a Fitzroy. Ele lhe devolveu quatro notas e ela colocou uma no caneco de gorjetas. Antes de começar a dançar, jamais havia conseguido deixar gorjeta por um pedido de refeição para viagem. Agora que sua renda repousava na generosidade dos clientes, ela dava gorjetas para todo mundo.

As três mesas do minúsculo restaurante estavam cheias, então ela saiu para esperar sua comida do lado de fora. A fila na porta do Cherry havia crescido, e ela viu Chaz cuidando da segurança da porta. Mesmo à distância, ele parecia enorme. Com todo seu tamanho — um metro e noventa e oito e bíceps que pareciam bolas de demolição —, Chaz era surpreendentemente carinhoso na cama. E ajudava o fato de estar apaixonado por ela. Ela sabia disso porque uma vez ele havia dito, mas quando ela não respondeu de volta, nunca mais tocou no assunto. Eles só dormiam juntos ocasionalmente, é claro; ele não era seu namorado, embora ela soubesse que ele gostaria de ser.

Chaz conferia com atenção as identidades de um grupo grande de jovens que pareciam nervosos, conferindo a carteira de motorista com uma minilanterna. Quase sempre havia alguém menor de idade usando identidade falsa, mas todos passaram. O grupo seguinte na fila avançou, e ela viu de relance alguém familiar. Seu coração deu um pulo. Alto, mesmas trancinhas, mesmo cavanhaque. Mas então ele se virou e ela viu melhor o rosto. Não era Drew.

Claro que não era. Ele estava em Vancouver, com Simone.

Fazia apenas um ano desde que seus colegas de apartamento rumaram para a Costa Oeste, mas para ela parecia que era toda uma vida. A vida de striptease era assim. Um ano podem parecer dez. E se ela não se cuidar pode já ser uma velha quando chegar aos trinta anos. Sugar, uma dançarina que Joey achava que já era quarentona, tinha apenas vinte e oito. *Vinte e oito.* Se, em oito anos, Joey ainda estivesse dançando no Cherry, ela pularia no lago para se afogar.

A janela para retirada dos pedidos deslizou.

— Então me diga, Joey — interpelou Fitzroy, lhe entregando uma sacola branca atada com um nó. — Qual a sua resolução de Ano-Novo?

Ela pensou um instante.

— Casar com um velho rico com um pé na cova e o outro em uma casca de banana.

Fitzroy deixou escapar uma risada.

— Bem, espero que você o encontre esta noite. Tome cuidado, está bem? Feliz Ano-Novo, doçura.

— Feliz Ano-Novo, Fitz.

— Ei, garota gueixa! — um homem na fila chamou quando ela se dirigia ao beco da entrada dos fundos do Cherry. Esse usava uma coroa dourada de plástico. — O que você tem por baixo do casaco, bonequinha chinesa? Quero que você me ame por muito tempo.

Uma coisa era os clientes fazerem propostas para as garotas dentro do clube, mas ali na calçada, antes do seu turno, quebrava algum tipo de etiqueta. E três estereótipos asiáticos em dez segundos? Devia ser um recorde. Dane-se, enquanto pagassem, ela fingiria ser qualquer tipo de asiática que eles quisessem. *Dentro* do clube.

Mae lhe havia ensinado isso.

— Não me importo bosta nenhuma se eles pensam que sou chinesa, coreana ou qualquer coisa. — Mae lhe dissera na noite em que se conheceram. Como as duas únicas dançarinas asiáticas do clube (e, além disso, ambas filipinas), a conexão das duas foi imediata ao conversarem sobre a infância de merda que tiveram. Mae viveu em vários lares adotivos diferentes antes de fugir aos quinze anos. — A maioria dos caras que vêm aqui não sabe a diferença, e, mesmo que saibam, não se importam. Nosso trabalho aqui não é ensiná-los, é ganhar dinheiro. Então vá fazer seu dinheiro, putinha.

E esta seria uma noite de grana alta, e a noite era uma criança.

Ao se aproximar da entrada de funcionários do clube, ela já podia ouvir a música pulsando lá dentro. Supostamente deveria sempre haver um segurança na porta de serviço para evitar que fregueses se esgueirassem por ali, mas, no momento, estava desguarnecida. Joey empurrou a maçaneta e entrou em um mundo completamente diferente.

— Olá, garotas — disse Joey, colocando sua sacola com comida em um espaço livre na longa penteadeira que se estendia pelo camarim. Deixou a mochila no chão e foi mexendo os ombros para tirar o casaco. — Onde está todo mundo?

— Já estão no salão. — Dallas, uma loira platinada de idade indeterminada, vestida como uma vaqueira animadora de torcida, estava cuidadosamente colocando seus cílios postiços. — Muitos grupos grandes estão vindo esta noite. Dinheiro, dinheiro, dinheiro.

— Não se estiverem no olho mágico — disse Candie na outra ponta da penteadeira. Essa era a nova Candie, com *ie*. A Candy anterior, com *y*, colocou silicone e foi trabalhar no Brass Rail, no centro da cidade. Clientela mais rica, gorjetas melhores. — E tomara que nem todos sejam pedras. Terça-feira passada mal consegui o suficiente para pagar a babá depois da taxa da casa.

Joey levou um tempo para aprender as gírias do clube. O cliente que apenas observava a dança no colo de outra pessoa estava "no olho mágico". "Pedras" eram os caras que ficavam a noite toda bebericando apenas uma bebida e não pagavam nenhuma dança. A "taxa da casa" era o que as dançarinas pagavam para o clube simplesmente para trabalharem ali.

Joey fez as contas. Para conseguir uma vida confortável apesar da taxa da casa e das gorjetas para o DJ, os seguranças e o restante da equipe do clube, tinha que ganhar pelo menos seiscentos dólares por semana. Era caro ser stripper.

Felizmente, Joey ganhava bem mais que isso. Em uma noite regular, ganhava cerca de cinco vezes mais do que o salário mínimo que ganhava na locadora. Em uma noite boa? O dobro. Também era lucrativo ser stripper.

— Um tapa? — Dallas disse em voz baixa, lhe oferecendo um vidrinho com cocaína. — Só pra se animar.

— Não, estou de boa. — Joey abriu a embalagem de isopor com seu jantar e o aroma de frango jerk jamaicano se espalhou. — E esconda logo essa merda até todo mundo sair. Cherry mata você.

— Eca, que cheiro é esse? — alguém perguntou; Joey ergueu a cabeça e viu uma dançarina chamada Savannah olhando a sua comida enquanto borrifava perfume por todo o corpo. — Você não devia comer isso aqui. Isso fede.

— Não, você fede. — A resposta rápida veio de Destiny, que passava sua loção caseira de glitter em sua pele negra. Joey tinha a mesma mistura na bolsa, que era simplesmente loção hidratante sem fragrância com glitter dourado da loja de 1,99. Reluziam sob as luzes do palco, que esta noite eram de um azul brilhante. — Você fede que nem uma puta barata com esse perfume vagabundo.

— É um Liz Claiborne — rebateu Savannah, ofendida. E lançou mais uma borrifada antes de colocar a tampa no vidro de perfume.

Obviamente, o Cherry não tinha um departamento de recursos humanos, então as dançarinas criaram sua própria política de tolerância zero para comentários ignorantes. Mas Joey estava de bom humor e deixou passar o assunto. Savannah tinha começado havia apenas uma semana, a novata logo aprenderia o que podia acontecer se dissesse a coisa errada para a garota errada.

— Essas garotas novas são tão estúpidas — disse Destiny depois que Savannah saiu. — Ela pode ser pura energia agora, com seus peitinhos de dezenove anos, mas em um ano vai ser uma cheiradora tentando economizar para pôr silicone. — Ela tocou no ombro de Dallas quando saiu. — Sem querer ofender, garota.

No Cherry, todas era chamadas de "garotas". Mesmo Dallas, que podia estar em qualquer idade entre trinta e cinco e cinquenta anos, era uma garota. E Destiny não estava errada. O trabalho modificava todas. Tinham que mudar, ou não durariam. Nenhuma das que trabalhavam ali havia colocado "stripper" como sua carreira dos sonhos ao preencher o questionário para aconselhamento profissional quando estava no colégio. E embora todas tivessem origens diferentes, era uma verdade universal que nenhuma esperava terminar como dançarina do Golden Cherry.

O Cherry era o lugar onde iam parar quando a vida não estava como tinham planejado. Não era necessariamente algo ruim. Mas na verdade não era grande coisa.

Um dos seguranças enfiou a cara na porta do camarim.

— Ei, Betty.

— Cai fora, Rory — ordenou Dallas. Aqui os homens não podem entrar.

— Só preciso da Betty por um segundo — disse o segurança. — Ei, Betty, Betty.

Joey girou para vê-lo, a boca cheia de frango.

— Desculpe, sou a outra stripper asiática.

— Merda. — Rory desanimou quando viu seu rosto. — Você sabe se Betty vem esta noite?

— Não sei. Minha telepatia filipina não está ligada agora.

Ao lado dela, Dallas soltou um pequeno ruído. Depois que Rory saiu, Joey se virou para ela com um sorriso, mas viu que a outra dançarina não estava rindo. Era só uma carreira de cocaína indo pelo nariz dela.

— O.k., onde você conseguiu isso? — Joey olhou por cima do ombro para ter certeza de que ninguém estava por perto. — Você sabe que não pode cheirar essa merda aqui dentro. Cherry acaba despedindo você.

— Betty me arrumou. — A dançarina ajustou seus seios dentro do top azul. Como era muito magra, os implantes faziam seus seios parecerem fixados com parafusos (até a própria Dallas dizia isso), mas funcionavam para ela. No palco, quando abria o top, eles pulavam para fora, e isso sempre provocava um grande aplauso. — Esse lote foi cortado com muita porcaria, eu acho. Duas fungadas e mal sinto alguma coisa. Geralmente ela consegue coisa boa.

Joey suspirou e terminou de jantar. Ela tentou muitas vezes convencer Mae a parar de vender, mas a grana era ainda melhor que a de dançarina. As duas tinham personalidades bem opostas — Joey era a calma, enquanto Mae era uma tempestade —, e era impossível convencê-la a qualquer coisa. Ainda assim, as duas se equilibravam e a amizade entre elas cresceu. Alguns meses antes, em um impulso, elas tatuaram borboletas idênticas, o que fez as pessoas do clube as confundirem ainda mais. Todo mundo achava que as duas eram parecidas, ainda que Mae e Joey não conseguissem ver isso.

Mais tarde, entretanto, ser confundida com Mae virou um problema. O namorado dela fazia parte dos Blood Brothers, e Mae se tornara a principal fornecedora de drogas ilegais. Ela conseguia qualquer coisa que alguém quisesse. Cocaína era a droga mais solicitada, já que fazia as dançarinas aguentarem a noite inteira.

A primeira vez que Joey conheceu Vinh — que atendia por Vinny —, foi na noite em que ele buscara Mae depois do trabalho. Ela ficou surpresa por ele ser tão pequeno, um metro e sessenta, no máximo, seu corpo miúdo afundado em um jeans e um suéter três números maiores que o dele. Parecia um adolescente que jogava Nintendo o dia inteiro, não o gângster com a reputação que tinha. A voz de Mae flutuava entre orgulho e medo sempre que ela contava a Joey sobre as coisas violentas e malucas que Vinny havia feito com as pessoas que se metiam com ele e a gangue. Aparentemente seu irmão mais velho, um membro muito mais poderoso na BB, era ainda pior.

Mais de uma vez Mae chegou para trabalhar com hematomas, até mesmo com o pulso torcido. Quando Joey manifestava sua preocupação, a amiga dava de ombros.

— Também bati nele — dizia Mae. — Foi por isso que inventaram a maquiagem corporal.

Não importava quantas vezes Joey havia encorajado Mae a romper com Vinny, era sua amiga que precisava tomar a decisão. E Joey se preocupava que, se ela não tomasse logo uma atitude, ele iria acabar a matando.

No entanto Vinny era sempre educado.

— Bom ver você, Joey — ele dizia, e ele e Mae lhe ofereciam carona no seu Civic envenenado sempre que Joey não ia para casa com Chaz.

— Garotas — uma voz de comando soou na porta do camarim.

Ao lado dela, Dallas deu um salto, e o vidrinho com cocaína sumiu na palma de sua mão. Joey nem precisava olhar para saber que era Cherry.

— Olá, Cherry. — Joey aplicava uma fina linha de cola em seus cílios postiços. — Estarei pronta na hora.

— Depois do palco, vá direto para a área VIP, o.k.? — Cherry falava com Joey, mas seu olhar estava focado em Dallas. — Um grupo de oito pessoas em uma despedida de solteiro pediu a quentíssima garota asiática que viram lá fora. Já que Betty não apareceu, deve ser você.

Joey olhou para ela, espalhando a cola no cílio para torná-la mais fácil de aplicar.

— Uma despedida de solteiro? Na noite de Ano-Novo?

— Casamento no dia de Ano-Novo, amanhã à tarde. — Cherry sacudiu os ombros. — Eles não parecem ricaços, mas tentam parecer. Pediram o Champagne Room.

Champagne Room? Joey trocou um olhar com Dallas. Duas horas no Champagne Room podiam render mil paus para uma garota, no mínimo.

— Eles também não precisam de uma animadora de torcida loira? — soltou Dallas, esperançosa.

— Não. — Cherry voltou sua atenção completamente para Joey. — Ei, você tem se encontrado com Betty? Essa é a segunda vez seguida que ela some. Não quero mandá-la embora até saber se está bem.

— Ai, Cherry, não despeça ela — pediu Dallas. — Sei que ela é pirada, mas os clientes a adoram.

— Eu estava falando com você? — retrucou a proprietária.

— Não falo com ela faz uns dois dias — respondeu Joey. — Mas Mae tem colegas de quarto que cuidam dela se estiver doente. Posso passar por lá amanhã.

O olhar de Cherry se volta para a outra dançarina.

— Dallas, é bom que isso no seu nariz seja talco. Termine de se aprontar e ponha essa bunda pra trabalhar fora daqui.

— Não é só minha bunda que eles querem ver — afirmou Dallas com vivacidade, limpando o nariz e se levantando para guardar suas coisas no armário. Antes de sair do camarim, ela se virou para Joey.

— É sério, garota. Não sei como você aguenta esse trabalho sem usar alguma coisa.

É fácil, pensou Joey. Com a maquiagem terminada, ela se enfiou no vestido dourado e calçou seus saltos agulha. Olhou seu reflexo no espelho de corpo inteiro. Ruby a olhou de volta.

Simplesmente *finjo que sou minha mãe.*

27

PARIS NÃO PERCEBE QUE DORMIU NO SOFÁ até a campainha despertá-la. Leva alguns segundos para se lembrar onde está — em casa? Cadeia? Toronto? —, mas então escuta os gritos dos fotógrafos e lembra. Seattle. Jimmy morreu. Acusação de assassinato. Sem advogado.

A campainha toca de novo, seguida por um ruído que parece um chute. Seja lá quem for, é persistente. Paris tenta o app do celular, mas ainda não está funcionando. Ela se arrasta até a porta da frente e usa o olho mágico, preparando-se para ver algum fotógrafo corajoso ou um paparazzo esperando surpreendê-la com a câmera na sua cara.

É Elsie.

Ela abre a porta e logo se coloca de lado enquanto a mulher entra rapidamente. Atrás dela, disparam flashes de câmeras e berram perguntas. Elsie carrega uma caixa de papelão, sobre a qual está sua pasta e uma embalagem da Taco Time. Uma garrafa de vinho aparece saindo de uma sacola de compras pendurada em seu ombro.

— Abutres — diz a mulher mais velha, fechando a porta com o pé. — Tranque isso. Rápido.

Paris tranca a porta depois pega o pacote de comida e a pasta antes que escorreguem e caiam.

Elsie coloca a caixa de papelão no chão.

— Isso estava encostado na porta. Correspondência de Jimmy. O correio deve ter redirecionado pra cá.

Paris a encara.

— Oi pra você também.

— Fale depois, coma primeiro. — Elsie tira a comida e sua pasta das mãos de Paris e segue direto para a cozinha. — Trouxe vinho.

Paris olha a caixa com a correspondência dos fãs de Jimmy, que parece tão comum no chão do vestíbulo. Em sua mente, não há dúvida de que trará outra carta de chantagem de Ruby. Por agora sua mãe já deve saber da morte de Jimmy, o que significa que sabe sobre a herança, e que sua filha foi acusada de assassinato em primeiro grau.

O fruto não cai longe da árvore, não é, mamãe?

Ela e Elsie se sentam à mesa da cozinha e para comer. A advogada se serve de uma segunda taça de vinho antes que Paris sequer chegue à metade da sua. E só depois que terminam os tacos ela nota que Elsie está chorando, ainda que não seja a tempestade completa que Paris teve quando chegou em casa. O choro de Elsie é mais como uma chuva firme que vai durar pouco.

Mas dor é dor, não importa como se expresse.

— Alguma vez Jimmy te contou sobre nosso baile de formatura? — A voz de Elsie está embargada.

— Ele me disse que vocês foram namorados no colégio. — Paris entrega a ela outro guardanapo. — Supus que vocês foram juntos ao baile.

— Na verdade, não fomos. — Elsie enxuga os olhos. — Na semana anterior, tivemos uma briga feia e rompemos. Alguém havia me dito que ele tinha sido visto flertando com Maggie Ryerson. Ela era líder de torcida, peituda, animada. Você conhece o tipo. Ele negou, mas não acreditei. Então ele me deixou. Fiquei devastada.

Paris se recosta na cadeira e escuta.

— Eu não podia perder o baile de formatura — continua Elsie. — Então pedi para um garoto chamado Fred, que eu sabia que tinha uma paixonite por mim, me levar. Quando chegamos no ginásio, quem eu vejo? Jimmy com Maggie Ryerson.

Paris balança a cabeça.

— Bem, isso foi uma idiotice.

— Consegui ignorá-lo, tentei me divertir. Mais tarde, porém, eu o achei se escondendo no corredor. Maggie havia se afastado dele, e Jimmy a achou no estacionamento se divertindo com Angelo DeLuca, um garoto que os pais dela odiavam. Maggie havia usado Jimmy como cobertura para que pudesse ficar com Angelo no baile sem que seus pais descobrissem. Ele merecia, mas não consegui evitar sentir pena. Saímos do baile juntos e fomos parar no Dick's para comer hambúrgueres e tomar milk-shakes. Depois viemos aqui para o Kerry Park e nos sentamos nos bancos para ver as luzes da cidade.

— E o Fred?

— Acho que isso também faz de mim uma idiota. — Elsie olha para o outro lado.
— Kerry Park sempre foi nosso lugar favorito. Vínhamos aqui para conversar, falar de nossos planos, sonhar. Naquela noite fazia frio, e Jimmy colocou o paletó do smoking nos meus ombros. Azul-clarinho, pra combinar com meu vestido, mas não tiramos uma foto no baile. — Ela sorri, o olhar distante. — Ele perguntou se eu o aceitaria de volta. É claro que eu disse que sim.

Paris sente uma pontada de ciúmes. Não porque Elsie fosse a antiga namorada de Jimmy, o que ela já sabia, mas porque tinha algo com ele que Paris nunca teve: *história*. Ela conhecia seu marido havia apenas três anos. Elsie o conhecia fazia cinco *décadas*. Eles tinham cinquenta anos de amizade, e risos, e vivências, e piadas particulares que somente duas pessoas que compartilharam tanto tempo juntas poderiam ter. Elsie viu Jimmy em todas as suas versões e ficou do lado dele durante todos seus altos e baixos. Paris se casou com Jimmy, mas Elsie podia muito bem ser a alma gêmea dele.

A perda... deve ser insuportável. Paris esteve tão ocupada pensando em si mesma que não parou para pensar como isso devia estar afetando Elsie, que amava tanto seu melhor amigo Jimmy que se prontificou a defender sua esposa quando tinha todo o direito do mundo de jogar Paris aos lobos.

— Não é o fim da história — diz Elsie, com um sorriso triste. — No dia seguinte à formatura, Jimmy liga e diz que vai passar por lá. Queria "conversar". — Ela faz aspas com os dedos. — Pensei comigo mesmo, "Então é isso. Ele vai me pedir em casamento". Naqueles dias, era muito comum se casar logo depois de terminar o ensino médio. Então fiquei esperando por ele na varanda, vestindo uma roupa bonita, os cabelos cacheados e estava pronta. Eu havia sido aceita na Brown no outono e pensei que, se nos casássemos, Jimmy podia ir comigo para Rhode Island, já que ele não planejava ir para a universidade.

"Ele chegou dirigindo a velha caminhonete do pai, e vi que a carroceria estava cheia, com todos os seus pertences. Ele saiu do carro, caminhou até mim e disse 'Baby, estou indo pra Los Angeles'. Simples assim. A princípio não compreendi e perguntei quando ele voltaria. Ele disse que não voltaria. Estava ali para se despedir. 'Quando me vir da próxima vez', ele disse, 'vai ser no Tonight Show'. O miserável partiu meu coração.

— Caramba, Elsie — diz Paris.

— E não é que, dez anos depois, lá estava ele, trocando piadas com Johnny Carson, tal como havia dito que faria. O filho da puta. — Uma risadinha. — Sim, Jimmy podia ser um verdadeiro babaca. Ele tinha essa visão focada para tudo que queria na vida, e se alguma coisa se colocasse em seu caminho, ele podia ser bem cruel. Era incrivelmente autocentrado e é por isso que nenhum dos seus casamentos durou, e a razão do ódio que todas as suas ex-mulheres sentem por ele. É por isso que o odiei algumas vezes. Mas não posso culpá-lo por tudo. De bom grado resolvia seus problemas. Voava para onde fosse necessário sempre que ele precisava de mim para consertar suas burradas, pedia desculpas no lugar dele. Sabia que às vezes ele estava simplesmente me usando, como um quebra-galho, algo a ter do lado enquanto ia em direção ao seu próximo grande projeto que não me incluiria.

Elsie olha de novo pela janela.

— Então alguma coisa mudou. Ele chegou no fundo do poço. Ficou sóbrio. Anunciou que estava se aposentando e se mudou de volta pra cá. E as coisas *estavam* diferentes desta vez. *Ele* estava diferente. Mais calmo. Com remorsos. Sensível. Ia à terapia e realmente trabalhava nisso. Estávamos próximos de novo... realmente próximos. Pensei que finalmente, talvez... — Ela encara Paris, que percebe tudo com nitidez. — Mas aí ele te conheceu.

Paris não sabe o que dizer. Obviamente, ela não sabia nada disso, porque Jimmy jamais lhe contou. Desde o dia que os dois tomaram um café depois da ioga, três anos antes, Jimmy estava tão obstinado em conquistá-la, que ela jamais considerou que outra pessoa tivesse sido deixada para trás. Visão focada, Elsie havia dito. Isso explicava muita coisa sobre como Elsie a tratou quando se conheceram.

Explicava realmente tudo, e Paris afunda na cadeira.

— Fico contente por seus últimos anos terem sido felizes. Até o final, pelo menos. Ele realmente amava você. — Elsie dá umas batidinhas na mão de Paris. — De qualquer maneira, essa foi minha longa preparação pra te dizer que não posso mais ser sua advogada.

A cabeça de Paris se levanta subitamente.

— Espera. O quê?

— Não entre em pânico, já fiz algumas ligações. — Elsie termina seu vinho. — Um advogado chamado Sonny Everly virá amanhã às onze horas. É um excelente advogado criminalista com vinte anos de experiência em julgamentos.

— Está bem — diz Paris, lentamente. — Compreendo. Você estava sendo leal a Jimmy ao me ajudar, mas obviamente se você acha que existe ainda que uma minúscula possibilidade de eu ter feito isso...

— Não é essa a razão. — Elsie coloca sua taça na mesa e olha Paris direto nos olhos. — Pedi a Sonny que assumisse o caso porque estou muito enferrujada. Não lidei com a audiência de acusação tão bem quanto deveria. Fiquei surpresa com o novo testamento, e isso aconteceu porque estou envolvida demais na situação. Qualquer outro advogado teria verificado isso logo no começo, mas não me ocorreu que Jimmy pudesse ter outro advogado para redigir um testamento totalmente novo. Falhei nisso, o que quer dizer que não posso me dedicar novamente à advocacia criminal. Você ficará em boas mãos com Sonny.

— Sonny conseguiria uma fiança menor?

— Provavelmente não, mas...

— Então você fez seu trabalho, Elsie — diz Paris. — E estou agradecida. Mas não tenho certeza de que posso pagá-lo. Já alavanquei praticamente tudo que tenho para pagar a fiança, dinheiro que jamais terei de volta. — Ela olha o círculo de diamantes rosados em sua mão esquerda. — Acho que poderia vender minha aliança. E o Tesla também, já que posso usar o carro de Jimmy.

— Eu estou pagando Sonny — replica Elsie. — Quando você for inocentada, poderá me devolver esse dinheiro. Mas aviso logo: o sujeito é um babaca completo. Mas é disso que você precisa. De alguém que não tenha medo de se arrastar na lama até sair vitorioso, e parece que esqueci como se faz isso em um julgamento.

— Obrigada — diz Paris. — Se você confia nele, eu também confio.

— Também liguei para o advogado que redigiu o último testamento de Jimmy e pedi uma cópia. A reputação da firma é impecável. O testamento é válido.

— Más notícias pra mim. — Paris afunda mais na cadeira. — Todo esse dinheiro me faz parecer totalmente culpada. E de que adianta ser rica se vou passar o resto da minha vida em uma cela de um metro e meio por três?

— Me diga uma coisa — pede Elsie. — Você lembra no tribunal como Salazar sugeriu que o uso de droga podia ser apenas um episódio? Tenho que te perguntar, Jimmy estava usando novamente?

Paris suspira.

— Zoe me contou que ela o surpreendeu se drogando uma vez em uma gravação para o segundo especial. Ele prometeu que seria apenas aquela vez, para ajudá-lo no último espetáculo. Ela nunca me disse nada porque ele pediu para ela não me contar, e obviamente ela era leal a Jimmy. — Paris abaixa os olhos. — Tenho vergonha de dizer que jamais notei.

— Não se sinta assim. Jimmy teve décadas de experiência em esconder que era viciado. — Elsie franze o rosto. — Quando você falou com Zoe?

— Ontem. Ela veio aqui, pediu desculpas por não ter me dado o benefício da dúvida. Surpreendentemente, ela de fato é uma pessoa doce, quando não está se intrometendo.

— Não confio em nada disso. — A voz de Elsie é seca. — Ela era muito ligada a Jimmy. Que empregador deixa cinco milhões de dólares para uma assistente em seu testamento? Começo a pensar se foi ela a razão para ele mudar o testamento. Pense bem... Zoe passava mais tempo com Jimmy que qualquer uma de nós duas. Como é possível que ela não tenha notado os lapsos de memória? Pessoalmente, acho que ela sabia que alguma coisa estava fora do lugar e escondeu isso.

Paris considera o assunto por algum tempo. O relacionamento entre Zoe e Jimmy era um pouco intenso. Sua assistente sabia melhor do que qualquer um como ele havia lutado contra o vício e seus problemas mentais. Mesmo usar apenas uma vez era perigoso, e se ela realmente se importava com seu chefe, a melhor coisa que poderia ter feito era contar.

Um sentimento de inquietação inunda Paris. Será que Zoe a havia enganado ontem?

Elsie pega sua pasta e tira de lá um documento impresso com pelo menos uma dúzia de páginas. Ela o folheia, e para em um parágrafo sublinhado. Aponta o trecho com a unha pintada de coral.

— Leia isto.

Paris lê cuidadosamente o parágrafo, que declara que Zoe Moffatt herdará cinco milhões de dólares.

— Muito bem — ela diz para Elsie. — Isso eu já sabia.

Elsie folheia novamente as páginas até chegar a outro parágrafo selecionado.

— Agora leia isto.

Parece ser a parte do testamento em que os bens corporativos de Jimmy são detalhados, e há muita coisa em um juridiquês que não faz sentido para Paris. Ela tem que ler três vezes antes de compreender, e quando isso finalmente consegue, fica boquiaberta.

Zoe Moffatt herdará *vinte por cento* de todos os recebimentos de Jimmy pelo acordo com a Quan.

— O promotor fez um espetáculo ao dizer para o tribunal quanto você ganharia como esposa de Jimmy — diz Elsie. — Mas jamais mencionou coisa alguma sobre o quanto Zoe receberia além dos cinco milhões. Salazar sabia que isso turvaria as águas e não queria dizer nada que desviasse o foco de você, a principal suspeita.

A advogada se inclina.

— Todo mundo sabe que o contrato com a Quan valia trinta milhões. Vinte por cento disso é...

— Seis milhões. — Paris continua examinando o parágrafo. — E Zoe receberia outros vinte por cento pelo terceiro especial, se houvesse. Mesmo sem isso, ela ganha onze milhões de dólares.

Era uma bolada para alguém que, segundo suas próprias palavras, nem fez muita coisa porque foi a Quan que procurou Jimmy, e a maior parte do que ela fez foi simplesmente "coisa normal de assistente".

— O que Jimmy deixou pra ela no testamento original? — A voz de Paris sai baixinha, enquanto ela se esforça para processar isso tudo.

— Nem um centavo. — O rosto de Elsie é severo. — Olha, não estou dizendo que ela o matou, porque acho que ninguém fez isso. Realmente acredito que Jimmy se suicidou, como você também. Mas foi Zoe quem fez tudo pra você ser presa. Fazer você parecer culpada é uma maneira eficiente de distrair as pessoas da suspeita que talvez tenha sido ela quem fez Jimmy mudar seu testamento.

— Mas ela se desculpou — diz Paris, espantada. — Ela realmente parecia arrependida.

Ela fica parada um instante, revendo cada segundo de sua conversa com Zoe no dia anterior.

— E agora, o que faço? — ela finalmente pergunta.

— Você descansa um pouco, isso é o que você irá fazer — Elsie responde rapidamente. — Volto amanhã de manhã para seu encontro com Sonny.

— Pensei que você não era mais minha advogada.

— Não sou. — A mulher mais velha se levanta, e Paris a segue até a porta. — Virei aqui como consultora. Como amiga. E como sua amiga, vou lembrar a você que seja completamente honesta com Sonny. Seja o mais transparente possível.

Outra rodada de flashes é disparada quando Elsie sai. Paris fecha a porta e se encosta contra ela.

Transparente? Desde quando ela foi transparente em sua vida?

A nova carta de Ruby não está escrita em papel cor lavanda, nem foi remetida de Sainte-Élisabeth, Quebec. Esta chega em um envelope normal branco e o endereço do remetente é de Maple Sound. O que significa uma coisa.

Ruby Reyes é oficialmente uma mulher livre.

> Cara Paris,
>
> Minhas mais profundas condolências por sua recente perda, e minhas congratulações mais calorosas por sua riqueza recém-descoberta. À luz das circunstâncias recentes, acredito que dez milhões agora seria a quantia adequada. Minhas informações bancárias estão incluídas abaixo.
>
> Você ficará satisfeita de saber que finalmente achei sua urna. Supus que sua Tita Flora a colocaria em um lugar de honra, mas parece que ela não tem as melhores lembranças de você. Seja como for, logo que receber o dinheiro, amorosamente espalharei suas cinzas no lago, de maneira que você possa descansar em paz para sempre.

Aliás, você matou seu marido? Pode me contar. Eu guardo seu segredo, enquanto for adequadamente recompensada.

Com minhas calorosas lembranças,

Ruby.

PS.: Todas as noites, quando escuto os sapos do lago coaxando, imagino tocar fogo nisso tudo. Você é uma especialista. Qual a melhor maneira de fazer isso?

Ruby sacou uma coisa corretamente. Paris é boa em tocar fogo.

Dessa vez, ela leva a carta até a cozinha e liga o fogão a gás. Encosta o papel na chama azul e o observa queimar, o fogo comendo as palavras de sua mãe em segundos.

A primeira exigência dela foi um milhão. Depois subiu para três milhões. Agora está em dez milhões. *Dez milhões de dólares.* Seria ridículo, só que não era. Ruby não perde nada pedindo. E Paris tem tudo a perder se não imaginar o que fazer sobre isso, e logo.

Logo antes de a carta queimar seus dedos, ela a joga na pia, onde queima até que só restam pedacinhos de papel queimado.

Se tivesse pensado um pouco mais dezenove anos antes, poderia ter lidado com Mae de maneira diferente, elaborado um plano diferente, escolhido outro caminho.

Mas às vezes começar de novo significa queimar tudo.

28

— JOEY.

Ninguém chamava Joey pelo seu nome real no Cherry, e a música estava tão alta que ela supôs que havia escutado errado. Além de Cherry, Chaz e Mae, a maior parte das pessoas nem sabia qual era seu nome verdadeiro.

— Joey — disse a voz mais uma vez, flutuando na escuridão do corredor. — Joey, estou aqui.

Dessa vez ela realmente escutou, e se virou e viu o namorado de Mae encostado na parede perto do camarim. Ela havia acabado de terminar sua coreografia no palco e precisava fazer xixi antes de subir até a área VIP para atender ao pedido da festa de despedida de solteiro. Tinha grandes possibilidades no Champagne Room, noite de grana alta.

— Vinny — Joey respondeu, surpresa. — Você sabe que não pode ficar aqui. Só os empregados.

— Shhhh. Entrei escondido. Não conte pra ninguém. — Vinny abriu seu sorrisinho.

Joey foi até mais perto dele, para ouvir melhor, mais uma vez se admirando de como era difícil vê-lo como o gângster violento que ela sabia que ele era. Era tão *pequeno*, e ela com os saltos de doze centímetros elevava-se sobre ele.

— Estou procurando minha namorada — disse Vinny. — Dei uma olhada no camarim, mas não a vi. Algum palpite de onde ela pode estar?

— Ela não apareceu para a apresentação de hoje — informou Joey. — Cherry não está nada feliz. Você também não sabe por onde ela anda?

— Fiquei ligando e deixando recados, mas ela não ligou de volta. Estou começando a achar que ela me deu um pé na bunda e esqueceu de me avisar. — Vinny sorriu novamente, o que parecia destoar, considerando o que tinha acabado de dizer. — Você não sabe se ela anda se encontrando com outro, sabe?

— Claro que não — Joey respondeu imediatamente. O sorrisinho dele a estava deixando nervosa. — Ela ama você, Vinny. Mas agora você me deixou preocupada. Precisamos ligar pra mais alguém?

— Ligar pra quem? — perguntou Vinny. — Você sabe que ela não tem família.

A mão dele roçou o braço dela, e Joey teve que se esforçar para não dar um salto para trás. O sorriso dele não apenas a deixava desconfortável — começava a assustá-la. Ela conhecia bem esse sorriso; já o vira muitas vezes.

Era o sorriso que monstros faziam quando fingiam que não eram monstros.

— Talvez você possa me ajudar, Joey — disse Vinny. — Dei uma coisa pra Mae, uma coisa minha pra ela guardar já faz alguns dias, e realmente preciso que ela me devolva. Tipo, esta noite. Você imagina algum lugar onde ela possa ter guardado isso?

— Sinto muito, não tenho a menor ideia. — Joey olhou em volta, esperando ver algum conhecido seu, mas os dois estavam a sós naquele corredor escuro. — Bom, realmente tenho que voltar ao trabalho, se não Cherry vai ficar puta.

— Claro, claro. Desculpe incomodar você numa noite assim movimentada. — Vinny se virou como se fosse sair, mas antes que ela pudesse respirar aliviada, ele se virou de volta, como se alguma coisa acabasse de lhe ocorrer.

— Ah, olha. Sei que você me falou que ela não está saindo com ninguém, mas você não está mentindo pra mim, está, Joey? Realmente não gosto quando mentem pra mim. Sei o quanto vocês, garotas, conversam. — Mais uma vez, aquele sorriso.

Ela se esforçou para sorrir de volta.

— Vinny, eu juro que Mae jamais trairia você. Sei o quanto ela te ama.

Mas a verdade era que Joey não sabia nada sobre isso. Como a maioria das garotas da sua idade, Mae ou estava se gabando ou falando mal do namorado. A diferença era que Vinny era capaz de extrema violência. Joey não havia compreendido isso claramente até aquele momento. Seu corpo inteiro estava em alerta máximo. Essa conversa tinha que terminar. E logo.

— Sabe de uma coisa, talvez seja melhor ligar pra alguém — insistiu Joey. — Talvez para a polícia. Podíamos preencher um daqueles formulários de pessoas desaparecidas?

Vinny deu um passo para trás quando escutou a palavra polícia.

— Não, acho que não devemos ir tão longe nisso. Basta dizer para Mae me ligar, o.k.? Realmente preciso que ela me devolva o que lhe entreguei. Ela sabe o que isso significa. — O sorriso dele não vacilou. — Feliz Ano-Novo, Joey. Se algum dia você quiser ganhar dinheiro de verdade, é só me dizer. Eu contrato você.

Uma rajada de ar frio varreu o corredor quando Vinny saiu pela porta dos fundos, ainda não vigiada. Joey se apoiou na parede para se recuperar. Seu corpo inteiro tremia. Havia um telefone público no camarim; ela precisava ligar para Mae e avisá-la que o namorado a procurava. Seja lá o que Mae tivesse que pertencesse a ele, tinha que devolver. Imediatamente.

Joey entrou no camarim e parou de súbito.

As portas de todos os armários estavam abertas. As tralhas de todas estavam espalhadas pelo chão. Cada um dos cadeados havia sido arrancado.

Os instintos de Joey estavam certos. Havia muito que ela aprendera que se seus sentidos de aranha estivessem vibrando, os vilões abundavam.

Depois de deixar uma mensagem para Mae na sua secretária eletrônica e no celular, Joey subiu as escadas, tentando melhorar sua disposição. Um pedido da área VIP era algo importante.

Havia três seções no Golden Cherry, o que essencialmente significava três níveis de pagamento. A maior parte dos clientes do Cherry passava a noite no salão principal, assistindo às apresentações do palco e desfrutando da atenção das garotas que trabalhavam ali. Era o salão onde a maior parte das dançarinas se agrupava a cada noite, e o objetivo delas era atrair os clientes a solicitar uma dança no colo. Não era permitida nudez total no salão principal, de modo que se alguém quisesse uma dança em sua mesa, a dançarina parava antes de tirar o fio-dental. Se o cliente desejasse ver o que estava por baixo da calcinha fio-dental teria que ir para uma área específica no fundo do clube. Danças no colo custavam dez paus cada música, e as gorjetas eram estimuladas. Não havia nada grátis no Cherry, e as regras estavam coladas por todo canto:

FOTOS E VÍDEOS PROIBIDOS
NADA DE TOQUES
MÍNIMO DE DOIS DRINQUES POR HORA

As regras eram diferentes na área VIP, que estava no segundo andar do clube. O couvert de cinquenta dólares seguia direto para sua conta no bar, e os drinques e o serviço em geral eram melhores. Danças no colo quase sempre aconteciam em cubículos semiprivados alinhados na parede lateral, e eram permitidos toques, mas só pela dançarina, só por cima da roupa, e só se ela mesma oferecia. Quanto mais o cliente pagava, mais tempo ela ficava e mais o cliente podia ver.

E no fundo da área VIP, havia uma cortina de veludo com um letreiro de neon púrpura anunciando CHAMPAGNE ROOM. Era guardada o tempo todo por um segurança, e duzentos e cinquenta dólares permitiam sua passagem pela cortina para entrar em uma sala ovalada, que tinha seu próprio palco e uma barra de pole dance bem no centro. Uma dúzia de cabines particulares ficava em volta do perímetro, cada um com uma poltrona dupla e uma cortina que fechava completamente. No Champagne Room não havia regras, e qualquer coisa que acontecesse dentro de um cubículo era negociado entre a dançarina e o cliente. Não era incomum uma garota ganhar entre dois mil e cinco mil dólares em uma noite ali. Mas, para ganhar tanto, era preciso estar disposta a fazer... extras.

No começo, Joey ficou chocada quando ouviu falar das coisas que aconteciam atrás das cortinas de veludo. Mas, conforme trabalhava havia mais tempo no Cherry, as coisas foram parecendo menos chocantes. Não se era obrigada a fazer nada que não quisesse, e se em algum momento houvesse desconforto — ou se simplesmente mudasse de ideia — um botão vermelho em cada cubículo convocava imediatamente o segurança que estava ali perto.

Ajudava se você primeiro bebesse com seus clientes. Algumas garotas, como Dallas e Mae, ficavam chapadas. Joey não precisava de álcool e jamais consumia drogas.

Ela só precisava se transformar em Ruby.

Sua primeira vez no Champagne Room foi com um cavalheiro mais velho que disse:

— Pago cem paus se você me deixar tocar em você no lugar que eu quiser.

— Tudo bem — ela respondeu.
Três músicas depois, ele disse:
— Dou duzentos para você me tocar onde eu quiser.
— Desculpe, mas não.
— Trezentos.
Ela balançou a cabeça.
— Quinhentos.

Quinhentos dólares. Joey tinha que pagar o aluguel. Comida. TV a cabo. Seu passe de ônibus. Roupas. E um esconderijo cheio de grana que ela abastecia todas as noites quando voltava do trabalho. Essa sua vida não seria para sempre. Era apenas sua vida atual. E quanto mais ela ganhasse, mais rapidamente chegaria aonde pretendia chegar.

Ela topou, e depois fechou os olhos, permitindo que Ruby tomasse seu lugar. Ruby sempre sabia o que fazer. A mente de Joey estava em algum outro lugar enquanto o cliente movia sua mão para onde queria. Ela estava no cume do Everest. Estava em uma colina gramada, olhando para as estrelas. Estava na praia, o dia quente, areia entre seus dedos e o sol no rosto, em algum lugar onde era amada, algum lugar seguro, um lugar onde estava livre.

Ela ganhou mil dólares de apenas um único cliente naquela noite. Ficou surpresa de como havia sido fácil. Porque, no escuro, nada importava.

No escuro, nada acontecia.

Joey sacou o sujeito com aquela estúpida coroa dourada um segundo antes que ele a visse, e quando seus olhos se encontraram, ele acenou. Claro, era o mesmo idiota lá de fora. Grudando um sorriso no rosto, ela pulou para cima da mesa. Contou sete deles na mesa, não muito mais velhos que ela, no máximo aí pelos vinte e poucos anos. Tinham dito a ela que seriam oito, então um ainda não havia chegado.

O sujeito com a coroa dourada devia ser o que ia se casar, portanto Joey focou nele sua atenção.

— Que todos saúdem o rei — disse, e os caras da mesa caíram na risada.

— Sabia que você era uma maravilha por baixo daquele casacão, bonequinha chinesa. — A voz do sujeito com a coroa soava mais alta que a música enquanto seu olhar se refestelava no corpo dela. E deu umas palmadas em suas coxas. — Venha aqui se sentar no meu colo.

— Mano, ela não vai simplesmente *se sentar* no seu colo — disse o amigo a seu lado, revirando os olhos. — Primeiro você tem que pagar.

Joey cutucou a coroa.

— Ouvi dizer que amanhã é seu grande dia.

— Porra, nem pensar. — Ele abriu o sorriso quando falou. — O convidado de honra saiu pra dar um telefonema. Como você se chama, bonequinha chinesa?

— Meu nome é Ruby — Joey respondeu. — E, pelo preço certo, deixo você polir minha joia.

Um rugido de gargalhadas seguiu a piada. Era uma piadinha estúpida, mas sempre fazia sucesso.

— Eu sou Jake — disse ele, e em seguida deu uma volta pela mesa apresentando todos. Era completamente desnecessário porque ela pouco se importava, e nem conseguiria se lembrar. Quando estavam de volta ao ponto onde começaram, ela já havia esquecido o nome dele.

Fleur, uma das garçonetes da área VIP, trouxe uma bandeja de doses de bebidas.

— Você pediu dez doses? — indagou um dos caras. Sua expressão já estava vidrada enquanto observava Fleur colocar as doses na mesa, as palavras saindo arrastadas. — Mas só somos oito. — "*Shó shomo oitho.*"

— Duas são para as senhoritas — e Jack (ou seria Jake?) entregou as doses para Joey e Fleur e encarou a turma com um riso aberto. — Vira, vira, virou o copo, seus babacas.

Joey trocou um olhar com Fleur, que deu de ombros e virou o seu como se fosse nada. Joey virou o seu em seguida, o líquido queimando até o fundo de sua garganta. Ela tinha nojo de uísque. O sabor e o cheiro a faziam se lembrar de tito Micky.

Mas essas eram lembranças de Joey, e Joey não estava ali naquela noite.

Ela se inclinou sobre Jack-ou-Jake, seus seios mal cobertos bem diante do rosto dele.

— Que tal uma dança particular enquanto esperamos seu amigo? — ela sussurrou no ouvido dele.

— Calminha, gata — retrucou ele com seu sorriso largo. — Primeiro quero ver o que estou comprando.

Ele puxou a carteira e fez um espetáculo extraindo de lá uma nota de vinte. Todos os grupos tinham um cara que queria se exibir para os colegas. Ela pegou a nota de vinte e ergueu uma sobrancelha.

— Docinho, isso aqui não basta nem pra que eu levante a saia.

Todos os caras da mesa riram enquanto Joey sustentava o olhar. Era um desafio mudo. E todos sabiam disso.

Ele substitui a nota de vinte por uma de cinquenta.

— E com esta aqui, o que eu compro?

Ela sorriu para ele bem no instante em que a música mudava. "Kiss" do Prince começou a tocar, o que era perfeito, porque não apenas a música tinha o ritmo certo como tinha somente três minutos e meio de duração.

O espetáculo ia começar.

Sustentando o olhar em Jack-ou-Jake, começou a movimentar o corpo. Ela sabia que não era a melhor dançarina — Cherry havia explicitado isso quando fez sua audição para o trabalho —, mas ela deu duro o ano todo para melhorar. De qualquer modo, isso não importava muito. Mulheres peladas se espalhavam por todo o clube, e qualquer uma delas podia se mexer muito bem. O que tornava aquilo especial — a coisa que fazia os clientes quererem mais —, era como elas faziam eles se sentirem.

E essa era a especialidade de Ruby.

Os assovios e aplausos dos caras na mesa já começaram alto, mas aumentaram muito quando Ruby assumiu. A mente de Joey começou a divagar. Ela lembrou a si mesma de tentar falar com Mae de novo no intervalo, supondo que teria um intervalo naquela noite. Cherry fora avisada do arrombamento dos armários, mas não quis chamar os tiras, já que não queria assustar os clientes na noite do dinheiro farto. Ela sentiu a mão de Jack-ou-Jake na sua coxa e distraidamente a afastou. *Boa tentativa, babaca. Mas não por cinquenta paus.*

Ela tirou o vestido, ajeitando o tecido dourado em volta do pescoço dele como um xale enquanto os amigos dele aplaudiam. O sutiã sumiu em seguida, e ela o jogou na mesa onde três caras imediatamente estenderam os braços para pegá-lo. Então, ela pegou a última dose de uísque, a que estava destinada para o sujeito que se casaria no dia seguinte e que nem estava lá. Derramou-a por entre os seios, esfregando o líquido nos mamilos despidos.

— Ai, meu deus — ela escutou alguém dizer. — Isso é sexy pra cacete.

Ela encarou Jack-ou-Jake e sua língua traçando os contornos do seu lábio superior. As pupilas dele estavam completamente dilatadas e pareciam passas, o que a fez se lembrar que precisava comprar mantimentos. Ela deslizou fora do seu fio dental e ficou completamente nua, exceto seu colar e os sapatos. Podia observar a ereção de Jack-ou-Jacke forçando as braguilhas dos jeans e girou de modo a não ver mais isso. Lentamente — porque tudo tinha que ser feito lentamente — ela foi se inclinando para a frente até seus cabelos tocarem o chão e ela poder agarrar seus tornozelos. E suspirou de prazer quando sentiu o pendente do colar atingir seu queixo, era um alongamento muito bom do tendão. Por sugestão de Cherry, ela havia começado a fazer ioga para melhorar sua força e flexibilidade, e era uma maravilha sacar quantos movimentos de stripper eram na verdade movimentos de ioga. Naquele instante ela estava praticando *prasarita padottanasana*, ou postura de alongamento com pés afastados — exceto que estava nua, com a bunda na cara de alguém.

Atrás dela podia sentir as mãos de Jack-ou-Jake tocando levemente seu traseiro, mas desta vez decidiu permitir isso, já que a música do Prince estava acabando. Quanto mais excitado ele estivesse, mas desejaria ir para a área privada. Começou a se levantar e voltar à posição ereta, firmando ambas as pernas e o abdômen para manter os movimentos sensuais. Isso já era difícil de fazer em um tapete na aula de ioga, que dirá em um chão duro, depois de uma dose de uísque e usando salto agulha.

Assim que ficou completamente de pé, ela o viu.

Ele vinha pelo corredor que levava aos banheiros, alto e magro como sempre fora, um celular azul da Nokia em uma das mãos. Mesmo com a luz baixa, ela podia notar que ele estava diferente. As trancinhas não existiam mais, o cavanhaque havia sumido; apenas uma leve sombra de barba no rosto. Os cabelos mais curtos tornavam seu rosto mais esculpido. Os óculos também eram novos, com armação retangular, e mais estilosos.

Mas era inconfundível e inegavelmente *Drew*.

Sua reação instintiva era correr, se abaixar ou se jogar embaixo da mesa, basicamente qualquer coisa para que ele não a visse. Mas seus pés não conseguiam se mexer, sua cabeça não conseguia virar, suas mãos não conseguiam esconder o rosto. Tudo que podia fazer era ficar mesmo ali parada, nua, os seios ainda úmidos com uísque, completamente congelada.

E então ele a viu.

O reconhecimento ficou estampado em seu rosto quando o olhar dele passou dos olhos dela para os seios, para sua virilha, dali para a nova tatuagem em sua coxa, que ele via pela primeira vez, e depois subiu novamente. O reconhecimento se transformou em choque, e o choque se metamorfoseou em confusão. Se um buraco subitamente aparecesse no chão, ela alegremente se jogaria ali. Porque qualquer coisa era melhor do que o modo como Drew a olhava agora.

Ele *a estava vendo*, e não havia para onde ir nem como voltar atrás.

A música estava alta demais para que ela o ouvisse de fato dizer seu nome, mas os lábios dele formaram a palavra *Joey*, e isso era o suficiente para trazê-la imediatamente de volta. Simplesmente assim, Ruby sumira e agora ela era ela mesma, totalmente nua em um clube de striptease, e dolorosamente, excruciantemente envergonhada. Parecia um daqueles sonhos aflitivos no qual você pensa que está vestida e então percebe que está completamente nua diante de uma sala cheia de pessoas.

Só que essa porra estava realmente acontecendo e não havia como despertar. Joey estava dentro de um pesadelo construído por ela mesma.

Alguns dos amigos de Drew falaram com ele, fazendo gestos para que se sentasse. Alguém o serviu de cerveja de um dos muitos jarros que estavam na mesa. Ele finalmente se sentou, mas empurrou a cerveja. Outro deu um tapa nas suas costas, acenando uma nota de vinte e apontando para Joey. Drew balançou a cabeça com firmeza. Não, ele não queria uma dança no seu colo. Ou, talvez de modo mais preciso, ele não queria que *ela* dançasse no seu colo.

Os braços de Jack-ou-Jake estavam a apertando pela cintura, por trás, um abraço bem forte. Normalmente, ela jamais teria tolerado aquilo, mas encarando através da mesa a pessoa que ela mais amava no mundo, não tinha certeza de que suas pernas iriam sustentá-la. Sentia-se tonta. Nauseada. Seus ouvidos zumbiam. Seu estômago doía.

— Gata, vamos para o Champagne Room — Jack-ou-Jake falou em seu ouvido. Ela conseguia senti-lo se esfregando em seu corpo. — Tenho que ficar a sós com você.

Ela abriu a boca para dizer não — porque certamente não poderia fazer isso, não poderia ir com um dos amigos de Drew para o maldito do Champagne Room enquanto Drew estava *olhando direto pra ela, porra* —, mas nenhuma palavra saiu de sua boca.

Em vez disso, ela assentiu estupidamente enquanto Jack-ou-Jake a tirava do grupo na direção da sala com cortinas e as cabines de veludo, onde duzentos e cinquenta dólares era apenas o preço inicial para uma garrafa de champanhe, e muito mais além disso. Enquanto Jack-ou-Jake remexia sua carteira para pagar ao segurança, Joey ainda arriscou uma olhada para trás. Ela fez um rápido contato visual com Drew antes de ele tirar os óculos e virar o rosto.

Ele compreendia o que estava acontecendo. Simplesmente não queria ver.

29

EM RETROSPECTIVA, PARIS NÃO ACREDITA que Drew pretendesse envergonhá-la quando a levou para casa mais tarde naquela noite. Estava chocado, embaraçado e preocupado, e mesmo que não conseguisse expressar muito bem qualquer um desses sentimentos, eram compreensíveis.

Ao contrário do que está acontecendo agora.

O novo advogado de Paris está perto dos cinquenta anos, cabeça raspada, pescoço de buldogue e bíceps do tamanho de bolas de futebol estourando das mangas de sua camisa de golfe Lacoste. Paris se viu com olhos arregalados quando Elsie os apresentou; ela não esperava que Sonny Everly fosse esse gatão.

E então ele falou.

Os três estão sentados na mesa da cozinha, bebendo o café que Paris coou e comendo as rosquinhas que Elsie trouxe.

— Vamos lá, Paris. Qual foi realmente a razão de você ter se casado com ele? — pergunta Sonny. Ele não está contente com suas duas primeiras respostas. — Nenhum júri vai acreditar que você realmente amava o sujeito. Ele era quase trinta anos mais velho, com histórico de drogas e era um babaca com todo mundo. Oficialmente, ele já estava acabado quando vocês se conheceram. O júri precisa compreender o relacionamento para poder simpatizar com sua perda.

— Ele estava *aposentado* quando nos conhecemos, e não conheço essa versão de Jimmy que você acabou de descrever. — Paris está de braços cruzados sobre o peito. Está consciente de que isso a faz parecer na defensiva, mas, no momento, não se importa com isso.

— Bobagem. Você sacou a oportunidade de ter grana e a agarrou. Ou você tem questões psicológicas com seu pai. Talvez você tenha sacado que a cabeça dele estava começando a falhar e imaginou que não iria demorar muito para convencê-lo a descartar o acordo pré-nupcial.

— Vá se foder — responde Paris, com a voz irritada. Ela olha na direção de Elsie. A mulher não tem exatamente uma personalidade amistosa, mas comparada com Sonny, é uma guia de turismo. Ela olha para Paris e dá de ombros. Eu lhe avisei. — Nenhuma dessas alternativas — prossegue Paris. — Começamos como amigos e nos aproximamos. Gostávamos e respeitávamos um ao outro...

— Vocês faziam sexo?

O rosto de Paris está vermelho. Mais uma vez ela olha Elsie de relance, que parece estar procurando um fiapo invisível em sua blusa. Uma coisa era responder a esse tipo de perguntas, digamos, para Henry, que permanentemente se interessava sobre as atividades das pessoas dentro de seus quartos e queria todos os detalhes. Mas ela não consegue imaginar discutir sobre isso com um sujeito que acabou de conhecer e com uma mulher que provavelmente dormiu com Jimmy mais vezes que ela.

— Nossa vida sexual era normal — responde.

— Ele precisava de alguma ajuda farmacêutica para conseguir?

— Por que isso é relevante? — retruca Paris. — O que isso tem a ver com ele estar morto?

— Tem tudo a ver. — Sonny se inclina, encarando-a firmemente. — Tudo sobre seu casamento muito curto e fora dos padrões é relevante. O promotor vai despedaçar sua vida, descobrir todos os pontos em que o relacionamento de vocês não era perfeito e pintar você como infeliz, egoísta, vagabunda caçadora de ouro que assassinou o marido mais velho por dinheiro. Quanto mais você me disser agora, mais estarei preparado pra isso.

— Jimmy não era um velhote. E eu não o matei. Qual. A porra. Da próxima. Pergunta?

Sonny suspira e olha para Elsie.

— Você não conversou com ela sobre isso?

Elsie sacode a cabeça.

— Não chegamos a esse ponto.

Sonny se encosta na cadeira, estica os braços e cruza os dedos por trás da cabeça. Paris uma vez leu que esse era um movimento de poder, algo que as pessoas — homens, geralmente — fazem subconscientemente para demonstrar seu domínio sobre aqueles ao seu redor.

— Paris, não importa se você o matou ou não — diz Sonny e, pela primeira vez desde que chegou, não soa completamente inflamado. — Para os objetivos do seu julgamento, estou cagando e andando se você matou ou não. Isso fica entre você e seu deus. O que importa é a história que podemos vender ao júri com o objetivo de estabelecer uma dúvida razoável de que você *não* fez isso. No tribunal, o que importa é o que o promotor pode provar, e o ônus da prova é dele. Nico Salazar vai preparar a narrativa mais plausível que possa pintar para o júri do motivo e de como você assassinou seu marido.

— E o trabalho de Sonny é refutar essa história — diz Elsie. — Ele vai procurar brechas, desacreditar testemunhas, vai pegar qualquer fragmento de evidência que a Promotoria tenha e demonstrar como isso pode ser interpretado de três diferentes formas. Mas é ainda melhor se ele tiver sua própria narrativa para vender ao júri sobre o que aconteceu.

— Então por que vocês dois não me dizem como acham que a história deve ser? — Paris fala rangendo os dentes. — Melhor ainda, simplesmente me digam que diabos de história vocês querem que eu conte, e eu contarei. Porque é evidente que se eu lhes disser a verdade, isso não é o suficiente.

— *Agora* você está sacando a coisa — Sonny abre um sorriso, expondo uma fileira de dentes muito brancos. É o sorriso de um tubarão, se por acaso isso existe. — O que não quer dizer que não vamos contar a verdade. Mas é preciso *embalar* a verdade de modo que fique fácil para o júri realmente acreditar.

— Compreendo — diz Paris. — Vocês querem reinterpretar a informação pra contar uma história completamente diferente do que aconteceu.

— Bingo — diz Sonny. — Sabia que você é mais esperta do que parecia.

Puxa. Obrigada pelo mansplaining, seu idiota cheio de esteroides.

Sonny tira várias pastas de sua maleta e as desliza na direção de Paris. — Preciso que você examine cuidadosamente tudo isso.

— O que tem aí?

— Relatórios policiais, pareceres médicos, análises forenses, fotos da autópsia e da cena de crime — diz Sonny. — Tudo que o promotor está usando para construir o caso contra você.

— Não quero ver as fotos — anuncia Paris.

— Azar. — Sonny estala as juntas dos dedos. — É a sua vida que estamos tentando salvar e, se você quer ajudar a si mesma, precisa entender tudo o que Nico Salazar vê. Precisa se preparar. — Dá um tapinha na pasta de cima. — Comece por aqui.

Paris olha para Elsie.

— Tenho que fazer isso?

A outra mulher confirma.

— Vai dar tudo certo. Você já viu a realidade. Essas fotos vão parecer muito mais... clínicas. Já vi todas.

Nesse momento, Paris está ressentida com os dois. Ela se prepara e abre a pasta.

Uma coisa é ver Jimmy na banheira por um instante antes de bater a cabeça e desmaiar. É algo completamente diferente de ver uma foto bem iluminada do cadáver do marido dentro de uma banheira cheia de sangue e água, em alta definição, de ângulos múltiplos, algumas em close-up.

Porém, como disse Elsie, não é tão chocante quanto esperava. Ela não havia visto o ferimento onde a navalha o cortou. A laceração na coxa de Jimmy é pequena, reta e clara. É louco pensar que toda sua essência de vida foi drenada por esse pequeno corte. E mesmo com o olhar vazio, o rosto dele parece estar em paz na foto, que não é como ela se lembra. É um alívio para ela saber que ele morreu pacificamente.

Ao contrário de Charles.

Ao contrário de Mae.

Ela prossegue na inspeção das fotos. A unidade de fotografia da cena de crime fotografou absolutamente tudo no banheiro — os azulejos, as toalhas, até mesmo o conteúdo do armário.

— Pare aí — diz Sonny, quando ela chega na fotografia de dentro de uma das gavetas do armário. — Explique isso pra mim.

Paris olha a foto, sem ter certeza do que ele pergunta. É óbvio o que são. Jimmy guardava sua pequena coleção de navalhas na gaveta, e a foto mostra três delas cuidadosamente alinhadas, dentro dos respectivos estojos, em cima de um forro de microfibra. Do outro lado da mesa, Elsie parece incomodada, como se soubesse exatamente aonde Sonny quer chegar com isso.

— Por que essas navalhas estavam no banheiro? — pergunta Sonny. — Segundo os registros médicos, Jimmy tinha um tremor benigno em sua mão direita. E, conforme você informou, ele apresentava sinais de uma demência precoce. Então, por que razão, exatamente, essas navalhas bem afiadas, e obviamente mortais, estavam na gaveta?

— Eu... eu nunca pensei sobre isso. — Paris olha para Elsie, e depois de volta para Sonny. — Quero dizer, ainda tínhamos facas na cozinha, um machado no depósito, uma serra na garagem, um cortador de ervas daninhas...

— Mas nenhuma dessas coisas estava destinada a ser usada sobre a garganta de alguém — rebate Sonny. — Você não se preocupou com o fato de ele porventura se esquecer de que não devia mais se barbear com navalha?

Paris começa a compreender o ponto a que seu advogado está chegando, e afunda-se na cadeira. Foi exatamente isso que aconteceu na manhã em que ela viajou para Vancouver, e houve uma grande discussão entre os dois. Ela achava que Jimmy estava sendo descuidado e teimoso e que não estava cumprindo sua promessa de mudar para o barbeador elétrico que ela havia comprado para ele. Jimmy, furioso, a atacou dizendo que não queria que lhe dissessem o que podia fazer ou não. Acusou-a de tratá-lo como uma criança.

Olhando agora em retrospectiva, não era por isso que ele estava zangado. Jimmy usava o barbeador elétrico havia um ano, sem protestar. Naquela manhã, entretanto, ele havia *esquecido* como supostamente deveria se barbear. E raiva era sempre sua reação quando compreendia que tinha se esquecido de alguma coisa. A raiva era um modo de esconder seu medo de perder a memória.

Ela entendeu a situação de modo completamente errado. Porque estava distraída.

— O promotor vai querer saber por que você deixou todas essas navalhas afiadas bem acessíveis se você realmente pensava que a perda de memória de Jimmy estava se tornando um problema. — Sony a encara. — Isso faz você parecer... indiferente. O que se ajusta à imagem que Salazar está tentando criar, de que você realmente não se importava com Jimmy.

— Claro que eu me importava. — Paris olha para Elsie, sentindo-se impotente, e depois novamente para Sonny. — Mas não posso argumentar contra o que você está dizendo. Não tenho desculpas. Não pensei nisso. — *Eu estava com outras coisas na cabeça.*

— Todos nós deixamos isso passar despercebido — afirma Elsie com firmeza, apertando o braço dela. — Mas o que importa isso se ela tem um álibi? Não podemos nos esquecer de que se conseguirmos a prova de que Paris não estava nem perto da casa na hora em que Jimmy morreu, isso derruba qualquer acusação.

Sonny encara Paris um pouco mais, depois finalmente transfere o olhar para Elsie.

— Quando a Patrulha da Fronteira vai mandar a filmagem mostrando o horário em que ela entrou no país?

— Eles tiveram problemas técnicos naquela noite — responde Elsie. — O sistema caiu, e eles perderam cerca de uma hora de informação sobre o cruzamento da fronteira. Por enquanto não há como saber se serão capazes de recuperar isso. A pessoa com quem falei insinuou que isso já havia acontecido antes. Só que ninguém achou que isso teria grandes consequências... até agora.

— E o agente na cabina não se lembra dela?

— Havia dois quando chegou minha vez — disse Paris. — Estavam conversando entre eles, tentando resolver o problema.

— Então só temos sua palavra que você cruzou por volta de... — Sonny consulta o relatório policial diante dele. — Meia-noite. O que significa que chegou em casa por volta das duas da madrugada.

— Havia uma fila na fronteira quando cheguei lá — diz Paris. — Levei mais ou menos meia hora até cruzar.

— Muito bem, então você chegou por volta das duas e trinta. Naquela noite Jimmy tinha um compromisso beneficente no Grand Hyatt, de onde saiu por volta das nove, e chegou em casa, digamos, às nove e meia. O legista estimou que Jimmy morreu entre essa hora e a meia-noite, mas Salazar certamente fará os jurados saberem que se trata de uma aproximação. — Sonny levanta a cabeça. — Você tem um dispositivo eletrônico em sua casa, certo? Um app que pode abrir e fechar a porta da garagem, ajustar o alarme de segurança, ajustar o aquecedor e o ar-condicionado, e ver quem está na porta da frente?

— Sim, faz tudo isso — confirma Paris. — Mas nos últimos dias não estava funcionando. Acho que precisa ser reconfigurado. Zoe é quem cuidava disso.

— Estava funcionando durante o fim de semana?

— Não tenho certeza. Sei que o alarme não estava acionado quando cheguei em casa, mas Jimmy muitas vezes não ligava pra isso. Ou se esqueceu. Ambas as coisas são igualmente possíveis.

— Tenho o mesmo sistema na minha casa — diz Elsie. — Não é difícil ser desativado. Jimmy pode ter feito isso por engano.

— Deixe-me ver seu celular — Sonny pede a Paris.

Ela destrava o aparelho e o entrega. Nas mãos enormes de Sonny, o celular parece um brinquedo. Ele clica na tela e franze as sobrancelhas.

— O que aconteceu com o relatório de uso?

— Não tenho a menor ideia — informa Paris. — Talvez tenham apagado quando o sistema foi desconectado.

— Onde é que os dados são salvos?

— O que você quer dizer com "salvos"?

Sonny suspira.

— O app registra o uso, certo? Os relatórios são então guardados... arquivados... em outro lugar, como iCloud ou Dropbox, de modo a não ocupar espaço em seu celular. Onde o app arquiva seus dados?

— Não sei — responde Paris. — Como disse, foi Zoe que originalmente configurou tudo.

— Você já disse duas vezes o nome dela. Zoe Moffatt é a assistente de Jimmy, certo? — Sonny levanta o celular. — De quem é este e-mail?

— É o de Jimmy — Paris informa. — Mas Zoe tem o acesso porque também foi ela que configurou o e-mail dele.

— Você tinha consciência de que não era a administradora da conta? — pergunta Sonny. — Apenas Jimmy era. O que realmente significa Zoe. O que significa que ela tem a possibilidade de apagar o que quiser. Você é simplesmente uma usuária. Você não poderia desativar seu próprio sistema nem se quisesse.

Paris olha para Elsie e depois de volta para Sonny.

— Então Zoe apagou os relatórios e o arquivo com os dados usando o login de Jimmy?

— Bingo.

É a segunda vez que ele usa essa palavra. Ela se controla para não revirar os olhos.

— Mas por que Zoe faria isso? — Elsie pergunta franzindo o rosto. — Incriminar Paris?

— Bem, essa é a pergunta que vale quarenta e seis milhões de dólares. Supostamente você estaria em Vancouver durante todo o fim de semana, certo? — Sonny pergunta a Paris, e ela confirma. — Jimmy morreu no sábado à noite. Não importa o que tenha causado sua morte, você não era esperada por ninguém até a tarde de domingo. A única razão que Zoe teria para apagar os dados é a de esconder alguma coisa relacionada a ela mesma. Nada além disso faz sentido.

— Zoe trouxe Jimmy de volta pra casa depois do evento beneficente — relata Paris. — E disse que depois foi direto pra casa dela. Ela deve ter saído daqui por volta das nove e meia, talvez nove e quarenta e cinco.

— Isso está dentro da janela de tempo — diz Sonny. — A polícia tem gravações de câmeras de segurança que mostram o carro dela na rua seguinte por volta dessa hora, mas ela pode ter trazido ele pra casa, o esfaqueado e ido embora.

— Então, na verdade, vamos sugerir que *Zoe* assassinou Jimmy? — Paris olha em seguida para um advogado e para a outra. — Mesmo tendo praticamente certeza de que ela não fez isso?

— É ela ou você — diz Sonny, dando de ombros. — Se Zoe *poderia* ter feito isso, então essa é a *sua* dúvida razoável. Depois disso, fica por conta de Salazar montar o caso contra ela.

Ele se inclina e avalia as duas mulheres.

— Mas me deixe fazer uma pergunta. Por que vocês duas estão tão certas de que foi suicídio? Por que nenhuma das duas quer considerar que talvez *alguém* tenha o assassinado?

É uma pergunta pertinente. O melhor que Paris pode responder é que ela *sente* que Jimmy tirou sua própria vida. Tinha muitas coisas pesando contra ele. A pressão do desempenho. A perda de memória. A recaída nas drogas. E uma esposa que não percebeu nenhum desses sinais porque estava completamente focada nos seus malditos problemas.

— Porque nós o conhecíamos — Elsie diz em voz baixa, respondendo pelas duas.

— Simplesmente... bate.

Tudo que Paris pode fazer é concordar com a cabeça.

— Passando adiante — prossegue Sonny. — Vamos falar sobre Vancouver. Há alguns furos durante sua permanência lá que precisam ser preenchidos.

A frequência cardíaca de Paris se acelera.

— Que furos? Guardei todos os recibos, e já entreguei todos para a "Detetive Cereal Matinal".

Elsie abafa uma risada. Sonny parece confuso, mas nenhuma das mulheres se oferece para explicar.

— Acompanhem comigo. — Ele fecha a página com as fotos da cena de crime e abre outra. — Posso ver seu registro para a... Convenção e Exposição Internacional de Ioga? Isso é coisa séria? O que você fez, assistiu painéis que discutem diferentes variações de posições para crianças?

Ela não se preocupa em responder a isso.

— Está bem, posso ver a cópia de seu registro no hotel, com sua assinatura na quinta-feira. E aqui está uma cópia do estacionamento, que confirma que você estacionou na garagem do hotel por três dias e não saiu. Posso ver que você assinou a presença no evento, recebeu seu crachá de participante, jantou no hotel naquela noite e novamente no sábado, porque você assinou essas duas refeições no seu quarto.

— Então, qual o problema?

— O problema é que ninguém a viu durante toda a *sexta-feira* — diz Sonny. — Ninguém da organização da convenção consegue se lembrar de ter visto você em qualquer momento daquele dia. Você não entregou nenhum outro recibo de refeições...

— Comi fora do hotel e paguei em dinheiro — explica Paris. — É melhor do que usar meu cartão de crédito porque as taxas de câmbio são muito altas.

— E um dos empregados do hotel diz que viu você pegar um táxi na sexta-feira cedo. Ele reconheceu você como esposa de Jimmy Peralta porque parece que a notícia de que você estava na convenção se espalhou. A companhia de táxis confirmou que havia uma viagem originada no Pan Pacific Hotel no horário em que o empregado disse que viu você. O destino solicitado era o aeroporto. Na hora, o motorista do táxi não reconheceu você como a esposa do famoso comediante, mas quando foi solicitado posteriormente a descrever a passageira, ele a descreveu. Então, o que você foi fazer no aeroporto, Paris?

— Não fui para o aeroporto, Sonny. — Paris fala de modo uniforme, nem rápido nem vagarosamente demais, nem muito emocional, e nem pergunta nem acrescenta nada mais. Quando se mente, fornecer muita informação é uma armadilha. — Seja lá quem tenha sido, não fui eu.

— Isso é facilmente contestável — Elsie responde a Sonny. — Há vídeos da segurança do hotel naquela entrada específica? Havia uma câmera no táxi, com marcação de tempo? Aparentemente eram mil e oitocentas pessoas registradas naquele fim de semana. Paris não ter sido *vista* não é a mesma coisa que não ter sido *lembrada*.

— Parece que você acha que voei para algum lugar — Paris diz para o advogado.

— Você pode verificar essa informação com o aeroporto, não é?

— Isso é desafiador. — Sony parece gostar da troca de golpes, e Paris começa a compreender que isso talvez o ajude a melhorar seu foco. — A equipe do hotel foi cooperativa, mas o gerente-geral não autorizou a liberação da filmagem de segurança sem que houvesse um mandado. A mesma coisa com o aeroporto. E para conseguir um mandado, precisamos da cooperação da polícia de Vancouver. E já que você não é uma terrorista, uma fugitiva ou uma assassina em série deixando um rastro de mortes por onde passa, é improvável que isso aconteça facilmente. No Canadá você não é uma prioridade.

Por dentro, Paris se sente aliviada, silenciosamente festejando a profunda falta de interesse do seu país de origem em ajudar. Mas ela se expressa de outra maneira e apenas pergunta:

— Estou curiosa. Aonde pensa que eu fui?

Sonny dá de ombros.

— Não sei. Mas tenho a sensação de que você é o tipo de mulher com muitos segredos.

Bingo.

30

A VERDADE É QUE PARIS DE FATO foi a Vancouver. Ela simplesmente não ficou lá. Seja lá qual foi o empregado do hotel que a viu entrar em um táxi na manhã da sexta-feira, estava correto.

No dia em que Zoe divulgou a foto do casamento, Paris começou a entrar em pânico. Sentia que era uma questão de tempo antes que alguém de sua antiga vida começasse a fazer perguntas sobre como a nova esposa de Jimmy Peralta se parecia absurdamente com uma stripper morta em Toronto. Paris não tinha um plano sobre como lidar com isso, além de negar. Não havia prova, e as pessoas tinham sósias por todos os lugares. Parecer com alguém não era crime. Se alguém perguntasse, ela simplesmente negaria, negaria, negaria.

Até que a primeira carta de Ruby chegou. Paris não tinha ideia de que as cinzas supostamente pertencentes a Joey Reyes estavam em uma urna em algum lugar da casa de sua tia em Maple Sound. Nunca lhe havia ocorrido que o corpo seria cremado e enviado à parente mais próxima — ela não havia pensado muito no cadáver depois de o ter queimado. E foi só depois de pesquisar no Google que ela soube que o DNA das cinzas podiam ser testados.

A melhor defesa era uma boa ofensiva, então Paris começou a trabalhar. Começou por criar uma nova conta de e-mail com um nome falso, o que lhe permitiu criar uma conta falsa no Facebook, dizendo que ela era uma enfermeira aposentada que trabalhava no Hospital Geral de Toronto no qual tita Flora trabalhara até sua família se mudar para Maple Sound. Enviou pedidos de amizade para todas as enfermeiras que descobriu que trabalharam lá, e depois enviou um pedido para sua tia. Tita Flora imediatamente aceitou porque tinham muitos amigos em comum.

Bum! Paris tinha agora um modo de verificar o que sua família andava fazendo. E a primeira coisa que viu na página da tia foi que tito Micky tinha morrido. Havia uma foto de tita Flora colocando flores em seu túmulo postada, no quinto aniversário de sua morte, no cemitério nos fundos da igreja católica de Santa Agnes, em Maple Sound. Parecia um lugar bonito e pacífico.

Paris não sabia como se sentir em relação a isso.

Passariam mais de dois meses antes que aparecesse uma janela de oportunidade, e quando isso aconteceu foi por causa de Carson. Seu primo mais novo, o garotinho que a seguia por todos os lugares, estava agora com quase trinta anos e estava se casando. Toda a família — menos o falecido tio, é claro — iria ao casamento em Niagara-on-the-Lake, a duas horas de distância de Maple Sound. Eles iriam passar todo o fim de semana lá — Lola Celia, que ainda estava viva, com oitenta e oito anos, também. Por que será que os piores tipos de pessoas viviam mais?

Isso queria dizer que a casa em Maple Sound estaria vazia.

O plano era simples e direto: tudo o que Paris tinha que fazer era invadir a casa, localizar a urna, trocar as cinzas e dar no pé. Quando a família voltasse do casamento jamais saberiam que alguém havia sequer estado lá.

Em seguida, seu álibi. Isso foi fácil. A convenção de ioga em Vancouver seria no mesmo fim de semana em junho, proporcionando a ela uma razão perfeita para cruzar a fronteira. Paris se registrou on-line e aproveitou um cancelamento de último minuto para fazer uma reserva no hotel da convenção, de quinta-feira até domingo.

Enquanto vigiava tita Flora no Facebook, Paris também passou muito tempo em um site de mensagens anônimas procurando alguém com um tipo específico de habilidades. Finalmente conseguiu um endereço de e-mail de um sujeito chamado Stuart. Usando outro e-mail falso, ela o contatou. Ele orçou o serviço que ela queria em dez mil dólares e disse que levaria duas semanas. Paris retirou metade da soma da sua conta-poupança e dirigiu para Tacoma mais tarde naquele dia.

Stuart era um garoto de dezenove anos e usava uma roupa coberta de farelos de Cheetos. Havia desistido da universidade e morava com os pais, e ambos trabalhavam durante o dia. Ele conduziu Paris até seu quarto no andar de cima, onde ela se posicionou diante de uma parede branca sem adornos enquanto ele tirava algumas fotos dela com o iPhone dele. Pagou os cinco mil dólares a ele, que lhe informou que esperasse seu e-mail.

— Sei quem você é — ele disse quando ela estava de saída. — Você é casada com aquele velhote. O comediante. Por que você precisa uma identidade canadense falsa?

— Você não me conhece — Paris respondeu. — E se eu lhe disser, terei que matá-lo.

Treze dias depois, um e-mail de Stuart informava que sua nova carteira de motorista canadense, cartão de crédito e celular descartável estavam prontos. Noventa minutos depois ela estava em Tacoma, onde entregou a ele o restante do dinheiro.

— O limite nesse Visa é de apenas mil dólares — Stuart lhe entregou a nova identidade. — Então, não exagere. Está desbloqueado e pronto para usar. A data de nascimento da carteira de motorista é a senha do cartão. Fica mais fácil de lembrar.

Ela olhou a identidade. Era sua foto, mas o nome era Victoria Bautista, o que para ela não importava.

— Obrigada — disse Paris. — E se alguém alguma vez perguntar...

— Você nunca esteve aqui. — Stuart revirou os olhos. — Senhora, este é meu negócio. Se eu te dedurar, você me dedura de volta, e isso não beneficia ninguém.

— Você é esperto — declarou Paris. — Mas é jovem demais pra esse tipo de negócio. Tome cuidado, está bem?

— Se algum dia precisar de um passaporte, são cinquenta mil — ele respondeu sorrindo. — Leva três meses, de modo que você tem que planejar com antecedência. Você tem meu e-mail.

— Vou me lembrar disso — ela disse, e lembraria mesmo.

No fim de semana seguinte, Paris deixou seu iPhone em casa na mesa de cabeceira e dirigiu três horas até Vancouver. Na fronteira, segurou a respiração enquanto a polícia canadense verificou seu passaporte em nome de Paris Peralta, e estava tudo em ordem, como sempre.

Ela chegou ao hotel Pan Pacific no final da tarde e o valete estacionou seu carro. No balcão de registros durante o check-in, o hotel trocou seus dólares americanos por canadenses. Dali, ela foi direto para o andar da conferência para se registrar na convenção, onde recebeu seu crachá de participante. Jantou em um dos restaurantes do hotel e assinou a refeição para seu quarto.

Antes de se deitar, colocou a placa de NÃO PERTURBE na porta, chamou o serviço de quarto e pediu privacidade completa durante o fim de semana — nada de arrumadeiras —, então se deitou e passou uma noite agitada.

Na manhã seguinte, bem cedo, trancou seu passaporte e a carteira de motorista em nome de Paris Peralta no cofre do hotel e tomou um táxi até o aeroporto. Não queria usar o cartão comprado de Stuart e pagou a passagem em dinheiro. Duas horas depois, no Aeroporto Internacional de Vancouver, "Victoria Bautista" embarcou em um voo doméstico para Toronto usando apenas a carteira de motorista. Aterrissou no Pearson International às oito da noite de sexta-feira, onde usou seu cartão Visa novinho para alugar um carro econômico na Enterprise.

Ela chegou à casa da tia em Maple Sound um pouco antes da meia-noite. Dirigiu até a metade da longa colina, apagou as luzes e dirigiu o restante no escuro. Antes de alcançar o topo, parou e manobrou o carro, para que ele ficasse voltado para baixo caso ela precisasse sair rapidamente. Deixou a chave na ignição e a porta do lado do motorista ligeiramente aberta, e depois pegou a pequena mochila que havia levado.

Tinha dezoito anos quando deixou Maple Sound, e não se importou com despedidas. No dia seguinte à formatura da escola — a que não compareceu — ela esvaziou a lata de café em cima da geladeira, onde tita Flora escondia do tito Micky o dinheiro para a compra de mantimentos. Depois, limpou o dinheiro de apostas que tito Micky escondia da tita Flora no fundo da maleta de pesca no depósito. Por fim, pegou o rolo de notas que lola Celia mantinha enfiada em uma meia no fundo da gaveta das suas roupas de baixo, dinheiro que a velha economizava para sua viagem anual para as Filipinas. Tudo isso, combinado com os cinco anos de dinheiro que Joey conseguia pegar pouco a pouco e enfiar no seu esconderijo, alcançou doze mil dólares. Indenização de pagamento por cinco anos tomando conta das crianças, limpando, lavando roupa... e tito Micky.

A única coisa que ela não tocou foi nos cofrinhos das crianças.

Ficou parada na escuridão e olhou para a casa de dois andares, iluminada nos fundos pela lua sobre o lago Huron. Todas as luzes de dentro estavam apagadas. Uma coruja piou de algum lugar ali perto, e ela pôde ouvir os ruídos de pequenos animais farfalhando nos arbustos.

Jamais havia pensado em ver novamente aquele lugar.

Um velho Nissan Altima estava estacionado do lado da casa, onde o ficava a caminhonete com painéis de madeira de tito Micky, mas sua tia e sua avó só precisavam de um carro para ir ao casamento. O laguinho parecia o mesmo, tal como o balanço na árvore e a oficina separada da casa. Mas a varanda marrom agora era branca e havia moitas de hortênsias espalhadas na frente da casa. Tanto fazia. Tita Flora podia embelezar o lugar o quanto quisesse, mas jamais conseguiria cobrir completamente a feiura que vivia lá dentro.

Paris apalpou a antiga chave da casa em seu bolso e a agarrou enquanto caminhava até a porta da frente. Depois de todos esses anos, não havia se incomodado em jogá-la fora. Talvez a guardasse como uma lembrança do que havia passado. Ou talvez sentisse que algum dia poderia precisar novamente dela.

Esse dia finalmente chegara.

No momento em que pisou na varanda, uma luz brilhante se acendeu. Ela gelou, coração disparado, ouvidos atentos para sons de passos vindos de dentro. Quando não escutou nada, entendeu que a luminária acima da porta era acionada por movimento e apagou depois de dez segundos. Fazia sentido que eles finalmente tivessem instalado uma, e agora que estava preparada para isso, caminhou rapidamente para a porta quando a luz ligou novamente. Felizmente a antiga chave entrou com facilidade na fechadura. Ela deslizou o mais rápido e silenciosamente que pôde para dentro da casa, e permaneceu quieta. Quando escureceu novamente, soltou a respiração e procurou a lanterna dentro da mochila.

Provavelmente não precisava ser tão furtiva. Não havia ninguém ali. A propriedade era de pouco mais de um hectare e meio no total, e não se podia ver a casa da estrada principal. Mas era melhor se prevenir do que se arrepender depois.

O assoalho tinha sido melhorado, e havia um novo sofá bege no lugar onde estava o antigo floral, mas a velha cadeira de balanço de lola Celia ainda estava no seu lugar habitual, perto da janela. Uma televisão Samsung de sessenta polegadas havia substituído a velha TV a tubo, mas, fora isso, tudo parecia igual. Até mesmo cheirava igual, uma combinação rançosa de cheiro de cigarro, comida filipina e o odor ligeiramente pantanoso do laguinho, que sempre conseguia penetrar na casa.

Então, como sempre, as rãs começaram a coaxar em uníssono, a trilha sonora perfeita para a vida que tivera ali e para as coisas que aconteciam nas sombras.

Ela precisava encontrar a urna e dar no pé para voltar para casa.

Não estava no aparador acima da lareira, ao lado das fotos emolduradas da família, tampouco em alguma das prateleiras de enfeites ou guardada dentro de algum dos armários da cozinha ou da sala de jantar. Ela verificou até os banheiros e o armário de casacos. Seja lá onde a urna estivesse, não estava em nenhum lugar do andar principal, o que deixava a ela duas escolhas: subir ou ir embora.

Era difícil imaginar que uma urna com restos humanos estivesse guardada em um dos quartos. Era mais provável que estivesse na oficina de tito Micky, que era separada da casa. Mas era igualmente possível que a família tivesse espalhado as cinzas há dezenove anos, e que Ruby houvesse mentido para ela, fingindo ter uma vantagem sobre sua filha que na verdade não tinha.

A luz com sensor de movimento acendeu novamente quando Paris saiu, mas já estava desligada quando ela chegou à oficina. Nunca estava trancada, e tito Micky, apesar de todos seus problemas, sempre manteve o pequeno espaço bem organizado. Ela dirigiu o foco da lanterna pelas ferramentas, latas velhas de tinta, cobertores mofados, cadeiras dobráveis vagabundas e sobre o novo cortador de grama. Até olhou dentro da antiga mala de pescaria do tio.

Nada de cinzas, nada de urnas. *Droga*. Devia estar em algum lugar no segundo piso da casa. Supondo que existisse mesmo. Ela saiu e imediatamente parou.

Alguma coisa estava fora do lugar. Ela parou, imaginando o que estava diferente. Ela percebeu um instante depois.

Estava silencioso demais. Os sapos pararam de coaxar.

Paris desligou a lanterna. Instintivamente, olhou para o segundo andar da casa, para a janela do seu antigo dormitório. Será que havia alguém lá? Ela piscou. Não, não podia haver. Todos estavam no casamento, a três horas de distância.

Não estavam?

Algo se moveu na janela, e ela ficou imóvel. Primeiro pensou que estava vendo coisas, mas então um vulto de pessoa chegou mais perto da janela. Um rosto apareceu, borrado pela distância, no entanto inconfundível. O olhar dos dois se encontrou.

Tito Micky.

Ela estava de volta no carro alugado em dois minutos, as axilas suando e o coração disparando com tanta força que ela conseguia ouvir. Ligou o carro, mantendo as luzes apagadas até chegar de volta à estrada, seus olhos conferindo o retrovisor a cada segundo por algum sinal de que alguém a seguia. Acelerou, vendo o painel chegar aos cem quilômetros por hora, mais de vinte acima do limite.

Só quando estava longe de Maple Sound ela se lembrou que tito Micky estava morto.

Ela havia visto um fantasma, e aquele fantasma agora estava com ela no carro, sussurrando em seu ouvido, seu hálito quente e azedo em seu pescoço. A pele de todo seu corpo tremia como se um tubo com minúsculas aranhas tivesse sido derramado sobre sua cabeça e elas estivessem agora dentro de suas roupas, procurando fendas para explorar. As lembranças estavam ressurgindo, e eram vívidas e terríveis.

Sus. Você parece muito com sua mãe.

31

AINDA QUE ELA JAMAIS TENHA GOSTADO de se parecer com Ruby, sua mãe odiava isso ainda mais. A melhor parte da noite de Joey era depois que ela conseguia limpar o rosto de Ruby do seu. Depois que Cherry a autorizava a ir embora, a primeira coisa que Joey fazia era tirar os cílios e limpar sua pele com creme hidratante.

As outras garotas que estavam no camarim pareciam tão cansadas quanto ela, e todas trocaram abraços e desejos de "Feliz Ano-Novo" quando saíram, uma a uma, para suas casas. Joey tinha quatro mil dólares a mais em sua mochila do que quando chegou, o que oficialmente tornava aquela noite a melhor que ela tivera no Cherry. Tudo o que ela queria era entrar no carro de Chaz e ir para casa. Esperava que ele compreendesse quando ela não o convidasse para entrar e, com um pouco de sorte, acordasse na primeira manhã de 1999 pensando que tudo aquilo tinha sido um sonho ruim.

Mas, aparentemente, o pesadelo ainda não havia acabado. Quando ela finalmente saiu pela porta dos fundos para a noite fria, a primeira pessoa que viu foi Drew. Parado ao lado de Chaz.

Depois de uma conversa constrangedora, ela se despediu de Chaz e permitiu que Drew a levasse para casa. Deveria ser uma oportunidade para que ela e Drew de fato conversassem, mas a conversa não foi boa. Na calçada em frente à casa, ainda perturbada com a notícia de que Drew tinha um bebê a caminho e estava se casando, Joey deu um tapa nele. Sua mão ardeu quando entrou em contato com o rosto dele, um indício certo de que, se a machucou, aquilo deveria realmente ter machucado ele. Ela havia estapeado apenas uma pessoa em toda sua vida, e tinha vergonha de admitir que se sentiu tão bem agora como da outras vez.

E, como da primeira vez, ela se arrependeu imediatamente.

Ela esperou atrás da porta da casa até ouvir o carro dele sair, depois se sentou no final da escada e chorou convulsivamente. A única coisa pior do que Drew se casar com Simone era Drew se casar com outra pessoa. E a única coisa pior do que *isso* era os dois terem um filho.

Kirsten. Qualquer mulher com esse nome tinha que ser alta. Atlética. Extrovertida. Provavelmente era muito divertida, com centenas de amigas, todas parecidas com ela. Como haviam se conhecido na pós-graduação, ela obviamente era esperta e viajada, uma garota do mesmo nível que Drew.

Joey nunca havia odiado tanto alguém que jamais conheceria.

Limpando as lágrimas, continuou descendo a escada, tirando as roupas enquanto descia. Nem se importou em ligar alguma luz quando entrou no apartamento e foi direto para o banheiro totalmente escuro. Não tinha mais medo de escuro. Não havia nada que a escuridão pudesse fazer com ela que já não tivesse feito.

Quando chegou ao banheiro, estava nua. Abriu a torneira da banheira e evitou olhar seu reflexo no espelho enquanto acendia as três velas de baunilha que mantinha perto da pia, todas em vários estágios de derretimento. O tremeluzir era calmante e quando a banheira encheu, ela mergulhou na água morna.

Joey tinha certeza de que se sentiria melhor se Drew estivesse se casando com Simone, mas essa outra pessoa, *Kirsten*, era uma... intrusa. Alguém que estava invadindo um lugar que não pertencia a ela. Joey não sabia nada sobre essa Kirsten, mas já estava ressentida com tudo relacionado a ela.

Mesmo o bebê. O que fazia dela uma pessoa horrível, mas não conseguia evitar. O bebê de Drew e Kirsten os ligaria para sempre.

Sempre estarei aqui para você, Drew havia sussurrado em seu ouvido na calçada, no dia em que ele e Simone partiram. Um ano depois, isso se revelaria uma mentira. Porque é isso que os homens fazem. Mentem para conseguir o que desejam. E quando conseguem isso, descartam você, como uma camisa com uma mancha que não quer sair, ainda que a camisa seja nova, e eles sejam a mancha.

Apertando os joelhos no peito, Joey procurou seu pulso com uma unha e começou a cavar. E cavou. E cavou. Sentia-se imunda. Tudo que odiava sobre si mesma estava estampado no rosto de Drew. Ela era nojenta. Estúpida.

Todas as coisas que Ruby sempre disse que ela era.

Quando a água do banho esfriou, Joey abriu a tampa para escorrer a água e pegou seu robe. Andou pelo apartamento escuro até seu quarto, e só ali acendeu a luz.

Ela congelou, observando a cena.

Cada uma das gavetas estava aberta. As portas dos armários também. A mesinha no canto fora saqueada. O chão estava coberto com suas roupas, maquiagem, livros. Tal como no camarim no clube, alguém esteve ali, procurando por alguma coisa.

Vinny.

Claro que fazia sentido ele procurar Mae ali. Joey não conseguiu contatar sua amiga, e depois que viu Drew no clube, esqueceu completamente disso. Mae ficava por ali, não todo o tempo, mas o suficiente para saber que petiscos havia em qual armário, e em que gaveta Joey guardava seus pijamas. De vez enquanto, se as duas assistiam a um filme e ficava tarde para voltar para casa, Mae pedia emprestado alguma coisa para dormir e desabava no sofá.

Vinny saberia disso. E essa foi a razão de ter ido parar ali.

Mas como havia entrado? A porta estava trancada quando ela chegou em casa. *Merda.* A chave de reserva. Mae sabia onde ela a escondia, na base da arandela acoplada ao tijolo em cima de sua porta lateral. Em algum momento ela deve ter dito isso para Vinny.

Será que ele ainda estava ali?

Não, não estaria. Se ainda estivesse no apartamento, esperando por ela, teria aparecido quando ela estava na banheira, nua e vulnerável.

Então um pensamento ocorreu a Joey. Vinny podia não ter encontrado o que procurava, mas será que achou seu dinheiro?

Correu até sua mesinha de cabeceira, que estava aberta, seu conteúdo remexido. Joey não guardava nada interessante ali — frascos de esmalte de unha, dois livros de bolso lidos pela metade por ter perdido o interesse, uma caixa aberta de camisinhas que Chaz havia trazido, uma edição de *Cosmopolitan* — mas era o que escondia *sob* a gaveta que lhe importava mais.

Ajoelhando no chão, rapidamente ela esvaziou a mesinha de cabeceira, jogando tudo na cama. Depois puxou a gaveta o máximo possível. Colocando a palma aberta contra o fundo da gaveta, deslizou as mãos para o fundo e pressionou com força cada canto. O fundo falso se soltou. Segurando a respiração, ela o removeu e examinou o que havia lá dentro.

Levou apenas alguns segundos para processar o que via.

Sua caixinha à prova de fogo ainda estava lá. Ela a retirou da gaveta e a abriu, suspirando aliviada quando viu que suas economias em dinheiro — um pouco mais de quarenta mil que ela economizara das gorjetas no ano passado — ainda estavam intactas. Mas não era isso que a perturbara.

Eram os cinco maços grossos de dinheiro que também estavam dentro da gaveta, presos com elásticos. Todos pareciam ser em notas de cem. Ela nem imaginava quanto dinheiro havia ali, mas com certeza não iria contar merda nenhuma nesse momento. Ao lado do dinheiro estava um tijolo embrulhado em plástico que parecia ser de cocaína. Ou talvez fosse heroína. Como diabos ela saberia?

O que ela sabia é que nada daquilo era dela. Devia ser o que Vinny estava procurando. Ele tinha entregado à namorada drogas e dinheiro para guardar e, por razões que Joey nem pensava compreender, Mae decidiu esconder ali. Joey jamais revelou seu esconderijo para ninguém, mas em algum momento, em uma de suas visitas, Mae deve ter espiado Joey guardar suas gorjetas da noite.

E se acaso sua namorada não devolvesse o que ele procurava, ele iria matá-la. Joey tinha que achar Mae e convencê-la a devolver tudo.

Ela pegou seu telefone sem fio e discou o número do telefone da amiga. Escutou a linha começar a chamar. Três segundos mais tarde, ouviu o som vindo de fora do quarto e levantou a cabeça.

Será que a TV havia ligado por conta própria? Não, não era isso. Um rádio? O único aparelho de som que tinha estava ali no quarto, e estava desligado. Ela se dirigiu até a porta do quarto, ouvido atento, e finalmente compreendeu o que escutava.

Era um *toque de telefone*. As notas de abertura de "Für Elise" tocavam em algum lugar do apartamento às escuras. Ela havia ligado para o celular de Mae e, de algum modo, o aparelho da sua amiga estava *ali*.

Levando consigo o fone sem fio, Joey seguiu o som através da cozinha, acendendo as luzes enquanto caminhava, os olhos atentos para qualquer sinal do Nokia vermelho da amiga. Quando chegou na sala de estar, o toque parou. Em sua mão, ela podia escutar a voz de Mae vindo pelo receptor, distante e baixa. *Aqui é Mae. Você sabe o que fazer depois do bip.* Joey acendeu as luzes da sala de estar. E deixou cair o telefone sem fio, pulando para trás de tal maneira que sua bunda atingiu a estante atrás dela.

Sangue, por todos os lados.

Uma garota morta no sofá.

Joey fechou e apertou os olhos. Contou até três. Abriu os olhos outra vez. A cena não havia mudado. Lá, estirada no sofá, a cabeça sobre uma almofada, perna direita pendurada da borda, braço direito acima de sua cabeça, uma mulher vestindo uma malha rasgada, o tronco exposto.

Mae.

Pelo menos... Joey achou que era Mae. A camiseta dela estava cortada do colarinho até a bainha, e se abriu como uma blusa desabotoada, expondo os cortes e talhos por todo seu estômago e cruzando seus seios, alguns compridos, outros curtos, alguns rasos, outros profundos.

E o rosto dela... oh, deus! Estava tão cortado que mesmo a três metros de distância Joey conseguia ver ossos. Seja lá quem tivesse feito isso com ela não queria simplesmente matá-la. Queria profaná-la. Era obra de um sociopata, alguém com uma raiva intensa, sem nenhum controle de seus impulsos e uma propensão para violência.

Como Vinny.

Como Ruby.

Joey piscou e viu Charles Baxter. Piscou novamente e viu Mae. Um grito começou a se formar em sua garganta, mas antes que se materializasse, Mae gemeu.

Joey respirou tão fundo que o ar arranhou sua garganta. *Puta merda.* Mae estava viva. Recuperando-se do choque, Joey correu até o sofá.

— Mae — disse, inclinando-se sobre a amiga. — Mae, estou aqui. Você está me ouvindo? É Joey.

Mae soltou um som. Arfante e borbulhante.

— Mae, vou chamar a emergência, está bem? Vamos levar você para o hospital. — Joey olhou com desespero ao redor, procurando o telefone que tinha deixado cair. Localizou-o perto da estante, mas estava partido ao meio por causa da queda no cimento coberto apenas por um linóleo. De qualquer forma, ela o pegou e apertou os botões, mas não havia sinal. *Merda.*

O outro telefone portátil estava do outro lado da sala, sobre a mesinha perto da cabeça de Mae. Ela se apressou até lá, mas logo verificou que não havia sido colocado corretamente na base. O telefone também não tinha sinal. *Merda. Isso não podia acontecer.*

Mae gemeu novamente.

— Aguente firme, Mae — disse Joey, procurando desesperada em volta o telefone de sua amiga. Ela o ouvira tocar; estava por ali, em algum lugar.

Viu a bolsa de Mae no chão, atrás da mesa, o conteúdo espalhado pelo chão. No meio da bagunça, viu o Nokia vermelho de Mae e o agarrou, apertando o botão para fazer uma chamada. Não aconteceu nada. Ela verificou a tela. Não havia sinal no celular.

— Foda-se essa porra de porão! — gritou Joey, resistindo à vontade de jogar o celular no outro lado da sala. Antes tinha sinal, porque *tocou*, porra. Ela ergueu o celular, tentando ver se conseguia um sinal em outra parte da sala. Depois, tentou de qualquer modo ligar para a emergência, mas depois de discar, só teve silêncio. Verificou novamente a tela. O celular estava sem bateria.

— Essa porra não pode estar acontecendo — soluçou ela.

No sofá, Mae gemeu novamente.

Os vizinhos de cima tinham telefone, é claro... mas ela se lembrou que haviam viajado durante os festejos de fim de ano, e ela não tinha a chave da casa deles. Era uma merda total. Precisava deixar Mae ali e sair para conseguir ajuda. Eram três da manhã. Tinha que esmurrar a porta dos vizinhos até alguém despertar.

— Mae, aguente firme, o.k.? — suplicou Joey, fechando mais seu robe. — Tenho que achar um telefone. Volto já.

Mae falou alguma coisa indecifrável. E então, com grande dificuldade, ela disse:

— Não, Joey... não. *Não*.

Joey voltou para perto da amiga e se ajoelhou, sentindo o sangue do chão espirrar sob seus joelhos. Era horrível ver assim de perto o estrago que Vinny havia feito no rosto e no peito de Mae. Se ele estivesse determinado a destruir algo belo, conseguiu. Não fosse por seus olhos, Mae estava irreconhecível. Joey tomou as mãos de sua amiga nas suas e as apertou. Estavam flácidas e alarmantemente frias.

— Mae, tenho que conseguir ajuda pra você.

Os olhos de Mae estavam vidrados, mas focados no rosto de Joey.

— Não — repetiu ela. — Não... Fique aqui.

— Mae, tenho que achar um telefone — disse Joey, tentando não chorar para poder falar. — Vou sair apenas um minutinho. Prometo que volto logo. Você só tem que resistir.

— Não — recusou Mae. — Fique... comigo. Por favor, Joey. *Por favor*.

Joey viu sua amiga inspirar o ar e depois expirar. Então, com os olhos ainda abertos, Mae morreu.

32

A DECISÃO DE QUEIMAR O CORPO de Mae levou três segundos.

Um segundo para fechar os olhos da amiga.

Outro segundo para lembrar que todos os telefones no apartamento do porão não estavam funcionando.

E um segundo final para compreender que era o momento de sair.

No ano que havia passado, Joey dizia a si mesma que saberia quando fosse a hora de recomeçar em outro lugar. Tinha certeza de que haveria um momento que seria evidente como um cristal para ela, e esse momento chegara. Não era como ela imaginou que seria, mas isso não importava agora, certo? Vinny havia assassinado a namorada dentro do apartamento de Joey, procurando algo que não havia encontrado e, para ter feito uma coisa tão horrível e tão imprudente, significava que ele não estava sendo esperto ou lógico. Ela não tinha nenhuma dúvida de que ele voltaria. Talvez para se livrar do cadáver de Mae. Talvez para matá-la também. De qualquer modo, ela não queria estar ali quando isso acontecesse.

Chamar a polícia não era uma opção. O que aconteceria depois? Eles prenderiam Vinny? Mesmo que ele fosse para a prisão, ela seria a garota que testemunhara contra os Blood Brothers, e com tudo que sabia sobre eles, estaria marcada para morrer.

E se esse era o seu destino, ela preferia aproveitar suas chances e dar no pé.

É uma loucura pensar em como uma decisão capaz de mudar uma vida inteira pode ser tomada tão rápido quando se é forçado a isso. Ela já havia feito isso antes, com sua mãe. Sentiu-se então do mesmo jeito que se sentia naquele instante. Desolada, aterrorizada... e furiosa.

Joey se vestiu rapidamente, trocando o robe ensanguentado por jeans e um suéter. Pegou a mala de lona e colocou ali apenas coisas que ninguém notaria se sumissem. Tudo o mais, inclusive sua bolsa e todos os seus documentos, ficariam para trás. Caso contrário a coisa não funcionaria.

Ela esvaziou seu esconderijo e enfiou o dinheiro, as drogas e os maços de cem dólares na mochila. Pegou um saco de lixo na cozinha, voltou para a sala e enfiou a bolsa de Mae dentro. Tudo que Mae trouxe com ela — todas as coisas no chão, incluindo seu celular — foram para o saco de lixo, que Joey jogaria fora em algum lugar longe dali. Olhou ao redor, certificando-se de que não havia esquecido nada e colocou tudo no alto das escadas. Rapidamente vestiu o casaco e as botas.

Depois que acendesse o fogo, ela não teria tempo para vestir as roupas de inverno.

Drew sempre dizia que a lareira não estava legal, que tinha muitas rachaduras e coisas pegajosas e perigosas. Antes de ele e Simone irem para Vancouver, ele mais uma vez preveniu Joey.

— Nunca, jamais, acenda o fogo aí, a menos que queira queimar a casa — ele alertara.

Ela ia tocar fogo na casa.

Não havia lenha na lareira, mas tudo bem. Ela sabia, por conta de seu tempo em Maple Sound, que seus livros queimariam muito bem. Foi esvaziando as estantes, uma por uma, jogando os livros de capa mole na lareira, até fazer uma pilha aproximadamente da altura de alguns troncos. Ela não precisava que o fogo dentro da lareira durasse, precisava apenas que *começasse*. Depois espalhou mais livros pelo chão até que esses pontilhassem a área. Lembrou a si mesma que eram apenas papel. Podia substituí-los. Já havia feito isso antes.

No banheiro, abriu o armário de remédios e pegou um frasco de removedor de esmalte de unhas que havia comprado alguns meses antes. Era acetona pura, e estava quase cheio. Acetona é inflamável; dizia o rótulo. Ela leu as recomendações na embalagem, que informavam que o removedor de esmaltes não deveria jamais ser usado perto de uma chama, tal como chamas piloto ou qualquer objeto que produzisse faíscas, porque os vapores poderiam acender.

Não era tanto pelo líquido. Eram os *vapores*.

Ela pegou os fósforos que usava para suas velas e os guardou no bolso, depois sacou uma de suas toalhas de mão do armarinho ao lado da pia, antes de sair do banheiro. Abriu o vidro com o removedor e o colocou no chão perto de Mae. O cheiro da acetona era bem característico, mas não conseguia cobrir o cheiro de sangue.

Só tinha que fazer mais uma coisa.

Gentilmente, removeu o piercing do umbigo de Mae. Também retirou os brincos dela, o relógio e bracelete. Depois, apalpando atrás de seu pescoço, Joey tirou seu próprio colar.

Olhou pela última vez seu pingente com o rubi e o diamante. Talvez esta fosse a razão pela qual ela se sentira compelida a usá-lo, quando poderia facilmente tê-lo vendido ou jogado fora. Talvez em algum nível ela soubesse que o objeto que a destroçara seria também o que a salvaria, permitindo que escapasse dessa vida, que fora apenas cheia de violência, trauma e morte.

Inclinando-se, ela fechou o colar em volta do pescoço de Mae. Não foi fácil. Seus dedos estavam escorregadios com sangue. Depois que o colar foi colocado, esfregou as mãos na toalha e a jogou na lareira.

— Acredito que você concordaria com isso — Joey disse em voz baixa. — Obrigada por ser minha amiga, Mae.

Ela escutou um barulhinho e se sobressaltou. Não era nada, um rangido da casa, mas cada barulho casual que escutasse seria Vinny voltando.

Era hora de ir embora.

De pé diante da lareira, ela respirou fundo, riscou um fósforo e o jogou sobre os livros. Fez isso outra e outra vez até o fogo na lareira começar a crescer. Então, se afastou e esperou.

Não havia como saber se aquilo funcionaria. Mas se funcionasse e todo o apartamento incendiasse, todos acreditariam que foi assim que Joey morreu. Com certeza não seria Vinny quem questionaria isso. Por que questionaria? O fogo destruiria todas as provas do assassinato que ele havia cometido, como se ele nem sequer tivesse estado ali. Por mais doentio que fosse, ela estava fazendo um favor a ele.

Mae supostamente seria dada como desaparecida. Não havia ninguém que a procurasse.

E se, por alguma razão, percebessem que na verdade era o cadáver de Mae que estava no incêndio, então saberiam que era Joey quem tinha sumido. Além dos Blood Brothers, não haveria mais ninguém que a procurasse. Essa era uma chance que tinha de aproveitar.

O fogo começou a crescer. E quando ela viu o vidro de acetona subitamente entrar em ignição, as chamas subindo e pegando o sofá, e então alcançando Mae, Joey deu no pé.

Às três e meia da manhã, o bonde estava meio cheio, o que seria incomum em qualquer outra noite do ano.

— Feliz Ano-Novo — disse um sujeito bêbado sentado à sua frente. Ele bebia alguma coisa escondida dentro de um saco de papel marrom, com o olhar turvo e injetado.

— Feliz Ano-Novo. — A mão de Joey subiu até sua garganta, os dedos procurando seu pingente, que não estava mais lá.

Dez minutos depois, ela puxou a corda acima de sua cabeça. O motorista parou para ela descer, e ela pegou a bolsa e a mochila cheios de grana e drogas e saiu do bonde para a noite gelada. Provavelmente, a única coisa boa que se podia dizer sobre os invernos em Toronto era que o lago não fedia. Era uma loucura pensar que, quando era pequena, ela nadava na praia não longe dali, ela e Ruby com maiôs semelhantes, Joey invejando as curvas de sua mãe, que faziam os pais olharem cobiçosos e as mães olharem ressentidas.

Ela estava agora na área conhecida como Faixa de Motéis, e começou a caminhar. Por causa do feriado, todos os motéis pelos quais ela passava ostentavam placas de NÃO HÁ VAGAS acesas, até que finalmente ela chegou a um que poderia ter um quarto disponível.

MOTEL ARCO-ÍRIS
INTERNET/ JACUZZI/ CAFÉ DA MANHÃ INCLUSO

O saguão estava aquecido quando ela entrou, e o lugar todo cheirava a maconha. O atendente, chapado, mal disse uma palavra quando deslizou um formulário para que ela preenchesse. O CD do The Tragically Hip tocava e, anos depois, a música "Bobcaygeon" sempre a lembraria a noite em que Mae morreu. Porque não era simplesmente Mae.

Joelle Reyes também havia morrido.

— Perdi minha identidade — comunicou Joey, deslizando o formulário de volta, não preenchido, juntamente com quatro notas de cinquenta, bem gastas. — Também perdi meu cartão de crédito.

— Sem problemas — respondeu o funcionário, imperturbável, enquanto embolsava o dinheiro. — Mas vai ter que pagar adiantado. Quantas noites?

— Digamos que uma semana.

Ele informou o total, e ela pagou também em dinheiro. Ele lhe entregou a chave do quarto. Como era o caso na maioria desses antigos motéis, era uma chave de latão presa por uma corrente. O arco-íris de plástico estava tão gasto que as cores haviam desbotado.

— Também não está incluso serviço de quarto — disse o funcionário, o que informou a ela que a transação toda não iria ser registrada.

Para ela, tudo bem.

— Está limpo?

Ele sacudiu os ombros.

— Depende da sua definição de limpeza.

A cama tinha uma colcha de arco-íris, combinando com cortinas também com arco-íris, espalhafatosos os dois. Mas os lençóis cheiravam a detergente, o banheiro cheirava a água sanitária e a TV funcionava direito.

Joey deu um telefonema, considerando que a chance de que ele ainda estivesse acordado às quatro da madrugada era meio a meio. Ele estava, e mesmo surpreso ao ouvi-la falando, concordou em vir ao motel. Ela tinha acabado de sair do chuveiro quando ouviu a batidinha na porta. Verificou no olho mágico e depois abriu a porta.

O quarto pareceu menor no momento em que o grandalhão entrou.

— Por que você está aqui? — perguntou Chaz, olhando ao redor. — Aquele sujeito está dormindo na sua casa ou coisa parecida?

Ele se referia a Drew, é claro.

— Não — informou Joey. — Ele foi embora. E não vou vê-lo nunca mais.

Logo que ela pronunciou as palavras, sentiu uma mão imaginária em volta de seu coração, apertando-o.

Ela se sentou na cama. Chaz sentou-se ao lado dela e se inclinou para beijá-la. Ela colocou a mão no peito dele.

— Sinto muito, não posso.

— Pensei que estava aqui para...

— Estou saindo de Toronto — ela disse. — E preciso de sua ajuda. Preciso de uma nova identidade, e preciso de sua ajuda para distribuir isso.

Ela enfiou a mão na mochila, abriu e mostrou o que havia dentro.

— Jesus Cristo! — exclamou Chaz. — Onde é que você arranjou essa porra?

— É melhor você não saber. — Ela tirou o tijolo de pó branco e colocou na cama entre os dois. — Nem sei o quanto isso vale, mas tenho certeza de que é muito. E vou dar pra você, em troca de uma carteira de motorista, uma certidão de nascimento e, se possível, um passaporte.

Chaz olhou para a droga, e depois para ela.

— Joey, o que você fez? — perguntou ele, suavemente.

— Logo você irá descobrir — replicou ela. — Mas você é a única pessoa na qual posso confiar. Não posso ficar aqui, Chaz. Sei que você tem um primo que está por dentro... de coisas ilegais. Se conseguir que ele distribua isso, então vocês dois poderão dividir a grana. Só preciso da identidade. Preciso sair do país.

— Você está falando sério? — Chaz olhava como se ela tivesse enlouquecido. — Você quer que eu ligue para Reggie?

— Você está certo. Estou te pedindo demais. Isso foi estúpido. Vou jogar isso pela privada.

Ela pegou o tijolo e se levantou, mas antes que chegasse no banheiro, Chaz a interrompeu.

— Espera aí. Passe isso pra cá. Vou ver o que posso fazer.

Depois suspirou e esfregou seu rosto.

— Porra, Joey. Eu jamais faria isso se não fosse por você.

Três dias depois, Chaz estava de volta ao motel, depois de providenciar o que ela pediu. Não parecia muito feliz.

— Todo mundo lá no Cherry está de luto por você. Neste fim de semana irão fazer um funeral simbólico.

— Sinto muito — expressou ela. — Sinto muito mesmo. — Hesitou. — Você não vai me perguntar quem era? No incêndio?

Ele sacudiu a cabeça e se sentou na cama. O colchão afundou sob seu peso.

— Quanto menos eu souber, melhor.

— Você não vai perguntar se eu a matei?

— Se você fez isso, tinha suas razões e não mudaria nada do que sinto por você — disse ele em voz baixa. — Mas sei que não fez isso.

Ela se sentou ao lado dele e pegou sua mão.

— Eu poderia ir com você, sabe — disse Chaz. — Você não precisa fazer isso sozinha.

— Você não pode ir para onde eu vou. — Joey encostou a cabeça no braço dele. — Mas nem consigo dizer o quanto sou feliz por ter conhecido você.

Ele não olhou para ela enquanto lhe entregava a nova identidade. O nome tanto na carteira de motorista quanto na certidão de nascimento era Paris Aquino.

Joey franziu o rosto. *Paris*? Aquino estava bem, mas ela esperava um primeiro nome mais comum. — Ela não se parece nada comigo.

— Ela parece com você o suficiente. — Chaz sacudiu os ombros. — Você vai ter que lidar com isso. Sabe como foi difícil achar uma carteira *e* uma certidão de nascimento para uma garota filipina de sua idade e altura?

Ela olhou os dados da carteira. A idade era bem próxima; as datas de nascimento eram do mesmo ano, com apenas dois meses de diferença.

— Ninguém vai acreditar que sou eu. Você pode notar pelo rosto que ela é mais pesada que eu.

— É por isso que vai funcionar — disse Chaz. — Olhe a data. A carteira de motorista expirou mês passado. Quando você for renovar, leve a certidão de nascimento. Se lhe questionarem, simplesmente diga que perdeu peso. Pode tirar novas fotografias. E depois de renovar a carteira, pode solicitar o passaporte.

Joey se lembrou de quando tita Flora teve que tirar um novo passaporte. Sua tia teve que tirar duas novas fotos, e no verso das duas o médico da família assinou confirmando sua identidade.

— Mas não vou precisar que alguém confirme que sou eu? E como sei se Paris já não tem um passaporte novo?

— Isso tudo não é sem riscos, Joey. — Chaz colocou um papel em sua mão com um nome e um telefone escritos. — Esse sujeito é amigo de Reggie e trabalha na repartição de passaportes. Ele espera um telefonema seu, mas sabe que seu nome é Paris. Informe a ele o dia e a hora que você irá, e ele vai te atender.

Ela olhou sua nova identidade. *Paris*. Não combinava nada com ela. Mas, como disse Chaz, ela teria que lidar com isso.

— Obrigada — disse.

— Nem me agradeça — ele respondeu. — Você pagou caro demais por isso. O valor dessa cocaína nas ruas está por volta de cem mil. Uma identidade falsificada teria custado a você no máximo dois mil.

Ambos se levantaram. Ela o abraçou a apertou seu rosto no peito dele, permitindo à si mesma o conforto de seus braços em volta dela por uma última vez. O coração dele estava disparado. Mas quem olhasse de fora nem sequer perceberia.

Ele beijou o topo de sua cabeça.

— Quase disse que veria você por aí a qualquer hora, mas isso não acontecerá, não é?

— Não. — A voz dela estava abafada.

— Cuide-se bem, Joey. — Chaz a abraçou por mais um momento e depois se foi.

Uma hora mais tarde, ela passou pelo balcão de registro para entregar a chave. O mesmo funcionário estava lá, e tal como ele não havia pedido que ela assinasse coisa alguma quando deu entrada, não havia nada que fazer agora na saída.

— Boa sorte — disse ele.

— Por quê? — ela perguntou.

— Por seja lá do que você está fugindo.

Não estou fugindo de, ela pensou, enquanto pegava um táxi fora do motel. *Estou fugindo para*.

Agora ela era Paris.

QUARTA PARTE

Não pense que não passei pelo mesmo dilema.
— Lauryn Hill

33

PARIS SE ACOSTUMA POUCO A POUCO ao estilo agressivo de seu advogado falar, mas a melhor qualidade de Sonny Everly é que ele jamais lhe diz outra coisa senão a verdade. Elsie tinha razão quanto a ele ser um babaca completo, mas pelo menos é o babaca que está do lado de Paris.

Eles ainda não têm a data do julgamento e, segundo Sonny, pode ser daqui a um ano, ou mais.

— Um caso desses, com uma pessoa famosa, o promotor não tem pressa — diz Sonny, pegando sua pasta de documentos. — Não podem deixar passar nada.

— Não podemos pedir um julgamento rápido? — ela pergunta enquanto o acompanha até a porta. — Não quero ficar nesse limbo por um ano.

— Então você quer ir para a prisão mais rapidamente? — diz Sonny. — Você não quer um julgamento rápido, não em sua situação. Qualquer coisa pode acontecer, e nós também não podemos deixar passar nada. Enquanto isso, volte ao trabalho. Conviva com seus amigos. Medite. Faça as unhas. Faça o que as mulheres como você fazem.

— Mulheres como eu? — Paris suspira. — Todas as vezes que penso que posso até gostar de você, Sonny, você me faz lembrar do porquê não gosto.

Ele abre o sorriso.

— Você vai me amar quando for inocentada. Confie em mim, o.k.? Não é minha primeira vez nisso.

Tampouco é a de Paris.

Logo que ela abre a porta, um dos repórteres que fica por perto da casa grita uma pergunta.

— Ei, Sonny! Como você se sente defendendo a mulher que assassinou o príncipe de Poughkeepsie?

— Vocês, baratas, não têm nada melhor pra fazer? — Ela ouve o advogado retrucar enquanto entra em seu BMW. — Saiam daqui.

Mas pode ser que os fotógrafos realmente não tenham nada melhor pra fazer. Paris pode entender. Ela não havia percebido que tinha tão poucos amigos até tudo isso acontecer. A maior parte do seu círculo social — se pudesse mesmo ser chamado assim —, era o círculo social de Jimmy e, além de Elsie, nenhum deles havia entrado em contato com ela.

Até mesmo Henry vinha mantendo distância, agora que estava sozinho gerenciando o estúdio. Ela tentou voltar ao Ocean Breath para dar sua aula das seis da manhã. Aula de Hata do Amanhecer, mas uma multidão de curiosos estava esperando diante da porta durante toda a manhã. Isso havia assustado os alunos e preocupado os outros instrutores.

Por onde ela fosse, os fotógrafos a seguiam.

— Querida, sinto muito — Henry havia lhe dito. — Mas, como seu sócio, tenho que te dizer que você está prejudicando os negócios.

Paris jamais havia deixado de trabalhar desde que terminou o colegial e não está acostumada a ficar o dia inteiro sem fazer nada. No momento, seus únicos companheiros são os livros e a TV. O interessante é que, por enquanto, ela não está realmente preocupada com Ruby. Ser acusada do assassinato de Jimmy é na verdade útil no que diz respeito à sua mãe, porque se ela for condenada, não terá dinheiro para pagar a chantagem. E o que mais convém a Ruby é que ela seja inocentada. Mesmo que sua mãe realmente fosse adorar arruinar a vida de Paris expondo a verdade sobre Mae, no final das contas Ruby se importa mais consigo mesma. E se houver alguma possibilidade de conseguir dinheiro, ficará esperando.

Parece que ela já tinha visto tudo da Netflix, Hulu e do Prime, e assim Paris muda de *streaming* para o Quan, procurando qualquer coisa diferente para distrair a mente. Na categoria "Programas de TV que escolhemos para você", ela vê *The Prince of Poughkeepsie* e sorri. Eles têm todas as dez temporadas, o que era parte do acordo que Jimmy fez com eles. Ela continua rolando pela programação até que vê que acrescentaram um novo programa.

Só que não é nada novo. Assim como os outros, *Dateline* e *20/20*, *Assassinas* já circula há muito tempo. Passava na TV na época em que Joey estava na escola, e obviamente não havia escassez de assassinas, porque agora eles estão colocando no ar novos episódios todos os dias. Cada programa de uma hora de duração é uma reconstituição dramática de um caso real de assassinato, e oito temporadas do programa de mais de trinta anos estão agora no Quan.

Paris havia visto *Assassinas* apenas uma vez. Com certeza, eles já não teriam o episódio de Ruby Reyes.

Na noite em que primeiro foi ao ar, os garotos já estavam na cama. Tita Flora havia trocado seu turno no hospital para poder ver o programa. Tito Micky fez pipoca. Até mesmo lola Celia, que às nove da noite normalmente já estava em seu quarto, ficou acordada e se acomodou em sua cadeira de balanço quando a trilha sonora brega do programa começou a tocar.

Joey se sentou no chão da sala de estar, encostada na parede. Quando o narrador anunciou o episódio com sua voz sinistra e cadência vagarosa e dramática, era realmente surreal. "Esta noite... *Assassinas* apresenta... Ruby Reyes... A Rainha de Gelo chegou."

Logo de saída, sua tia e sua avó não aprovaram a atriz selecionada para ser a Rainha de Gelo.

— Bonitinha demais para ser Ruby — tita Flora se queixou pelo menos três vezes. — Não é realística.

— *Ni filipina siya* — resmungou lola Celia, pelo menos quatro vezes. — Ela nem é filipina.

Joey estava tão ligada no programa que mal escutava aquele sarcasmo todo. Ela concordava com a avó que *Assassinas* podia pelo menos usar uma atriz filipina. Mas sua tia estava completamente errada. É verdade que a mulher no papel de Ruby era muito bonita, mas faltava a ela o carisma e a sensualidade natural características de Ruby. Na melhor das hipóteses, era uma versão caricata da Rainha de Gelo, e na opinião de Joey, sua mãe era muito mais bonita.

Tito Micky curtiu o episódio do começo ao fim. Passava a pipoca entre todos como se *Assassinas* fosse uma diversão, como se Ruby não fosse da família e a filha dela não estivesse sentada na mesma sala de estar, mortificada por ver sua mãe retratada na TV, para que todo mundo a visse. Os garotos do colégio por fim tinham começado a esquecer quem era a mãe de Joey, e agora esse programa estúpido na TV ia lembrá-los de tudo novamente.

Enquanto viam, ela ficou surpresa porque, a despeito do exagero dramático da atuação e a voz comicamente cheia de pressentimentos do narrador, *Assassinas* na verdade mostrou muitos detalhes verídicos sobre Ruby e Charles Baxter. Eles se encontraram pela primeira vez no café Second Cup, perto do banco, um "encontro casual" que de maneira nenhuma foi casual. Ruby moveu a primeira peça. Charles de fato prometeu que deixaria a esposa por ela. E Ruby de fato passou pela casa dele sem ser esperada, na noite do assassinato, depois que Charles terminara o caso pela terceira ou quarta vez.

Onde *Assassina*s errou completamente foi no relacionamento entre Ruby e sua filha. Com o objetivo de manter em segredo a identidade da filha de Ruby, o programa mudou o nome de Joey para Jessie. Na cena que mostra o encontro de Jessie com Ruby na prisão, antes do julgamento, a conversa entre as duas é retratada como amorosa.

Na realidade, não foi nada disso.

Dois meses já haviam se passado desde que Joey tinha visto sua mãe, e ela ficara chocada ao perceber como Ruby parecia mais velha.

Ela e Deborah estavam sentadas em uma mesa na sala de visitas quando Ruby foi trazida por um agente penitenciário. O macacão laranja parecia dependurado nela. Seus cabelos estavam engordurados, amarrados em um coque. Havia rugas em sua testa que não existiam antes. Parecia ter envelhecido uns dez anos.

Joey queria chorar. Ela havia feito isso, ela era a razão pela qual sua mãe estava sentada ali, parecendo uma criminosa. Tudo era culpa dela.

— Está tudo bem — sussurrou Deborah, como se sentisse a angústia dela. — Você consegue.

Quando Ruby chegou até a mesa, viu o olhar no rosto de Joey e resmungou.

— Parece que toda a gordura que perdi foi você quem ganhou. Pelo menos, por fim cheguei ao meu peso ideal.

— Você está bonita, mamãe — disse Joey, sua voz tímida, mas sua mãe já havia perdido o interesse.

— Quem é essa? — Ruby olhou Deborah com as sobrancelhas levantadas, examinando a assistente social dos pés à cabeça.

Deborah se apresentou, mas não lhe ofereceu a mão. Na recepção, haviam informado às duas que não era permitido nenhum contato físico, apenas um abraço breve no começo e no fim da visita.

— Então você é quem toma conta da minha garota — disse Ruby.

— Faço o melhor que posso, mas Joelle é muito boa em tomar conta de si mesma. — Deborah apontou para uma mesa ali perto. — Joelle, vou me sentar ali, está bem? Aproveite seu tempo.

— Então? — tornou Ruby quando a assistente social se afastou. — Pode me abraçar, Joelle.

Joey apertou seus braços em volta da mãe. Ela conseguia perceber todos os ossos de suas costas.

Ruby a afastou para poder examiná-la.

— Olhe só você. Agora você é mesmo uma porquinha saltitante.

Elas se sentaram uma em frente à outra. A sala de visitas estava meio cheia, e lá estavam namorados, maridos e alguns bebês barulhentos. Joey ficou sentida ao pensar que sua mãe estava ali havia sete semanas e ninguém mais além de seu advogado a visitara em todo esse tempo.

— Como está na escola? — perguntou Ruby.

Ninguém fala comigo.

— Bem.

— E tita Flora?

— Bem.

— Fale mais alto. Não escuto você.

— Ela está bem — disse Joey, mais alto. — Não a vejo muito. Ela trabalha o tempo todo.

— E tem dito coisas desagradáveis e presunçosas sobre mim? — O olhar de Ruby estava fixado no rosto de Joey. — Aposto que ela não consegue fechar a matraca. Vagabunda presunçosa.

— Ela não disse nada sobre você. — Era uma mentira necessária. Sua mãe não iria gostar das coisas que sua irmã dizia. — Nem uma palavra.

— Ah. — Os ombros de Ruby relaxaram. Era difícil saber se ela estava aliviada ou desapontada. — E que tal Maple Sound? Você gosta de lá?

— Não.

— E que tal o seu tito Micky? — A voz de sua mãe abaixou. — Ele incomoda você?

Joey enfrentou o olhar da mãe.

— Não muito.

Por alguns instantes as duas ficaram em silêncio. Joey olhou de relance para Deborah, que tinha uma revista aberta na mesa diante dela, mas na verdade não estava lendo. Joey sorriu para a assistente social para que ela soubesse que tudo estava realmente bem. Deborah sorriu de volta.

— Não gosto dessa mulher — sibilou sua mãe, estreitando os olhos ao seguir o olhar de Joey. — Não gosto do jeito que ela me olha. Me julgando. O que você andou contando pra ela?

— Nada.

E você cale a boca, Deborah é perfeita.

— Traga sua cadeira pra mais perto — pediu Ruby, e Joey arrastou a cadeira mais alguns centímetros para a frente. Sua mãe se inclinou mais. — Escuta, quero falar com você sobre o julgamento. Você sabe que tem de testemunhar, certo? O promotor considera você como testemunha.

Ela confirma.

— Preciso que você seja esperta, Joey — disse Ruby. — Não posso fazer nada sobre as coisas que você escreveu em seus diários, porque agora já viraram provas e todo mundo já leu. Fiquei puta com você por algum tempo, mas compreendo que você estava perturbada quando escreveu aquelas coisas. Não estou mais puta, o.k.?

Claro que você não está puta. Está furiosíssima.

— Você realmente fodeu as coisas pra nós, mas ainda pode ajeitar isso, certo? Você precisa consertar isso. Por mim e por nós. Você compreende isso, né, baby?

— Como posso consertar? — perguntou Joey.

Ruby tentou pegar em suas mãos, mas parou quando o guarda que estava próximo balançou a cabeça. Joey olhava para baixo, para a mesa. As unhas de sua mãe, geralmente compridas e pintadas de vermelho, estavam sem esmalte e roídas até o toco.

— Quando você testemunhar — começou Ruby — preciso que você deixe bem claro que Charles estava... machucando você. Você colocou um monte de coisas em seu diário, mas o que não escreveu foi sobre o que Charles fazia com você.

Porque eu não podia escrever sobre isso. Escrever sobre isso faria com que eu revivesse tudo. Escrever sobre isso em meu diário significava que realmente havia acontecido.

Joey encarou sua mãe.

— Você sabia, mamãe? — ela perguntou suavemente. — Você sabia o que Charles estava fazendo?

— Ah, para com isso. — Ruby abanou a mão. — Eu realmente não sabia, o.k.? Não me lembro de você me dizer alguma coisa sobre isso. Como eu poderia saber de alguma coisa se você não me contava?

Porque se eu dissesse você ia dizer que a culpa era minha.

— Realmente não sabia isso de verdade, até aquela noite — falou Ruby com um tom de sinceridade, como se estivesse contando isso para alguém que não a conhecesse. — Fiquei chocada.

— Não sei se posso falar sobre isso — alegou Joey. — Em voz alta, quero dizer. No tribunal.

— Mas ele estava machucando você. — Sua mãe inclinou a cabeça. — Por que você não iria querer dizer a todos que ele estava machucando você?

Porque ele não estava simplesmente me machucando, ele estava me estuprando. E não consigo dizer isso em voz alta sem sentir que estou sendo estuprada mais uma vez.

— Queridinha, se você falar ao júri sobre Charles quando testemunhar, isso vai me ajudar, compreende? — O rosto de sua mãe estava apenas a alguns centímetros do seu. Sua voz, o volume de um sussurro alto. — Porque assim o júri vai entender o motivo do que eu fiz. Sou sua mãe, e fiz isso pra te proteger. Isso é extremamente importante para minha defesa. Se não disser a eles sobre Charles, vou ficar na prisão para sempre. Então, onde você vai ficar? Enfiada em Maple Sound, isso sim. Eu poderia passar seis meses na cadeia por conta do abuso infantil com bom comportamento e cumprindo algum programa de merda. Seis meses, Joey, e então vamos ficar juntas novamente. Você não quer me ver fora daqui?

Não sei.

— Baby, por favor — disse Ruby. — É preciso que você faça isso, certo? Você precisa dizer todas as coisas ruins que Charles fazia com você. Não guarde nada. Conte tudo pra eles.

Então agora você quer que todo mundo saiba, agora que isso te ajuda.

Com voz suave, Joey disse.

— Você sabe que ele não foi o único, mamãe.

Ruby soltou a respiração.

— Você está com raiva de mim. Muito bem. Sinto muito, certo? Sinto muito por ter tido alguns namorados ruins. Mas podemos conversar sobre isso depois que eu sair. Por enquanto, precisamos estar focadas. Só Charles, certo? Você precisa dizer a eles especificamente sobre Charles. Prometa, Joey, ou vou morrer na prisão. E posso garantir, você jamais vai poder viver com isso.

Essa parte era provavelmente verdadeira.

Joey, de fato, amava sua mãe. Realmente amava. Ela acabou compreendendo que sua mãe fazia o melhor possível, considerando quem era sua mãe. A mãe de Joey também teve uma mãe má.

— Joey. — Ruby olhou para ela. — Se você me ama, vai fazer isso por mim. Realmente é o mínimo que você pode fazer.

Joey tomou sua decisão.

— Está bem, mamãe — disse ela. — Vou contar pra eles.

Sua mãe soltou um suspiro longo.

— Essa é minha garota! — exclamou, seu rosto mostrando um sorriso triunfante. — Sei que você vai ser ótima lá. E algumas lágrimas também vão ajudar. Capriche bem, o.k.?

— Tá bem — disse Joey. — Eu amo você.

Diga isso também pra mim. Por favor. Diga pelo menos uma vez.

Ruby sentou-se na cadeira e cruzou os braços no peito.

— Vou acreditar nisso quando você fizer isso por mim.

Amor condicional, o único tipo que sua mãe conhecia.

Paris finalmente acha o episódio de Ruby em *Assassinas*. Está na sétima temporada, episódio 12. Apesar do senso comum lhe dizer que ver isso não lhe proporcionaria a distração que procura, ela aperta o play e se ajeita no sofá.

Ruby certamente nunca viu esse episódio, e tampouco havia visto o filme horroroso feito para a TV, intitulado *A amante do banqueiro*, que foi ao ar um ano depois. Mas certamente tomou conhecimento deles, e sem dúvida os odiaria. No evangelho segundo Ruby Reyes, o pecado mais grave não era assassinar. Era exibir a roupa suja.

A primeira vez que aprendeu essa lição, Joey tinha apenas seis anos. Ela e Ruby haviam acabado de sair de uma reunião com a professora da primeira série, que estava preocupada por ela dormir na aula. Quando a sra. Stirling lhe perguntou por que ela andava tão cansada, Joey disse que o namorado de sua mãe havia passado a noite lá, e os dois fizeram barulho a noite inteira.

Depois da reunião, Ruby bateu a porta do carro e disparou pela comprida entrada da escola. Quando pararam em um sinal vermelho, ela se inclinou e beliscou o braço de Joey. A dor foi repentina e aguda, e Joey gritou.

— Você nunca, jamais fale sobre a nossa vida — sua mãe sibilou. — O que acontece em casa é entre mim e você, compreende?

— Mas a sra. Stirling me perguntou — disse Joey. — E nós temos que dizer a verdade.

Ruby a beliscou mais uma vez, e outra, até Joey chorar.

— A verdade é seja lá o que for que eu te diga que é — respondeu sua mãe. — Você me envergonhou. Jamais faça isso novamente.

Desde bem novinha, a noção de verdade sempre foi um conceito fluido para Joey. Era possível contar uma história completamente verdadeira, omitir alguns detalhes aqui e ali, e terminar com uma narrativa completamente diferente. A história ainda seria verdadeira? Sim. Era simplesmente uma expressão diferente da verdade, projetada para contar a história de um modo específico para obter uma reação específica.

E não eram apenas as pessoas más que faziam isso. Os bons também.

Na manhã seguinte ao seu encontro com a mãe na prisão, Deborah levou Joey para um encontro com a promotora para prepará-la para seu testemunho. Madeline Duffy (*meus amigos me chamam de Duffy*) era uma senhora simpática, tal como Deborah havia lhe dito, mas um tanto implacável. Ela conduziu Joey pelos acontecimentos na noite do assassinato de Charles uma dúzia de vezes, fazendo-a repetir uma e outra vez, ajustando suas perguntas para provocar a melhor resposta que ela queria. Depois, afinava as respostas de Joey até que tudo fosse formulado exatamente do modo que ela precisava que fosse para provocar o máximo impacto.

— Muito bem, a última — disse Duffy. Normalmente Joey não se sentiria confortável pensando em um adulto somente pelo seu sobrenome, mas ela estava tão cansada que deixou de se preocupar com isso. — Sei que foi um longo dia, e tenho certeza de que Deb está pronta pra ir embora.

— A tia e o tio de Joelle logo estarão por aqui para buscá-la — avisou Deborah. — Eles gostariam de estar na estrada antes que o trânsito piore.

— Sem problemas. — Duffy sorriu para Joey. — Estamos quase acabando.

Deborah deu uma palmadinha no ombro de Joey.

— Tenho que sair pra dar um telefonema, querida. E depois ficarei aqui fora esperando sua tia e seu tio quando chegarem.

Por favor, não vá sem se despedir.

Deborah se inclinou e falou no ouvido dela.

— Não se preocupe, jamais iria embora sem me despedir. Você é uma das minhas pessoas favoritas.

Eu amo você, Deborah.

Quando as duas ficaram a sós, Duffy tirou os sapatos de salto e se apoiou na escrivaninha.

— Muito bem, Joelle. Quando eu fizer a próxima pergunta, quero que você pense em todos os homens casados com os quais sua mãe se envolveu e como terminou cada um desses relacionamentos.

— Todos terminaram mal.

— Certo — disse Duffy. — E sabemos que pelo menos dois dos namorados de sua mãe eram pedófilos.

Não era uma pergunta, de modo que Joey não respondeu.

— O júri vai querer saber qual o estado mental da sua mãe na noite em que ela matou Charles Baxter. Então, quando eu te perguntar "Por qual motivo você pensa que sua mãe fez isso?", você terá que responder. Isso será formulado como uma opinião, de modo que será sua oportunidade de dizer exatamente o que você pensa, certo? Então me diga. Por que razão você pensa que ela fez isso?

Joey havia pensado muito sobre isso, e era difícil articular a resposta. Sua mãe havia esfaqueado Charles porque estava zangada e não conseguia controlar seu comportamento. Não estava sendo uma mãe protetora naquela noite. Quando ela tinha sido?

A verdade é que na noite em que Ruby esfaqueou Charles, ela estava com ciúme. E Joey perguntou a si mesma: se as elas estivessem em posições opostas, o que Ruby diria?

Então ela respondeu a Duffy exatamente isso.

34

QUANDO COMEÇOU O JULGAMENTO DE RUBY, em Toronto, tito Micky iniciou um álbum de recortes em Maple Sound com todos os artigos de jornal sobre isso. Ele assinou os três maiores jornais de Toronto, e o álbum de recortes ficava o tempo todo no balcão da cozinha. Joey nunca abriu o álbum. Em vez disso, passava a maior parte de seu tempo no quarto, lendo.

Tanto Deborah como a promotora lhe asseguraram que seu nome jamais apareceria em lugar algum porque ela era menor de idade, mas isso não a tranquilizou muito. Qualquer pessoa que conhecesse Ruby sabia que ela tinha uma filha. Ruby sempre mostrou Joey como um acessório, exibindo-a quando queria ganhar a simpatia ou admiração por ser mãe solteira, e a descartando se considerasse que Joey era um obstáculo para conseguir algo que quisesse.

Dois dias antes de seu testemunho, ela estava uma pilha de nervos. Por duas vezes havia conversado com Madeline Duffy pelo telefone, depois do encontro inicial, e ao mesmo tempo que se sentia preparada, estava assustada ao imaginar o rosto dos jurados. Duffy explicou que o tribunal estaria fechado para espectadores e jornalistas, mas ainda assim sobravam doze pares de ouvidos na bancada do júri escutando cada palavra que dissesse e como ela as dizia. Doze pares de olhos observariam sua linguagem corporal, suas expressões faciais, suas lágrimas.

E sua mãe estaria lá. Vendo tudo.

— Lembre-se de que não há problemas em chorar — garantiu Duffy no último telefonema. — Todos naquela sala estão do seu lado. É importante expressar como você se sente.

Era exatamente o que sua mãe havia dito, mas o que Duffy não sabia era que Joey havia sido treinada para não chorar. A chance de ela ser capaz de chorar no dia seguinte era mínima, por mais que a promotora estivesse pedindo, não tão sutilmente, para que ela fizesse isso.

— Joelle — disse uma voz suave e ela viu tito Micky parado na porta do quarto.

Ela estava tão imersa no romance que lia que não ouviu os passos do tio se aproximando pelo corredor. Era sua terceira leitura do romance *Se houver amanhã*, de Sidney Sheldon, seu livro favorito, que era sobre uma mulher incriminada por um crime que não cometeu. Quando finalmente sai da prisão, ela se transforma em ladra profissional que viaja pelo mundo realizando roubos ousados, mudando de nome e aparência sempre que acha necessário. E é claro que se vinga das pessoas que a acusaram e também se apaixona ao longo do enredo.

— Quer vir conosco até a cidade? — tito Micky pergunta — Atividades de verão na ACM. Tenho que levar os garotos. — *"Teim que levar osgarotos"* — Depois, você pode ajudar com as compras. Agora que você está ajudando sua lola com a cozinha, ela quer que você ajude nas compras.

Durante o dia, seu tio era apenas um magrelo barrigudo, não um monstro à espreita na escuridão. Ainda assim, Joey nem imaginava algo que pudesse querer fazer menos. Sozinha no carro com tito Micky? Não, obrigada.

— Depois de fazer as compras, posso deixar você na livraria. E lhe daria dez dólares para gastar lá. Boa distração, né? — Seu tio tentou sorrir amistosamente, uma fileira de dentes manchados por tabaco.

Espere aí. Dez dólares? Isso era um novo livro de bolso e troco para guardar.

— Está bem — ela disse meio desconfiada, sentando-se.

— Enquanto você fica na livraria, vou até o bar do outro lado da rua. Vai passar um jogo de beisebol nessa hora, e fiz uma apostinha sobre quem vai vencer. — Tito Micky deu uma piscadela. — Mas não conte pra sua tia.

Alguns minutos mais tarde, Joey estava sentada no banco da frente da caminhonete do tio, animada. Só os dois garotos mais velhos iam para a ACM naquela tarde, já que Carson estava mal do estômago. Depois que os garotos saltaram do carro, ela e tito Micky foram para o supermercado. Eles rapidamente terminaram as compras, e tito Micky colocou as carnes e os queijos na bolsa térmica que guardava no porta-malas. E foram para a rua Principal.

— Na época do Natal, eles armaram uma árvore de Natal bem grandona na praça. — Tito Micky achou uma vaga de estacionamento bem em frente à livraria. — Tem dez metros de altura e é toda iluminada. Cantores de músicas natalinas se apresentam e tem um desfile pro Papai Noel. — *"Desfili pro PapaNoel"*. — Sempre levamos os garotos e tomamos chocolate quente. Você vai gostar.

Joey sentiu uma angústia. Seu primeiro Natal sem sua mãe. Ela nem havia pensado nisso.

Seu tio sacou a carteira e pegou uma nota de dez dólares, seus dedos passando pelos dela sem necessidade quando a entregou. Ele apontou para o outro lado da rua na direção de um bar chamado Loose Goose.

— Encontro você aqui de volta às três e quarenta e cinco, tá bem? Temos que pegar os garotos às quatro.

Ele teria duas horas para passar na livraria, e com dez dólares para gastar. Estava tão entusiasmada que quase pulava. Ambos saíram do carro e tito Micky se encostou na porta de motorista e acendeu um cigarro.

Dali da calçada, Maple Sound era bem diferente da que Joey estava acostumada. Ao contrário de Toronto, que era cheia de pessoas de todas as raças e religiões e que falavam tantas línguas diferentes, Maple Sound era tão... homogênea. Sua mãe jamais compreendera a razão de sua irmã e seu cunhado optarem por morar nessa cidadezinha duas horas ao norte, longe da diversidade da vida na cidade.

— Você vai ser o mijo do cachorro na neve branca — Ruby disse para tita Flora na época. — Você vai odiar aquele lugar, e eles vão odiar você.

Joey suspeitava que seus tios na verdade odiavam estar ali, podia apostar que tito Micky voltaria para a cidade em um piscar de olhos se pudesse. Mas tita Flora parecia determinada a ficar ali, nem que fosse para provar que a irmã estava errada.

Naquele instante, no entanto, nada disso importava. Quando Joey entrou na livraria, respirou longa e profundamente e sentiu mesmo uma explosão de alegria. Qualquer livraria, em qualquer lugar, tinha o mesmo cheiro.

Cheirava a lar.

Jason e Tyson estavam esfomeados quando chegaram em casa e foram direto para a cozinha comer o que quer que a avó tivesse preparado para eles. Joey guardou as compras enquanto tito Micky imediatamente saiu para fazer fosse o que fosse lá fora. No instante em que passaram pela porta, tita Flora berrou sua insatisfação com a gigantesca pilha de folhas que seu marido havia deixado no lado da casa que dava para o lago. Ele as juntara naquela manhã, e era para as folhas já estarem queimadas quando ela chegasse em casa vindo do trabalho.

Joey escapou pela escada com seus dois novos livros. A livraria ainda tinha a promoção de dois livros por dez dólares, e a proprietária — que se chamava Ginny — lembrou-se de Joey de sua primeira visita com Deborah.

— Achou o que queria?

— Ainda não decidi — respondeu Joey, sentindo-se tímida. Havia descoberto dois de que gostaria, outro Stephen King, *Trocas macabras*, e um livro de Scott Turow, um autor que ela ainda não lera, intitulado *Acima de qualquer suspeita*, mas com as taxas ela não teria dinheiro para comprar os dois. — Qual deles você recomenda?

— Escolha difícil — disse Ginny, sorrindo. — Que tal você levar os dois, e não cobro as taxas?

Aquele era, de longe, o melhor dia de Joey em Maple Sound. O estranho era isso acontecer graças ao tito Micky. Todas as janelas de cima estavam abertas, e ela sentiu o cheiro das folhas sendo queimadas lá fora. Parecia uma fogueira de acampamento, e isso aumentava sua boa disposição. Ela empurrou a porta do quarto.

Carson, o mais novo dos garotos, que havia ficado em casa por estar doente, estava sentado no meio do chão do quarto. Claramente estava melhor, já que tinha um par de tesouras sem ponta na mãozinha e estava cortando cuidadosamente a capa de *Se houver amanhã*. E se isso já não fosse suficientemente horrível, diante dele havia uma cartolina branca, em cima da qual havia mais seis capas devidamente recortadas e enfileiradas.

Não, não estavam simplesmente sobre a cartolina. Ao lado havia um tubo de cola grande. Seu primo de quatro anos de idade estava colando tudo, e espalhados ao redor estavam os livros, sem as capas, nus e expostos no carpete como se fossem carcaças de animais mortos.

Uma raiva incandescente, diferente do que ela jamais sentira, queimou no estômago de Joey. Esse idiotinha babaca, que provavelmente tinha centenas de brinquedos com que se divertir pela casa, que jamais sentiu necessidade de nada, que jamais se sentiu inseguro, que jamais havia sido forçado a comer bolachas mofadas com margarina no jantar porque não havia mais nada para comer, estava destruindo suas coisas mais preciosas. Seus livros. A única coisa que tinha algum valor para ela, além do seu colar.

Ela preferia que ele tivesse destruído o colar. O colar poderia ser perdoado.

— O que você está fazendo? — perguntou Joey. Nos seus ouvidos, ela soava como se fosse outra pessoa, alguém à beira de explodir.

Carson não percebeu o tom dela.

— Estou fazendo um cartaz pra você, Joey. — Ele levantou a cabeça e abriu um sorriso. — Você gostou?

Não, ela não havia gostado. Não gostou nem um pouquinho.

Sem pensar, Joey arrancou o livro das mãozinhas de seu primo e lhe deu um tapa no rosto, com toda a força que tinha.

O tapa fez um ruído bem semelhante àquele que lola Celia havia lhe dado perto do lago, e, que deus a perdoasse, foi extremamente satisfatório. Joey nunca havia batido antes em alguém e, puxa, descarregar aquela raiva em alguém fez com que ela se sentisse muito bem.

Mas três segundos depois o arrependimento substituiu a raiva quando viu o rostinho de Carson mudar de choque para dor e depois, finalmente, para medo. Ele tinha apenas quatro anos, talvez a metade do seu tamanho, e era completamente incapaz de revidar. Enquanto olhava para ele, tão pequeno e indefeso, tão profundamente aterrorizado por ela, Joey viu a si mesma. Nesse momento, ele era Joey, encolhido no chão.

E ela era Ruby.

— Me desculpe — ela sussurrou, enquanto o horror com o que havia feito a inundava. — Carson, me desculpe mesmo.

Ela deu um passo na direção dele. Ele fugiu dela. Então abriu a boca e começou a berrar.

O grito era horrível, e ele não parava. Cada vez que ela dava um passo para se aproximar, ele gemia mais alto, as lágrimas em borbotões, o rosto cada vez mais vermelho. A face onde ela havia dado o tapa estava quase vinho. Joey ouviu tita Flora chamar por Carson de algum lugar da casa. Alguns segundos depois, ela escutou passos subindo as escadas, não apenas um par de pés, e sim dois pares se apressando para chegar ao segundo andar.

Quando tita Flora e lola Celia chegaram ao quarto, o priminho de Joey estava histérico, soluçando correu direto para a avó, escondendo a cabeça em seu robe.

— O que você fez? — tita Flora perguntou a Joey, apesar de ser evidente o que ela havia feito. O formato da mão de Joey era agora uma mancha púrpura no rosto do garotinho. — Que porra você fez com ele, sua vagabunda estúpida?

Joey tentou explicar, gaguejando e apontando atabalhoada para os livros cortados. Ela entendia que o cenário parecia ruim. Se houvesse pensado por um segundo, jamais teria batido nele. Carson era um garoto doce e a adorava. E era tão pequeno. Joey sabia exatamente como era se sentir tão indefesa e ser atacada por alguém a quem adorava, alguém maior, que sempre ganhava, por mais errada que estivesse.

Insatisfeita com as tentativas de resposta da sobrinha, os gritos de tita Flora foram ficando mais altos.

— Você acha que a gente queria você aqui? Olhe só pra você, é exatamente igual a sua mãe, *wa'y kapuslanan*. Você vai crescer pra virar uma puta, tal como ela. Se não estivessem me pagando por isso, jamais teríamos aceitado você aqui, sua vagabundinha ingrata e inútil.

A despeito de sua tia ser mais baixa e mais larga que sua mãe, e com um rosto menos bonito, a ira de tita Flora a fazia parecer e soar exatamente como a irmã. E tal como as de Ruby, suas palavras eram como projéteis, salpicando os ouvidos e o coração de Joey com ferimentos que jamais seriam totalmente curados. Quanto mais tita Flora gritava com ela, em uma combinação de cebuano e inglês, mais alto Carson chorava. O garotinho parecia entender a gravidade da situação, e o que estava acontecendo com a prima mais velha poderia na verdade ser pior do que o que havia acontecido com ele havia pouco. Por duas vezes ele tentou ir até Joey, mas a avó o segurou.

Lola Celia observava a cena em silêncio, com seus olhinhos negros, seus dedos retorcidos acariciando o cabelo do neto. Até então ela não havia dito nada. Só quando tita Flora finalmente fez uma pausa, com o rosto vermelho e ofegante, sua lola falou. Carson havia se acalmado um pouco, e o tom de sua avó era suave, quase gentil.

— *Sunoga ang iyang mga libro. Ang tanan.*

Joey não conseguia compreender o que a velha acabara de dizer. Sabia que "libro" significava "livro". Talvez ela estivesse tentando lembrar tita Flora que Carson não deveria ter cortado as capas dos livros de Joey e tentasse amenizar a situação. As coisas com lola Celia andavam muito melhores desde que Joey começou a ajudá-la na cozinha. Talvez sua avó estivesse do seu lado.

Mas então ela viu um olhar de compreensão se acender no rosto da tia, que logo se transformou em arrogância. Não. Seja lá o que lola Celia tivesse dito, a velha com certeza não estava do lado dela.

Um nó de medo se instalou no estômago de Joey. Iriam pôr ela para fora. Iriam ligar para Deborah e contar o que Joey fez e, oh, deus, Deborah iria saber e se afastaria dela, porque perceberia que Joey era como sua mãe.

E então, para onde ela iria? Seria transferida para outra assistente social, alguém que não gostaria dela e não se preocuparia, que jogaria Joey na casa de uma família adotiva que não se importaria com nada. Ou talvez fosse mandada para uma dessas instituições que ela tinha ouvido falar na escola, como se fosse uma prisão para garotas, o lugar para onde eram enviadas as garotas más.

Porque é claro que Joey era uma fruta podre. Havia vindo de uma mãe podre.

— Eu sinto muitíssimo — ela disse desesperadamente. — Carson, eu amo você, estou muito, muito arrependida.

— Joey — disse o garotinho, tentando se aproximar dela, mas lola Celia o segurou com firmeza.

Sua tia foi até o armário e pegou o grande cesto de roupa suja dos garotos. Despejou todas as roupas no carpete. Marchando na direção da estante de livros de Joey, varreu todos os livros para dentro do cesto, jogando lá tanto os volumes sem capa como os dois romances novinhos que Joey acabara de comprar. Quando todos os livros estavam dentro do cesto, ela o puxou para o corredor. Alguns segundos depois, Joey escutou o barulho da tia descendo as escadas com ele.

O pânico a atingiu, e ela correu atrás da tia.

— Tita Flora, por favor, eu sinto muito. Por favor.

Tito Micky olhou surpreso quando as duas irromperam pela porta dos fundos. Ele estava para acender um cigarro, que quase caiu da boca enquanto a mulher passava por ele até a lata de lixo de metal onde ele havia recém-queimado as folhas. Ainda havia fumaça.

Tita Flora era pequena, mas era enfermeira e forte. Joey viu a tia dobrando os joelhos, levantando o cesto pesado e jogando os livros na lixeira de metal. Colocou o cesto de lado, agarrou a lata de combustível que estava perto dos pés de tito Micky. Regou generosamente os livros com o líquido e depois arrancou a caixa de fósforos da mão dele. Acendeu um e jogou lá dentro e recuou um passo quando as chamas irromperam, reavivadas.

Folhas queimando deixam um certo cheiro. Papéis queimando produzem um odor um pouco diferente, um cheiro que arrasou Joey de dentro para fora. Ela caiu de joelhos enquanto as chamas alaranjadas rugiam. Naquele instante, era como se Joey estivesse queimando. Seus livros eram as únicas coisas que não estavam ligadas a lembranças dolorosas. Quase todos aqueles livros haviam sido de sua mãe. E eram as únicas coisas boas que Joey tinha.

Uma surra bem forte teria doído menos.

Joey levantou a cabeça e viu a janela do quarto, de onde seu priminho observava tudo de pé, seu rostinho distorcido por lágrimas e arrependimento. Atrás dele estava lola Celia, as mãos ainda sobre os ombros dele, sorrindo um sorriso que na verdade não tinha nada de sorriso.

Joey conhecia aquele sorriso. Sua mãe tinha um igual, e então Joey soube o que a velha havia dito.

"Queime os livros dela. Todos."

Na manhã seguinte, Joey despertou depois de um sono inquieto. Era o dia em que iria a Toronto para testemunhar, e a noite toda ela havia sido atormentada por sonhos ruins dos quais agora não conseguia se lembrar.

Ela se virou na cama e viu um envelope grande ao seu lado. Um coraçãozinho estava desenhado com giz de cera vermelho do lado de fora, e dentro havia um monte de moedas. Moedinhas de dez e cinquenta centavos. Algumas de um dólar. E, bem no fundo, uma nota de dois dólares.

Carson estava sentado no chão no mesmo lugar onde havia recortado os livros no dia anterior, ainda de pijama. Era evidente que ele estava ali havia algum tempo. Atrás dele, seus irmãos mais velhos ainda dormiam nos beliches.

— O que é isso? — sussurrou Joey.

— O dinheiro do meu cofrinho — disse Carson, lutando para não chorar. — Aí você pode comprar mais livros. Me desculpa, Joey.

Ela colocou o dinheiro de volta no envelope e sentou-se no chão ao lado dele.

— Você não tem nada de que se desculpar — ela disse, sua voz vacilando quando viu o machucado no rosto dele. Ela o encarou. — Eu fiz uma coisa muito ruim. Bater é ruim, e prometo que jamais baterei novamente em você, Carson. Você é um garotinho tão bom e eu sinto muito. Ninguém jamais deve apanhar.

— Mas lola bateu em você — relembrou ele — Lá no lago.

Não havia nada que ela pudesse dizer sobre isso.

Ele subiu na cama e se sentou no seu colo. Ela o abraçou forte e apertou o rosto nos cabelos suaves e cheirando a xampu do menino. Ficaram assim por um bom tempo.

Eu não sou minha mãe. Jamais serei minha mãe.
Preferiria morrer.

35

QUANDO O ASSISTENTE JUDICIAL ABRIU AS PORTAS, a primeira coisa que Joey viu era que todos os lugares para espectadores estavam vazios, tal como Deborah dissera que estariam.

A segunda coisa que viu foi o juiz sentado bem no fundo da sala, em um lugar alto, usando uma toga negra, tal como na TV.

A terceira coisa que viu foram os jurados no cercado à direita, todos voltados para ela.

E, finalmente, viu sua mãe, sentada na mesa à esquerda. Seus advogados olhavam para Joey, mas Ruby não, o que fazia dela a única pessoa na sala que não estava a observando naquele momento. Sua mãe continuava olhando para a frente, seus cabelos longos e lustrosos mais uma vez alisados e brilhantes, a postura de seus ombros e costas perfeitos.

Deborah segurou sua mão enquanto percorriam o corredor. Madeline Duffy sorriu de forma encorajadora de seu lugar na mesa próxima do júri. Ruby ainda não havia olhado para ela, mas ajustou um pouco sua postura, sentindo a aproximação da filha.

Havia seis homens e seis mulheres no júri. Alguns deles — a maioria mulheres — fizeram contato visual com Joey. Uma delas sorriu. Duffy havia lhe dito mais cedo naquela manhã que muitos dos jurados eram pais, alguns com filhos de idade próxima à de Joey.

Quando estavam perto de passar pela mesa da defesa, sua mãe finalmente se virou. Os olhares das duas se encontraram e Ruby sorriu. Seu advogado também sorriu, mas Joey só conseguia ver uma pessoa.

Ela conhecia cada linha do rosto de sua mãe; sabia o que significava cada milímetro de todas as expressões faciais. Joey passou toda sua existência tentando prever as emoções de sua mãe, sempre em alerta máximo para uma tempestade se formando e aquela mudança em uma fração de segundo de um céu claro para um furacão categoria 5. Ruby tinha muitos sorrisos, mas hoje, naquele momento, esse sorriso era a própria luz do sol.

Joey soltou a mão de Deborah. Passando pelos advogados, ela se jogou nos braços da mãe.

Ruby a abraçou com força, seus dedos acariciando os cabelos de Joey.

— Lembre-se do que conversamos — ela murmurou.

Nenhuma das duas se soltou até que o assistente judicial veio separá-las.

Joey sentou-se no banco de testemunhas. Deborah se sentou duas fileiras atrás da mesa da promotora, bem no corredor, de modo que ela e Joey pudessem se ver bem. Ela sorriu suavemente para Joey e inclinou a cabeça, como se dissesse "Você consegue".

Duffy começou a lhe fazer as perguntas. Elas haviam ensaiado isso, e Joey sabia exatamente o que dizer. Durante o treinamento, ela aprendeu a se distanciar sempre que as perguntas ficavam muito duras e as lembranças fossem difíceis. A cada vez, Duffy a obrigava a se concentrar. "Você tem que estar presente, Joelle. O júri precisa entender pelo que você passou e compreender como foi, eles precisam sentir isso. E para que sintam, você também precisa sentir. Nem que seja só por essa vez. Sei que você consegue fazer isso, Joelle."

Joey respondeu perguntas sobre como havia sido criada, os vários apartamentos por onde passaram, sobre o fato de às vezes dormir dentro de armários quando não se sentia segura em ficar na cama. Ela contou ao júri sobre os abusos físicos, como sua mãe trocava de amante toda hora, os ruídos de sexo que vinham do quarto ao lado e que supostamente ela não deveria ouvir. As expressões faciais dos jurados mudavam constantemente. Em um momento ficavam tristes por ela, em outros, expressavam raiva de Ruby. E, entre essas variações, havia pena. Muita pena.

— Sei que isso é difícil, Joelle — disse Duffy. — E quero reiterar como você está sendo maravilhosa, como você é uma garota corajosa. Mas agora quero falar sobre Charles Baxter. Quero que você nos guie pela noite em que ele foi morto. Pode nos dizer o que você viu?

Para isso, Joelle não podia olhar para sua mãe. E não podia também olhar para Deborah. Em vez disso, tinha que focar no rosto de Duffy. Ela não tinha nenhuma ligação com a promotora, que mais uma vez era apenas mais uma pessoa que havia dito que queria ajudá-la porque estava sendo paga para isso. Ela teria que fingir que os jurados eram simplesmente páginas em branco, esperando tomar conhecimento da verdade.

Não necessariamente tinha que ser a verdade. Simplesmente sua verdade.

Joey respirou fundo, e começou.

Alguns dias antes de Charles Baxter ser assassinado, ele havia terminado o caso com sua mãe pela quarta vez em dois anos. Ruby estava, para dizer bem suavemente, muito perturbada.

— Esse filho da puta não atende o telefone. — Sua mãe estava com o terceiro cigarro em vinte minutos enquanto andava pela sala de estar. — Ele acha que simplesmente pode me largar? Ah, não. Não, não, não.

Joey estava encolhida em um canto do sofá. Ela já havia assistido a isso antes. Sua mãe ficava assim depois de uma separação, oscilando entre a raiva e a autopiedade uma e outra vez, como se jogasse pingue-pongue consigo mesma. Essa fase era a da raiva, e não havia nada que pudesse ser feito. A única coisa que Joey podia fazer era ouvir e concordar. Qualquer outra coisa só iria piorar as coisas.

Ruby mais uma vez apertou o botão de rediscar no telefone sem fio que era, ironicamente, um presente de Charles. Joey podia ouvir o som de chamada na outra ponta. Depois de seis toques, entrava no correio de voz. Mais uma vez. Ela jogou o telefone no sofá, não acertando Joey por alguns centímetros.

— Eu devia mesmo era ligar para a casa desse safado. E falar com a mulher dele. Quer apostar como ele rapidamente iria ligar de volta?

Péssima ideia.

— Não quero que ele fique com raiva de você, mamãe.

A mãe parou.

— Você está certa. Ele ia mesmo ficar com raiva. E então nunca mais atenderia minhas chamadas. — Ela terminou o cigarro, foi até a porta corrediça que abria para a varanda e jogou a bituca por cima da grade. Voltando para Joey, disse: — Preciso de uma distração. Vamos sair daqui. Vamos ver um filme. O que você quiser.

Joey se animou. Ir ao cinema era uma raridade, e mais raro ainda que sua mãe sugerisse isso.

— Vou ver a programação.

Sua mãe não respondeu, assim que Joey pegou o telefone discou 777-FILM. A chamada foi respondida quase imediatamente. *Alôô! Bem-vinda ao Moviefone...*

Ela escutou a programação dos filmes para o fim de semana e a memorizou, depois voltou à mãe.

— O único filme permitido para a minha idade é *Batman: O retorno* — ela informou, segurando a respiração. *Por favor, por favor, por favor...*

Ruby deu de ombros.

— Ótimo.

— É dia de estreia, então temos que comprar os ingressos mais cedo. O filme começa às nove horas.

— Tá bom.

— Talvez, se sairmos cedo, eu posso comprar as entradas, e podemos jantar na lanchonete enquanto esperamos? — Joey sabia que estava abusando da sorte.

— Claro.

Oba!

— Posso procurar seus óculos enquanto você toma banho.

Fazia três dias que sua mãe não tomava banho.

— Tudo bem.

Impulsivamente, Joey beijou o rosto da mãe. Ruby fedia a cabelos sujos, suor e cigarro.

— Obrigada, mamãe. Você é a melhor.

Foi recompensada com um leve sorriso.

Quarenta e cinco minutos depois, Ruby esperava no carro em frente à bilheteria enquanto Joey comprava dois ingressos para a sessão das nove horas. Ela se apressou a voltar para o carro, animada para ir ao Jupiter Diner, seu restaurante favorito. Lá havia um menu separado só para sorvetes, e cada uma das cabines à moda antiga tinha sua própria minijukebox cheia de sucessos dos anos 1950. Uma moeda comprava cinco canções. Ela já sabia qual escolheria primeiro: "Rockin' Robin" *Tweet, tweet... tweedily-dee.*

Mas enquanto Ruby dirigia se afastando do cinema, ela sentiu que a mãe, mais uma vez, estava ficando agitada. Quando chegaram ao cruzamento seguinte, em vez de dobrar à esquerda para ir à lanchonete, Ruby subitamente dobrou à direita. O coração de Joey quase parou.

— Mamãe?

— Só quero dar uma passadinha pela casa do Charles — respondeu sua mãe. — Ele me disse que não podia me encontrar para conversar porque iria para a casa de campo este fim de semana com ela. Quero ter certeza de que não está mentindo pra mim.

"Ela" sempre queria dizer Suzanne, a esposa de Charles. Joey não tinha certeza da razão pela qual importava onde Charles estava. Ele já havia rompido com ela. Mas não havia razão para ficar lembrando sua mãe disso. Ela afundou no seu assento. Talvez não tivessem tempo para o jantar, mas ainda havia uma boa chance de que pudessem ver o filme.

Elas tomaram o rumo de Kingsway, um bairro muito caro. Mesmo que Ruby não tivesse lhe dito quanto custavam aquelas casas, era evidente que as pessoas que viviam ali eram ricas. Ruby dirigiu pelas ruas com árvores exuberantes dos dois lados enquanto Joey olhava pela janela todas as casas grandes e bonitas. O que era preciso para ter uma casa como essas, em um bairro como esse?

Elas pararam diante de uma casa gigantesca que, fora o telhado, era completamente revestida com pedras cor creme. A entrada da garagem podia acomodar seis carros, mas havia apenas um estacionado ali agora. Ruby não parou atrás dele. Em vez disso, manteve seu velho Mercury Monarch em ponto morto no meio-fio do lado oposto da rua.

— Puxa! — exclamou Joey, inclinando-se para ver para além de sua mãe. — Charles é rico mesmo.

— Você precisa ver lá dentro. — Sua mãe não parecia estar contente. O olhar dela estava fixado no Jaguar preto brilhando na entrada da garagem. — O filho da puta está em casa. Sabia que ele tinha mentido pra mim. Daqui, posso vê-lo no escritório.

Isso não importa. Ele já terminou com você.

Ruby abaixou o quebra-sol do carro e examinou o rosto no espelho.

— Preciso de mais maquiagem — comentou ela. — Ache meu batom e o rímel. Veja também se o blush está aí — ordenou, passando a bolsa para Joey. Abriu também o porta-luvas e tirou de lá a escova de cabelo que sempre deixava no carro.

Joey vasculhou a bolsa da mãe e achou um velho lápis de olhos, blush e o delineador da Maybelline Great Lash. Também tirou de lá um batom MAC Russian Red, cor que é a marca registrada de Ruby. Observou sua mãe se arrumando.

— Espere aqui — disse Ruby. — Não se preocupe, não vamos perder o filme, tá? Vou desligar o carro. Abaixe o vidro da janela pra não ficar quente demais.

Antes que Joey pudesse responder, ela saiu do carro alisando seu vestido de verão e atravessou rapidamente a rua. Foi direto para a porta da frente e tocou a campainha. Joey estava longe demais para ouvir o que Charles dizia, mas a voz de Ruby estava ficando alta. Charles a puxou para dentro e fechou a porta.

Passaram-se dez minutos. Depois vinte. Depois trinta. O estômago de Joey estava roncando. Ela achou meio pacote de goma de mascar no porta-luvas, pegou duas gomas e os enfiou na boca.

Depois de mais dez minutos, ela começava a se sentir sonolenta quando a porta do motorista abriu. Sua mãe desabou no assento ao seu lado. Ruby parecia animada, e Joey notou que a mãe não tinha mais nenhum resquício do batom vermelho na boca.

— Preciso levar o carro até a pracinha mais pra baixo, para que os vizinhos não vejam — ela disse, com os olhos brilhando. — Charles e eu fizemos as pazes, e vamos ficar para jantar. Ele não estava mentindo pra mim, teve que ficar aqui porque surgiu um trabalho urgente. Mas ela não volta da casa de campo até terça-feira.

Ele ainda está mentindo pra você, mamãe.

— Mas vamos perder o filme. E já compramos os ingressos. — Joey tirou os ingressos do bolso do short e os mostrou.

— Porra! — exclamou Ruby, ligando o motor. — Esse relacionamento é mais importante que um filme estúpido, certo? Olhe só essa casa. Se eu jogar direitinho com minhas cartas, podemos ser nós vivendo aí. Ele reconheceu que foi um erro terminar comigo. Só fez isso porque não quer que sua mulher fique com a metade de tudo quando eles se divorciarem. Mas decidiu que vale a pena se isso significar que ele e eu podemos ficar juntos.

Joey estava cética. Já tinha ouvido essa história antes, Charles não era o primeiro homem que prometia a Ruby deixar a esposa, mas nunca fazia isso.

— Posso pegar o ônibus de volta pra casa — disse Joey.

— Você vai ficar comigo. — O tom de Ruby não deixava espaço para discussão. — Charles quer te ver, e vamos passar a noite. Ele tem uma TV gigante no porão e mais de cem filmes. Isso é melhor que ficar em um cinema frio com todo mundo chutando o encosto do seu assento.

Não, não é.

— Mas eu não trouxe pijama nem escova de dentes.

— Charles tem tudo — assegurou sua mãe. — Literalmente tudo. Entre logo. Volto assim que tirar o carro daqui.

Joey colocou a mão na porta, e então hesitou.

— Deixa de ser criançona. — A voz de Ruby endureceu. — Charles está esperando você.

36

O TRIBUNAL ESTAVA ESTRANHAMENTE SILENCIOSO, tanto o juiz como o júri atentos a cada palavra de Joey. Com a garganta seca, ela virou o rosto para se afastar do microfone e tossiu, depois pegou a garrafinha de água a seu lado.

— O que aconteceu quando você e sua mãe foram para a casa de Charles Baxter? — perguntou Duffy.

— Charles me mostrou sua casa — respondeu Joey, sua voz ecoando pelos alto-falantes acima dela. — Ele disse que era legal ter de novo uma garotinha em casa. A filha dele estava na faculdade e quase nunca ia pra lá. Então, nós três descemos para o porão.

Joey nem imaginava que casas podiam ter porões como aquele, mobiliado, com carpete e diferentes ambientes. Era um paraíso para as crianças.

Os Baxter tinham uma mesa de bilhar, uma mesa de pingue-pongue, duas máquinas de pinball e um videogame Galaga, Joey só tinha oportunidade de jogá-lo no supermercado, quando sua mãe se lembrava de fazer as compras. Charles parecia genuinamente encantado de vê-la e explicou que ela não precisava de moedas para jogar qualquer um dos jogos.

— Você só precisa apertar esse botão vermelho, e o jogo começa — ele disse. — E você pode jogar quantas vezes quiser. Vamos ver se faz mais pontos que eu.

Na tela do Galaga, Joey podia ver os nomes dos outros jogadores. Alguém chamado Brian era quem tinha mais pontos; devia ser o filho de Charles. A segunda pontuação mais alta pertencia a Lexi, que devia ser a filha dele. Que nome legal, Lexi. Sobre a lareira, no andar de cima, Joey havia visto um retrato de toda a família, que parecia ser obra de um fotógrafo profissional. Os Baxter pareciam ser uma família completamente normal, só que Charles tinha uma amante chamada Ruby.

Os videogames mantiveram Joey ocupada por um tempo, assim como *O pai da noiva*, que ela havia escolhido dentre a extensa coleção de VHS. Estava com sono quando o filme terminou e acabou subindo para ver onde ela supostamente iria dormir.

Havia risos vindo do segundo andar, e ela encontrou a mãe e Charles sentados na cama dele, colocando frutas e queijo na boca um do outro, algum filme em preto e branco passava na TV. O quarto principal era tão grande que devia comportar quase o apartamento inteiro delas, tinha portas duplas, um enorme closet e um banheiro bem grande. Charles cortava o queijo em cubos com uma faca comprida e fina e colocava os pedaços na boca de Ruby como se fossem espetos de churrasco.

— Oi, queridinha — disse a mãe. O rosto dela estava corado, os cabelos bagunçados. Seu vestido estava levantado, as longas pernas nuas e expostas. A mão livre de Charles acariciava sua coxa. — Indo para a cama?

— Não sei onde vou dormir.

Charles jogou um pedaço de queijo na boca e abriu um sorriso.

— Bem no fim do corredor tem um quarto de hóspedes, o que tem uma colcha branca. Você vai achar pasta de dentes e escova no banheiro, junto com sabonete e xampu e todas essas coisas.

— Eu, hã, não tenho pijama.

— Eu empresto uma camiseta pra você. — Charles apontou para a cômoda, ao lado da entrada para o banheiro. — Segunda gaveta de baixo pra cima. Escolha a que você quiser. Você é tão pequena que vai servir como camisola em você. — Ele riu, e Ruby riu também, enquanto brincava com os cabelos dele.

Joey foi até a cômoda e abriu a gaveta, que tinha uma fileira de camisetas bem dobradas. Ela pegou a que estava logo em cima, que era da Universidade de Toronto.

— Foi lá que estudei — disse Charles. — Seja cuidadosa com ela, certo? Tenho essa camiseta há mais tempo do que sua mãe tem de vida, e não está tão em boa forma quanto ela.

Ruby riu novamente.

— Você é tão bobinho, meu querido.

Joey deu boa-noite aos dois e foi se arrastando pelo corredor. Passou por um quarto cheio de coisas esportivas — bolas de basquete assinadas, bolas de futebol, tacos de hóquei, duas camisas de times emolduradas. O quarto de Brian.

Ela continuou andando e então parou em um quarto cujas paredes eram pintadas de cor-de-rosa. Devia ser o quarto de Lexi. Curiosa, ela entrou e instantaneamente ficou maravilhada. Nas paredes havia pôsteres de Jason Priestley, Luke Perry e Brian e Austin Green. A filha de Charles era evidentemente fã da série *Barrados no baile*. Havia também pôsteres da Madonna, Mariah Carey e Marky Mark e o Funky Bunch. Sua mãe uma vez havia mencionado que Lexi estudava na Universidade Dalhousie, em Halifax, e quase nunca vinha visitar a família.

— Ela não se dá bem com o pai — Ruby lhe contara. — Isso é o que acontece quando se mima demais as crianças.

Ser mimada não parecia tão ruim para Joey. Lexi Baxter tinha mais coisas que Joey poderia imaginar que uma garota pudesse ter. Um aparelho de som, uma coleção de CDs e uma pequena TV. Tinha uma parede inteira coberta por prateleiras que não continham nenhum livro, em vez disso estavam cheias de troféus, placas, fitas e medalhas. Segundo lugar no prêmio de patinação no gelo Canada International 1990. Terceiro lugar no Autumn Classic International de 1986. Sétimo lugar no US International Figure Skating Classicde 1987. Lexi Baxter tinha sido uma patinadora competitiva, e se esses troféus fossem alguma indicação, era muito boa nisso.

Joey passou os dedos pela cama enquanto se dirigia ao closet de Lexi, tão grande que precisava de iluminação própria. Olhando as roupas, viu que todas eram de marca. Benetton, Polo, Tommy Hilfiger, Ralph Lauren. Roupas elegantes de grife para a garota que tinha tudo.

E em destaque, bem no meio, estavam pendurados os patins de gelo de Lexi. A filha de Charles tinha três pares, dois brancos e um bege, em variados estados de uso. Joey pegou um dos brancos e tirou a capa de proteção. A lâmina era extremamente fina, afiadíssima. Joey lembrou o que um dos comentadores havia dito durante os Jogos Olímpicos de Inverno em Albertville, onde ocorreram as provas de patinação do individual feminino.

"Quanto melhor patinador você for, mais afiados devem ser os patins."

Ela colocou os patins de volta no lugar e foi ver as fotos. Por todos os lados do quarto — no quadro de cortiça, na cabeceira da cama, coladas no espelho da penteadeira —, havia fotos de Lexi, loira e em forma, nos seus diferentes estágios de vida. Metade das fotos era dela patinando, e a outra metade era com a família e amigos. Lexi era popular. E era mais próxima da mãe e do irmão, ao que parecia. Havia um monte de fotos dos três, sorrindo, às gargalhadas, fazendo coisas juntos. Ela parecia com a mãe, mas tinha os olhos do pai.

Como seria ter a vida de Lexi Baxter? Lexi tinha uma mãe que a amava e um pai que a sustentava. Tinha um irmão com quem brincar ou brigar, dependendo do dia. Tinha amigos. Patinava. Fazia faculdade. Sem preocupações com dinheiro. Lexi nasceu para uma vida dos sonhos. Ela ganhou na loteria familiar.

Era tão injusto.

Joey saiu do quarto de Lexi e foi até o final do corredor para o quarto de hóspedes, que estava muito bem decorado e era totalmente impessoal. Achou a escova de dentes no banheiro da suíte como Charles havia lhe dito — até mesmo os hóspedes dos Baxter tinham uma vida melhor do que a dela e de Ruby. Joey podia entender por que sua mãe queria morar ali e ser a esposa de Charles. Sob quaisquer outras circunstâncias, Joey bem poderia gostar de ser enteada de Charles.

Só que já havia um monstro na família.

Ela deixou a camiseta de Charles no banheiro, subiu na cama e, ainda vestindo suas próprias roupas, caiu no sono.

O silêncio era tão grande no tribunal que Joey ouvia o ronco no estômago do assistente judicial a dois metros de distância.

— Você dormiu a noite inteira? — perguntou Duffy.

— Não, acordei quando ouvi um barulho.

— A que horas foi isso?

— Um pouco depois de uma da manhã, acho.

— Nos diga o que você fez então.

— Eu me sentei — disse Joey. — O quarto estava escuro, então acendi a lâmpada porque estava um pouco assustada. Depois, percebi que minha mãe e Charles estavam discutindo. Isso continuou por algum tempo, talvez dez minutos. Daí minha mãe entrou no quarto de hóspedes. Ela estava perturbada.

Joey fez uma pausa, como Duffy ensaiou com ela. Ela a havia instruído para não se apressar especificamente nessa parte. Joey contou até dois, e então continuou.

— Ela estava segurando uma faca, a mesma que vi Charles usar para cortar queijo antes. Estava coberta de sangue. E ela também.

Joey respirou e segurou um pouco antes de exalar. Parecia que todo mundo no tribunal fazia o mesmo.

— O que sua mãe te disse? — Duffy estimulou, tal como haviam ensaiado.

— Ela disse "Você tem que me ajudar. Eu matei ele. Charles está morto".

Houve sussurros no tribunal. Vinha do júri, e Joey deu uma olhada e viu que a maioria dos jurados olhavam para Ruby. Mas havia um membro que ainda olhava para Joey, e era a mesma mulher que lhe sorriu quando a trouxeram. A mulher não sorria agora. Seu rosto estava cheio de simpatia, os olhos tristes e úmidos.

— Então o que aconteceu? — perguntou Duffy.

— Ela estava histérica e em pânico. Queria ir embora. Falei a ela que devíamos ficar e chamar a polícia, dizer que foi um acidente, que ela não queria machucar Charles. Minha mãe disse que não queria que ninguém soubesse o que ela fez. Disse que, se saíssemos imediatamente, eles poderiam pensar que alguém havia invadido, como um ladrão ou coisa assim. Ela continuava puxando meu braço, mas eu disse a ela que se ela não quisesse ligar para a emergência, então tínhamos que ter certeza de que não estávamos deixando alguma coisa. Quer dizer, sei que a polícia verifica impressões digitais e tudo isso, mas também sabia que minha mãe havia estado antes naquela casa, pelo menos algumas vezes. Tínhamos que ter certeza de que ninguém soubesse que ela estava ali naquela noite.

Joey tomou ar mais uma vez.

— Achei um saco de lixo embaixo da pia do banheiro. Disse a ela que jogasse a faca ali e que deveria tirar a roupa e colocar no saco também. Ela vestiu a camiseta velha e encontrei um moletom em uma das gavetas de Lexi. Então falei pra ela sair pela porta dos fundos e pegar o carro.

— Você disse para ela ir embora? — Duffy já sabia tudo isso, mas falou em um tom de quem não acreditava. — Você, a filha de treze anos de idade, disse para sua mãe para ir embora?

— Eu estava com medo de que ela piorasse as coisas. Ela não estava pensando direito. Ficava tropeçando por ali, chorando e falando coisas.

— O que ela disse?

— Coisas assim, "Oh, deus, o que eu fiz, o que eu fiz?". Eu simplesmente pensei que seria mais fácil tentar limpar sem ela ali. Ela finalmente foi embora.

— Então, o que você fez?

— Levei o saco de lixo para o quarto de Charles. A porta estava aberta e as luzes acesas... — A voz de Joey vai ficando baixa.

Duffy faz um minúsculo sinal de aprovação.

— Diga-nos o que você viu, Joelle — pediu ela, suavemente.

— Vi Charles deitado no chão, de lado. Havia sangue por toda parte, mas principalmente no carpete onde ele estava. Os olhos dele estavam fechados, e ele não estava se mexendo. Ele parecia morto, eu... eu quase vomitei...

— É compreensível. Prossiga.

— Comecei pegando tudo que minha mãe tinha deixado para trás. A bolsa dela estava na mesa de cabeceira, e achei o batom no banheiro, perto da pia. Não sabia o que pegar, assim fui recolhendo tudo: os guardanapos, garfos, a garrafa de vinho, o copo dela, que tinha a marca do batom...

Outra tomada de ar.

— Então escutei ele gemer. Acho que dei um pulo, o ruído me assustou. Eu me virei para vê-lo, e os olhos dele estavam abertos. Pensei que ele ia se levantar, mas ele só ficou deitado ali e disse, "Joey, ligue para a emergência. Por favor. Ela me esfaqueou".

— Você ligou para a emergência?

— Não.

— Por que não? — perguntou Duffy.

— Porque minha mãe voltou. Ela estava paranoica achando que ele não estava morto e precisava ter certeza. Ela viu os olhos dele abertos e que ele tentava falar, e então alguma coisa... mudou.

— O que mudou?

— Ela mudou. Me disse que terminasse a limpeza, verificasse tudo, especialmente o banheiro. Ela havia usado a escova de cabelos da mulher de Charles e o desodorante, e queria que eu colocasse tudo no saco. Enquanto eu estava no banheiro, ela deve ter saído e entrado no quarto de Lexi. Quando saí, ela estava sentada na cadeira no canto, e estava com um dos patins de gelo da Lexi nas mãos. Ela estava o calçando e amarrando o cadarço para prendê-lo. Não conseguia entender o que ela estava fazendo. E...

— Prossiga. — Um imperceptível aceno de encorajamento. Os olhos da promotora estavam brilhando. Ela se preparava para o desfecho.

— Minha mãe pisou no pescoço dele.

Alguns jurados se sobressaltaram.

Duffy esperou alguns segundos, e depois disse suavemente:

— Conte-nos o restante, Joelle.

— Ela tirou o patim e o jogou dentro do saco com o resto das coisas. — Joey olhou para suas mãos. — E depois fomos pra casa

37

O JUIZ, COMPLETAMENTE IMERSO NO TESTEMUNHO, quase esqueceu de assinalar que a promotora havia terminado. Madeline Duffy havia se sentado fazia uns bons cinco segundos antes que ele se lembrasse de dizer:

— Sr. Mitchell, a testemunha é sua.

Joey viu o advogado de sua mãe se levantar. Era um homem mais baixo, vestindo um terno cinzento brilhante, e só tinha cabelos dos lados e atrás da cabeça.

— Joelle, me chamo Don Mitchell — ele se apresentou. — Quero agradecer a você por estar aqui hoje. Sei que isso é difícil. Vou tentar ser breve, certo?

— Está bem — disse Joey.

Ele caminhou hesitante na direção dela, como se estivesse triste por ter que fazê-la passar po aquilo. Mas Duffy havia explicado isso quando treinaram para o testemunho de Joey, o advogado de Ruby faria o mesmo com sua mãe. Tudo no tribunal era uma representação teatral. Tudo era ensaiado.

— Você disse que acordou no quarto de hóspedes por causa do barulho da discussão entre sua mãe e Charles. Você ouviu sobre o que estavam discutindo?

— Só ouvi algumas partes.

— Você pode nos dizer sobre essas partes?

— Minha mãe estava enlouquecida porque Charles queria romper de novo com ela. Ela gritava que ele só a usava, e ele estava gritando para que ela fosse embora.

— O que mais disseram?

— Só isso que consegui escutar.

— Então não estavam discutindo sobre você?

Joey deu uma olhada para Duffy.

— Não. Não que eu ouvisse.

Don Mitchell caminhava vagarosamente pela sala.

— Então você não ouviu sua mãe e Charles discutindo alguma coisa sobre você?

— Protesto — interrompeu Duffy. — Já foi perguntado e respondido.

— Mantido — replicou o juiz.

Mitchell olhou para o júri, depois para Joey.

— Ouvimos antes um testemunho que dois dos namorados anteriores de sua mãe eram registrados como agressores sexuais. Joey, alguma vez você foi abusada por algum dos namorados de sua mãe?

— Protesto — interpelou Duffy. — Por que isso é relevante?

— É relevante, meritíssimo — afirmou Mitchell. — Há uma razão para a pergunta.

— Então seja breve — disse o juiz.

Mitchell pigarreou.

— Na audiência do tribunal de menores, quando seus diários foram lidos em voz alta, você insinuou que um dos namorados de sua mãe...

— Protesto! — Duffy disse em voz alta. — Permissão para me aproximar, Meritíssimo.

Os dois advogados foram até o juiz, que cobriu seu microfone com a mão. Falaram em sussurros por cerca de um minuto, e mesmo com o tribunal em silêncio e Joey se esforçando para ouvi-los, não conseguiu ouvir nenhum dos dois. Mas Duffy havia lhe dito que isso provavelmente iria acontecer.

Joey olhava direto para a frente. Na sua visão periférica, podia sentir o olhar de sua mãe sobre ela. O de Deborah também. Ela não conseguia olhar para nenhuma das duas.

O juiz tirou a mão de cima do microfone.

— O júri deve desconsiderar essa última pergunta — ordenou ele, olhando na direção da bancada de jurados. — Os detalhes da audiência do tribunal de menores estão selados para proteção da criança. — Ele olhou para a taquígrafa. — Apague isso.

A taquígrafa concordou.

— Muito bem, sr. Mitchell — retrucou o juiz. — É preciso que o senhor tenha muito cuidado aqui. Lembre-se de que a testemunha é menor.

— Peço desculpas, meritíssimo — disse Mitchell. Ele olhou para o júri, com uma expressão de tristeza no rosto, como se estivesse comunicando que foi impedido de revelar algo muito importante para eles ouvirem. — Uma última pergunta, Joelle, e depois terminamos.

Joey assentiu, e Mitchell afastou o olhar dos jurados e fixou-o nela, colocando as mãos nos bolsos.

— Na noite em que Charles morreu — prosseguiu Mitchell — sua mãe testemunhou que acordou por volta da uma hora da madrugada e descobriu que Charles não estava a seu lado na cama. Ela foi procurá-lo e o descobriu no quarto de hóspedes. Ele estava na cama com você.

O advogado de Ruby naquele instante tinha o mesmo brilho nos olhos que Duffy mostrava antes.

— Charles estava abusando sexualmente de você, Joelle? Por favor, lembre-se de que você está sob juramento.

Joey respirou fundo, e quando exalou, olhou para sua mãe. Para qualquer um que não ela, o rosto de Ruby estava neutro, quase sem expressão. Mas para Joey, o olhar dela estava mandando sua filha dizer tudo que haviam combinado que ela diria.

Dessa vez, sua mãe esperava que ela dissesse a verdade, toda a verdade, e nada mais que a verdade. *Se você não contar a eles sobre Charles, eu vou morrer na prisão.*

Eu a amo, mamãe. Sinto muito.

— Não. — Joey falou claramente no microfone. — Charles era realmente um bom homem. Nunca tocou em mim. Nem uma vez. Nunca.

Joey desceu do banco de testemunhas. Tinha que passar por sua mãe no caminho até a saída, mas não faria contato visual e não se despediria. No que lhe dizia respeito, elas já haviam se despedido na sala de visitas da cadeia, onde Ruby pediu sua ajuda.

Durante todos aqueles anos, Joey havia contado para sua mãe o que estava acontecendo com ela, o que estava sendo feito com ela, e Ruby nunca fez nada. Metade do tempo, ela acusou Joey de mentir. Na outra metade, culpou Joey de provocar tudo.

De qualquer modo, aquilo nunca parou. Sua mãe nunca a protegeu, e jamais faria isso. Ruby só se importava consigo mesma.

A única maneira de Joey se salvar… era ela mesma se salvar.

Ela caminhou com a cabeça erguida, olhando direto para a frente. Mas antes que passasse por sua mãe, Ruby se aproximou do corredor e agarrou o braço de Joey.

— Sua putinha mentirosa.

38

O JÚRI LEVOU NOVENTA E TRÊS MINUTOS para declarar Ruby Reyes culpada de assassinato em primeiro grau de Charles Anthony Baxter.

Joey não estava presente na sentença. Ela ouviu primeiro de Deborah, e uma hora mais tarde estava em todos os noticiários. Ruby recebeu a sentença de prisão perpétua, com a possibilidade de condicional depois de vinte e cinco anos. Apesar de Joey esperar isso, sentiu como se sua mãe tivesse morrido. E tudo que restava era o luto.

O capítulo seguinte havia começado oficialmente.

Naquela noite, Joey pegou no sono minutos depois de sua cabeça cair no travesseiro, adormecendo ao som dos sapos no lago. Estavam coaxando em uníssono como sempre. Logo antes de o sono chegar, ela imaginou uma rãzinha maestrina sentada nas pernas traseiras, os bracinhos magros regendo o coro. De que outro modo todas elas saberiam como começar e parar ao mesmo tempo...

Ela despertou com um sobressalto e viu tito Micky empoleirado na ponta de sua cama.

Ele jamais havia chegado tão longe antes. Mas, naquela noite, estava sentado na beira de sua cama, um lado do rosto iluminado pela faixa de lua que brilhava através da janela, uma silhueta com metade do rosto. As cortinas nunca eram totalmente fechadas. Os garotos não gostavam de dormir na escuridão total, e, apesar de Joey jamais admitir isso, ela sentia a mesma coisa.

Coisas ruins aconteciam no escuro.

Seu tio a encarava com olhos turvos de uísque. Joey piscou, depois piscou novamente. Talvez fosse um sonho. Talvez seu testemunho no julgamento tenha despertado lembranças terríveis.

Ela sentiu a mão em sua coxa.

— Joelle — ele sussurrou. O cheiro de uísque em seu hálito era pungente.

Ela podia escutar os garotos roncando nos seus beliches. Podia ouvir as rãs e sentir o cheiro da umidade pantanosa do lago. Podia ouvir o farfalhar do vento nas árvores lá fora. Podia ouvir o ligeiro chiado de tito Micky.

Não era um sonho. Era real, e ela sentiu seu corpo enrijecer com o medo que começava sufocá-la, *Não fique parada! Diga alguma coisa! Acenda a luz!* A luz vaporizava monstros da mesma maneira como a água dissolvia a Bruxa Má do Oeste.

Mas a lâmpada estava longe demais, e quando ela tentou alcançá-la, seu corpo não obedeceu. Ela não tinha mais os instintos que outras pessoas tinham. Sua reação de fugir ou lutar havia sido roubada dela fazia muito tempo. Ela estava congelada.

A única coisa que ela podia fazer era não estar ali.

— Joelle — Tito Micky disse novamente, e ela sentiu sua mão subir um pouco mais.

Ela fechou os olhos e escutou as rãs, forçando-a a fugir dali. Ela imaginou a pequena maestrina do coro, e imaginou que estava lá na beira do lago para um espetáculo ao vivo. Finalmente, abençoadamente, ela começou a flutuar fora de seu corpo, saindo pela janela, onde pairou do outro lado do vidro, espreitando a garota na cama com o monstro inclinado sobre ela.

Tudo bem. Vai terminar logo. É só não olhar. É só não sentir.

A rã maestrina se transformou em um desenho animado dos Looney Tunes que ela gostava de ver. Um homem descobre uma rã que cantava e dançava, e como a rã tinha uma voz adorável, ele a rouba e tenta fazer com que cante e dance diante de um grande auditório pagante. Mas quando a cortina se abriu, a rã simplesmente ficou sentada no palco e coaxou. Isso sempre a fazia rir.

Ela imaginava a si mesma como o homem.

— Cante — ela disse e, por ela, a rã finalmente obedeceu.

Alô, meu bebê, alô, queridinha, alô, minha garota da fuzarca
Mande um beijinho pelo ar
Que meu coração vai queimar
Se você me recusar, queridinha, vai me perder
E vai ficar sozinha
Oh, queridinha, telefone, e serei sempre seeeuuu

— Joelle — tito Micky suspirou novamente.

O som do seu nome a trouxe de volta ao presente, e ela ficou furiosa, porque era difícil se transportar para outro lugar se alguém falasse com ela. Mentalmente, ela tampou os ouvidos; não podia escutar. Ela fechou os olhos com força; não podia ver; porque ver e ouvir tornava tudo real.

Ela se forçou de volta ao lago. As rãs cantariam para ela conseguir passar por isso. A única coisa que tinha que fazer era respirar — inspirar, expirar —, mas isso era difícil, pois seu estômago estava travado, como se ela estivesse fazendo abdominais.

Mais cinco, Joey, ela podia escutar Ruby dizer, e correu para sua mãe, aliviada por vê-la, nem que fosse apenas essa vez. Ruby estava deitada em um tapete de exercícios assistindo a uma fita de ginástica no videocassete. Ela fazia abdominais, e assim Joey também fazia abdominais, porque ela gostava de fazer tudo que sua mãe fazia. Joey tinha sete anos. *Garotos gostam de barrigas lisinhas,* dizia Ruby. *Eu culpo você por cada uma destas estrias.*

Alguém tossiu e ela se viu de volta no quarto mais uma vez, com o monstro. Ela queria se debater, gritar, acordar a casa inteira, qualquer coisa que o fizesse parar.

Mas não podia. Tita Flora jamais acreditaria nela, e mesmo que acreditasse, não seria tito Micky quem sairia da casa. Ele era o marido dela, pai dos garotos, eles eram uma família, e tita Flora não iria destruí-la. Joey, por outro lado, era uma chateação herdada, a filha de sua irmã assassina, a sobrinha não desejada de quem ela era paga para cuidar.

E, de qualquer maneira, para onde ela iria? Para um orfanato cheio de estranhos onde haveria outro tito Micky.

Porque sempre haveria outro tito Micky.

Ela escutou outro ruído, um barulho ruim, e desta vez abriu os olhos. Ela não queria, mas agora estava olhando tito Micky, e ele olhava para ela. E ocorreu a ela que ele interpretava seu silêncio como *permissão*.

Mas não dizer nada não era a mesma coisa que dizer sim.

NÃO! Ela gritou, e mesmo que fosse apenas na sua cabeça, foi o suficiente para a descongelar.

Ela deslizou a mão pela sua lateral, tateando o caminho até a pequena abertura entre o colchão e a cama. O estilete estava perfeitamente colocado, bem no lugar onde sempre esteve, bem onde ela o havia colocado logo que a estrutura de cama chegou. Ela empurrou o polegar para deslizar a lâmina. Empurrou para fora meio centímetro, depois mais meio centímetro. E depois só um pouquinho mais.

Lá no lago, as rãs silenciaram.

Ela ergueu o braço e enfiou o estilete na coxa de tito Micky com toda a força, até que a lâmina parou pela resistência do plástico. Ela então empurrou a lâmina para baixo, abrindo um corte de dois centímetros verticalmente, o que foi mais difícil do que pensava, porque a carne cedia menos do que ela imaginava.

Mas foi o suficiente.

Seu tio guinchou de dor e pulou para trás, e ah, foi tão bom sentir seu sangue, foi tão bom provocar dor nele, foi tão bom ferir o monstro que a estava ferindo, mesmo que fosse apenas por uma noite. Ela o chutou com força, e ele rolou para fora da cama, caindo com um baque no carpete. Ele ficou de pé com dificuldade, seus olhos vidrados pelo uísque clareando, enquanto seu rosto se transformava em pânico.

Ela não sabia que sangue parecia preto na escuridão.

— *Pasayloa ko* — ele arfou, olhando freneticamente para a parede oposta onde seus dois filhos pequenos começavam a se mexer nas camas por causa do barulho. — Desculpa. Sinto muito.

E ele saiu cambaleando, seu ombro batendo no batente da porta, e desapareceu.

Uma voz sonolenta perguntou do outro lado do quarto.

— Você está bem, Joey?

Ela limpou o estilete no lençol com elástico e deslizou a lâmina de volta na bainha de plástico. Ela lavaria o lençol de manhã, e se alguém perguntasse sobre o sangue, ela diria que sua menstruação havia descido. As mentiras são mais fáceis de acreditar que a verdade.

— Volte a dormir — ela sussurrou.

As rãs voltaram a coaxar.

Ela não estava bem. Nem um pouco. Devia ter contado a verdade para Deborah quando ela perguntou, mas, de verdade, o que mudaria? Sua mãe estava na prisão, e não havia mais para onde ir, então essa era sua vida, porque sempre foi sua vida, e isso ou a mataria, ou ela sobreviveria.

Naquela noite, ambas as alternativas pareciam igualmente terríveis. Ela estava sendo punida. Pela mentira que tinha contado.

E, no final das contas, nem valera a pena. Os monstros estavam por toda parte. Era como jogar aquele jogo bobo, Whac-A-Mole. Logo que se batia em um monstro para ele desaparecer, outro pulava e aparecia.

Incapaz de dormir, Joey ficou deitada a noite inteira com os olhos abertos, observando o luar se transformar em alvorada. Só quando o sol nasceu e o quarto ficou iluminado suas pálpebras finalmente pesaram, ela deslizou o estilete de volta entre o colchão e a armação da cama, de volta para o lugar que ninguém via, porque ninguém se importava.

QUINTA PARTE

*Somos apenas duas almas perdidas
nadando em um aquário.*
— Pink Floyd

39

PARIS ENCARA SEUS ADVOGADOS do outro lado da mesa da cozinha. Bem, um deles é seu advogado. A outra é uma advogada. Mas o rosto dos dois está sombrio, e o modo como olham para ela a faz estremecer. Parecem estar prestes a contar notícias absurdamente ruins.

— Está bem, quem morreu? — pergunta Paris. Ela estremece no segundo em que percebe o que acabou de dizer e amaldiçoa sua boca por ser mais rápida do que seus modos. — Desculpem, péssima escolha de palavras. Vou tentar de novo. Por que vocês dois estão aqui, e o quanto devo me preocupar?

— Não é nada ruim — responde Elsie. — Na verdade, é justamente o contrário.

— É um presente de Natal que chegou adiantado — informa Sonny, finalmente exibindo seu sorriso de tubarão. — A menos que você seja judia, caso em que os oito dias do Chanucá se transformaram em um só.

Elsie o cutuca com o cotovelo.

— Você não pode falar coisas como essa. Vai ofender alguém.

— Advogados — diz Paris, o olhar passando entre os dois. — Não tenho a menor ideia sobre o que estão falando.

Sonny desliza pela mesa uma pasta que trouxe consigo.

— Feliz feriado, caralho!

Paris abre a pasta. Tira de lá três fotografias em preto e branco dela mesma, ampliadas até vinte por vinte e cinco centímetros. Ela está em seu carro, e é noite. A primeira foto mostra completamente seu rosto. Na segunda foto, em um ângulo de quarenta e cinco graus, ela olhando para cima enquanto entrega seu passaporte. E a terceira foto é ela de perfil enquanto espera a cancela abrir. Todas as três estão marcadas com hora e data.

A Patrulha de Fronteira dos Estados Unidos finalmente se manifestou, e Paris olha para as provas de que ela entrou de volta no país na hora exata que havia dito.

— Consegui as fotos há uma hora. O escritório do promotor me enviou por e-mail. — Sonny estica a mão até a marca da hora e data. — Você cruzou a fronteira à meia-noite e vinte e dois, o que significa que o mais cedo que conseguiria ter chegado em casa seria às duas e trinta, como você disse.

Paris tem medo de respirar.

— Mas espere aí — diz Sonny. — Tem mais.

— Por acaso você virou vendedor de produtos de canal de TV? — Elsie sacode a cabeça, mas está sorrindo.

O advogado empurra outra pasta em sua direção.

— O relatório final do legista. Como pensávamos, confirma a hora da morte de Jimmy para o período entre nove e meia e meia-noite.

Paris está confusa.

— Achei que você tivesse dito que era perto demais para o seu gosto.

— Não mais — diz Sonny. — Olhe o relatório mais embaixo. O que está escrito bem aqui? — Ele aponta um campo no meio da página.

Paris segue o dedo.

— Diz que a causa da morte é exsanguinação devido a uma artéria femoral cortada.

— Não isso — replica Sonny. — Mais embaixo.

Paris olha mais de perto. No campo *Causa básica da morte*, o quadrado para *Homicídio* não foi marcado. Também não foram marcados para *Causas naturais* e *Suicídio*. Entretanto, há um X no quadrado *Indeterminada*.

— Indeterminada? O que isso quer dizer? — Paris levanta a cabeça. — Estão dizendo que na verdade não sabem como Jimmy morreu?

— Bingo — diz Sonny. — O legista está dizendo que não existe evidência direta confirmando que a morte de Jimmy foi o resultado de um homicídio. E você não pode ser acusada de homicídio quando não aconteceu um.

Paris prende a respiração, incapaz de reagir até ouvir ele dizer. Um dos dois precisa confirmar.

— A Promotoria retirou a acusação de assassinato — informa Elsie. — Acabou.

Paris espera três segundos.

— Que ótimo — fala ela vagarosamente. Ela se recusa a relaxar até compreender completamente. — Mas eles ainda podem refazer a acusação no futuro, certo?

— Contra você? Não. — Sonny estala as juntas dos dedos. — As fotos do cruzamento da fronteira proporcionam mais que uma dúvida razoável. Contra outra pessoa? Talvez, se a causa da morte for modificada, o que não será, ou se novas evidências aparecem. Mas se eles não encontraram nada até agora, duvido que consigam.

— Só falta mesmo devolver sua tornozeleira eletrônica. E eu terei o prazer de fazer isso por você. — Elsie se inclina sobre a mesa e aperta a mão de Paris. — Realmente isso acabou.

Paris solta a respiração profundamente e desaba na cadeira. As lágrimas começam a escorrer um instante depois, o que por sua vez provoca soluços que fazem todo seu corpo tremer. Ela só lembra vagamente da mão de cada um dos advogados tocando seu ombro quando saem em silêncio.

A vida tem suas maneiras de equilibrar tudo. E a única razão pela qual esse momento a faz se sentir tão bem é porque o que aconteceu com Jimmy foi muito ruim. Ela sabe que a sensação não irá durar. Quando Paris parar de chorar, tudo que restará é a culpa por seu marido estar tão infeliz e em um estado mental tão sombrio, que a única saída que ele viu foi acabar com a própria vida. E ela vai passar o resto de sua vida tentando compreender como ele chegou a esse ponto, como ela pôde não ter percebido isso e como ela poderia tê-lo salvado.

Quando os soluços diminuem, ela sobe para lavar o rosto e trocar sua roupa por algo confortável. Ela tem que ligar para Henry, e depois precisa terminar os planos para o funeral de Jimmy. Seguindo os desejos dele, ele será cremado e sua urna ficará ao lado da de sua mãe no mausoléu da família.

A meio caminho do corredor, ela vê que a porta do quarto de Jimmy está aberta. Pode ainda sentir o cheiro da água sanitária saindo de lá, lembrando-a que foi limpo e que não há problemas em entrar ali. Ela dá um passo nessa direção, mas depois para. A última vez que esteve no quarto de Jimmy foi na noite em que ele morreu.

Ela ainda não está pronta.

Jimmy, eu te amo. E sinto muito. Estou completamente devastada.

Tudo o que sobrou é a tristeza. E quando Paris está triste ela cozinha.

Nas últimas duas horas ela ouviu os cassetes de Jimmy no som portátil, na cozinha. Foi bom. Cada uma das canções da compilação *Sucessos dos anos 1970* está ligada a lembranças do seu marido. Agora mesmo o que está tocando é The Hollies, e ela imagina Jimmy sentado à mesa com seus óculos de leitura, bebendo café enquanto uma chuva ligeira batuca na janela. *Sometimes, all I need is the air that I breathe...*

Ela levanta a tampa de sua Le Creuset e dá uma mexida no adobo de porco que ferve ligeiramente. Cada cozinheiro tem sua própria receita para o tradicional cozido filipino. Alguns gostam dele picante. Outros gostam dele seco. Mas os ingredientes básicos em qualquer adobo filipino são molho de soja, vinagre, louro e paciência. Ela também está fazendo *lumpia* (rolinhos-primavera) e uma panelada de *pancit* (macarrão) e, quando terminar, vai ter comida suficiente para uma semana. A única coisa boa que resultou de seu tempo em Maple Sound foi que lola Celia a ensinou a cozinhar.

A campainha toca. Paris consulta o relógio do fogão e franze o rosto. Ela não consegue imaginar quem poderia estar na sua porta da frente às nove horas da noite, além de algum fotógrafo na esperança de uma foto ou um jornalista querendo algum comentário. Mas a multidão que esteve acampada ali fora por toda a semana passada finalmente foi embora, e a vizinhança voltou ao normal, com a quantidade habitual de observadores fotografando no Kerry Park.

A campainha da porta toca novamente e, dessa vez, é seguida por uma batida. Seja lá quem for, sabe que ela está, por causa da luz dentro da casa. Ela procura o celular por ali para ver se perdeu alguma mensagem. Talvez Henry estivesse pensando em passar por lá. Mas ela deixou seu celular no andar de cima, carregando.

Um pensamento passa pela sua cabeça. E se for Ruby? Ela já está solta em condicional, e, apesar de estar proibida de sair do Canadá, sua mãe sempre foi astuta. E pode ficar muito motivada quando alguém tem algo que ela queira. Como maridos. E dinheiro.

As batidas na porta param. Paris mantém os ouvidos atentos, esperando que a campainha soe novamente. Mas isso não acontece. Ela atravessa o corredor, vai até a porta e finalmente verifica o olho mágico para ver se pelo menos consegue vislumbrar quem poderia ter tocado. Mas não há ninguém ali.

Sentindo-se um pouco preocupada, Paris volta para a cozinha. Ela começou a cozinhar por volta das seis horas quando seu estômago se pôs a roncar, e depois se entusiasmou — agora está completamente envolvida nisso. A música mudou para "Midnight Train to Georgia", e ela cantarola seguindo Gladys Knight. *I'd rather live in his world than live without him in mine…mine…*

Algo bate no chão do lado de fora, e ela dá um pulo. Que diabos está acontecendo? Será que alguém está lá nos fundos? Será que estão tentando invadir?

Em pânico, ela pega o objeto mais afiado que encontra por perto: o cutelo que usou para picar os legumes para o pancit. A janela da cozinha e a porta dos fundos refletem as luzes do teto, impedindo-a de ver qualquer coisa no quintal, então ela desliga todas antes de se aproximar do vidro para ver se há alguém lá fora.

Um homem aparece na porta dos fundos e ela grita, quase deixando cair o cutelo. Seja quem for, deve ter pulado o muro. Está vestindo roupas escuras, usando um boné preto com algum tipo de insígnia vermelha. Ela procura o interruptor para as luzes dos fundos, mas na escuridão, tudo que consegue fazer é acionar novamente a iluminação da cozinha. O rosto desaparece por trás do reflexo branco.

O homem bate na porta do pátio.

— Vá embora — ela diz, com a voz mais autoritária que consegue arranjar. — Você está invadindo, e vou chamar a polícia.

Mas como ela pode fazer isso? A porra do telefone está lá em cima.

Ele bate novamente no vidro, e os dedos dela por fim acham as luzes do quintal. Ela as acende, e vê um homem negro alto olhando fixamente para ela.

— Vamos lá, Joey — requisita Drew, sua voz abafada atrás do vidro. — Deixe-me entrar.

40

PARIS NÃO PERDIA A CAPACIDADE FÍSICA de respirar desde a última surra que levou, quando era criança, mas isso parecia a mesma coisa. Um soco emocional no estômago, bem no diafragma, e agora ela não consegue respirar.

Tem um filme de ficção científica que ela e Drew alugaram muito tempo atrás chamado *Timecop — O guardião do tempo*, estrelado por Jean-Claude Van Damme. Se passa no futuro, quando um tira é enviado de volta ao passado, em uma viagem no tempo, para evitar que acontecesse algo ruim. Ela não consegue se lembrar dos detalhes da trama agora, mas lembra que a versão mais nova de Jean-Claude não podia, de modo algum, tocar na versão mais velha de Jean-Claude, ou ambos explodiriam no nada, como uma supernova. Havia uma frase que aparecia o tempo todo: "A mesma matéria não pode ocupar o mesmo espaço."

Joey Reyes e Paris Peralta não podem ambas estar juntas aqui. No entanto, ao ver Drew pelo vidro da porta do seu quintal dos fundos, é exatamente isso que acontece. Sua mente voa através das possibilidades do que deveria fazer em seguida.

Primeira opção: ela pode fingir que não é Joey e insistir que não conhece aquele homem. Por mais estúpido que fosse, esse sempre foi seu plano se alguma vez fosse confrontada com seu passado. Se você negar alguma coisa reiteradamente, e por tempo suficiente, as pessoas podem acabar acreditando em você. Funciona para políticos. Bônus: você pode até convencer a si mesma que essa é a verdade.

Segunda opção: ela pode chamar a polícia, dizer que ele é um maníaco e fazer com que seja preso pela invasão.

Terceira opção: ela pode matá-lo.

Mas é tarde demais para qualquer uma das opções.

Drew está olhando direto para ela, e ela para ele, e a loucura da situação deve estar estampada no rosto dela. Se ela soubesse que ele apareceria, talvez houvesse tido tempo para se preparar, ensaiar sua reação. Mas foi exatamente por isso que ele não ligou primeiro, nem mandou uma mensagem de texto ou enviou um e-mail. Precisava ver sua reação para provar que ela era Joey. Ele precisava ter certeza de que ela não fugiria.

O passado está se fundindo com o presente. A verdade está se misturando com as mentiras. É uma supernova.

— Joey, não vim até aqui pra foder com sua vida — Drew diz através do vidro. — Se fosse fazer isso, teria simplesmente chamado os tiras. Vamos lá, abra a porta.

Ela o encara, incapaz de se mexer, sentindo sua mente tentando se desconectar, tentando não estar *ali*.

— Joey, por favor — repete ele. — Eu percorri toda a distância até aqui. Só quero falar com você. — Ele lança um olhar para a escuridão do céu. — E está começando a chover.

Mesmo agora, dezenove anos depois de ouvir a voz dele pela última vez, Drew soa enlouquecedora e irritantemente sensato.

Ela estende a mão, vira a fechadura e abre a corrente de segurança. Dá um passo para trás enquanto Drew abre a porta e entra na cozinha. Ele tira o boné, sacode a umidade e o coloca de volta.

Ele observa o ambiente. Avalia a cozinha, a comida fervilhando no fogão, a mesa da cozinha onde ela estava enrolando a *lumpia*, e então seu olhar volta para ela. Ela percebe que o escudo vermelho do boné é uma garra de dinossauro em forma de bola de basquete. Um boné dos Toronto Raptors. Porque ele é Drew Malcolm. De Toronto.

— Você poderia colocar o cutelo de volta na mesa? — ele pergunta.

Paris abre a boca para dizer algo, mas não consegue falar nada. Ela imaginou este momento milhares de vezes, é claro, em vários cenários, inclusive este, mas agora que está realmente acontecendo, não sente nada do que esperava.

— Você está me assustando — declara Drew. — Pela sua cara eu não sei dizer se vai me matar ou perguntar se estou com fome.

— Eu estou assustando você? — diz ela, incrédula.

— Joey. — A voz de Drew se suaviza. — Sou *eu*. Vim pra cá direto do aeroporto. Não fiz toda essa viagem pra machucar você, juro. Só precisava ver por mim mesmo que você está realmente viva. E aqui está você. Viva. Quero que saiba que, independentemente de qualquer coisa, estou muito feliz que esteja viva.

— O que você quer, Drew? — ela pergunta.

Ela odeia como o tom da sua voz sai, baixinha e tímida. É como se tivesse novamente dezenove anos, com a esperança de achar um lugar para ficar, munida apenas de uma bolsa e o dinheiro que roubou de Maple Sound, encarando Drew na cozinha daquele porão de merda, com o piso xadrez, torcendo para que ele visse além de suas noções preconcebidas, já que estava claro que ele havia reconhecido a filha de uma assassina. Só que agora é Drew que está parado ali em sua cozinha, que é bem diferente da outra, e ela ainda tem esperança de que ele veja além de tudo que acha que sabe e permita que ela se explique.

Drew avança vagarosamente, as mãos para cima. Quando já está a uns dois passos dela, se inclina e cuidadosamente tira o cutelo de suas mãos e o coloca na pia. Depois, solta um suspiro de alívio. Como se na verdade pensasse que ela poderia atacá-lo com isso.

Na verdade, isso passou por sua cabeça por um segundo. Mas foi porque ele a surpreendeu, e ela estava entrando em pânico.

— Você fingiu sua morte? — questiona Drew. — Tá falando sério?

— Sinto muito.
— Você *sente muito*?
Ela ergue a cabeça para olhar para ele. E ele abaixa a cabeça para olhar para ela. Ela tinha esquecido como ele é alto. Há gotinhas de chuva nas lentes dos óculos dele. Ela não sabe o que dizer além de pedir desculpas. Se a posição dos dois fosse trocada, ela também estaria com muita raiva. E nesse momento, parada diante dele, ela de repente não consegue se lembrar do motivo que a levou a fazer tudo aquilo, por que fugiu, por que fugiu de Toronto. Por que fugiu dele.

Drew espera que ela diga alguma coisa. Ela precisa dizer alguma coisa. Qualquer coisa. *Droga, fale.*

As lágrimas explodem em seu rosto.

Ele avança e a envolve em seus braços, apertando-a com força, e ele parece diferente, mas é o mesmo; e o cheiro dele está diferente, mas é o mesmo; e, por mais aterrorizada que ela esteja por ele tê-la descoberto, ele está aqui, e ela está contente. Sente os lábios dele passando por seus cabelos. Ele sussurra no ouvido dela vagarosamente e no mesmo tom, enunciando cada palavra.

— Estou tão furioso com você.

— Você está com fome? — pergunta Paris.
Ele dá uma risadinha, como se soubesse que ela perguntaria isso.
— Muita. Faz sete horas que não como nada.
— Vou servir um prato pra você — afirma ela. — Tem cerveja na geladeira. Sirva-se.

Ela coloca alguns rolinhos de *lumpia* na air fryer, depois caminha com calma pela cozinha. Ela serve um prato para ele, e depois outro para ela, colheradas de arroz recém-feito antes de colocar uma quantidade generosa de adobo por cima. *Pancit* também. É bom fazer algo que lhe permite estar ocupada para não precisar olhar para ele enquanto organiza seus pensamentos. Sente que ele a observa e, de repente, se dá conta de que está vestindo o moletom mais velho e largo que tem, seus cabelos em um rabo de cavalo frouxo e desordenado. Ela tira duas cervejas da geladeira.

Joey não consegue se decidir se conta toda a verdade, parte dela ou nada. Coloca o prato diante dele. Ele coloca um pouco na boca, mastiga devagar e depois diz:
— Tem o mesmo gosto do que me lembro.

Os dois comem em silêncio, trocando olhares entre as garfadas. É estranho e familiar ao mesmo tempo. Ele não mudou muito, apesar de agora mostrar certa espessura suave no corpo, do tipo que vem com a idade. Há algumas rugas ao redor dos olhos e da boca que não existiam antes. Seus cabelos, cortados curtos, ainda são predominantemente negros, com apenas alguns fios grisalhos. Ela imagina o que ele está pensando sobre ela. Seu rosto sempre foi difícil de ler.

Ela pega o boné ao lado dele na mesa e o examina, passando o dedo pelo logotipo bordado dos Raptors.

— Você acha que em algum momento eles vão ganhar um campeonato? — ela finalmente pergunta, quebrando o silêncio.

— Sim — ele diz. — Alguma vez você pensou em ligar e dizer "Ei, Drew, adivinhe só, eu não morri"?

Ela coloca o boné de volta na mesa.

— Eu não podia.

— Por que não?

— Porque não poderia te pedir para manter isso em segredo.

A air fryer apita, e ela se levanta para retirar a *lumpia*. Serve os rolinhos com um molho agridoce apimentado comprado pronto.

— Eu cozinho quando estou triste — comenta ela. — Você sabe disso.

— Lamento muito pelo seu marido — diz Drew. — Escutei no caminho pra cá que a acusação de assassinato contra você foi retirada. Ainda assim, você se importa se eu perguntar...

— Eu não matei Jimmy. A causa oficial da morte é indeterminada, mas nós acreditamos que foi suicídio.

— Nós?

— As pessoas que eram mais próximas dele — diz Paris e deixa o assunto de lado.

— Lamento — repete Drew. — Entendo que você está de luto, mas eu fiquei de luto *por você*. Você entende isso? Por dezenove anos eu me culpei pela sua morte.

— Por quê? — De todas as coisas que ela imaginava que ele pudesse dizer, que pensava que sua morte havia sido culpa dele jamais lhe passou pela cabeça. — O incêndio não teve nada a ver com você.

— Teria sido ótimo se você tivesse me dito isso — anuncia ele. — Fui eu quem identifiquei seu corpo naquela noite.

Ela quase se engasga.

— O quê? Como?

— Eu voltei — diz Drew. — Depois que discutimos, você entrou, eu saí dirigindo. Depois voltei. Havia carros de bombeiros e polícia lá. Estavam carregando seu corpo morto para dentro de uma ambulância, e eu olhei por baixo da lona.

— Meu deus. — Paris o encara. — Oh, Drew.

— Então, antes de tratarmos de outros assuntos, e nós vamos tratar de outros assuntos — ele diz, levantando uma sobrancelha. — Quero começar com um pedido de desculpas.

— Sinto muito — ela diz.

— Não você. Eu. — O prato de Drew está vazio e ele o empurra para o lado. — Eu te devo um pedido de desculpas pelas coisas que disse aquela noite. Não existe um dia que eu não tenha pensado sobre isso. Como eu queria poder voltar no tempo, para aqueles últimos momentos no carro com você, e retirar tudo o que eu disse. Sinto muito. Por julgar você quando não estava em posição de fazer isso. Por fazer você se sentir uma merda. Você me perdoa?

Paris pode ver no rosto dele a sinceridade de cada palavra. Ela engole em seco e depois assente.

— Como... como foi o casamento?

— Nunca me casei — responde Drew. — E não tente mudar de assunto. Uma garota morreu, Joey. E você me deve uma explicação.

41

ELA CONTA A ELE SOBRE MAE, e Drew não solta uma palavra durante todo o tempo em que ela fala. Ele sempre havia sido um bom ouvinte. O único momento em que ele mostrou algum tipo de reação foi quando ela contou que Chaz, o segurança da entrada do Cherry que ele conheceu naquela noite, foi quem conseguiu para ela a identidade de Paris Aquino. O rosto de Drew se modifica, mas ela não sabe o que significa.

— Acredito em você — ele diz quando ela termina. — É a conclusão a que eu mesmo cheguei quando caí nessa toca de coelho. Saquei que provavelmente Vinny Tranh tinha assassinado sua amiga. O que eu não conseguia entender foi a razão de você provocar o incêndio. Você podia ter chamado a polícia.

— E então o que aconteceria? — pergunta Paris. — A polícia iria atrás do Vinny? E se ele me encontrasse antes que o pegassem? Mae escondeu as drogas e o dinheiro no meu apartamento, em um lugar que supostamente ninguém deveria conhecer. E se Vinny pensasse que eu e Mae estivéssemos trabalhando juntas? — Ela olha para longe. — Eu estava com o dinheiro. Vi um modo de sair daquilo. A oportunidade de uma nova vida. E eu me agarrei a ela. Honestamente, pensei que ninguém fosse sentir minha falta.

— Nem mesmo eu? — pergunta Drew.

— Principalmente você.

Um curto silêncio.

— E quanto havia de dinheiro ali?

— Cem mil. Mais as minhas economias, eu tinha o suficiente para ir para onde quisesse.

— E para onde você foi?

— Por aí, mas nenhum lugar em especial.

— E por fim você ficou em Seattle?

— Gosto daqui. — Ela franze o rosto. — Por que sinto que você está me interrogando?

— Porque estou. Estou tentando encontrar um sentido nisso tudo, qual a razão de as pessoas ao seu redor geralmente terminarem mortas? — A voz de Drew endurece. — Tente ver a partir da minha perspectiva. Charles Baxter, Mae Ocampo. A porra do Jimmy Peralta. Qual o denominador comum? *Você*. E você já provou que tem uma capacidade incrível de mentir. Toda sua vida é uma mentira. Cada uma dessas pessoas morreu prematuramente de exsanguinação. Isso significa…

— Eu sei qual é a porra do significado de "exsanguinação" — Paris dispara. — Provavelmente conhecia a palavra antes de você. E nem venha pra cima de mim com essa sua baboseira de navalha de Occam. A vida é complicada, Drew. E, caso você não tenha notado, não sou mais uma garota, e você não é meu pai pra me dar lições. Obrigada, aliás, por me lembrar o quanto você pode ser hipócrita. Talvez seja o seu único defeito, mas você pode lembrar que foi por isso que as coisas não foram muito bem da última vez que nos encontramos.

Drew suspira e levanta as mãos.

— Está bem, olhe, foram dias muito intensos...

— Eu não terminei.

Paris se levanta, coloca os pratos na pia e se encosta no balcão, tentando permanecer calma. Com cuidado, ela considera o que deseja dizer para ele agora, porque essa pode ser a única oportunidade que ela terá antes de mandá-lo embora.

— Você sempre pareceu um cara autocrítico, sensível e disposto a ouvir — ela diz. — E agora pediu desculpas, mas até mesmo suas desculpas vêm com uma intenção oculta. Me dizer que você lamenta é apenas sua maneira de me manipular para que eu baixe a guarda ao falar com você. Mas, na verdade, você é a pessoa que me julgou mais do que qualquer outra. Minha mãe nunca teve expectativas em relação a mim. Ela achava que eu era insignificante, e esse era um padrão fácil de atingir. Mas você? Você sempre acreditou no que eu poderia ser, o que, na verdade, eram apenas suas expectativas disfarçadas de otimismo.

Ela olha para ele, a respiração acelerada.

— E quando não me tornei a pessoa que você esperava, por sua definição do que era ser uma boa pessoa, quando você não pôde me *consertar*, eu me tornei *menos* pra você. Mesmo agora, depois de todos esses anos, você espera que eu me desculpe pelas escolhas que fiz quando tinha vinte anos, e que nada tinham a ver com você. Posso dizer que sinto muito por ter deixado você pensando que eu estava morta quando saí de Toronto... e concordo que foi uma escolha de merda. Mas não vou me desculpar por nada mais além disso, porque você não sabe como foi, Drew.

Paris está arfando.

— Você não sabe o que é nascer em uma vida de crueldade e abuso, e não sabe o que é ter que se virar sozinha para sair daquilo e poder ter algum sentimento de autovalorização. Provavelmente, há um grande número de pessoas que sempre se perguntará se na verdade matei meu marido, e não há nada que eu possa fazer quanto a isso. Elas podem pensar o que quiserem, mas não permito a entrada de nenhuma dessas pessoas nesta casa, porque decidi há muito tempo que já cansei de ser o vaso sanitário de todo mundo. Você não pode mais despejar suas opiniões em cima de mim. Então, se vai ficar aí sentado, bancando o rei da perfeição, pode pegar seu boné dos Raptors, voltar pra Toronto e ir se foder.

Ela se levanta e sai da cozinha. Se continuar ali, não sabe o que poderá fazer. Desaba no sofá da sala e apoia a cabeça entre as mãos.

Ela está tão cansada. Tão cansada da jornada que precisou percorrer para chegar até onde está, e já está exausta só em pensar em quanto ainda há pela frente. Não importa que a acusação de assassinato tenha sido retirada. Sempre haverá sussurros, perguntas, dúvidas.

E ela ainda nem lidou com Ruby.

Alguns minutos depois, Drew se senta ao seu lado no sofá. Entrega a ela uma nova cerveja. Também pegou uma para ele.

— Eu mereci isso — ele diz em voz baixa. — Joey...

— É Paris agora.

— É estranho chamar você assim — reitera Drew. — Mas você está certa. Agora você é Paris. Desculpa, tá? Em outra vida você e eu éramos grandes amigos. Não sei como as coisas estão agora. Sei que quero entender. A última vez que te vi, você estava em uma maca, coberta por uma lona, sendo levada para uma ambulância. Vi seu corpo. Vi as queimaduras. Se não fosse pela tatuagem e pelo colar...

— Você viu o corpo queimado? — ela pergunta, ouvindo a angústia em sua voz.

Ele confirma.

— Foi horrível.

Ela afunda no sofá. Durante quase duas décadas, ela não se permitiu pensar sobre Mae, que era tão vibrante, o tipo de garota que podia encher uma sala de energia instantaneamente, apenas com sua presença. Ela amava Mae. Tal como amava Drew.

Paris encosta a cabeça no sofá. Está completamente esgotada.

Drew olha para ela.

— Melhor eu ir embora.

— Fica — ela diz, e isso surpreende os dois. Ela busca a mão dele. — Só, fica aqui. Por favor. Podemos conversar sobre o resto amanhã de manhã, se você ainda quiser. Mas você é a única pessoa que me conhece, Drew. Então, apenas... fica.

Ele não diz nada, mas também não se move. Paris, então, se encosta nele e descansa o rosto em seu ombro. Ficam assim por algum tempo, e quando ela escuta que Drew pegou no sono, se pergunta o que Drew pensaria se soubesse a verdade sobre Charles.

Porque Drew não a conhecia, não realmente. Se conhecesse, iria embora.

No final, todos vão embora.

42

QUANDO PARIS DESPERTA NA MANHÃ SEGUINTE, a campainha está tocando e Drew já não está ali.

Ela se senta, afastando o cobertor do sofá. Em algum momento da noite, ele deve tê-la coberto, algo que Drew costumava fazer sempre que ela cochilava na frente da TV no apartamento deles, tantos anos atrás. Ele esteve aqui talvez apenas catorze horas no total, mas ela já sente sua ausência.

E ele nem mesmo se despediu.

Ela sobe até o segundo andar para pegar o celular e verifica que tem várias mensagens e e-mails, muitas pessoas que andaram silenciosas nas últimas semanas. O comunicado de imprensa do escritório do promotor distrital foi emitido na noite anterior. *A causa subjacente da morte de Jimmy Peralta foi estabelecida como indeterminada. O Escritório do promotor distrital retirou a acusação de assassinato em primeiro grau contra Paris Peralta.*

Henry lhe enviou um link do site de notícias locais, no qual havia um vídeo da resposta de Sonny Everly, que parecia ter sido filmado naquela manhã, mais cedo, diante de seu escritório de advocacia. "A morte de Jimmy Peralta não foi considerada homicídio, simplesmente porque não havia evidências que provassem isso", disse seu advogado a uma dúzia de repórteres, parecendo bastante respeitável vestindo terno e gravata. "Assim sendo, minha cliente Paris Peralta está livre de qualquer acusação, e respeitosamente pede a todos vocês que lhe deem tempo e espaço para superar o luto de sua enorme perda."

Henry também mandou outra mensagem. *Não leia os comentários!* O que evidentemente a fez ler os comentários. Ela desliza a tela e o primeiro que lê diz *Paris Peralta escapou impune do assassinato!* Imediatamente, ela deixa o celular de lado. De muitas maneiras, não importa que a acusação de assassinato contra ela haja sido retirada. Ela já foi julgada no tribunal da opinião pública, e declarada culpada. Suspirando, vai até a janela e dá uma olhadinha por trás da persiana. Além dos habituais observadores do outro lado da rua no Kerry Park, não há mais ninguém.

Realmente, tudo acabou. A vida pode voltar ao normal. Só que ela não tem a menor ideia do que seja o normal sem Jimmy.

O aroma de café fresco chega ao seu nariz quando ela entra na cozinha, e fica surpresa ao ver o bule de café pela metade na cafeteira. De alguma maneira, a cozinha está limpa. Toda a comida da noite anterior foi guardada de forma organizada na geladeira, os pratos sujos estão na lava-louças. Ela se pergunta se Zoe está por ali, porque isso é o tipo da coisa que a assistente sempre fazia. Mas não é Zoe. No pátio, lá fora, Paris vê um homem em uma das espreguiçadeiras, com as pernas para cima, digitando no um laptop.

Ela engole em seco. É Drew. Ele não foi embora. Quando ela abre a porta de vidro, ele a olha com um sorriso.

— Bom dia. — Drew fecha o computador e se levanta, alongando os braços por cima da cabeça. Está com calção de banho e uma camiseta regata úmida. — Você dormiu por dez horas. Devia estar precisando.

— Você ainda está aqui. — Paris fica emocionada por vê-lo, mas tenta não mostrar. Ela se afasta para o lado quando ele sobe pelas escadas para entrar na cozinha. — Há quanto tempo você acordou? — O relógio na parede da cozinha indica que são dez horas.

— Faz umas três horas. Ainda estou no horário da Costa Leste. Não queria que estivesse sozinha quando acordasse. — Ele coloca o laptop no balcão. — Não se preocupe, eu me mantive ocupado. Fiz café, fui nadar um pouco em sua piscina e fiz um prato com as sobras de ontem para o meu café da manhã. Imaginei que, já que iria passar a noite, eu bem que podia abusar da minha boa recepção.

Ela abre um sorriso.

— E sorte sua que eu não sabia que você ainda tinha um desses troços por aqui, senão teria trazido todas as fitas de coletâneas que gravei. — Ele aponta para o antigo aparelho de som de Jimmy. — Sabe que tenho canções nessas fitas que não estão no iTunes e que não escuto há duas décadas? Talvez eu tenha que entrar no eBay e achar um desses toca-fitas antigos.

Mesmo depois de dezenove anos, ele ainda é tão... *Drew*. Para ele, parece absolutamente certo estar ali, cobri-la com um cobertor, sentir-se em casa. Ela não sabe no que isso vai dar, mas nesse momento, nunca esteve mais certa sobre uma coisa: quer seu melhor amigo de volta.

Uma mensagem toca no telefone dele, que faz uma careta quando a lê.

— Merda. Esqueci de fazer o check-in ontem à noite no hotel, e eles acabaram de cancelar minha reserva. E agora o hotel está lotado. Alguma recomendação? Pensei em ficar alguns dias por aqui.

Por mim?, ela se pergunta, mas não ousa dizer isso em voz alta.

— Tenho um monte de recomendações, mas não vou te dar nenhuma. — Ela se serve de café. — Você pode ficar aqui.

— Não sei se isso é uma boa ideia — hesita Drew. — Você não acha que isso poderia, como dizer, dar o que falar?

— Desde que me casei com Jimmy, toda minha existência tem dado o que falar — ela diz secamente. — Tenho dois quartos de hóspedes perfeitamente convenientes, e você já sabe que a piscina e a comida aqui são melhores do que em qualquer hotel. Então, fica por aqui, tá? É... — Ela faz uma pausa. — É ótimo ter você aqui.

O olhar dos dois se fixa um no outro. Paris é a primeira a desviar os olhos.

— Está bem, você vai me aturar um pouco mais. — Drew esfrega o rosto. — Eu preciso de um banho e fazer a barba, e é claro que a única coisa que esqueci de colocar na mala foi um barbeador. Será que você tem algum pra me emprestar? Se não, posso sair pra comprar um.

— Tenho um Venus descartável que posso emprestar. — Paris solta uma risada quando ele faz uma careta. — Brincadeira. Tenho certeza de que acho um pacote de Gillettes lá em cima.

A campainha toca. Os dois trocam olhares.

— Quer que eu me esconda? — pergunta Drew.

Mesmo que ele diga isso em tom de piada, ambos sabem que é uma pergunta legítima. Um hóspede em casa tão cedo? Além do mais, um homem? Perguntas surgirão. E julgamentos.

— Não — diz Paris, soando mais decisiva do que se sente. — Você é meu hóspede. Não tem que se esconder de nada e de ninguém.

A campainha toca novamente, e depois uma batida abafada na porta, como se alguém usasse o cotovelo ou um joelho para bater.

— Tem certeza? — diz Drew. — Eu posso sumir daqui. Ainda que o carro que aluguei esteja estacionado aí na porta.

— Agora sou uma mulher livre, e você é meu amigo. Não devo explicações pra ninguém. — Paris caminha em direção à porta, e Drew a segue. — Ainda assim, não há por que ser específico se alguém perguntar como nos conhecemos. Simplesmente deixamos a coisa vaga.

Ela abre a porta. Zoe está parada na varanda, as mãos ocupadas. Está com a bolsa do laptop pendurada em um ombro e uma caixa grande do correio nos braços. Empilhados em cima da caixa estão vários envelopes fechados que ela também deve ter recolhido. A caixa está cheia de cartas dos fãs de Jimmy, é claro, e isso lembra que ela terá que lidar com Ruby, e logo.

Não que Ruby alguma vez deixará que ela esqueça. Agora sua mãe já deve estar bem ciente de que Paris herdou tudo que Jimmy deixou, e ela aposta que a mãe vai pressionar ainda mais para receber dinheiro, agora que a acusação de assassinato foi retirada.

Paris agora é milionária. Assim como a mulher de cabelos crespos parada diante dela.

— Por que você não entrou de uma vez? — Paris se adianta e pega o pacote do alto da caixa antes que deslize e caia. — Você ainda tem o código da porta.

— Não quis presumir que eu podia continuar usando — responde a antiga assistente, entrando. — É um carro alugado esse que está parado aí em frente? Vi um adesivo da Avis... — Ela para quando vê Drew. — Ah. *Oi.*

— Deixe eu carregar isso pra você. — Drew avança e pega a caixa das mãos de Zoe, e então abre seu sorriso charmoso. — Sou Drew. Um velho amigo de J... — E tosse.

— De Paris.

— Sou Zoe — ela diz, aparentemente sem perceber a quase mancada de Drew, e dá uma olhada nele, e Paris abafa um sorriso diante do tom quase sem fôlego na voz da outra mulher. — Prazer em te conhecer.

— Posso colocar isso em algum lugar pra você? — pergunta Drew, abrindo mais o sorriso.

— Qualquer lugar está bom — replica Zoe, ainda o observando atentamente.

Paris aponta para o outro lado da sala.

— No escritório do Jimmy, se não se importar — diz ela para Drew, com um sorrisinho tolo. — Obrigada.

Quando ele está fora da vista, Zoe pega os pacotes de volta.

— De onde é que *ele* veio? — ela pergunta. — É solteiro? Não vi aliança de casamento.

— Ele... na verdade, não sei. Ainda não conseguimos pôr os assuntos em dia, mas da última vez que nos vimos ele estava comprometido. — É verdade. Paris só não menciona que isso foi há quase vinte anos. — Quer café? E você sabe que não precisa mais passar no correio, certo? Você não está mais na folha de pagamento.

— Sim, eu sei. — argumenta Zoe, seguindo-a até a cozinha, e coloca os pacotes sobre a mesa. — Mas e se eu ainda estivesse? Sei que eu disse que planejava me mudar, mas não me sinto bem deixando você lidar com tudo isso sozinha. Tem umas coisas que encomendei para Jimmy que devem estar pra chegar e que precisam ser separadas e devolvidas. Tem as cartas dos fãs...

— Posso ajudar com isso — informa Paris, rapidamente.

— ... e tenho que atualizar o site. Jimmy estava envolvido em muitos projetos sociais. Sempre falava sobre começar uma fundação, e achei que podia... — Zoe hesita. — Eu ia propor que o homenageássemos começando isso em nome dele. Se você também tiver interesse em participar. Já tem dinheiro separado pra isso no testamento, e você não teria muito que fazer, e eu poderia...

— Faça isso — diz Paris imediatamente. — E eu doarei mais dez milhões. Gostaria de participar, é claro, mas apenas nos bastidores. É você quem deveria administrar o projeto. Vamos conversar sobre isso depois do funeral?

— Combinado! — Zoe sorri e aperta o braço dela. — Falando nisso, Elsie deve logo vir aqui. Ela quer ajudar com os arranjos. Meu conselho? Não deixe que ela assuma tudo. Porque ela vai tentar. Ela acha que conhecia Jimmy mais do que ninguém.

— Bem, pra ser justa, ela conhecia.

— Talvez — concede Zoe. — Mas o problema de conhecer alguém há tanto tempo é que eles têm dificuldade em abandonar as versões antigas que conheceram do outro. Jimmy se esforçou muito pra evoluir. Mas sempre que Elsie estava aqui, os dois só conversavam sobre os velhos tempos. Sempre achei que a amizade deles estava presa ao passado.

Paris concorda, pensando em Drew lá em cima.

— Você acha que é possível que velhas amizades evoluam, mas permaneçam próximas, mesmo se as duas pessoas tiverem mudado?

254

Os olhos de Zoe piscam para o teto, como se tivesse alguma sensação do que Paris estivesse querendo dizer.

— Não sei. Mas acho que vale a pena lutar para manter boas amizades.

A campainha toca novamente. As coisas começam a parecer como eram antes. Sempre havia muita atividade pela casa quando Jimmy estava vivo, pessoas entrando e saindo. Mesmo quando ele estava aposentado, sua presença criava um certo tipo de energia.

— Pode deixar que eu abro — avisa Zoe. — Lembre-se, Elsie está aqui pra ajudar, não para tomar todas as decisões. Você tem que decidir se vamos nos despedir de Jimmy com um grande evento ou de modo mais íntimo.

— O que você acha que ele iria preferir?

— Jimmy sempre parecia mais feliz quando tinha todos seus amigos em volta. — O sorriso de Zoe é gentil. — Mas ele não está aqui. O memorial é *sobre* ele, mas *para* nós. Faça como acha que será mais confortável pra você.

A última coisa que Paris queria era se misturar com pessoas que mal conhecia, muitas das quais jamais conheceria, mas Zoe estava certa ao dizer que isso faria seu marido feliz. Quando ela e Jimmy se casaram, Paris entrou no mundo de Jimmy. Em breve sairia dele, de volta à sua vida tranquila. Depois de tudo que Jimmy fez por ela, ela pode fazer isso por ele.

A campainha toca novamente, seguida por uma impaciente batida na porta.

— Muito bem, melhor deixar Elsie entrar — diz Paris. — Drew pediu um barbeador descartável, e isso está no quarto do Jimmy. Não entrei lá desde...

— Pode entrar lá. O quarto está limpíssimo, como jamais esteve. Eu mesma verifiquei depois que o pessoal da limpeza foi embora. — Zoe novamente toca no braço de Paris. — Prometo que ficará bem.

— Posso ver a razão pela qual ele te amava — expressa Paris com um sorriso suave. — Você é mesmo uma joia.

— Posso dizer o mesmo de você.

Não se trata exatamente de um novo começo, mas é seguro dizer que elas viraram uma página.

43

PARIS RESPIRA FUNDO E ABRE A PORTA da suíte de Jimmy. Antes que possa se acovardar, atravessa rapidamente o quarto, indo diretamente para o banheiro particular. O cheiro de água sanitária alcança seu nariz, não forte, tampouco fraco. Tal como Zoe prometera, tudo parece estar como deveria. Os azulejos brancos são brancos, a banheira está brilhando, o espelho está limpo e claro.

Ela abre a primeira gaveta do gabinete e a examina, procurando os aparelhos de barbear descartáveis que comprou para o marido meses antes. Ah, o drama sobre se *barbear*. Enquanto busca aleatoriamente no meio das caixinhas de fio dental, pentes, pomadas para cabelo, colônia e o barbeador elétrico que ele sempre esquecia de carregar, a última discussão entre os dois lhe volta à memória. Eles a terminaram com um compromisso.

— Simplesmente me passe essa maldita navalha — Paris havia disparado. — Se você insiste em se barbear com navalha, pelo menos me deixe fazer isso para você.

A sugestão funcionou. Jimmy finalmente havia se acalmado.

— Isso é o começo do fim, garota — ele disse com um suspiro dramático. Estava sentado na borda da banheira, diante do espelho com a cabeça inclinada para trás, o rosto e a garganta cobertos com creme de barbear. Paris estava de pé atrás dele, trabalhando vagarosamente, certificando-se de manter a pressão exata sobre a pele. Era a primeira vez que barbeava alguém, com uma navalha reta ou qualquer outro aparelho.

— Hoje não posso me barbear. Mais alguns anos e provavelmente vou ser incapaz de dar uma mijada. Meus colhões já estão chegando perto dos meus joelhos. Estou no escorregador deslizando para a morte.

— Nem pense em me fazer rir, ou posso cortar você acidentalmente — preveniu Paris. Ela se inclinou para beijar sua testa. — Você tem sorte de eu te amar, seu velhote teimoso e rabugento.

Ela abre a segunda gaveta e vê ali a pequena coleção de navalhas. Quatro delas, todas fechadas para proteger as lâminas, alinhadas cuidadosamente sobre uma toalha suave de microfibra. Isso a faz lembrar que a polícia ainda está com a que Jimmy usou em si mesmo, e se pergunta se em algum momento eles a devolverão. Jimmy tinha cinco navalhas, cada uma com sua pequena história.

Seria estranho mandar colocar as navalhas de Jimmy em um quadro? Ele gostava dessas navalhas. Os gostos dele eram realmente antiquados.

— Se você não seguir as modas, nunca deixa de ter estilo — ele costumava brincar.

Um pensamento passa pela cabeça de Paris nesse momento, e ela para. Há algo que não está certo. Quando a equipe forense esteve na casa, eles fotografaram extensivamente o banheiro, inclusive o conteúdo das gavetas. Sonny insistiu que ela olhasse todas as fotos para que compreendesse a real extensão das evidências que a Promotoria tinha contra ela. A menos que ela esteja confundindo as lembranças, as fotos da cena de crime mostravam uma navalha — presumidamente a arma do crime — jogada no chão, perto da banheira, e apenas três navalhas na gaveta, não é?

Se foi assim, isso significaria que no dia em que ela foi presa, uma navalha da coleção de Jimmy estava faltando. E agora... estava *de volta*?

Ela balança a cabeça. Isso não pode estar certo.

Abrindo a última gaveta, Paris finalmente vê o pacote fechado de barbeadores descartáveis Gillette que Jimmy jamais quis usar. Ela pega o pacote e sai do banheiro.

— Ei — Drew diz da porta do quarto que está ocupando. Ele trocou de roupa e agora usa shorts e uma camiseta. — A pressão da água é ótima nesse banheiro de hóspedes. Achou um barbeador?

— Aqui. — Ela lhe entrega o pacote que com as lâminas.

— O que houve? — ele pergunta. — Você está com uma cara.

Ela não responde.

É possível que Jimmy tenha colocado uma de suas navalhas em outro lugar. De fato, com suas questões de memória, é provável. Mas...

Ela passa por Drew e desce apressada pelas escadas até a cozinha. Passa por Elsie sentada no escritório de Jimmy, que lhe dá um adeusinho. A advogada parece estar atendendo a um telefonema de trabalho. Zoe está na mesa da cozinha, separando o conteúdo dos pacotes enquanto o Creedence Clearwater Revival toca no antigo aparelho de som Sony. *I wanna know, have you ever seen the rain...*

Paris pega o celular no balcão e volta para cima. Em algum lugar do seu Gmail há um arquivo PDF que Sonny lhe mandou depois da primeira vez que se encontraram, e que inclui fotos da cena de crime.

Paris localiza o e-mail, volta ao quarto de Jimmy e abre os anexos. Desliza pelas numerosas fotos do corpo de Jimmy, as manchas de sangue, a área na borda da banheira onde Paris bateu a cabeça. Finalmente, acha o que está procurando.

Na foto da cena de crime, estão uma, duas, *três* navalhas na gaveta.

Ela volta até a foto em close-up da navalha que a polícia ainda tem e confirma que é a que tem cabo de ébano que Jimmy comprou na Alemanha. O que significa que a navalha que não está na foto — e que misteriosamente foi devolvida — é a que Elsie deu para Jimmy. Paris a usou naquela manhã para barbear Jimmy. Ela se lembra porque, quando terminou, a lavara cuidadosamente, para ter certeza de que não ficaram restos de creme de barbear ou pelos presos na inscrição. É UM RAMO SANGUINÁRIO, MAS VOCÊ ARRASOU. COM AMOR. E.

E depois ela a deixou na beira da pia, para secar.

Então quem a pegou? Tem que ser a mesma pessoa que a colocou de volta na gaveta. Considerando quão poucas pessoas estiveram recentemente na casa, a lista de possibilidades é curta.

Drew a encontra no corredor do andar de cima, seu rosto recém-barbeado.

— Quer me contar o que está pensando?

Mais uma vez ela não responde, e ele a segue até a cozinha.

Ainda na mesa, Zoe separou os pacotes e agora está no laptop, imprimindo adesivos de devolução para os itens encomendados. Drew vai até lá e pega um pacote com oito fitas cassete seladas e fechadas em uma embalagem de plástico.

— Nem acredito que ainda fazem isso — diz ele, deliciado.

— Não é? — Zoe o olha com um sorriso. — Ainda bem que fazem, porque Jimmy as usava para gravar quando ensaiava suas piadas. Ele usou o último pacote de oito em cerca de duas semanas.

— Ei, Zoe, perguntinha rápida — sonda Paris. — Você por acaso tirou uma das navalhas de Jimmy lá da gaveta? Antes de ele morrer?

— Hmm? — Zoe continua digitando.

— Você sabe, aquela que tinha a inscrição de uma frase da Elsie? Não estava na gaveta no dia em que a perícia estava aqui tirando fotos. Mas agora está de volta na gaveta.

O olhar de Zoe continua fixado na tela enquanto ela responde.

— Alguma vez te contei de quando Jimmy e eu estávamos viajando aqui para Seattle e ele tentou levar as navalhas na bagagem de mão? A inspeção detectou, é claro, e você devia ver o rosto deles. Se ele não fosse Jimmy Peralta, provavelmente eles o teriam prendido. Eu consegui colocar tudo na bagagem despachada. — Ela revira os olhos. — Típico de Jimmy. Tão esperto em algumas coisas, e tão desligado em outras.

— Zoe. — Paris faz o possível para ser paciente. — A navalha. Aquela da Elsie. Você a levou, talvez para ser amolada, antes da morte de Jimmy? E a colocou de volta, em algum momento depois que a casa foi liberada?

— Não tenho a menor ideia do que você está falando. Jamais toquei nas navalhas de Jimmy.

— Quando foi a última vez que você esteve no banheiro dele?

— Já te disse. Dei uma olhada no banheiro depois que a equipe de limpeza saiu. Mas na verdade nem entrei. — Zoe levanta a cabeça novamente, e dessa vez senta ereta na cadeira. — O que aconteceu? Por que você está me interrogando?

Paris cruza os braços no peito e espera. Drew está apoiado no balcão da cozinha, fingindo estar olhando a coleção de cassetes de Jimmy.

— A última vez que estive fisicamente dentro do banheiro de Jimmy foi na noite do evento de caridade — explana Zoe. — Lembra que eu disse a você que ele estava preocupado com o espetáculo? Quando chegamos em casa, ele queria ensaiar no banheiro para que pudesse se ver no espelho.

Paris concorda.

— Quando ele subiu, gritou para a copa e disse que a fita no gravador estava cheia e pediu uma nova. Só tínhamos uma fita sobrando, de modo que levei a fita para ele, e depois arquivei a outra no escritório. — Zoe levanta o pacote dos cassetes Maxell. — Depois encomendei outro lote. Logo antes que ele me mandasse para casa.

— Espere aí. — Paris a encara um momento, depois se volta para Drew, que ainda finge não estar prestando atenção. Ela se volta para Zoe. — Você está me dizendo que o cassete no gravador era *novo*?

— Sim.

— E em que momento você o colocou lá?

— Mais ou menos nove e meia, logo antes de sair. — Zoe está exasperada. — O que você está querendo, Paris? Acho que você está me acusando de alguma coisa.

— A polícia confiscou o cassete que estava no aparelho de som como parte de suas evidências. — Paris fala vagarosamente, tentando processar essa nova informação. — O cassete tinha a voz de Elsie bem no final. Nem era muita coisa, algo como "Você esqueceu que tínhamos planos?". Então Jimmy parou a gravação.

Drew olha pra ela. Ele parece compreender inteiramente a direção que o assunto estava tomando, embora Zoe evidentemente não soubesse.

— Mas quando a polícia perguntou a Elsie sobre isso... — Paris se interrompe abruptamente.

Elsie havia entrado na cozinha, depois de terminar uma ligação de trabalho. Em sua mão estão várias etiquetas de devolução que ela pegou na impressora no escritório de Jimmy, e entrega tudo para Zoe.

— Quando a polícia perguntou a Elsie o quê? — pergunta ela para Paris. Depois se volta para Drew, olhando-o de cima a baixo.

— Olá. Elsie Dixon. E quem é você?

— Drew Malcolm. — Eles apertam as mãos.

— O que é isso? — Elsie olha a sala. — Sobre o que vocês estavam falando?

— Elsie. — Paris se esforça para controlar sua voz. — Quando foi exatamente a última vez que você viu Jimmy?

44

SE O VELHO APARELHO DE SOM DE JIMMY não estivesse tocando a canção do Fleetwood Mac, a cozinha estaria em um completo silêncio. Todos parecem estar prendendo a respiração, com o olhar fixo na advogada baixinha. *Thunder only happens when it's raining...*

— Elsie — Paris diz novamente. — Preciso que você responda à pergunta, por favor. Quando foi a última vez que você viu Jimmy?

— Você já sabe quando foi a última vez que o vi. — Elsie arruma um cacho prateado de cabelo atrás da orelha. — A detetive me perguntou durante seu primeiro depoimento, lembra? Foi alguns dias antes de ele morrer. Terça-feira. Vim aqui para buscá-lo para irmos tomar café da manhã.

— E foi assim que sua voz foi gravada — diz Paris. — A que a detetive Kellog perguntou pra você. Aquela em que Jimmy está ensaiando.

— Você está me contando ou me perguntando? — Elsie olha ao redor, consciente de que todos olham para ela. — Sim, foi assim que minha voz foi parar na fita. Agora, por que vocês não dizem simplesmente o que estão querendo dizer?

A arfada de Zoe é aguda e alta. Por fim, ela compreende do que Paris desconfia, e seus olhos se arregalam quando ela encara Elsie.

— Meu deus, você mentiu! — exclama Zoe, colocando a mão sobre a boca. — Porra, o que você falou é uma mentira. Aquele cassete com sua voz gravada não foi da manhã de terça-feira. Foi na noite em que Jimmy morreu. Eu coloquei uma fita nova às nove e meia, antes de voltar pra casa. O que significa que você esteva aqui, na casa, no banheiro dele, depois que eu saí. Por que você mentiria sobre estar aqui naquela noite? A menos que você...

— Elsie, o que você fez? — A voz de Paris é suave. Ela mal pode acreditar que isso está acontecendo. — Você matou Jimmy? Você matou Jimmy e armou pra cima de mim?

O rosto de Elsie está bem vermelho, e ela encara as duas.

— Vocês duas são bem audaciosas para me acusarem...

— Ninguém a está acusando de nada, senhora — diz Drew. — Só pegaram uma mentira sua, e nada mais.

Elsie joga as mãos para cima.

— Isso é ridículo. Vocês todos estão fora de si. Todos sabemos que Jimmy se matou. — Ela se volta para Drew, a voz trêmula. — Eu não sei quem diabos é você, mas pode fechar a porra da sua boca.

— Então *por que mentir*? — grita Zoe. — Foi você quem desligou o sistema eletrônico da casa e limpou todos os dados de uso, não foi? Você não queria que ninguém soubesse que esteve aqui. É isso, você usou o reconhecimento facial de Jimmy para entrar no telefone dele depois que ele... — Ela se engasga. Não consegue terminar a frase.

— Você levou a navalha, Elsie? — pergunta Paris. — Aquela com a qual você o matou? Foi deixada bem na beira da pia. Você trocou as navalhas pra parecer que ele usou outra pra se matar? Todas aquelas lâminas são praticamente iguais, do mesmo tamanho e formato, e havia três na gaveta na manhã em que fui presa. E agora tem *quatro* lá. Você levou a arma do crime e depois a colocou de volta em algum momento nos últimos dias? Você esteve aqui mais do que algumas vezes.

— Sua vagabunda odiosa e manipuladora — dispara Zoe, sem esperar a resposta de Elsie. — Você deixou Paris ser acusada de assassinato.

O rosto de Elsie está lívido. Ela está encostada na parede da cozinha, os ombros recurvados e encolhidos como os de um animal acuado, o olhar saltando de Paris para Zoe, para Drew e de volta para Paris.

— Não tenho que escutar isso. Depois de tudo que fiz por você...

— Não estava previsto que eu voltaria pra casa naquela noite — diz Paris, dando um passo na direção dela. — Você não estava tentando me incriminar, como poderia se eu não estaria em casa até a noite seguinte? Mas *você* estava aqui.

Ela dá mais um passo à frente. É tudo que pode fazer para não colocar suas mãos no pescoço de Elsie.

— Você matou ele, não foi? — indaga Paris. — E depois tentou fazer com que parecesse suicídio. Você sabia que as pessoas iriam acreditar por causa do histórico dele. O fato de eu ter voltado antes pra casa fodeu com o seu plano. Fez com que todos pensassem que eu era a culpada. E você jamais disse nada, porque se alguém estava sendo acusada de assassinato, melhor que fosse eu do que você.

Elsie se encolhe ainda mais contra a parede.

— Então foi um acidente? — pressiona Paris. — Ou você o esfaqueou de propósito? E o que ele disse pra te deixar com tanta raiva? E se foi um acidente, por que diabos você não chamou a emergência?

— Porque era tarde demais! — grita Elsie e depois irrompe em lágrimas. — Eu jamais o teria de volta, então o que eu podia fazer, hein? Vê-lo tão feliz com você? Eu estava tão perto... *nós* estávamos tão próximos um do outro, e aí você aparece do nada e o faz mudar de rumo.

Elsie está soluçando tanto que mal consegue pronunciar as palavras.

— Jimmy e eu tínhamos muitas histórias juntos, mas tudo o que ele queria era ficar com alguém que não sabia nada da pessoa que ele foi. E então, há seis meses, ele pediu que eu mudasse seu testamento. Queria deixar a maior parte do dinheiro pra você. Eu disse que ele estava perdendo a maldita cabeça. Ele literalmente estava fora de si, não estava?

— Ele deixou dinheiro pra você também — atesta Paris. — E para Zoe.

— Mas eu não queria o dinheiro dele, eu queria *ele* — diz Elsie. — Eu o amava. Vocês não entendem isso? Por cinquenta malditos anos, eu amei aquele homem problemático, egoísta e arrogante, e na metade do tempo ele não conseguia nem se lembrar que tínhamos planos. Vim para cá naquela noite depois da apresentação beneficente porque supostamente passaríamos algum tempo juntos, e ele *esqueceu*, porque sempre *esquecia* quando se tratava de *mim*. Subi, e ele estava no banheiro ensaiando suas piadas, e o novo testamento estava em cima da mesinha de cabeceira. Vi a quantia que ele estava deixando pra você, e disse que estava louco, e ele me disse...

Elsie estava arfando, e parou para recuperar o fôlego.

— Ele me disse que não era da minha conta e que eu fosse *cuidar da minha vida*. Podem imaginar? Depois de tudo que fiz, que ele pudesse dizer isso pra mim. Eu não tinha intenção. Mas a navalha estava bem ali, e eu a peguei. — Os joelhos dela cederam e ela desabou no chão.

— Ele estava zangado — Paris diz suavemente, olhando para ela espantada e horrorizada. — Porque ele realmente estava esquecendo as coisas, Elsie.

A canção terminou. Alguns segundos depois a fita cassete também termina, com um estalo audível.

Jimmy não se matou. A despeito de toda a tecnologia do mundo, Elsie vai ser presa pelo assassinato de seu mais antigo amigo por causa de um cassete Maxell analógico, sem marcação de tempo, sem backup, sem iCloud.

Jimmy estava certo.

"Tecnologia é uma merda, garota. É sempre melhor fazer como nos velhos tempos."

45

O EVENTO EM HOMENAGEM A JIMMY é algo luxuoso, com amigos de Hollywood e do mundo afora voando para Seattle para prestar suas condolências ao homem mais engraçado que a maioria deles conheceu. Algumas lágrimas são derramadas, mas na maior parte há risos. Exatamente como Jimmy desejaria.

A única pessoa que não comparece é a mais antiga amiga de Jimmy.

Depois que foi presa, Elsie fez uma confissão completa para a detetive Kellog, explicando o que havia acontecido na noite em que matou Jimmy. Eles estavam discutindo, e Jimmy disse algo cruel. Elsie agarrou a navalha no balcão e a sacudiu diante do rosto dele, mas apenas para dar ênfase à questão, afirmou. Ela lembrou a ele o dia em que o presenteou com a navalha e suas décadas de amizade, e esbravejou que estava farta de ser sempre desvalorizada por ele.

Jimmy riu dela, e ela o atacou. Ele agarrou seu pulso e eles lutaram um pouco, até ela libertar seu braço e a navalha cortar a parte interna da coxa dele. Ele caiu na banheira e sangrou por menos de um minuto.

A morte dele foi um acidente, disse Elsie. Não era sua intenção matá-lo, e a única coisa que lhe ocorreu poder fazer era que isso parecesse um suicídio.

Ela tampou o ralo da banheira e a encheu de água morna. Usando um pano, com cuidado tirou da gaveta outra navalha de tamanho e formato idênticos, que mergulhou na água sanguinolenta e depois a colocou na mão dele de modo que caísse naturalmente no chão. Usando o celular de Jimmy, ela apagou todos os dados de uso do dispositivo inteligente da casa. Depois embrulhou a navalha com que o havia matado e a levou consigo, junto com sua cópia do novo testamento.

Ela estava receosa de jogar fora a navalha por causa da inscrição. Em vez disso, limpou-a com água sanitária e depois a colocou de volta na gaveta do banheiro de Jimmy, uma vez que a causa subjacente de sua morte foi oficialmente registrada como "indeterminada" e a acusação contra Paris foi retirada. Com o caso encerrado, ela imaginou que ninguém iria questionar a razão de antes ter três navalhas na gaveta e agora, quatro.

Ninguém seria acusado de assassinato.

Nico Salazar queria acusar Elsie de assassinato em segundo grau, manipulação de provas e obstrução de justiça. Com o conselho de seu advogado, Sonny Everly, ela concordou em fazer acordo. Sete anos por homicídio culposo, mas, com bom comportamento, poderia sair em quatro anos. Devido à idade, e sem precedentes criminais, eles concordaram em enviá-la para uma pequena prisão feminina de segurança média.

Elsie Dixon terá setenta e dois anos quando sair.

Há uma placa de à VENDA em frente à casa. Zoe está encarregada da venda da herança de Jimmy. Tudo vai estar à venda, exceto o velho aparelho de som portátil de Jimmy e sua coleção de fitas cassete, que Paris queria guardar com ela.

Drew ficou até o memorial e agora, da mesma forma que há muitos anos, eles se despediram na calçada.

— Então, nunca te perguntei — diz Paris, enquanto o acompanha até o carro de aluguel. — O que aconteceu com Kristen? E você tem um filho ou uma filha?

— *Kirsten* — corrige Drew, encarando-a, e ambos caem na risada. — Quando voltei para a casa da minha mãe na manhã depois do incêndio, ela estava esperando por mim na varanda. Antes que eu pudesse falar qualquer coisa, ela disse que achava o casamento um erro, e que acabaríamos ficando ressentidos um com o outro e fazendo mal para o bebê. Somos dois bons copais. Kirsten se casou alguns anos depois e Sasha tem um meio-irmão e uma meia-irmã. Tudo saiu como esperávamos.

Ele pega o celular e mostra uma foto a ela. Sasha é bonita, porque é claro que seria. Tem o sorriso de Drew.

— E você nunca quis se casar? — pergunta Paris.

— Na verdade, não — responde Drew. — Acontece que tenho minhas coisas para trabalhar. Minha mãe diz... — ele faz uma careta. — Jamais pensei em começar uma frase com "minha mãe diz".

— Belinda é uma mulher maravilhosa. Pode me dizer.

— Foi *sugerido* — diz Drew, enfiando as mãos nos bolsos — que a razão pela qual meus relacionamentos não progridem para um estágio mais sério é porque eles não se comparam com o relacionamento que pensei que teria com você.

— Ah. — Paris sente que enrubesceu. — Você... concorda com isso?

Ele a encara.

— Agora que vi você de novo, provavelmente concordo.

Pela primeira vez, ela compreende que é possível se sentir devastada pela dor e exaltada pela felicidade, tudo ao mesmo tempo.

— Eu não estou pronta — declara Paris, mas não desvia o olhar. — E talvez jamais esteja.

— Podemos conversar sobre isso quando você voltar para Toronto. — Drew abre o sorriso. — Iremos ao Junior's.

— Como você sabe que voltarei?

— Por causa de Ruby — diz Drew. — Você tem assuntos pendentes com sua mãe.

Um breve silêncio se instala entre eles.

— Quanto ela quer? — ele pergunta.

— Dez milhões.

Ele solta um assovio baixo.

— Quer meu conselho?

— Você sabe que sim.

— Não pague nem um centavo a ela. Não há prova de que você matou Mae, porque você não fez isso. Você provocou um incêndio. Você não é uma assassina.

Ele a abraça novamente e beija sua testa. Ela fica na calçada até as luzes de ré do carro alugado desaparecerem.

Ela não assassinou Jimmy. Ela não assassinou Mae.

Mas é uma assassina.

Depois que Zoe vai embora e a casa fica em silêncio, Paris abre a caixa de papelão com as cartas de fãs de Jimmy. Leva apenas alguns minutos para encontrar o que buscava.

Querida Joey,

Parabéns. Você foi inocentada. Quelle surprise.

Devo lhe dizer que estou perdendo a paciência. Reconheço que você andou ocupada, mas ainda existem cinzas que não são suas em uma urna. E nós duas sabemos o que você fez com Charles.

Dez milhões. Esta é minha última carta. O que significa que é sua última oportunidade.

Com todo meu amor,

Mamãe.

Paris acha uma caneta e uma folha de papel em branco. Rabisca rapidamente uma nota, que coloca no correio logo depois de escrever.

Logo estarei aí.
J.

PARTE SEIS

*Estou aqui somente para testemunhar
a exumação dos restos do amor.*

— Barenaked Ladies

46

ELA NÃO PODE IR AO GOLDEN CHERRY, ela não pode entrar no Junior's. Supostamente, ela está morta, afinal. Sentada no Audi de Drew, no estacionamento atrás dos dois prédios, ele recebe uma mensagem

Fila. 10 minutos. Molho jerk ou curry?

Ambos. Ela responde.

Ele manda de volta um emoji da cara de porco. Ela manda uma foto de seu dedo do meio.

A porta dos fundos do Cherry se abre, e ela vê um homem saindo. Um metro e noventa e oito, forte, rosto naturalmente bronzeado. Os cabelos negros agora têm alguns fios brancos. Ela por fim o procurou no LinkedIn — busca privada, é claro — e descobriu que ele se tornou sócio do Cherry há dez anos.

Ela observa Chaz por algum tempo enquanto ele tira algumas coisas pela porta dos fundos e coloca dentro de uma van. Depois de terminar, ele esfrega um ponto no canto direito de sua coluna lombar. Esse ponto sempre o incomodou, e é estranho como esse gesto é familiar para ela, mesmo depois de todo esse tempo. Então ele para e olha ao redor.

Ele sempre teve essa habilidade estranha de sentir que alguém o observa. O instinto dela deveria ser cobrir o rosto, mas ela não faz isso. Em vez disso, ela abaixa a janela de modo que os dois possam se ver melhor.

Chaz fica imóvel. O reconhecimento aos poucos ilumina seu rosto, e ele abre o maior sorriso que ela já viu nele. Eles se olham através do estacionamento. Ele não se aproxima. Ela não desce do carro. Em vez disso, ele coloca a mão sobre o coração, e ela faz o mesmo.

Obrigada, Chaz.

Drew entra pela porta do motorista ao mesmo tempo que Chaz volta para dentro. O cheiro de jerk apimentado e do curry invadem o carro, e o estômago dela ronca em resposta.

— Eu ouvi isso. — Drew engata o carro. — Onde você quer comer?

— Me leve pra casa — ela diz.

Vinte e cinco anos depois, o número 42 da Willow Avenue não parece exatamente como ela lembra.

Está mais brilhante. O velho tijolo marrom recebeu uma pintura creme, e as velhas grades enferrujadas das sacadas foram substituídas por novas de ferro forjado. O saguão do prédio também foi reformado, e conta com portas novas, piso novo, tudo novo. Na verdade, agora parece um lugar agradável para se viver, e o parque do outro lado do edifício está limpo, com duas novas estruturas de brinquedos para crianças que não existiam antes.

Ela olha para onde está o apartamento 403, imaginando quem viveria ali. Provavelmente houve muitos inquilinos no decorrer dos últimos dezenove anos, todos com histórias diferentes para contar. A dela era simplesmente mais uma. Estar ali despertava lembranças vívidas de Ruby sendo levada naquela noite, e mesmo que ela tenha se esforçado para não pensar nisso, não é realmente possível esquecer algo que mudou completamente a direção de sua vida.

Mas, com o tempo, ela lembrará menos.

Um fio de fumaça atrai seu olhar, e ela detecta um homem fazendo churrasco em sua sacada do quarto andar. Churrasqueiras eram proibidas, mas talvez agora permitam. Ela vira hambúrgueres enquanto fala no celular, e ela reconhece o sr. Malinowski, o zelador do prédio, que morava no primeiro andar. Será que ele ainda é o zelador?

As portas de vidro do saguão se abrem, e ela vê uma mulher com uniforme colorido de enfermeira segurá-las para que uma mulher mais velha com andador possa passar. De imediato, Paris reconhece a sra. Finch; sua velha vizinha do final do corredor já deve estar com mais de oitenta anos. Seu vestido casual está manchado e largo em sua estrutura ossuda, os cabelos tão finos que é possível ver o rosado do seu couro cabeludo. Considerando tudo, a mulher havia feito a coisa certa quando finalmente chamou a polícia, mesmo que os anos seguintes tenham sido difíceis.

Paris entra novamente no carro. Enquanto ela e Drew se afastam no automóvel, ela mentalmente se despede da garota que vivia em Willow Park, a que sobreviveu a tudo pelo que passou com sua mãe. Todas as lembranças são dolorosas, mas pertencem a uma vida que não é mais a dela.

E, com o passar do tempo, ela lembrará menos.

47

MAPLE SOUND PARECE BEM DIFERENTE à luz do dia, serena e bonita, uma cidadezinha pitoresca para alguém que queira se acomodar ali se desejar escapar da cidade.

Ruby deve odiar isso.

Eles percorrem a longa subida pela colina na direção da casa de tita Flora, e Drew desliga o motor quando alcançam o topo. Ficam sentados em silêncio por um momento, olhando por cima do pequeno lago para o exterior da casa de dois andares onde ela viveu por cinco longos anos. Estava demasiado escuro para que ela visse muita coisa quando esteve ali da última vez, mas agora, sob o sol do final da tarde, ela pode ver o esforço feito para mantê-la. A parede lateral foi pintada de branco para combinar com a varanda, e o jardim da frente está em plena floração. Tita Flora já está aposentada, e com tito Micky falecido, ela deve ter muito tempo livre para a manutenção do lugar. Está mais bonito que nunca.

Há uma sombra se movimentando na janela da cozinha. Ela não precisa ver o rosto para saber a quem pertence. Reconheceria essa silhueta em qualquer lugar.

— Quanto tempo acha que vai levar? — pergunta Drew, quebrando o silêncio dentro do carro.

— Uma hora — responde ela. — São cinquenta e cinco minutos a mais do que eu preferiria.

— Está com o cheque visado?

Ela bate no bolso.

— Ainda não acredito que você foi mesmo ao banco. — Ele sacode a cabeça. — Quer que eu acompanhe você?

— Não. Preciso fazer isso sozinha. — Ela aperta a mão dele e abre a porta de passageiro. Não há como prever o que Ruby dirá, e seja lá como transcorra esse encontro, existem coisas que ela jamais deseja que Drew escute. Jamais. — Eu ficarei bem.

— Vou ficar esperando bem aqui — garante Drew antes que ela possa bater a porta. — Não se matem.

— Não posso prometer isso. — Ela vê o olhar alarmado do rosto do amigo e revira os olhos. — Drew, estou brincando.

— Com vocês duas, nunca se sabe.

Ela fecha a porta do carro e olha a casa por mais alguns segundos. Caminha vagarosamente na direção dela, passa pelo pequeno lago, que agora está em silêncio. Vai até os degraus da varanda, mas antes que levante a mão para bater na porta, ela se abre.

Depois de vinte e cinco anos, ela agora está parada cara a cara com sua mãe.

As duas se encaram a menos de um metro de distância, nos lados opostos do batente. Nenhuma das mulheres oferece um aperto de mãos ou um abraço.

A primeira coisa que ela nota é que os cabelos negros, longos e brilhantes de Ruby, sua marca distintiva, estão cortados na altura dos ombros, o brilho natural mais opaco por causa da idade e das tinturas de cabelo baratas. Sua pele apresenta uma textura ligeiramente parecida com papel, destacando ângulos nas maçãs de rosto que nunca estiveram ali. Apesar de sua mãe ser uns cinco centímetros mais alta que Paris, ela parece ter encolhido. Está vestindo jeans frouxos, uma camiseta amarela e chinelos novos nos pés.

— Você parece comigo quando eu tinha sua idade — Ruby finalmente diz. Há uma ponta de ciúmes na voz. É o melhor cumprimento que ela pode oferecer.

— E você parece lola Celia agora — rebate Paris.

Uma longa pausa se estabelece. Paris nem tenta entrar na casa. Por ela, resolveria tudo ali na varanda.

Ruby abre mais a porta.

— Entre.

Paris dá um passo para entrar, e como se fosse um sinal, as rãs do lago começam a coaxar.

A casa está mais limpa e silenciosa do que costumava ser.

— Onde estão todos? — pergunta Paris, mesmo já sabendo a resposta.

— Sua *lola* está em Cebu — responde Ruby. — Viajou logo antes que eu chegasse, mas estará de volta em um mês. E sua tita Flora foi passar o fim de semana em Toronto.

— E você não quis ir com ela para a cidade.

— Ela vai ficar com amigos. Eu não fui convidada. — Ruby se senta à mesa da cozinha e faz um gesto para que ela faça o mesmo. — É Drew quem eu vi no carro lá fora? Quando ele perguntou se eu estava disponível hoje, supus que viesse me entrevistar para seu podcast, que vai ser todo sobre mim. Ele não mencionou que você viria.

— Não vai haver nenhum podcast sobre você — informa Paris. — Pedi a ele que deixasse isso de lado.

— E ele concordou? — Ruby levantou uma sobrancelha. — Simples assim?

— Incrível, não é? — Paris se permite um sorrisinho. — E veja só, não precisei nem mesmo dormir com ele.

— Então agora você está sarcástica. — Seus lábios se tornam uma linha fina. — Bela maneira de falar com sua mãe.

— Você preferiria que eu batesse em você? — pergunta Paris. — Te desse um tapa? Apagasse cigarros no seu pescoço? Isso seria mais cortês?

— Deus do céu. — A cadeira de Ruby arranha o chão quando ela a empurra para longe da mesa. Ela vai até um armário, tira duas canecas e as serve com café da cafeteira que está no balcão. Coloca creme em pó nas canecas, o que não é diferente do que ela costumava tomar nos anos 1990. — Você ainda está chateada com isso? Foi há muito tempo. É hora de seguir em frente. Agora você é uma adulta, *Paris*.

— Na época eu era uma criança, *Ruby*.

Sua mãe suspira, colocando as duas canecas na mesa.

— Você está aqui pra falar sobre o passado ou me pagar, para que *eu* não fale sobre o passado?

— Ambos — reponde Paris. — Você vai ter seu dinheiro.

— Bom — diz Ruby, os ombros relaxando. — Você me deve. Mereço esse dinheiro. Passei vinte e cinco anos presa por você.

— *Por mim*? — Paris se força a manter a calma. — É isso que você diz a si mesma?

— Sei o que você fez. — Sua mãe toma um gole de café e se inclina na cadeira. — Nunca disse pra ninguém o que você fez com Charles.

— Porque você sabe que ninguém acreditaria em você — diz Paris. — O sangue dele estava em todas as suas roupas, e suas digitais estavam na faca. Você o esfaqueou dezesseis vezes.

Ruby inclina a cabeça.

— Foram tantas assim?

— Dezesseis vezes — repete Paris. — E eu tinha apenas treze anos. Você iria parecer ainda pior se me acusasse de qualquer coisa.

— Você fodeu comigo no tribunal, testemunhando que Charles nunca tocou em você. E tudo que você tinha que dizer era essa única coisa. Essa única *verdade*. — Os lábios de Ruby se achatam em uma linha dura. — Nenhum júri condenaria uma mãe por proteger sua filha.

— Puta merda, você ainda insiste nisso. — Paris a encara, incrédula. — Distorce a verdade para que ela se ajuste ao que você quer. Eu escutei você e Charles, tá bem? Ouvi você brigando com ele no outro quarto. Você o acusou de te usar para me ter. E você estava certa sobre isso, porque foi exatamente o que ele fez; porque é isso que homens como Charles fazem. E depois ouvi a risada dele dizendo que você ficava feia quando estava com ciúmes, e que vocês jamais ficariam juntos porque você não tinha classe.

Os olhos de Ruby se estreitam, suas faces ficando rosadas.

— Não foi isso que ele disse.

— Ah, mamãe — ironiza Paris, e essa será a última vez que chamará esta mulher assim. — Sempre invejei essa sua habilidade de negar qualquer realidade que não te servisse. Permita que eu refresque sua memória.

Ela toma um longo gole daquele café horroroso. Depois leva as duas de volta para aquela noite que jamais pensou que precisaria revisitar.

Joey estava em sono profundo quando Charles se deitou ao lado dela. Apesar de muitas vezes ela não conseguir dormir quando sabia que ele estava por perto, ele parecia tão preocupado com sua mãe durante toda aquela tarde que ela havia se sentido a salvo naquela noite.

Era culpa sua por supor isso. Não fazia diferença para Charles que aquela fosse sua própria casa, a casa de sua família, e que o quarto da sua filha estivesse do outro lado da parede. Não havia limites para homens como ele. Eles agiam apenas de uma maneira.

Ela sentiu a mão em sua barriga, e despertou imediatamente. Abriu os olhos, mas não havia nada que ver, porque o quarto estava escuro. Instintivamente, ela tentou se mover para o outro lado da cama, mas ele ficou em cima dela e a imobilizou com seu peso.

— Shhhh — fez Charles, seu hálito ácido pelo vinho tinto e queijo que estava comendo antes. — Simplesmente relaxe. — Sua mãe pode ser muito divertida, mas senti sua falta, Joey.

Ela se contorceu violentamente embaixo dele, mas, como da última vez — como todas as vezes —, isso foi inútil. Ele era maior, mais esperto e mais poderoso que ela jamais poderia ser. Nunca foi uma luta justa. Tudo que ela podia fazer agora era fechar os olhos, permanecer imóvel e permitir que a escuridão cobrisse tudo.

Ela não soube quanto tempo havia passado — podia ter sido um minuto ou dez — quando ouviu o ruído da porta abrindo, e depois todas as luzes foram acesas. O colchão balançou com a ausência súbita do peso de Charles, quando ele rapidamente rolou para fora, seus pés batendo no chão pesadamente.

Joey abriu os olhos e piscou com as luzes brilhantes. Sua mãe estava parada na porta do quarto de hóspedes, os olhos dardejando de Charles para Joey e, depois, de volta para Charles. Ela parecia furiosa. Joey sentou-se, os lençóis caindo, e ficou aliviada ao ver que ainda estava vestida.

— Que porra você está fazendo aí? — A voz de Ruby estava rouca. Seus olhos estavam focados com a precisão de um laser no homem que tropeçava pelo quarto, ajustando suas roupas. Para Joey era incrível que sua mãe ainda se importasse em fazer uma pergunta da qual já sabia a resposta. — Você estava *tocando* minha filha?

— Não, querida, não — disse Charles, o rosto vermelho reluzindo. — Levantei porque ouvi um barulho, mas bebi demais. Parece que vim parar no quarto errado. — E forçou uma risada.

Ruby se voltou para a filha.

— Joey? Isso é verdade?

Joey não conseguia se forçar a responder. Em vez disso, olhava fixamente para a mãe, querendo que, de alguma maneira, sua mãe a escutasse. *E agora você sabe, mamãe. Você viu com seus próprios olhos. Por favor, faça alguma coisa pra isso parar.*

Ruby voltou-se para Charles.

— Seu idiota, filho da puta. Não sou realmente suficiente pra você?

— Espere, Ruby...

— Nem ouse vir com essa pra cima de mim — ela sibilou. — Joey tem treze anos. Você estava tentando foder com ela?

Charles deu um passo adiante e deu um tapa nela.

Ruby cambaleou para trás, a cabeça batendo na moldura da porta. Joey viu a marca vermelha se formando no rosto da mãe.

— Ah, merda — Charles disse com cara de nojo. — Olha, tudo isso é um mal-entendido, tá? Vamos nos acalmar. Não há razão para se perturbar. Certo, Joey? Diga para sua mãe que está tudo bem. E depois voltamos todos para a cama. De manhã preparo um bom café da manhã e levo vocês duas para fazer compras. O que acha?

— Vamos conversar lá no quarto — retrucou Ruby, virando-se para sair, e Charles a seguiu.

Um minuto depois, Joey ouviu os dois discutindo e trocando insultos violentos. Ruby chamou Charles de tarado doentio. Charles chamou Ruby de vagabunda ciumenta e golpista interesseira. A ironia era que os dois tinham razão.

Joey precisava usar o banheiro, então deslizou da cama e foi direto para a suíte, e depois tentou se ajeitar. Ela ficou ali até a gritaria parar, só saindo do cômodo quando tudo ficou em silêncio por mais de um minuto.

Quando abriu a porta, viu que Ruby estava de volta, e ficou horrorizada ao ver que o vestido de verão da mãe estava manchado de sangue. Na mão de Ruby estava a faca fina e comprida que Charles usara para cortar queijo e frutas para os dois mais cedo. A lâmina da faca também estava coberta de sangue.

— Mamãe? — disse Joey, alarmada. — Mamãe, o que aconteceu?

— Eu matei ele. — Os olhos da mãe estavam vidrados com o choque. — Meu deus, eu matei ele. Charles está morto. Você tem que me ajudar... Meu deus, Joey, você tem que me ajudar. Não sei o que fazer.

Tal como testemunhou no tribunal alguns meses depois, Joey instruiu Ruby a trocar de roupa e ir buscar o carro. Depois foi pelo corredor até o dormitório principal para limpar tudo.

Mas ao contrário do que disse no tribunal, Ruby não voltou para terminar o serviço.

Enquanto Joey dava uma última olhada no quarto e no banheiro para ter certeza de que tudo o que sua mãe havia trazido consigo estava agora no saco de lixo, ela escutou um gemido e deu um pulo. Com o coração disparado, ela se voltou devagar e olhou para o tapete onde Charles estava. Seus olhos, que antes estavam fechados, agora estavam abertos. Ruby disse que ele estava morto. Mas lá estava ele, olhando-a do chão.

O monstro que supostamente sua mãe havia matado tentava falar com ela.

Joey olhou ao redor, aterrorizada de estar a sós com ele, certa de que ele iria se levantar e partir para cima dela. Mas Charles permaneceu onde estava, deitado de lado no chão.

— Joey. — Ele conseguiu levantar a cabeça alguns centímetros do tapete. — Joey, me ajude.

Ao ouvir sua voz, Joey recuou até alcançar a parede, segurando o saco de lixo diante de si, como uma espécie inútil de escudo.

— Joey... Joey, ligue para a emergência... Joey... por favor...

A respiração de Charles era superficial, mas ele *estava* respirando. O que ela deveria fazer agora? Ela havia se oferecido para encobrir os atos da mãe... mas para quê?

Mesmo que Charles morresse, e de alguma forma elas se livrassem disso, acabaria aparecendo outro Charles.

Era Ruby, afinal. Sempre apareceria outro Charles.

De algum modo a faca havia deslizado para o fundo do saco plástico, coberta com as digitais de Ruby e com o sangue de Charles.

Joey se surpreendeu como foi fácil tomar uma decisão.

Deixando o saco de lixo no chão, ela voltou pelo corredor até o quarto de Lexi para pegar o patim de gelo. Trouxe-o com ela até o quarto principal, onde se sentou na cadeira do canto, tranquila quanto ao que faria em seguida. Enfiou o pé na bota de couro liso e amarrou o cadarço.

E então pisoteou o pescoço de Charles, sentindo os músculos e tendões se separando sob a lâmina com um ruído úmido de trituração, impulsionada pela força de treze anos de raiva e alimentada por anos de abuso, impotência e vergonha.

Joey não podia matar todos os monstros, mas podia liquidar aquele.

48

QUANDO PARIS TERMINOU DE FALAR, a caneca de café de sua mãe estava vazia.

— Você não se arrepende disso, não é? — indaga Ruby suavemente.

— Não — responde Paris. — Mas paguei o preço por isso, assim como você.

Ruby abre a boca para dizer alguma coisa, mas a fecha novamente. Depois de alguns segundos, por fim, ela assente com a cabeça.

— Simplesmente transfira o dinheiro — diz ela. — E então estaremos quites uma com a outra, o que de qualquer maneira é o que queremos.

— Eu trouxe um cheque visado. — Paris se inclina em sua cadeira. — Que darei a você quando você me entregar o que vim buscar.

Ruby se levanta e caminha pela sala. Paris observa quando ela retira a tela decorativa na frente da lareira e pega a urna, que estava guardada ali dentro. A lanterna de Paris havia passado bem por cima da tela naquela noite; jamais lhe ocorreu olhar por trás. Ruby volta até a mesa da cozinha com a urna e fica parada perto dela, segurando-a de modo que o nome ficasse visível.

A urna é simples, com cerca de vinte e três centímetros de altura, e feita de plástico. Está gravado "JOELLE REYES" na placa de metal manchada na frente.

Mas quem está dentro é Mae Ocampo. Paris olha fixamente para a urna. Pensar que um corpo humano adulto pode ser reduzido a cinzas que cabem em um recipiente daquele tamanho.

Ah, Mae. Queria que você estivesse aqui.

Ela se inclina para pegar as cinzas, mas Ruby a tira de seu alcance.

— Quero meus dez milhões — exige sua mãe. — E então você pode pegar a urna e dar o fora.

— Dez milhões? — Paris inclina a cabeça. — Quem disse que seriam dez milhões? Seu pedido inicial era de um milhão, então é isso que eu trouxe.

Do outro lado da mesinha, os lábios de Ruby se apertam novamente, os olhos escurecendo em duas nuvens gêmeas de tempestade. Há vinte e cinco anos, essa ligeira mudança na expressão facial de sua mãe provocava terror no jovem e terno coração de Joey, transformando seu estômago em mingau, enquanto se preparava para a explosão iminente. Esse rosto significava que a surra estava chegando. Esse rosto significava tapas, murros e chutes.

Mas ela não é mais Joey. Ela é Paris. E tudo que vê quando encara Ruby é uma velha miserável, furiosa por não conseguir o que quer.

— Não foi isso que combinamos. — A voz de Ruby sai baixa.

Isso, também, costumava ser assustador. A diminuição do tom, apenas um tom acima do sussurro, era pior que qualquer grito ou berro. Mas não mais. Quando você compreende como o mágico executa seus truques, eles não mais ofuscam.

— Nunca concordei com nada. — Paris move sua cadeira para trás e se levanta. — Quando eu te disse que te daria dez milhões de dólares? Um milhão pela urna, e também por sua vida. Eu poderia simplesmente vir aqui e te matar, você sabe. E acredite, pensei seriamente nisso. Quem iria se importar se você desaparecesse?

Ela enfia a mão no bolso e tira de lá o cheque visado. Desdobrando-o, ela o levanta. Na linha de PAGUE-SE À ORDEM DE, está digitado o nome RUBY REYES, claramente visível, tal como as palavras UM MILHÃO DE DÓLARES na linha onde o valor é especificado.

Parece autêntico, porque é. O gerente do banco em Seattle questionou a necessidade de um método de pagamento em papel, sugerindo a Paris que movesse a soma via transferência eletrônica. Se o cheque visado fosse perdido ou destruído, exigiria um processo difícil para recuperar os fundos, e poderia levar meses. Paris agradeceu pela sugestão, mas insistiu que ainda assim queria o cheque.

— Eu não sou você — Pariz lança para a mãe. — Prefiro pagar a você do que ser como você.

— Ah, desça dessa sua carruagem moral. — Ruby solta uma risada. — Você acha que somos muito diferentes, você e eu? Somos exatamente iguais. Somos sobreviventes. Basta ver com quem se casou. Você conseguiu a vida que eu queria que Charles me desse. Ensinei a você muito bem, gafanhotinha ingrata. Você me deve, e quero meus dez milhões. Não seja avarenta. Nós duas sabemos que você pode pagar isso.

— Sabe de uma coisa? — diz Paris, como se fosse algo que acabava de lhe ocorrer. — Na verdade não tenho que fazer negócio com você. De fato, mudei de ideia. Sem acordo. Diga para quem quiser sobre a urna. Ninguém vai acreditar em você, porque seja lá como você conseguiu ser solta, ainda é uma assassina condenada.

O choque no rosto de Ruby é quase cômico. Paris enfia o cheque de volta no bolso e caminha calmamente para a porta da frente, se preparando para o empurrão que a faria voar para fora da varanda. Mas Ruby não a segue.

Paris caminha na direção do carro de Drew, ainda estacionado no mesmo lugar do outro lado do lago, e finalmente escuta passos vindo rapidamente atrás dela.

Na grama, ela gira para encarar sua mãe. Sabia que Ruby não a deixaria sair sem uma negociação final. Paris tem consciência de que está de costas para o lago, um pouco perto demais da borda para seu gosto. Mas se é aí que vai ter sua última conversa, que seja.

As rãs silenciaram.

— Tome logo essa urna — diz Ruby, empurrando-a em sua direção. — E passe o cheque. Posso me virar com um milhão. Está bom.

— Está bom? Você pode se *virar* com isso? — Paris a encara admirada. — Você ao menos escuta o que diz? Como é que você sinceramente acredita que merece coisas que não são suas?

— Passe o cheque, e jamais nos veremos novamente. — Ruby dá uma sacudidela na urna, os braços ainda estendidos. — Considerando tudo, sai barato pra você, não é? Você tentou se livrar de mim uma vez, quando ajudou a me pôr na prisão. Simplesmente me dê o cheque e você se livra de mim. Prometo.

Ela promete? Desde quando Ruby Reyes manteve uma promessa que não a beneficiasse?

Paris finalmente pega a urna.

— Bem? — Ruby estende a mão.

Segurando a urna firmemente embaixo do braço, Paris procura o cheque no bolso de trás.

E depois o rasga no meio.

Faz isso tão rapidamente que Ruby leva um segundo para entender o que aconteceu. Apenas quando Paris o rasga novamente sua mãe grita furiosa, um som tão profundamente satisfatório que valia um milhão de dólares só para ouvir.

— *Tanga kaayo ka* — cospe Ruby. — Você sempre foi uma garota estúpida. Fiquei contente quando achei que você tivesse morrido anos atrás. Agora eu bem que posso tornar isso verdade.

Sua mãe a ataca, com força total.

A margem do lago é escorregadia, e quando Ruby a alcança, Paris é impulsionada para dentro da água. Instantaneamente, ela mergulha. Tateia procurando a tampa da urna e vê as cinzas — as cinzas de Mae — flutuarem e se dissolverem completamente.

Em pânico, Paris solta a urna e tenta subir, mas o lago é muito fundo, como sua tia sempre insistia que era. Ela tenta chutar para subir para a superfície, mas não adianta. Ela não consegue nadar, nunca aprendeu, e enquanto a água entra pela boca, ela escuta a voz de tita Flora gritando em sua cabeça. *Fique longe do lago Jason, você não sabe nadar e vai se afogar.*

Ah, que ironia. Pensa Paris. Mas antes que possa afundar mais, sente braços fortes a agarrarem por baixo das axilas e puxá-la. Ela não sabe nadar, mas Drew sabe e a carrega para fora da água, caindo com ela de costas na grama.

De algum lugar ali perto, Ruby ainda está gritando enquanto Paris cospe e vomita água. A água do lago tem o gosto exatamente igual a seu cheiro.

— A urna — ela consegue dizer, antes de tossir e cuspir mais água.

Drew a ajuda a se sentar. Aponta para a urna, que agora flutua longe demais para que possa ser alcançada sem nadar. Por mais aliviada que esteja, ver aquilo entristece Paris. Entre todos os lugares onde pensou que poderia espalhar as cinzas de Mae, não incluía Maple Sound.

Adeus, minha amiga.

Na distância, eles escutam as sirenes. Drew ligou para a polícia logo que Paris saiu da casa.

— Você gravou isso? — ela pergunta, ainda tentando recobrar o fôlego.

Em última instância, provavelmente não importava. Para sua mãe, ficar enfiada em Maple Sound seria tão ruim como estar na prisão.

Drew mostra a ela onde o vídeo foi salvo.

— Gravei tudo — diz ele.

O empurrão que Ruby deu em Paris está claro no vídeo. Ruby Reyes violou a sua condicional e irá voltar para Sainte-Élisabeth para cumprir sua sentença.

Prisão perpétua.

Dois carros de patrulha e quatro policiais estão no local, o que pode ser metade de todo o efetivo policial de Maple Sound. Enquanto dois deles levam Ruby para o carro, ela não para de se sacudir algemada, cabelos voando para todo lado, o olhar selvagem e desesperado.

— Essa é minha filha! — ela guincha. — Ela não é quem ela diz ser! É uma mentirosa!

Foram necessários os dois policiais para a colocarem no carro de polícia, e mesmo depois de a porta ser fechada, Paris e Drew ainda escutam seus gritos.

— Então essa é a famosa Rainha de Gelo — diz o policial que está anotando as declarações de Drew e Paris. — Eu era novato quando ela estava sendo julgada, e lembro bem da história. Ela não é nada como eu pensava que fosse. Nada mesmo.

A parceira dele, uma jovem que parece novata na função, não podia estar menos interessada em Ruby Reyes. Em vez disso, seu olhar se fixa em Paris quando devolve o celular para Drew.

Os dois policiais assistiram ao curto vídeo duas vezes. Drew gravou Ruby seguindo Paris até o lago, onde ela aparentemente forçou Paris a pegar a urna. Com Paris de costas para a câmera, o cheque não aparece. Tudo o que dá para ver é Ruby gritando e impulsivamente empurrando Paris dentro da água.

Dentro da viatura, Ruby ainda está berrando.

— Algum de vocês entendeu sobre o que ela está falando? — O policial mais experiente olha para ela e de volta para Drew e Paris. — O que é isso sobre a filha dela?

Paris está secando os cabelos molhados com uma toalha velha que Drew achou no porta-malas. Ela balança a cabeça.

— Honestamente, não sabemos — diz Drew. — Eu vim pra cá supostamente para gravar uma entrevista com Ruby Reyes para meu podcast, e trouxe minha amiga comigo. Ruby deve ter pirado quando a viu, porque começou a falar sobre sua filha estar viva. Mas se você conhecer a história, a filha de Ruby morreu há quase vinte anos, em um incêndio em sua casa.

Drew aponta para a urna vazia, agora flutuando no meio do lago. — Infelizmente, ali estavam as cinzas dela. O nome da filha está na urna.

Os dois policiais assentiram.

— Bem, pode ser uma pergunta estranha — diz finalmente a policial mais jovem para Paris. — Mas... você não é a esposa de Jimmy Peralta?

Ela troca um olhar com Drew e confirma.

— Sou eu mesma.

Paris se prepara para um comentário sobre a acusação de assassinato, ou talvez algo sobre sua herança. Mas a policial meramente balança a cabeça e aperta levemente o braço de Paris.

— Sinto muito por sua perda, senhora — solidariza-se ela. — Seu marido realmente era engraçado. Adorei o primeiro especial.

— Foi sensacional — concorda o parceiro dela. — O segundo virá logo, certo? Como é mesmo o título?

— *I love you, Jimmy Peralta* — diz Paris, e dizer o nome dele em voz alta a faz sorrir.

Porque é verdade. E sempre será.

AGRADECIMENTOS

Todo livro é difícil de escrever, mas com a pandemia e meu filho tendo aulas virtuais da escola, tive que fazer vários rascunhos para que pudesse mostrar ao meu editor *O que fazemos nas sombras* (É complicado escrever sobre assassinato quando seu filho de seis anos está a um metro de distância, aprendendo a fazer contas).

Keith Kahla, obrigada por sua paciência e boa vontade de conversar sobre minhas ideias, mesmo quando mudei pelo menos quatro vezes a estrutura do romance. Você desperta o melhor em mim.

Victoria Skurnick, sou eternamente grata por tudo que você fez e continua fazendo. Um milhão de vezes, obrigada. E um imenso agradecimento à turma da Levine Greenberg Rostan, por sempre cuidar de mim.

As equipes do Minotaur Books e da St. Martin's Press são um verdadeiro sonho. Kelley Ragland, Andrew Martin e Jennifer Enderlin, muito obrigada pela gentileza e pelo encorajamento. Martin Quinn e Sarah Melnyk, vocês dois são os melhores marqueteiros e publicitários que um autor pode desejar.

Macmillan Audio produziu um audiobook fabuloso, e sou muito grata a Katy Robitzki, Robert Allen e Emily Dyer por tanto trabalho. Carla Vega, sua voz deslumbrante e narração envolvente foram exatamente certas para esta história.

É sempre animador ver as traduções dos meus livros em diferentes países, e isso não poderia acontecer sem a maravilhosa equipe dos direitos. Kerry Nordling, Marta Fleming e Witt Phillips, obrigada por colocarem esta história no mundo.

Houve muitos pares de olhos neste livro antes que chegasse às mãos dos leitores, e não invejo o trabalho difícil de um grande editor de texto. Obrigada, Ivy McFadden, por perceber todos meus erros gramaticais e por melhorar minhas frases desajeitadas.

A primeira vez que pedi leitores sensíveis foi para este livro, e fico feliz por ter feito isso, já que pode ser desafiador escrever um thriller psicológico que não esbarre em tópicos que podem desencadear problemas. Yasmin A. McClinton, sou tão agradecida por suas notas detalhadas sobre a importância da linguagem quando se descreve questões sensíveis. Marie Estrada, sua perspectiva profunda da nossa compartilhada cultura filipina foi muito apreciada.

Acontece que as pessoas que leem e escrevem sobre os assuntos mais sombrios são também as pessoas mais gentis do mundo. Ed Aymar, você sabe o quanto significa para mim, então não sejamos tímidos sobre isso. Hannah Mary McKinnon, obrigada por desenrolar os nós do meu enredo, e você foi realmente a inspiração para a sargento

McKinley. Sonica Soares, obrigada por pensar que sou mais calma do que na verdade sou. Chevy Stevens, obrigada por compartilhar seu contador comigo. Samantha Bailey, Natalie Jenner, Dawn Ius, Angie Kim, Shawn CoSby, Gabino Iglesias, Alex Segura, Mark Edwards, Riley Sager, Alex Finlay e Joe Clifford, vocês todos são autores estrelas que tenho sorte de poder chamar de amigos. Todd Gerber, obrigada por ser esperto em todos os campos que eu não sou. Shari Lapena. Sou imensamente agradecida por sua generosidade.

Obrigada a CWQOC, ITW, SinC, e MWA por oferecer recursos e orientações em uma indústria na qual pode ser difícil navegar.

Bibliotecários e vendedores de livros são os anjos terrenos do mundo literário — obrigada a vocês todos por colocar livros nas mãos dos leitores. Um enorme obrigada a todos os Instagramers e influenciadores de livros que gritam, todos os dias, mostrando o que amam, especialmente Ebby Endler (IG@crimebythebook) pelo apoio constante, e Sarah (IG@things.i.bought.and.liked) pela história no Instagram que inesperadamente mudou tudo.

Shell, Lori, Dawn e Annie, obrigada pelas décadas de amizade e por serem sempre meu porto seguro.

Para minha família, tanto no Canadá como nas Filipinas, *salamat laayo*. Agradecimentos especiais ao meu tio Alex por me ajudar com as traduções de cebuano que o Google (e eu) confundiu tudo. Tita Becky, obrigada por ser minha maior fã desde o começo, sentirei sua falta para sempre.

Sou abençoada por ter parentes por afinidade tão gentis. Ron, obrigada por ser meu publicitário não oficial em Green Bay, Wisconsin. Kay, você foi uma avó maravilhosa para Mox no pouco tempo que tivemos juntas, e você viverá sempre em nossos corações.

Aos professores do meu filho — e todos os professores — sou profundamente grata por tudo que fizeram para manter as crianças engajadas e aprendendo nestes tempos tumultuados. Aos médicos, enfermeiros e os demais trabalhadores da linha de frente que deixaram o mundo mais a salvo para o resto de nós: OBRIGADA.

Darren, meu amor, estivemos todos os dias nos espaços pessoais um do outro nesses dois anos, e não nos matamos. Acho que isso qualifica nosso casamento como um sucesso. Ajuda muito eu amar tudo o que vem de você.

Mooxie Poh, você é um pequeno ser humano tão bom, com um coração tão gentil, e faz a Mamãe orgulhosa todos os dias. Amo tanto você.

E, por fim, sou imensamente agradecida aos meus leitores. Faço todos os dias o que amo fazer por causa de vocês. Obrigada, obrigada, obrigada.

LEIA TAMBÉM:

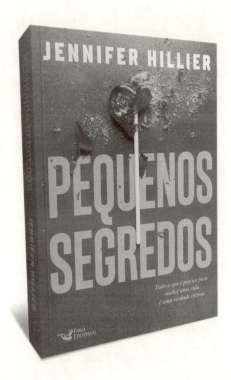

TUDO O QUE É PRECISO PARA MUDAR UMA VIDA É UMA VERDADE ÍNTIMA.

Quatro minutos. Foi o tempo que um menino de quatro anos levou para desaparecer. Desde então, Marin Machado tem como único foco na vida descobrir o que aconteceu e reencontrar o filho.

Passado o período normal da investigação, e o arquivamento do caso pelo FBI, ela contrata uma detetive particular. Então Marin descobre que seu marido, Derek, está tendo um caso e que sua amante pode ter informações cruciais sobre o que realmente aconteceu naquele fatídico dia.

E quanto mais descobre sobre a jovem amante do marido — uma estudante endividada e influenciadora nas redes sociais —, mais ela se vê diante de revelações de segredos sombrios que precisa esclarecer. Mas nada é tão simples. Sem poder confrontar todas as partes, sem poder confiar em todas as informações que recebe, Marin embarca numa corrida contra o tempo em que a vida do filho pode depender disso.

Prepare-se para mergulhar em uma trama cheia de reviravoltas, na qual o perigo está à espreita em cada página e a busca pela verdade pode ter consequências devastadoras.

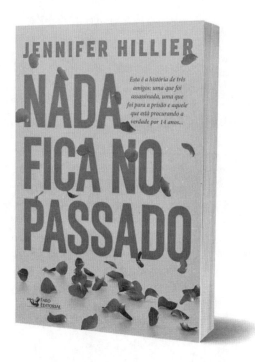

ESTA É A HISTÓRIA DE TRÊS AMIGOS: UMA QUE FOI ASSASSINADA, UMA QUE FOI PARA A PRISÃO E AQUELE QUE ESTÁ PROCURANDO A VERDADE POR 14 ANOS...

Por quanto tempo você consegue guardar um terrível segredo?

A garota mais popular da escola, Angela Wong, tinha apenas dezesseis anos quando desapareceu sem deixar vestígios. Até então, ninguém suspeitou que sua melhor amiga, Georgina, agora vice-presidente de uma grande empresa farmacêutica, estivesse envolvida em seu desaparecimento, exceto, Kaiser Brody, que se tornou detetive do Departamento de Polícia de Seattle e era colega das duas no ensino médio.

Catorze anos depois, os restos mortais de Angela são finalmente encontrados e a verdade vem à tona: Angela foi vítima de Calvin James, primeiro amor obsessivo de Georgina. Calvin, o serial killer, havia assassinado pelo menos outras três mulheres.

Durante todos esses anos, Geo sabia o que tinha acontecido com sua melhor amiga, mas guardou o segredo. Após Geo ir para a prisão, todos acharam que o caso havia sido solucionado. Mas o que aconteceu naquela noite é mais complexo e arrepiante do que qualquer um realmente sabe.

Então, o passado alcança o presente de forma mortal, quando novos corpos começam a aparecer, mortos exatamente da mesma maneira que Angela Wong.

Qual o limite de alguém disposto a enterrar seus segredos? Como uma grave mentira pode transformar uma vida? E quais são as consequências disso?

ASSINE NOSSA NEWSLETTER E RECEBA INFORMAÇÕES DE TODOS OS LANÇAMENTOS

www.faroeditorial.com.br

CAMPANHA

Há um grande número de pessoas vivendo com HIV e hepatites virais que não se trata. Gratuito e sigiloso, fazer o teste de HIV e hepatite é mais rápido do que ler um livro.

FAÇA O TESTE. NÃO FIQUE NA DÚVIDA!

ESTA OBRA FOI IMPRESSA EM ABRIL DE 2024